Carl Rath, Jahrgang 1961, lebt als freier Autor und Journalist in Berlin. Studium der Philosophie und Kunstgeschichte. »Made in Hamburg« ist sein erster Kriminalroman.

CARL RATH

Made in Hamburg

KRIMINALROMAN

emons:

Umschlagfoto: iStockphoto.com/marc fischer
Umschlaggestaltung: Tobias Doetsch
Druck und Bindung: CPI – Clausen & Bosse, Leck
Printed in Germany 2011
ISBN 978-3-89705-829-3
Originalausgabe

1

Augen zu und durch.

Zum dritten Mal innerhalb einer Stunde ging Martha Bankar dieser Satz durch den Kopf, vier Worte, die sie in keinem ihrer Texte geduldet hätte. Eine Phrase – doch eine, die ihre Stimmung genau traf.

Wie immer strich sie im Vorbeigehen mit dem Finger über das Metallschild am Eingang. Da waren sie alle aufgelistet, rote Schrift auf weißem Grund, die Zeitschriften des Kronost-Verlages. Eine für das Fernsehprogramm, eine nur für Männer – Erfolg, Muskeln, Potenz –, eine Klatschzeitschrift, leicht angestaubt, dann eine für junge Frauen, ein Seglerheft und ein Computermagazin. Und schließlich, ganz unten und auf einem Extraschild, die Spot. Das Blatt für einen zweiten Blick. Neuerwerbung und Zuschussgeschäft des Verlegers. Sein Stiefkind.

Martha liebte die Morgenstunden in der Spot-Redaktion, ohne Mails und Flurgequatsche, ohne Konferenzen und Telefon. In den ersten beiden Stunden schaffte sie oft mehr als am ganzen restlichen Tag. Sie hatte sich einen Zwischenspurt vorgenommen. Bis zum Mittag wollte sie einen ordentlichen Teil ihrer Arbeit erledigen. Dann würde ein Ende in Sicht kommen.

Sie hielt ihre Jacke in der einen Hand, die Tasche in der anderen und drückte mit der Schulter gegen die Glastür, die sich nach innen öffnete. Der Pförtner rief ihr sein übliches »Moin, Moin!« entgegen. Sie nahm den Fahrstuhl hinauf in die fünfte Etage.

Auf ihrem Schreibtisch breitete sie ihre Unterlagen aus, den Notizblock, ein paar Karteikarten, die Skizzen. Sie saß an einer Reportage über bürgerschaftliches Engagement und Sponsoring. Als Beispiel diente die Elbphilharmonie hier in der Stadt; aber auch die Dresdner Frauenkirche und das Berliner Stadtschloss. Die Idee stammte von ihrem Chefredakteur. Martha fand sie langweilig. Deshalb musste sie sich zwingen.

Sie hatte ein paar Interviews geführt, mit Unternehmergattinnen, die sich in Understatement übten, mit Kulturmanagern, die um die Unabhängigkeit ihrer Häuser fürchteten, mit einem Senator voller Berufsoptimismus.

Martha verlangte Aufmerksamkeit von sich. Sie brauchte eine Gliederung. Es gehörte, sagte sie sich, zu ihrem Beruf, über Themen zu schreiben, an denen das Herz nicht hing. Mit anderen Artikeln hatte sie Aufsehen erregt. Hatte einen Preis gewonnen mit dem Porträt eines Rathaus-Hausmeisters, in dem sie zeigte, wie weit sich einfache Bürger und politische Klasse im Denken und Sprechen voneinander entfernt hatten. Ihre Reportage über Straßenkinder in St. Georg, rund um den Hauptbahnhof, hatte eine Bürgerschaftsdebatte ausgelöst und ein paar Euro für Hygiene und Notunterkünfte gebracht.

Nun also die Reichen, die für ein neues Konzerthaus spendeten.

Sie hatte die Interviews abgehört, zitierenswerte Aussagen abgeschrieben und dachte darüber nach, was fehlte und wie sie den Stoff ordnen sollte. Aber ein guter Gedanke stellte sich nicht ein. Sie wurde unruhig und stand auf, dann machte sie sich auf den Weg in die Küche, wo sie sich Kaffee holte.

Den Rückweg kreuzte ihr Chefredakteur Braun, einen Stapel Akten unterm Arm. »Heribert, was machst du denn schon so früh?«

Braun hob seine Akten in die Höhe. »Auf dem Weg zum Verleger.« Er legte die Stirn in Falten und zog das nächste Wort auseinander: »Strategiegespräch. Sein Höllenhund ist auch dabei, dieser Zahlenknecht von einem Wirtschaftsprüfer.«

»Und du – du kämpfst für die Spot?«

»Worauf du einen lassen kannst.« Er grinste. »Für die Spot im Allgemeinen und für meine Lieblingsautorin im Besonderen.«

Er war Mitte fünfzig, die Haare grau, der Bart zwar gestutzt, aber trotzdem zottelig, eine breite, gold gerandete Brille auf der Nase. Seine Bürokleidung bestand aus einer ausgebeulten Cordhose und einem gestreiften Hemd, dessen Brusttasche sich wölbte, weil er ein mobiles Büro in ihr verwahrte. Sie wusste, dass sich niemand darum scherte – er am allerwenigsten –, in welchem Aufzug er zum Verleger ging. Seine Qualitäten waren anerkannt. Er hatte die Spot aufgebaut, mit wenig Geld und viel Engagement, mit feinen Reportagen und ungewohntem Layout, ein einzigartiges Blatt in der deutschen Presselandschaft.

Als die Verluste zu groß wurden, hatte der damalige Besitzer die Spot verkauft. Wie weit würde Heribert gehen, um sie zu erhalten?

»Wir wären besser selbstständig geblieben«, entfuhr es ihr.

»Richtig. Und hätten ohne Salär gearbeitet und uns abwechselnd und gegenseitig geliebt, und die Sonne hätte geschienen, und die Läden in der Nachbarschaft hätten uns ihre Reste geschenkt. Ach, wäre das schön gewesen.«

Sie schmunzelte. Dann sagte sie: »Immer noch besser als Stoffe nur danach auszusuchen, ob sie sich verkaufen.«

Er zog Luft durch die Zähne, ein lautes, ironisches Geräusch. »Wir sind beim Thema. Was macht deine Reportage?«

Sie gab sich Mühe, ihm seine Ironie zurückzugeben, betonte ihre Worte und streckte den Satz: »Unser Heft wird in vielen guten Häusern gekauft werden. Und in teuren Friseursalons liegen.«

»Und hoffentlich jede Menge Abonnenten gewinnen«, sagte er. »Denn das ist das, was die hohen Herren von ihrem Schreiberling erwarten. Alternativ darf er ihre Verluste ausgleichen.«

Er grinste, deutete mit seinen Akten ein Winken an und zog weiter. Martha kehrte zu ihrem Platz zurück. Sie hielt ihren Kaffeebecher mit beiden Händen umklammert, legte die Füße auf einen Beistelltisch und den Kopf in den Nacken. Sie war versucht, Braun und der Auflage zuliebe zu schreiben, was die Elb- und Alsteranrainer lesen wollten, selbstloses Engagement zu loben, über den Glasbau der neuen Philharmonie zu jubeln. Eine Heimatgeschichte aus dem Bilderbuch. Sie verwarf den Gedanken. Ihre Leser sollten weiterhin Spot-Geschichten bekommen. Sie würde über den Rückzug des Staates sprechen, über die Chancen, die sich ergaben, aber auch über die Sorge, dass Provokatives es noch schwerer haben würde.

Ihr Telefon klingelte. Sie fühlte sich gestört und nahm sich vor, das Gespräch kurzzuhalten. Als sie abhob, wusste sie, wer dran war, bevor der andere zu sprechen begonnen hatte. Ein tiefer, seufzender Atmer. Diese Stimme hatte sie lange nicht gehört.

»Hier ist Mansur Bankar.« Langsam setzte er seine Wort. Er klang stolz und bemühte sich um eine feste Stimme. Sie spürte seine Sehnsucht, die sie immer gespürt hatte, wenn er redete. »Ich rufe dich an, um dir etwas mitzuteilen.«

»Was ist denn?«

Mansur machte eine Pause. Sie hörte, wie er mehrfach ansetzte und dabei schwer atmete. »Ich muss dir sagen, dass mein Sohn Said gestorben ist.« Er schluchzte auf.

»Was?« Die Gedanken schossen ihr durch den Kopf. Ein Irrtum, war der stärkste, derjenige, der sich festsetzte. Das konnte nicht stimmen. »Mansur, wann? Wie ist das passiert?«

Er war nicht in der Lage zu antworten. Er schnäuzte sich, schluchzte erneut, schnäuzte sich wieder. »Die Polizei hat mich angerufen. Er ist aus dem Fenster gefallen.« Sie hörte ihn weinen. »Oder gesprungen, sagen sie. Das soll eine Untersuchung ergeben.« Seine Stimme verlor sich.

»Ich habe ihn gestern noch gesehen«, sagte Martha. Konnte es wirklich ein Irrtum sein, wenn sich die Polizei bereits eingeschaltet hatte? »Ist das heute passiert?«

»Am Morgen.« Mansur schnaubte ein weiteres Mal in sein Taschentuch, dann fasste er sich. »Ich habe dich angerufen, obwohl ihr getrennt seid. Schließlich bist du die Mutter meines Enkelkindes David.« Die Kraft, die seine Worte ihn kosteten, war greifbar. »Saids Sohn.«

»Kann ich irgendwas tun?«

»Ich habe meinen Sohn aus dem Iran nach Deutschland gebracht. Und jetzt ist er in Deutschland gestorben. Das habe ich nie gewollt.«

»Mansur …«, sagte sie. Doch da war die Leitung bereits stumm. Er hatte aufgelegt.

Sie starrte aus dem Fenster, ohne irgendetwas zu sehen oder zu denken. In ihrem Kopf war Leere und ein diffuses Rauschen. Als sie wieder zurückfand, begann sie, ihre Aufzeichnungen zusammenzuräumen und zu stapeln. Das Rauschen in ihren Ohren dauerte an. Sie stand auf. Dabei rollte ihr Stuhl davon, und sie wäre fast hingefallen. Als sie wieder sicher stand, eine Faust auf der Tischplatte, zitterten ihr die Knie und ihr Herz schlug schneller. Ihr Verstand war wieder klar.

Dem Pförtner gegenüber murmelte sie etwas von einem Termin und hörte sein »Jo, is notiert, Frau Bankar. Dann man viel Erfolg.« Sie stieg ins Auto und fuhr ins Karolinenviertel, zu Saids Haus.

Die Leiche war bereits abtransportiert worden. Eine geschwungene Kreidelinie markierte den Platz, wo sie gelegen haben musste. Drumherum standen rot-weiße Polizeihütchen. Zwischen den parkenden Autos war der Bürgersteig vor dem Haus mit Plastikband abgesperrt. Zwei Polizeiwagen mit blinkenden Blaulichtern standen auf der Straße. Gegenüber hatten sich Schaulustige versammelt. Auch aus den Fenstern der stuckverzierten Häuser lehnten die Leute und starrten heraus. Männer in Uniform liefen umher.

Vor der Haustür telefonierte eine Frau und ging dabei auf und ab. Sie hatte blondes Haar, eine Dauerwelle. Ein kräftiger Typ, ihr Gang war wie ein Stampfen. Beamte kamen auf sie zu, drehten aber wieder ab, als sie sahen, dass sie beschäftigt war. Wahrscheinlich die Einsatzleiterin. Martha überlegte, sie anzusprechen. Vor vierundzwanzig Stunden hatte sie den Toten noch gesehen, vielleicht war ihre Aussage erwünscht.

Gefallen – oder gesprungen? Said hatte nicht elend gewirkt, erst recht nicht verzweifelt. Eine solche Stimmung passte nicht zu ihm. Zu ihrer gemeinsamen Zeit hatte er sich trübe Gedanken kaum je zu Herzen gehen lassen – unbegreiflich für sie. »Komm, lach mal wieder«, war ein typischer Said-Satz. Und jetzt sollte er aus dem Fenster gesprungen sein?

Ihr fielen Augenblicke ein, da schien auch ihn aller Schwung verlassen zu haben. Dann wirkte er wie in sich zusammengefallen. Aber lange hatten diese Zustände nie angedauert, ein paar Stunden höchstens, weniger als einen halben Tag. Lange genug, um sich das Leben zu nehmen? Sie schüttelte den Kopf. Trübsinnig war er gestern nicht gewesen. Sicher nicht.

Ihr Blick wanderte an der graublauen Fassade hinauf zu seinem Balkon im vierten Stock. Ihr wurde mulmig, als sie die Höhe ermaß. Der Balkon hatte ein Geländer, so hoch wie die der Nachbarwohnungen. Wie sollte Said da heruntergefallen sein? Stockbetrunken?

Die Einsatzleiterin hatte ihr Telefonat beendet und ließ ihr Handy in der Tasche verschwinden. Vor ihr wartete eine kleine Schlange Uniformierter. Sie sagte jedem ein paar Sätze, schüttelte manchmal nur den Kopf.

Martha drehte sich weg. Sie würde nicht mit dieser Frau sprechen, jetzt nicht. Vor ihr tat sich ein anderer Gang auf, ungleich schwerer. Ihr Sohn, David.

Sie stieg in ihren 190er Mercedes und ließ ihn an. Während sie mechanisch Gas gab und bremste, schaltete, blinkte und abbog, baute sich der gestrige Tag vor ihren Augen auf. Saids Geburtstag – und gleichzeitig der letzte in seinem Leben. Mit einer Klarheit und Schärfe, die ihr fast unheimlich war, war die Erinnerung da.

Obwohl ein Sonntag, war sie früh aufgestanden. In der Küche hatte sie die Kaffeemaschine gefüllt. Dabei war ihr Blick an dem Kalender hängen geblieben, den David ihr gemalt hatte. Seine typischen Karikaturen von Gesichtern und Szenen. Der August – mit dem Bild »Zwei Faulenzer am See« – war zur Hälfte vorüber, trotzdem hielt sich die feuchte Hitze. Ein Fenster stand offen. Die Sonne schien herein, ihre Strahlen ließen die Scheibe reichlich staubig aussehen.

Sie trug ihren Schlafanzug, einen verwaschenen Zweiteiler. Die Haare hielt sie mit einem Zopfband zusammen. Kaffeeduft füllte den Raum. Als David hereinkam, war er bereits angezogen.

Sonntags blieb er oft bis in den Nachmittag im Pyjama und genoss es, in den Tag hineinzutrödeln. Er las Comics, manchmal sogar Bücher, schoss mit dem Ball gegen seine Zimmertür, bis sie es ihm verbot, und hörte Musik. Oder er zeichnete. Doch an diesem Tag hatte sein Vater Geburtstag. David war fix und fertig, gewaschen und gekämmt. Er hatte die Haare nass gemacht und einen scharfen Scheitel gezogen. Mit seiner Frisur, dem gebügelten Oberhemd und der frisch gewaschenen kurzen Hose hätte er auch zur Einschulung gehen können. Sie konnte ihre Augen kaum von ihm wenden und lachte in sich hinein.

»Ich freue mich auf Papa«, sagte er.

Martha verkniff sich einen Kommentar. David war erst neun, und sie hielt sich an ihren Vorsatz, ihm gegenüber nicht schlecht von seinem Vater zu reden. Doch im Geiste sah sie Said, wie er die Tür öffnete, verpennt und überrascht. »Was, schon so spät?«

David aß eine einzige Scheibe Brot, trank etwas Saft, dann schob er seinen Teller von sich und sagte: »Von mir aus können wir los.«

»Los? Es ist kurz nach neun. Wir sind um elf eingeladen.«

»Erst um elf? Was soll ich denn so lange machen?«

»Hausaufgaben zum Beispiel.« Sie biss in ihr Brot.

»Heute ist Sonntag.«

Sie kaute, während sie antwortete: »Und das heißt: Morgen ist wieder Schule. Hast du alles fertig oder nicht?«

»Hab ich«, erwiderte der Junge.

»Deine Geschenke eingepackt?«

»Schon längst.«

Sie wusste, das stimmte. David hatte seinem Vater Teile fürs Fahrrad gekauft, eine Luftpumpe und je eine Lampe für vorn und hinten. Das, was Papas Rad nach seinem Ordnungssinn fehlte. Er hatte dafür einen Großteil seines Taschengeldes geopfert und drei kleine Präsente gemacht, in Geschenkpapier eingewickelt und mit Band verziert.

»Dann beschäftige dich. Lies irgendwas. Oder noch besser: Räum dein Zimmer auf ...«

Er warf ihr einen Blick zu, rollte dabei die dunklen Augen und brachte sie endgültig zum Lachen. Den macht er in zwanzig Jahren noch genauso, dachte sie, die Stirn in Falten, aber in den Augen der Schalk.

Sie sah oft seinen Vater in ihm. David hatte Saids dunklen Teint; er war eher klein und schmal und konnte, wenn er wollte, über einen entwaffnenden Charme verfügen. Aber anders als bei Said kam bei David eine tiefe Melancholie dazu, wie sie sie noch bei keinem Kind seines Alters gesehen hatte.

Aus dem Bad hörten sie die Klospülung. Hanna kam in die Küche geschlurft. »Der Kaffeegeruch zieht bis in mein Schlafzimmer«, sagte sie, »da kann das beste Murmeltier nicht mehr schlafen.«

Auch Hanna trug noch ihr Nachthemd, ein hellblaues Gewand im Großmutterstil, dazu rote Flipflops. Ihr Gesicht wirkte verschlafen, das Haar stand in die verschiedenen Richtungen ab. Trotzdem sah Martha ihre Schönheit, das Ebenmäßige und Anziehende, das sie besaß.

Hanna nahm sich einen Becher aus dem Küchenschrank, bediente sich am Kaffee, pustete und trank abwechselnd. Sie stand direkt unter dem gerahmten Poster, das sie selbst aufgehängt hatte: »Der Kuss«. Martha hatte sich damals jeden Kommentar verboten. Said war erst wenige Wochen aus- und Hanna gerade eingezogen, und Martha hatte sich vorgenommen, in Zukunft weniger zu bestimmen, weniger zu kontrollieren. So hing das Bild dort, eine oft gesehene Pariser Straßenszene in einer Hamburger Wohnung.

Hanna strich David übers Haar, was seinen Scheitel in Unordnung bringen sollte. »Na, Lieblingsneffe? Zu welchem Fest gehst du denn heute?«

»Papa hat Geburtstag. Aber erst um elf.«

»Stimmt, heute ist Saids Geburtstag. Freust du dich?«

Er nickte.

Hanna wandte sich an Martha: »Und du? Gehst mit?«

»Ich bin eingeladen.« Martha schnitt sich eine Orange auf und wechselte das Thema. »Wie war's gestern Abend?«

»Viele wichtige Leute ...« Hanna strich sich nur einen Hauch Butter aufs Brot und kaum mehr Marmelade. Sie war Schauspielerin. Martha überredete sie hin und wieder, zu Festen zu gehen, wo sich Kontakte knüpfen ließen.

»Und«, fragte Martha, »was sagen die wichtigen Leute?«

»Viele Versprechungen, manche Anzüglichkeit.« Sie verzog das Gesicht. »Gefallen gegen Gefallen, hat einer gesagt.«

David verdrückte sich in sein Zimmer.

»Und du gehst jetzt zu Saids Geburtstag?«, fragte Hanna.

»Na und?«

Auch wenn's ihr schwergefallen war wie noch nie etwas im Leben, hatte sie nach der Trennung auf Abstand gesetzt. Drei-, höchstens viermal war sie in Saids Wohnung gewesen, zu kurzen Besuchen, um David abzuholen oder um Said etwas zu bringen. Doch in ihren Träumen erschien er regelmäßig. Sie stritten, es gab Wut und Tränen und manche Versöhnung.

»David zum Gefallen«, setzte sie hinzu. »Zwei Stunden. Maximum.«

Hanna grinste. »Na dann: viel Spaß.«

Dieses Grinsen hätte sie sich von niemand anderem gefallen lassen, von Hanna nahm sie es hin. Hanna hatte ihren Zusammenbruch miterlebt. Sie wusste, welche Mühe es Martha gekostet hatte, von Said loszukommen. Wie ein Entzug.

Die ersten Male, die sich Said mit anderen Frauen eingelassen hatte, hatte Martha überhaupt nicht wahrgenommen. Vielleicht gab es keine Zeichen, vielleicht wollte sie keine sehen. Doch später konnte sie die fremden Gerüche und Telefonnummern nicht mehr ignorieren. Sie packte ihm seine Bettdecke aufs Sofa im Wohnzimmer. Davids Erstaunen tat ihr weh, seine Angst und seine plötzliche Hellhörigkeit machten ihr ein schlechtes Gewissen. Für sich selbst fürchtete sie, ins Bodenlose zu fallen. Trotzdem sagte sie zu Said: »Ich möchte, dass du ausziehst. Und zwar schnell.«

Sofort danach schlief sie mit einem Volontär, Hendrik. Das war ein blonder Schlacks, der sie mit großen Augen ansah, wenn er glaubte, sie merke es nicht. Er war sechs Jahre jünger. In seinen Armen, mit geschlossenen Augen, dachte Martha ununterbrochen an Said.

Der eigentliche Kampf begann danach. Die Sehnsucht, die Eifersucht, die Einsamkeit. All die Gespräche, die sie in Gedanken mit ihm führte, über Alltagsdinge genauso wie über Grundsätzliches. Sie ertappte sich dabei, nach Feierabend das erste Glas Wein zu trinken und schon mittags darauf zu warten. Sie schlief schlecht, wurde mager und arbeitete ohne Konzentration. Die wenige Kraft, die ihr blieb, verwendete sie auf ihren melancholischen Sohn.

Für Hanna endete damals ein Engagement am Schauspielhaus in Bochum, sie kam zurück nach Hamburg und suchte eine Bleibe, und Martha war froh, dass sie bei ihr und David einziehen wollte. Ihre kleine Schwester half ihr über manchen einsamen Abend und manchen tristen Sonntag hinweg.

Hannas Einzug nahm Martha zum Anlass, alle Erinnerungen an Said aus der Wohnung zu tilgen. Was er angeschafft hatte, verschwand, was er von seinen Sachen hatte stehen lassen, schickte sie ihm nach oder brachte es ihm. Sogar aus ihrem Fotoalbum riss sie Bilder heraus. Nur waren die Lücken nicht weniger schmerzvoll.

Zwei Stunden später, in Saids Treppenhaus, war David vorneweg gelaufen, hatte immer zwei Stufen auf einmal genommen und war nicht müde geworden, bis er im vierten Stock angekommen war. Martha akzeptierte, dass der Junge an seinem Vater hing und seine Vorfreude zeigte. Sie nahm sein Verhalten als Zeichen dafür, dass er alles ganz gut überstanden hatte.

Saids Treppenhaus war renoviert worden. Die Wände strahlten grau-weiß. Allerdings gab es auf der Treppe und an den Wohnungstüren weiße Farbkleckse. David wartete vor der Wohnungstür, und als er seine Mutter endlich kommen sah, nahm er ihr die drei Geschenke aus der Hand und klingelte stürmisch.

Die Wohnungstür wurde aufgeschlossen, entriegelt, und eine Kette wurde gelöst. Said war angezogen und rasiert. Er ging in die Knie, umarmte seinen Sohn, drückte ihn und ließ sich gratulieren. Er bedankte sich für die Geschenke, die David ihm überreichte.

»Ihr schließt aber gründlich ab«, sagte Martha zur Begrüßung. Dann ließ sie sich von Said umarmen.

»Vorsicht ist die Mutter allen Seins.« Said legte Riegel und Kette wieder vor.

Ein kleiner Flur führte in einen hohen Raum mit einer Reihe einfacher Fenster, die in schwarze Stahlrahmen gefasst waren. Martha wusste von David, dass dieser Raum im Winter schwer zu heizen war, doch jetzt war es warm und zwei Fenster standen offen.

Für Saids Verhältnisse war es unglaublich ordentlich. Kein benutztes Glas im Bücherregal, keine leeren Bierflaschen auf dem Fußboden. Auf dem Fernseher gab es keinen Staub, auch nicht auf den Dielen. Sie wusste, an wem das lag, sie kannte sie aus Erzählungen. Jetzt beobachtete sie, wie vertraut sie ihren Sohn begrüßte, sie legte ihm die Hände auf die Schultern und strich ihm über die Oberarme.

»Hallo, Sonja«, gab er zurück.

Der Tisch war gedeckt. Auf ihm lag ein weißes Tischtuch mit Bügelfalten. Kerzen brannten. Es gab Kuchen und Brötchen, Mozzarella mit Tomaten, einen großen Salat aus frischem Obst, Käse und Schinken und Kakao für David. Ein bisschen reichlich für nur fünf Leute, fand Martha.

»Wir haben schon gefrühstückt«, sagte David.

»Für ein Stück Kuchen wird wohl noch Platz sein«, sagte Said. »Den hat Sonja gebacken.«

Martha schüttelte Konrad die Hand, Saids Freund, seinem Mitbewohner. Said stellte die beiden Frauen einander vor, auch sie gaben sich die Hand. Außer Sonja setzten sich alle. Sie war rothaarig und hatte wässrige Augen, wirkte trainiert und hielt sich sehr gerade. Als wäre sie die Gastgeberin, überblickte sie den Tisch, prüfte, ob noch etwas fehlte, brachte einen Teelöffel. Sie war es, die den Kuchen anschnitt und den Kaffee einschenkte. Hatte Said sich also wieder jemanden auf die Kommandobrücke geholt.

Sonja versorgte David mit Kakao und lächelte ihn an. Martha widerstand dem Impuls, aufzustehen und sich neben ihren Sohn zu setzen.

Said zog inzwischen an seinem Zeigefinger und verhakte den Daumen mit einem anderen. Seine Hände waren schmal. Es lag viel Kraft und Konzentration darin, wenn er sie einsetzte. David aß von Sonjas Nusskuchen und lobte ihn, was Martha als gut erzogen verbuchte. Said begann, David Fragen zu stellen, nach der Schule, dann nach seinem Fußball. Die Fragen klangen mechanisch, der Junge antwortete spärlich. Said wirkte abwesend. Er schlug mit den Knöcheln einen Rhythmus auf den Tisch.

Konrad saß ihr gegenüber, Saids ältester, vielleicht sein einziger Freund. Nach der Trennung war es keine Frage gewesen, dass die beiden Männer in eine Wohnung zogen. Konrad war Historiker, hatte Lehraufträge an der Uni und schrieb gelegentlich in Fachzeitschriften. Ein magerer Kerl, das Hemd schlotterte ihm um Brust und Arme, und er wurde am Hinterkopf kahl. Er trug eine winzige runde Brille, die ihn klug aussehen lassen sollte.

»Erzähl du mal ein bisschen«, sagte David zu seinem Vater.

Said verzog das Gesicht und begann, mit seinen schlanken Fingern ein Glas auf dem Tisch zu bewegen, er kippte es vorsichtig von einer Seite zur anderen, sodass der Saft bis zum Rand anstieg, aber nicht auslief.

»Ich ... wollte ... ein neues Heft machen. Aber ... ach nee, ich weiß nicht ...« Er ließ das Glas los und lehnte sich an die Stuhllehne. »Ich zeige es dir, wenn es fertig ist. Falls es fertig wird.«

Er senkte den Blick. Über neue Projekte hatte er noch nie gern gesprochen. Martha wusste, nicht zuletzt aus Davids Erzählungen, dass Said als Comiczeichner immer noch kaum Geld verdiente und als Sanitäter auf einem Rettungswagen arbeitete. Wie zu ihrer Zeit.

Nur diese Nervosität kannte sie nicht an ihm. Ob das mit ihr zu tun hatte? Damit, dass sie und Sonja zusammentrafen?

»Sonja ist übrigens Krankengymnastin«, sagte Said.

»Physiotherapeutin.« Sonja lächelte.

Martha war bereit, den Faden aufzunehmen. »Und wo arbeitest du?«

»Ich habe eine eigene Praxis. Zusammen mit zwei Kolleginnen.«

Said war wieder ausgestiegen. Er stand auf und ging zum Kühlschrank. »Jetzt trinken wir«, rief er.

»Noch zu früh«, entgegnete Konrad.

»Quatsch früh. Ich bin sechsunddreißig. Seit heute gehe ich auf die vierzig zu.«

Martha und Konrad ließen sich breitschlagen. Sonja lehnte ab und blieb dabei, obwohl Said mehrere Überredungsversuche unternahm. Er entkorkte die Flasche und lachte, als es einen lauten Knall gab. Sekt sprudelte heraus, lief auf den Boden und dann auf einen Teller, den Sonja unter die Flasche hielt.

»Ich glaube, dazu brauche ich einen weiteren Kaffee«, sagte Martha. »Kann ich noch einen aufsetzen?«

»Klar«, sagte Said, »was du willst.«

Aber Sonja griff nach der Kanne. »Ich mach schon.«

Es dauerte nicht lange, da begann David genauso unruhig zu werden wie Said. Als wenn er das aufnähme. Der Junge spielte mit seinem Teelöffel, stellte ihn auf und ließ ihn umfallen. Er trommelte mit Messer und Gabel auf die Tischdecke. Er rutschte auf seinem Stuhl hin und her, und schließlich stand er auf und lief umher. Vor dem Fernseher blieb er stehen, schien sich aber zu sagen, dass er eh keine Erlaubnis bekommen würde.

Martha nahm das Zeichen auf, und David nickte, als sie ihm anbot, nach Hause zu gehen. Da waren noch keine anderthalb Stunden vergangen. In Gedanken schickte Martha einen Gruß an ihre Schwester: ein problemloser Vormittag, meine Liebe. Berührt mich nicht – und das nicht etwa, weil ich zwei oder drei Gläser Sekt getrunken habe. Ich glaube, ich bin drüber hinweg.

Sie verabschiedeten sich von Sonja und Konrad, und Martha ertrug auch, dass Sonja Davids Hand lange in ihrer hielt und »Bis bald« sagte. Er nickte.

Said brachte sie zur Tür. Martha sparte sich einen weiteren Kommentar über Riegel und Kette. Als sie sich umarmten, fühlte sie seine frisch rasierte Wange an ihrer.

2

Wagners erster Blick blieb an den Stühlen hängen. Er kam selten her – sehr selten –, aber wenn, dann stachen ihm diese Stühle ins Auge.

Er kannte ihre Bedeutung, sah ihre Schönheit. Entworfen von dem Amerikaner Charles Eames. Schlicht, funktional, dabei vollendet. Meilensteine, Museumsstücke – und für einen Mann wie Kelber viel zu schade.

Wenn Kelber mit ihm reden wollte, bedurfte es eines von ihren Sekretärinnen vereinbarten Termins. Als Leiter der Exportkontrolle, der wichtigsten Abteilung beim Bundesamt für Wirtschaft, ließ sich Wagner nicht dienstlich auf dem Flur anquatschen. Auch nicht vom Präsidenten der Behörde. Erst recht nicht von dem.

Er musterte Kelber. Der Mann mochte Ende vierzig sein, gab sich aber Mühe, jünger auszusehen. Er trug eine Designerbrille, außerdem eine gelb und blau gestreifte Krawatte und einen Anzug, der seine Figur betonte. Kelber war schlank und trainiert. Fitnessstudio. Gerüchte in der Behörde besagten, Kelber interessiere sich nur für Männer. Wagner ignorierte diesen Menschen, soweit es ging.

Sechs Eames-Stühle standen um den Besprechungstisch, alle mit blaugrauem Stoff bezogen und akkurat unter die Tischkante geschoben. Am Schreibtisch gab es einen weiteren, aus Leder, mit Rollen und hoher Lehne. Das ganz teure Modell. Kelber saß auf ihm und hob den Blick.

»Ah, Herr Wagner. Schön, dass Sie so pünktlich sind.«

Kelber kam seinem Gast ein paar Schritte entgegen, reichte ihm die Hand und begrüßte ihn mit einer Freude, die Wagner für gespielt hielt. Sein Gastgeber wies in Richtung Tisch. Wagner zog einen der blaugrauen Stühle hervor, strich mit zwei Fingern über ihn und setzte sich. Er ließ seinen Rücken den Stoff fühlen.

»Ich bekam einen Anruf aus Berlin«, begann Kelber. Er hatte sich Wagner gegenübergesetzt und sein Bein übergeschlagen. Seine Arme lagen auf den Stuhllehnen. »Direkt vom Wirtschaftsminister. Das heißt, von seinem Staatssekretär.«

Wagner tat dem Behördenpräsidenten nicht den Gefallen, nachzufragen, er wartete einfach. Er war in keiner Weise bereit, Interesse zu heucheln oder eifrig zu tun, und er hatte es auch nicht nötig. Sein Standing in der Behörde war bestens. Die Kollegen in seiner Abteilung schätzten ihn. Wagner ließ ihnen freie Hand, und wenn der Schlendrian um sich griff, redete er mit den Leuten, aber er tobte nicht und wies sie auch nicht zurecht. Ein anderer Führungsstil als der von Kelber.

»Wie es scheint«, fuhr Kelber fort, »verfügen die Amerikaner über Geheimdienstinformationen, nach denen das iranische Atomprogramm mit deutschen Ausrüstungsgütern bestückt wird.«

»Ach? Und was sind das für Informationen? Kann man die nachprüfen?«

Kelber schüttelte den Kopf. »Es gibt nur diese allgemeinen Hinweise. Für mehr scheinen uns die Amerikaner nicht zu vertrauen. Sie sind davon überzeugt, dass der Iran im Besitz deutscher Waren ist. Verbotener Waren. Und dass noch mehr dorthin gelangt.«

»Welche Wege auch immer diese Güter nehmen.«

Kelber winkte ab und drehte den Kopf weg. »Selbstverständlich. Das wissen wir beide. Dem Staatssekretär kann ich gerade noch klarmachen, dass wir kaum die Verantwortung dafür zu übernehmen haben, wenn irgendein internationaler Kunde seine in Deutschland gekauften Waren weiterreicht. Der Staatssekretär kennt unsere Arbeit. Aber den Amis kann man das nicht mehr erklären. Für die ist das deutsche Wertarbeit und kommt deshalb aus Deutschland.«

»Und was folgt nun daraus?«, fragte Wagner. Seine Aufmerksamkeit war mehr bei dem Eames-Stuhl als bei Kelber. Man saß nur auf dem Stoff, der zwischen das Gestell gespannt war. Es gab keinen Unterbau. Deshalb konnte sich der Stuhl so leicht dem Körper anpassen, dem er gleichzeitig ausreichend Widerstand bot.

»Der Staatssekretär bittet uns, in diesem heiklen Fall aktiv zu werden. Er setzt auf unser Gespür. Auf unser Fingerspitzengefühl, wenn Sie so wollen. Deshalb ist das eine große Aufgabe. Wir sollen alle Firmen überprüfen, die in den letzten zwanzig, dreißig Jahren einschlägig aufgefallen sind. Wo wir auch nur den leisesten Zweifel hegen, da sollen wir hinfahren. Die Firmen besuchen. Mit den Leuten reden und uns ein Bild machen. Verstehen Sie?«

Neitzel, dachte Wagner. Er schüttelte den Kopf und sagte: »Ich fürchte, dafür habe ich kein Personal.«

Kelber nahm seine bunte Brille ab und drehte sie in der Hand. »Kein Personal?« Er setzte ein falsches Lächeln auf. »Sie fahren selber. Sie persönlich.«

Wagner fixierte sein Gegenüber. »Wer sagt das?«

»Ich sage das. In Absprache mit dem Staatssekretär. Ein Wunsch des Ministers.«

Wagner war nicht bereit, sich irgendwohin schicken zu lassen. Wenn Kelber Fleißpunkte in Berlin sammeln wollte, dann musste er seinen Hintern schon selbst bewegen.

»Und wann sollte ich das machen?«

Kelber veränderte seine Sitzposition. Er stellte auch das zweite Bein auf den Boden und rückte mit dem Oberkörper ein paar Zentimeter nach vorn, in Richtung seines Gesprächspartners. Wagner roch sein aufdringliches Rasierwasser. Er wollte ausweichen und sich weiter zurücklehnen, doch er war schon an der Stuhllehne angelangt.

»Sehen Sie, verehrter Kollege Wagner, Sie scheinen noch nicht ganz zu verstehen. Es handelt sich um eine Bitte der Bundesregierung.« Kelber hob die linke Hand. »Höchste Ebene.« Er kniff die Augen zusammen und nickte. »Es drohen Verstimmungen im deutsch-amerikanischen Verhältnis. Neuerliche Verstimmungen. Das kann unser Land nun wirklich nicht gebrauchen. Unsere Arbeit war ein Tagesordnungspunkt im Bundeskabinett. Ein eigener TOP. Erkennen Sie langsam die Größenordnung?«

Wagner griff mit beiden Händen nach den Armlehnen und spürte das kalte Metall. Sein Blick wanderte durch das Zimmer. Er verscheuchte einen neuerlichen Gedanken an Neitzel.

»In der Abteilung gibt es unter den Kollegen regionale Zuständigkeiten. Wenn diese Angelegenheit eine solche Bedeutung hat, dann wäre es sicher vernünftig, wenn der jeweils Zuständige …«

Kelber schüttelte den Kopf. »Sie fahren. Persönlich. Das hat Berlin entschieden. Und zwar, wenn möglich, noch diese Woche.«

Eine solche Reise gehörte schlicht nicht zu seinen Zuständigkeiten. Und Kelber hatte den falschen Tonfall gewählt.

Sein Gegenüber setzte die Brille wieder auf und legte die Stirn in Falten. Jungenhafte Falten, fand Wagner. Gespielter Ernst.

»Zunächst brauchen wir eine Liste«, sagte der Präsident. »Schreiben Sie alle Firmen auf, die in dem genannten Zeitraum auffällig geworden sind. Zwanzig, dreißig Jahre. Dann: In welchen Bereichen sind diese Firmen heute tätig? An wen liefern sie und was? Wer sitzt im Management? Und wo Zweifel bleiben – selbst kleinste Zweifel –, da muss ich Sie bitten, hinzufahren. Sie müssen diesen Leuten ins Gewissen reden. Drohen Sie ihnen von mir aus. Da haben Sie Gestaltungsspielraum. Nur: Machen Sie ihnen klar, dass wir sie im Visier haben.«

Neitzel, dachte Wagner wieder.

Es war nicht vernünftig, seine Entscheidung davon abhängig zu machen, ob Kelber bitte, bitte sagte oder nicht. Er ließ sich nirgendwohin schicken, von Kelber nicht und auch nicht vom Staatssekretär. Aber er konnte kaum anders, als das Vorhaben richtig zu finden. Waren die Hinweise der Amerikaner auch noch so vage – ausgerechnet der Geheimdienst, lächerlich –, reagierte man doch lieber zweimal zu oft als einmal zu wenig.

Er überdachte, was auf seinem Schreibtisch auf ihn wartete und dringend war, dann nickte er innerlich. Kelber zeigte er seine Zustimmung noch nicht.

Doch der schien Wagners Gedanken zu ahnen. »Mir ist doch klar, dass Sie beschäftigt sind. Das sind wir alle. Aber wir müssen jetzt Prioritäten setzen. Das zeichnet eine gute Verwaltung aus: dass sie Prioritäten setzen kann. Noch etwas: Ich möchte diese Sache so still ausgeführt haben wie möglich. Auch das ist ein ausdrücklicher Wunsch des Staatssekretärs. Diskretion, verstehen Sie. Weihen Sie nur diejenigen Kollegen ein, die unbedingt notwendig sind. Verpflichten Sie auch sie zu absolutem Stillschweigen. Wenn Sie dabei Hilfe brauchen, lassen Sie es mich wissen. Sollte diese Sache irgendwann einmal publik werden, dann bitte nicht aus meiner Behörde. Ich möchte mir nichts anhängen lassen. Arbeiten Sie als Erstes an der Liste. Und dann sprechen wir drüber. Wenn möglich morgen. Spätestens übermorgen.«

»Ich sehe, was ich tun kann«, sagte Wagner.

Kelber nickte, beide standen auf. Wagner warf einen letzten Blick auf die Stühle. Definitiv zu schade für Kelber.

Als er an der Tür war, rief sein Vorgesetzter ihn noch einmal.

»Wir brauchen die Liste wirklich schnell. Machen Sie sich bitte gleich daran.«

Mit einem Nicken ging Wagner hinaus.

Ein paar Tage später saß er im Erste-Klasse-Abteil eines ICE, ein einzelner Reisender auf einem Fensterplatz, und wartete auf die Abfahrt aus dem Frankfurter Hauptbahnhof. Er hatte keinen Laptop vor sich und kein Telefon am Ohr. Die Schaffnerin hatte ihm Kaffee gebracht. Ein weißer Faden stieg aus der Tasse auf, und er beobachtete ihn, während die Betriebsamkeit um ihn herum anstieg. Er trug ein graubraunes Jackett und hatte den Schlips am Kragen gelockert. Seine Zeitung lag auf dem Klapptisch.

Auf vier Besuche hatten sich Kelber und er geeinigt, einen am Starnberger See, einen in Westfalen, einen nahe Bremen und einen in Hamburg. Seine erste Reise führte ihn nordwärts. Die Türen wurden geschlossen, der Zug setzte sich in Bewegung, Wagner lehnte sich zurück, nippte an seinem Becher und sah nach draußen.

Frankfurt, Eva-Stadt.

Durch eine Verwechslung hatte er sie vor fünfundzwanzig Jahren kennengelernt. Nach Seminarschluss war er einer Kommilitonin nachgegangen, hatte sie von hinten angesprochen: »Hast du die Aufgabe mitgeschrieben, die wir lösen sollen?«

»Ich mache keine Aufgaben. Nie.« Die gleichen kurzen Haare, ein schwarzer Pulli, aber ein anderes Gesicht. Eine Studentin aus einem anderen Fachbereich.

»Oh. Eine Verwechslung.«

»Und, enttäuscht?«

Ein stummes, bestenfalls angedeutetes Kopfschütteln von Wagner.

»Also? Ist die andere hübscher als ich?«

»Nee.«

Eva hatte ihn fasziniert. Sie war das Gegenteil von allem, was er war und kannte. Eine weitverzweigte Familie und Kontakte zu diversen Tanten und Onkeln, zu Cousins und Cousinen. Mit Mitte zwanzig noch Freunde aus der Grundschule. Als sie ihn, in ihrer allerersten Zeit, einmal sonntags nachmittags wegen akuter Zahnschmerzen in die Klinik begleitete, da kannte sie den Arzt – ein früherer Nachbar, der sich freute, sie zu sehen. Wagner kam sofort dran.

Fast lautlos glitt der Zug aus Frankfurt hinaus. Dank der Klimaanlage vergaß er die Hitze. Einzelne Wolken standen am Himmel, auf dem Main tänzelten Sonnenstrahlen. Leute trugen ihre Jacken auf dem Arm oder über der Schulter. Der Zug nahm an Fahrt auf, eine elektronische Tafel im Abteil zeigte, dass er bald die Zweihundert-Stundenkilometer-Marke erreichte.

Es hatte ihn nie gestört, sich an Eva ranzuhängen. Er seinerseits half ihr, das Studium zu beenden und im Beruf Fuß zu fassen. Sie maßen diesen Dingen keine Bedeutung bei, sie liebten und unterstützten sich. Außerdem hatte er nie zuvor eine Frau so begehrt wie Eva. Mitten in der Vorlesung oder in der Mensa, selbst im Kino überfiel ihn die Lust und besetzte wie ein Virus alle seine Gedanken. Nachts wachte er erregt auf, und wenn sie neben ihm lag, begann er sie zu streicheln, bis sie endlich die Augen aufschlug, und dann schlief er mit ihr. Aber auch sie antwortete nach einem gemeinsamen Frühstück auf die Frage, was sie tun sollten: »Wieder ins Bett gehen.«

Und jetzt? Alles anders. Sie war in der Klinik.

Es hatte sich über einen langen Zeitraum angekündigt. Manchmal war sie so blass gewesen, dass er erschrocken war. Grau, nicht weiß. Von fahler, ungesunder Gesichtsfarbe. Und Schatten um die Augen.

Er hatte geglaubt, das seien die Veränderungen, die die zweite Lebenshälfte einläuteten. Da musste man durch. Sie unterhielten sich nicht mehr. Sprachen kaum noch. Eva saß im Sessel und tat nichts. Starrte in die Luft. Keine Musik, kein Buch, nicht einmal Fernsehen. Es war ihr egal, was sie aßen, und sie schien es nicht zu schmecken, wenn er eine Delikatesse eingekauft hatte. Und Sex? Er versuchte es gar nicht mehr. Sie hatte nie ein Wort darüber verloren, trotzdem war das Signal, dass sie nicht berührt werden wollte, unmissverständlich. Nicht einmal in den Arm nehmen ließ sie sich.

Er hatte versucht, gegenzusteuern, hatte sie auf eine seiner Radtouren durch den Odenwald mitgenommen, war, da sie nicht joggte, mit ihr sonntags gewandert. Auch sie hatte sich bemüht, hatte für ihn gekocht und einen Abend zu zweit arrangiert. Aber wie viel

Kraft hatte sie das gekostet. Wie stumm war sie dann geblieben, und wie mühevoll hatte ihr freundlicher Gesichtsausdruck gewirkt.

Über viele Monate war das gegangen. Er konnte nicht sagen, wann ihr Zustand begonnen hatte. Er hatte sich eingeschlichen und mehr und mehr von ihr Besitz ergriffen. Wo sollte man einen Anfang setzen? Vor einem Jahr? Vor zwei?

Die andere Frage war, ob ihn Schuld traf. Und wenn nicht Schuld, dann zumindest Verantwortung. Wurde er der gerecht? Er besuchte sie selten. Der Kontakt war spärlich.

Sie hatte eines Morgens gesagt, sie schaffe es nicht mehr und finde den Weg aus ihrem Loch nicht, sie würde zu einem Psychiater gehen und sich am liebsten in eine Klinik einweisen lassen.

Und da war sie nun.

Hinter Koblenz fuhr der Zug nicht mehr auf der alten Rheinstrecke, er raste durch den Westerwald, durch lange Tunnel, an Lärmschutzwänden und der Autobahn entlang, durch Wälder, die nur selten den Blick in ein Tal ermöglichten. Im Erste-Klasse-Abteil wurde weiter gearbeitet und telefoniert. Wagner ließ die Rückenlehne nach hinten kippen. Sein leerer Kaffeebecher stand trotz der hohen Geschwindigkeit und einem gelegentlichen Ruckeln des Wagens unbeweglich vor ihm.

Wie würde es weitergehen mit Eva? Wie weit reichte seine Verantwortung? Er lief vor diesen Fragen davon, das wusste er. Aber auch deshalb, weil es auf sie keine Antworten gab. Er spürte nur, dass er allein war, seit Jahren.

Er schloss die Augen und dachte an seine Aufgabe. Sofort kam ihm Neitzel in den Sinn. Vor sechs Jahren hatte Wagner für das Bundesamt einen Prozess gegen diesen Mann geführt. Die Anklage lautete auf Verstoß gegen das Kriegswaffenkontrollgesetz. Sie hatten Neitzel vorgeworfen, über Umwege Ausrüstungsgüter an den Iran zu liefern.

Jetzt ging es wieder zu Neitzel. Auf diesen Teil der Reise hätte er gern verzichtet. Aber Kelber hatte darauf bestanden. Er hatte die Brust herausgestreckt und wieder sein stärkstes Argument aufgefahren: »Berlin wünscht es so.«

Wagner konnte nur vermeiden, sich jetzt schon damit zu beschäftigen.

3

Davids Schule lag zwei Kilometer von ihrer Wohnung entfernt. Der Hof war asphaltiert. Als Martha ihn überquerte, war er leer, nur ein paar Tauben stritten sich um ein weggeworfenes Schulbrot und gurrten dabei. Das Gebäude selbst war weiß und flach, ein Sechziger-Jahre-Bau.

Schonend – wie sagte man jemandem so etwas schonend? Noch dazu einem neunjährigen Jungen, der den Tod bestenfalls aus Geschichten kannte?

David ging seit dem Ende der Sommerferien in die vierte Klasse. Vom Elternabend wusste Martha, wo sein Klassenraum lag. Langsam stieg sie durch das menschenleere Treppenhaus nach oben. Sie brauchte ihre Hand am Geländer, um sich weiterzuziehen. Der Terrazzoboden gab jeden ihrer Schritte wieder.

Der Flur war gelb gestrichen und bekritzelt. Jacken und Turnbeutel hingen an einer Reihe Kleiderhaken. Zwei vergessene Wollmützen und ein Schal ließen sie schmunzeln. Andere Kinder waren auch nicht besser. Wie unvorstellbar angesichts des Sommers, sich jemals wieder so warm anziehen zu müssen.

Ein Schild neben der Tür wies darauf hin, dass in diesem Klassenraum die 4c zu Hause war. Unter einer Kunststoffplatte hing ein Stundenplan. Die Kinder hatten Deutsch, wurden also von ihrer Klassenlehrerin unterrichtet, einer jungen Frau mit einem hübschen Mädchengesicht.

Martha holte Luft, dann klopfte sie und zog die Tür auf. Die Lehrerin hatte ihre blonden Haare zu einem Pferdeschwanz gebunden und trug eine dunkelblaue Trainingsjacke und Jeans. Die Augen der Kinder richteten sich auf Martha. David saß am Fenster. Er legte die Stirn in Falten und schien ihr eine stumme Frage zu stellen: Was machst du denn hier? Sie gab ihm kein Zeichen, sondern wandte sich der Lehrerin zu und redete leise mit ihr.

Die Frau blickte sie an, als verstünde sie nicht, was Marthas Anliegen war. Martha erklärte, immer noch leise, dass sie David abholen wollte.

»Ach so«, sagte die Lehrerin. »David«, rief sie und klang fast fröhlich, »pack deine Sachen zusammen. Deine Mutter möchte dich mitnehmen.«

David stand auf. Er hob seinen Ranzen auf den Tisch und begann, verschiedene Stifte in seine Federmappe zu sortieren. Nichts brachte ihn dazu, seine Ordnung zu vernachlässigen, jeder Stift kam an seinen Platz. Er schob die kleine Mappe, das Buch und das Heft in den Ranzen. Martha sah ihm zu. Sie fing wieder einen Blick von ihm auf und hatte das Gefühl, er ahnte etwas. Aber das konnte nicht sein. Woher denn?

»Oh, der hat's gut«, rief ein Schüler von der anderen Seite des Klassenraums, »der kann nach Hause.« Andere stimmten ein.

Martha biss sich auf die Lippen. Sie wollte sich beherrschen. Der hat es nicht gut, dachte sie. Der hat es ganz bestimmt nicht gut.

David brach zusammen. Auch wenn er mehrfach gefragt hatte, hatte sie mit der Nachricht gewartet, bis sie zu Hause waren und er auf einem Stuhl in der Küche saß. Sie ging in die Hocke und hielt seine Hände, als sie ihm alles berichtete. Er brauchte einen langen Moment, um zu begreifen. Es schien ihr, als kämen ihre Worte gar nicht bei ihm an.

Dann riss er Mund und Augen auf. »Hast du Papa gesehen? Ich meine ... tot?«

»Das nicht. Aber die Polizei und die Ärzte sagen einem nicht, dass jemand tot ist, wenn es nicht stimmt.«

Nachdem er diesen Satz verstanden hatte – was wieder einige Zeit dauerte –, kamen die Tränen. Lautlos. Ein Strom kleiner Tropfen, der ihm aus den Augenwinkeln rann. Er schien sich vor ihr zu schämen, denn er stand auf und drehte ihr den Rücken zu. Sie legte ihm die Hände auf den Rücken und spürte, wie er zitterte. An den Beinen fing es an, erfasste den Oberkörper und die Arme. Vor Zittern gaben seine Knie nach, und sie musste ihn auffangen. Wie ein Sack hing er in ihren Armen, die Beine auf dem Fußboden und trotzdem keinen Halt. Er schien es nicht zu merken. Er krümmte sich und weinte.

Sie packte ihn an den Schultern und unter den Knien, hob ihn auf, schleppte ihn in sein Zimmer und legte ihn ins Bett. Er war wie in Trance. Seine Tränen versiegten, aber er war in keiner Weise ansprechbar, er hörte nicht, was sie ihm sagte, ihren Trost nicht und auch nicht ihre Liebe. Sie blieb bei ihm sitzen und hielt seine Hand.

Vor unendlich langer Zeit war dies Saids Zimmer gewesen, ohne Kinderbett und Kuscheltiere, ohne das Poster eines iranischen Fußballers, der in der Bundesliga sein Geld verdiente, an der Wand. Hier hatte Said an seinen Bewerbungsunterlagen für die Kunsthochschule gearbeitet. Als die Zusage gekommen war, hatte er sie abends mit verbundenen Augen hereingeführt. Der Brief der Hochschule lag auf seinem Zeichentisch, umrahmt von Kerzen, von Sekt und zwei langstieligen Gläsern, von Schälchen mit Pistazien und Oliven. Er hatte Musik aufgelegt und mit ihr getanzt.

Sie erinnerte sich auch daran, wie er seine Bewegungen plötzlich abgebrochen hatte. »Kunst – ich weiß gar nicht, ob das das Richtige für mich ist.«

Zweifel gehörten dazu, hatte sie gedacht, ihn umarmt und ihm einen Kuss auf den Mund gegeben. »Das ist das Richtige.« Was würde sie dafür geben, ihn noch einmal umarmen und küssen zu können.

Als David eingeschlafen war, rief Martha ihren Chefredakteur an und bat um einige freie Tage.

»Klar, das macht gar nichts in unserer Situation, wenn eine der besten Reporterinnen ausfällt, während ihre Geschichte erst halb fertig ist. Geht doch eh alles den Bach runter.«

Pause. Schweigen. »Für David ist es schon ganz unten«, erwiderte sie.

Sie hörte ein lautes Schlucken von ihm.

»Entschuldige«, sagte er, »dieser Wirtschaftsprüfer heute hat mich wütend gemacht, dieser Zahlenknecht. Natürlich, bleib zu Hause, kümmere dich um deinen Jungen. Etwas Wichtigeres gibt es jetzt nicht.«

David aß nicht, er reagierte nicht einmal auf ihre Speiseangebote. Also zerdrückte Martha ihm mit der Gabel eine Banane. Sie setzte ihn im Bett auf, mit dem Kissen gegen die Wand, und fütterte ihn. Mechanisch öffnete er den Mund und schluckte hinunter, was sie ihm gab. Abends kochte sie ihm Suppe mit püriertem Gemüse und

Kartoffeln und wiederholte die Prozedur. David war wie nicht anwesend, er wehrte sich nicht, half nicht, sprach nicht. Ein willenloses Wesen mit verweinten Augen. Sie zog ihn aus, führte ihn aufs Klo, blieb dort stehen, bis er fertig war, und brachte ihn wieder ins Bett.

Sie selbst war Anfang zwanzig gewesen, als ihre Mutter starb. Bis dahin war ihr Vater der wichtigste Mensch in ihrem Leben gewesen. Er, der Überlegene, der Souveräne. Wenn er abends oder am Sonntag auf seine Oberschenkel klopfte – das Zeichen für sie, auf seinen Schoß zu kommen –, ließ sie liegen, was immer sie gerade tat. Mit zwölf begann sie, die Zeitung zu lesen, um seine Welt zu verstehen. Um ihm Gesprächspartnerin zu sein, ihm wenigstens Fragen stellen zu können, die er ernst nahm. Nach seinen Ratschlägen plante sie ihre Ausbildung, Studium, Journalistenschule. Es machte sie stolz, dass es immer das Beste für sie sein musste.

Und dann stürzte er vom Sockel. Nicht länger als drei Tage dauerte das. Er lief in seinem schwarzen Anzug herum, zog auch im Haus die schwarze Krawatte nicht aus und sagte jedem, der kondolierte, er habe alle Termine abgesagt. Dabei schniefte er. In Marthas Augen trauerte er nicht, sondern spielte Trauer, und das auch noch schlecht. Er las seinen Stapel Zeitungen und sah die Nachrichten im Fernsehen, und da lag seine Aufmerksamkeit. Aufgewühlt wie sie war, erkannte sie, wie winzig der Raum war, den der berühmte Journalist und Exregierungssprecher seiner Frau und der Familie eingeräumt hatte. Sie bekam Wut, gab ihm – zum ersten Mal in ihrem Leben – böse Antworten und empfand die Bitterkeit, die ihre Mutter in der Regel gut verborgen hatte, die aber manchmal aufgeblitzt war. Martha bekam Schuldgefühle darüber, dass sie die Mutter nicht besser verstanden hatte. Sie hatte immer nur die Fröhlichkeit gesehen und die Harmonie, die von ihr ausgegangen war.

Als David schlief, sprach sie mit Hanna über diese Zeit. Das Küchenfenster stand offen, von der Straße drang Motorengeräusch herein, eine Kirchenglocke schlug. Nur Wind gab es nicht. Es war warm.

»Ich habe ihn immer so gesehen«, sagte ihre Schwester. »Wenn er etwas zugesagt hat, war das eine Möglichkeit, aber nicht mehr.

Selbst seine heiligen Versprechen – erinnerst du dich? Die gespreizten Finger? – Hießen: vielleicht ja, vielleicht nein. Irgendeine Pressekonferenz oder eine überraschende Reise, und er hat meistens nicht mal mehr abgesagt. Damit hat Mama gelebt. Ich glaube, sie ist oft allein ins Konzert gegangen.«

Später kehrte Martha zu David zurück, der im Traum seufzte. Sie setzte sich an sein Bett und hielt wieder seine kleine Hand und streichelte sie. Ihr Sohn war jetzt ein Halbwaise, und sie trug die Verantwortung für ihn allein. Sie hatte Freunde, hatte ihre Schwester, sie würde Rat bekommen, wann immer sie welchen brauchte. Aber die Entscheidungen musste sie in Zukunft allein treffen und verantworten.

Erst am Nachmittag des dritten Tages stand er auf. Er war blass und hatte verquollene Augen, seine dunklen Haare standen ihm wirr auf dem Kopf. Die Pyjamahose schlotterte ihm um die Beine. Er kletterte auf Marthas Schoß, und als sie ihren Arm um ihn legte, fühlte sie seine Rippen.

»Glaubst du, dass Papa mich lieb gehabt hat?«, fragte er, das Gesicht an ihren Hals geschmiegt.

»Das glaube ich nicht nur, das weiß ich. Mehr als irgendjemanden sonst auf der Welt.«

»Wenn er da runtergesprungen ist, dann hat er mich nicht so doll lieb gehabt. Sonst hätte er mich nicht im Stich gelassen.«

Sie wusste keine Antwort, sie drückte nur den mageren Körper und sagte: »Er hat dich lieb gehabt, ganz bestimmt.«

Er blieb im Schlafanzug, hatte aber Hunger, und sie aßen zusammen. Als sie ihn am Abend wieder ins Bett bringen wollte, hörte sie die Klingel. Hanna öffnete. »Besuch für dich«, sagte sie zu Martha.

Martha gab David einen Kuss. »Ich seh noch mal nach dir.«

Konrad stand im Flur. Er trug ein kariertes Jackett, das an den Armen passte, am Bauch aber zu weit war und ihn noch hagerer wirken ließ.

»Ich wollte nicht stören«, sagte er und blickte zu Boden.

Martha führte ihn ins Wohnzimmer, in dem der Fernseher stand, außerdem ein dunkelblaues Sofa und zwei passende Sessel. Mit

Hanna saß sie manchmal abends hier, und sie tranken Wein und sahen einen Film. Die Luft war abgestanden. Martha öffnete die Balkontür. Konrad zog seine Jacke aus und setzte sich in einen der Sessel.

»Es geht um Said.«

Sie nickte.

»Er ist nicht vom Balkon gesprungen.«

»Woher weißt du das?«

»Es gibt keinen Abschiedsbrief. Und er war nicht depressiv und erst recht nicht suizidgefährdet. In keiner Weise.«

»Wie wär's mit dieser Möglichkeit: Du hast es einfach nicht gemerkt. Und jetzt quält dich die Schuld.«

»Martha, ich bitte dich. Ich lebe mit ihm zusammen. Habe gelebt ... Aber vor allem hatte er Angst – das habe ich gemerkt.«

Vorsicht ist die Mutter allen Seins.

Sie lehnte sich auf dem Sofa zurück. Wozu dieses Gespräch? Was wollte der Kerl? Ihr kam eine Ahnung. Sie wappnete sich dagegen. »Angst hatte er? Weißt du auch vor wem?«

»Said hat seit einiger Zeit in Kontakt zu Exiliranern gestanden. Zu Oppositionellen.«

»Und?«

»Soweit ich weiß, wollten sie zusammen etwas auf die Beine stellen. Said wahrscheinlich als Zeichner. Da bin ich nicht sicher. Auch nicht, wer die Texte schreiben sollte.« Konrad stützte die Ellbogen auf die Knie und legte den Kopf in die Hände. »Er saß an einem Heft, das hat er doch auch am Geburtstag erzählt. Und es ging um das iranische Atomprogramm. Genauer gesagt: gegen die iranische Bombe.«

Sie lachte auf. »Said hat sich nie für diese Dinge interessiert. Politik, das war für ihn ein Fremdwort. Eins, das er nicht kannte.«

»Das stimmt nicht. Er hat sich sehr wohl interessiert.«

Sie fixierte ihn. »Gut, spielen wir's durch. Er hat sich also verändert und ist politisch geworden. Warum nicht? So was gibt's, wahrscheinlich hundertfach. Ich war von ihm getrennt, da habe ich das nicht mitbekommen. Okay. Aber weil er ein Comicheft zeichnen wollte, schickt der persische Geheimdienst ein paar seiner Agenten nach Hamburg, und die schmeißen ihn vom Balkon? Und tarnen das dann als Selbstmord? Oder als Unfall? Konrad – für ein Comicheft?«

Er nahm seine Brille ab und begann, sein Hemd in Höhe des Brustbeins aufzuknöpfen. Mit einem Zipfel putzte er die Brillengläser.

»Wo warst du eigentlich an dem Morgen?«, fragte sie.

»An der Uni. Ich hab unterrichtet.«

»Montags morgens gibst du ein Seminar?«

Er war mit seinem Gläserputzen beschäftigt. »Schon immer. Dann fängt die Woche wenigstens an.« Er setzte die Brille auf, blinzelte und sah Martha an. »Noch mal zu Said. Ich weiß, dass das absurd klingt. Aber ich habe ihn erlebt. Er hatte Angst, glaub mir das.«

»Davon habe ich nichts gemerkt. Auch am Sonntag nicht.«

»Er hat es eben gut verborgen. Sobald es ging, hat er den Sekt aufgemacht und dann den ganzen Tag darauf geachtet, dass sein Pegel nicht sinkt.«

Es lohnte sich nicht, mit ihm zu streiten. »Warum kommst du eigentlich zu mir und erzählst mir das?«

Er gab nicht gleich eine Antwort. Sie sah auf seinem Gesicht, wie er mit sich rang. »Ich dachte … ich meine, weil du doch Journalistin bist, könntest du vielleicht …«

»Nee, Konrad, wirklich nicht. Es tut mir leid, dass Said tot ist. Wirklich sehr leid, um meinetwillen und besonders für David. Aber meine Aufgabe ist jetzt mein Sohn. Ich spiel nicht die Ermittlerin.«

Er ließ ihre Sätze stehen, als höre er auf den Nachhall, und starrte in die Luft. Seine Augen hinter den Gläsern wirkten groß. Er glotzte. Aber wohin nur?

Schließlich sagte er: »Das meinte ich doch gar nicht. Nur, dass du der Polizei ein bisschen auf die Finger siehst. Dich können sie nicht so leicht abwimmeln, weil sie Angst haben, das steht dann in der Zeitung.«

Sie sah sich bei der Polizeipressestelle anrufen, ein zweites und ein drittes Mal. Die Mitarbeiter fragten im Kommissariat nach, und sie wurde mit einer lauen Antwort abgespeist. Alles in ihr sträubte sich gegen diese Vorstellung. Es sträubte sich vor allem gegen das

Hirngespinst, das Konrad ausgepackt hatte. Der iranische Geheimdienst …

»Nein«, sagte sie, »bestimmt nicht.«

»Schade.« Er stand auf und griff nach seiner Jacke. Als er sie anzog, sah sie die Schweißflecken auf seinem Hemd.

»Wenn du dir so sicher bist, werd doch selber aktiv. Du warst schließlich sein Freund.«

»Ich bin Wissenschaftler, so was kann ich nicht. Außerdem sitze ich gerade an einem Aufsatz. Der hat einen Abgabetermin.«

Ihr fiel ihre eigene Reportage ein. »Na dann …«, sagte sie.

Als sie ihn zur Wohnungstür begleiten wollte, sah sie David im Flur stehen, direkt neben dem Wohnzimmer, in seinem Schlafanzug und barfuß. Er drückte sich mit dem Gesicht gegen die Wand und hielt die Hände an Schläfen und Wangen, als wollte er niemanden sehen.

»David! Was machst du denn hier?«

Sie warf Konrad einen Blick zu, der nickte und ging. David rührte sich nicht. Sie hockte sich neben ihn, legte ihm die Hand auf den Rücken und streichelte ihn langsam.

»Kannst du nicht schlafen?«

Sie spürte einen Schauer, der durch seinen Körper lief. »Was ist los?«, fragte sie.

Er zitterte erneut und zog dann, ohne sie anzusehen, in Richtung seines Zimmers davon.

Sie ging ihm hinterher. »David, rede mit mir. Bitte.«

Sein Gesicht war so weiß wie der Fensterrahmen, an dem er sich festhielt. Er sah hinaus.

»Ich weiß nichts mehr. Was ist mit Papa?«

»Du hast zugehört, was Konrad gesagt hat, stimmt's?«

»Ich möchte so gerne noch mal mit ihm reden. Ich möchte ihn fragen, was passiert ist. Und … ob er mich lieb gehabt hat.«

Nun liefen ihm doch die Tränen. Er kroch in sein Bett, zog sich die Decke bis an die Ohren und drehte sich zur Wand. Martha schob ihre Hand in Richtung seiner Schultern. »David. Mein kleiner, lieber David.« Mit der anderen Hand strich sie ihm über die Haare.

»Wenn einer aus dem Fenster springt«, sagte er in Richtung Wand,

»wenn einer nicht mehr leben will, dann schreibt er doch einen Brief. Dann sagt er: Ich kann nicht mehr, ich weiß nicht mehr weiter. Oder nicht? Ich würde das so machen. Ich würde dir schreiben: Mama, sei mir nicht böse.«

Ihr schossen die Tränen in die Augen. »David!«

Er drehte sich zu ihr. Sein Gesicht hatte alle Form und jeden Ausdruck verloren. Es sah aus wie ein Brei.

»Ich will es doch nur wissen«, sagte er. »Vielleicht ist er ja runtergefallen. Passiert das manchmal, dass Menschen vom Balkon fallen? Erwachsene, meine ich.«

»Ich weiß nicht. Nicht oft, glaube ich.«

»Oder es stimmt, was Konrad glaubt. Irgendjemand hat ihn getötet. Vielleicht werde ich nie Bescheid wissen. Ich glaube, das ist genauso schlimm, wie dass er tot ist.«

Sie schloss ihn in ihre Arme. Seine feuchte Wange lag an ihrer. Sie hielt ihn fest, beide Hände auf seinem Rücken, ein zartes, hilfloses und verzweifeltes Menschlein. Ihr Sohn. Als sie die Umarmung ein wenig löste, sah sie in sein verweintes Gesicht.

»Ich werde versuchen herauszufinden, was passiert ist.«

»Und dann sagst du es mir?«

»Ja.«

»Du sagst mir die Wahrheit?«

»Ganz bestimmt.«

»Auch wenn es wehtut?«

»Versprochen.«

4

Neitzel, dachte er. Der Mann ließ sich nicht beiseiteschieben. Das drahtige Gesicht, die vorstehenden Wangenknochen, die kleinen Augen. Es gelang Wagner nicht, an etwas anderes zu denken, nur Neitzel, immer wieder Neitzel. Ganz einfach, versicherte er sich, er würde es machen wie bei den anderen, genauso, die gleiche Rede wie in Westfalen und bei Bremen. Nicht weniger, nicht mehr.

Die Klimaanlage lief und ließ das schwülwarme Wetter draußen. So kannte er Hamburg nicht. Er brachte die Stadt mit Nieselregen in Verbindung und mit Wind, aber nicht mit dieser Hitze. Er hatte in das Navigationssystem Neitzels Harburger Firmenadresse eingegeben, doch noch bevor er die Elbe überquerte, brauchte er keine Anweisungen mehr. Er erkannte alles wieder. Es war wie vor sechs Jahren. Genauso. Rechts neben ihm die Eisenbahnbrücke. Ein ICE fuhr langsam stadteinwärts. Dahinter der ausladende Containerhafen. Kräne, Barkassen. Die Elbe.

Sein Bild von Neitzel wurde noch schärfer, und Wagner redete schon stumm mit ihm. Er stellte das Radio lauter und zwang sich, auf die Schlagertexte zu achten. Beim zweiten Mal sang er den Refrain bereits mit: »Willst du Antwort, wer ich bin/ kommen dir Fragen in den Sinn/ Kannst alles von mir wissen/ kannst mich immerzu küssen.«

Der Verkehr wurde dichter. Er stellte das Radio leiser. Viele Transporter und Lkws waren unterwegs. Er zwang seine Aufmerksamkeit auf die Straße. Hinter ihm blinkte eine Lichthupe. Ein Kastenwagen war dicht aufgefahren, er sollte die linke Spur frei machen. Er blinkte und zog hinüber.

Vor sechs Jahren hatte es ihn eine kaum vorstellbare Mühe gekostet, sein Bundesamt in Bewegung zu setzen. Widerstände überall, Kopfschütteln, Unverständnis. »Das ist nicht unsere Aufgabe«, hatte es geheißen. »Hast du nicht genug zu tun?« Oder: »Da verbrennen wir uns bloß die Finger.«

Von seinem damaligen Präsidenten, einem weißhaarigen Sechzigjährigen, der die Pensionierung vor Augen hatte, hatte er ein stillschweigendes Einverständnis bekommen, mehr nicht. Von sich aus nahm Wagner Kontakt zur Zollkripo in Hamburg auf und sprach mit einem Beamten namens Petersen, der schon am Telefon klang wie Hafen und Wind und Meer. Wagner verabredete sich mit ihm und fuhr hin. Eine Dienststelle direkt im Hamburger Hafen.

Ihn erwartete ein breitschultriger Mann mit flachsblondem Haar und platter Nase, die Arme vor der Brust verschränkt. »Moin«, sagte Petersen. »Ich finde das gut, dass es Leute gibt, die über ihren Tellerrand hinausblicken. Ihr seid zwar keine Ermittlungsbehörde, aber ihr könnt eure Erfahrungen einbringen und wir unsere. Wir machen das jetzt zusammen.« Dabei verzog er keine Miene. Er machte ein paar Schritte auf Wagner zu und streckte ihm seine kräftige Hand entgegen. »Ich bin Thomas.«

Neitzels Firma, die MBN, war damals in den Verdacht geraten, auf dem Antrag auf Ausfuhrgenehmigung einen Scheinempfänger angegeben zu haben. Es gab eine Reihe von Indizien, nur fehlte der gerichtsfeste Beweis – oder ein Zeuge. Also war Wagner in die Türkei geflogen, um Kontakt aufzunehmen zu dem angeblichen Empfänger, den Neitzels Firma genannt hatte. Die Fragen waren ganz einfach: Haben Sie bestellt? Ist es angekommen?

Schwieriger war die Umsetzung. Ankara war unerträglich heiß. Als Wagner aus dem Flugzeug stieg, traf ihn die Hitze wie ein Schlag. Sechsunddreißig Grad zeigte ein digitales Thermometer am Flughafen. Dabei war erst Mitte Juni.

Drei Tage waren nicht genug für zwei läppische Antworten. Wagner musste seinen Rückflug verschieben. Sprachloses Unverständnis bei seinen Kollegen in Frankfurt. Wagner zwang sich zu Geduld, zog von Behörde zu Behörde, von Zimmer zu Zimmer. Er legte seinen Dienstausweis vor, der immer wieder ganz genau betrachtet wurde, und er bekam Unmengen von süßem Tee angeboten. Kaum jemand sprach deutsch oder englisch. Verantwortlich für Kriegswaffenbestellungen war erst recht niemand.

Abends auf den Straßen von Ankara, da konnten alle Deutsch. Hunderte von Stimmen, die ihn in Restaurants oder obskure Lokale ziehen, die ihm Mädchen oder Jungs vermitteln wollten: »Erst zwälff, aberr särr hibsch.«

Wagner schwitzte ununterbrochen. Er schwitzte tagsüber und hörte nachts nicht auf. Jeden Tag duschte er zwei Mal. Er hatte nicht genug Wäsche eingepackt, um sich so häufig umzuziehen, und mit seinem Auftrag ging es nicht einen Schritt voran.

Gelegentlich kam Hoffnung auf, wenn jemand den Finger hob und lächelte und nach einem Telefon griff. Ein neuer Termin, ein anderer Verantwortlicher; doch am Ende wieder nur ein fragendes Gesicht und Kopfschütteln. Als Wagner auf Harkan Yildray traf, hatte er seine Hoffnungen bereits fahren gelassen. Einer der letzten Termine.

Er würde abreisen. Raus aus dieser Hitze. Es musste einen anderen Weg geben.

Yildray war ein Mann mit breitem Gesicht, einem schwarzen Seehundbart und Augen voller Traurigkeit. Er ließ Tee bringen. Wagner wollte ablehnen, nichts Warmes mehr, aber Yildray nickte ihm zu, und Wagner dachte: Ein Tee mehr oder weniger, was macht das noch? Er schwitzte sowieso.

Der Dolmetscher übersetzte, Yildray sei im Verteidigungsministerium für die Beschaffung zuständig, zusammen mit anderen selbstverständlich, aber er sei einer der Verantwortlichen. Bei großen Vorhaben entschieden, wie Yildray ausführlich erklärte, Regierung und Parlament. Er gehöre zu denen, die umsetzten. Wagner mochte es kaum noch glauben. Er stellte seine Frage.

Der Dolmetscher wiederholte sie auf Türkisch. Anstelle einer Antwort sah Yildray auf seine Uhr. »Zeit, Mittag zu essen«, übersetzte der Dolmetscher, und Yildray nickte dazu. Wagner schloss die Augen. Er hätte viel darum gegeben, nur die Antwort zu bekommen und verschwinden zu können. Doch Yildray stand bereits und gestikulierte in seine Richtung.

Ein türkisches Restaurant. Fettige Holztische, Musik aus den Lautsprechern. Wieder Tee, dazu Lammfleisch und Reis und Joghurtsauce.

»Haben Sie diesen Auftrag an die MBN in Hamburg gegeben?«, fragte Wagner, als sie bestellt hatten. Der Dolmetscher zögerte, und Wagner sagte: »Na los, übersetzen Sie.«

Yildray schüttelte den Kopf, und Wagner empfand Genugtuung, er atmete ein und fühlte einen richtigen Triumph, der allerdings jäh gestoppt wurde, als der Dolmetscher erklärte: »Es ist nicht gut, beim Essen über Geschäfte zu sprechen.«

Wagner beherrschte sich. Er stocherte in dem Lammfleisch und dem Salat herum und aß etwas von dem Reis, er trank auch Tee und führte mit seinem Gegenüber eine mühevolle, gedolmetschte Unterhaltung über den Islam und das Christentum, über die Türken in Deutschland und deutsche Touristen in der Türkei. Wagner blieb höflich. Er war darüber hinaus, die Geduld zu verlieren. Seine Sehnsucht – nach erträglichen Temperaturen, nach einem Waldlauf daheim in Frankfurt – hatte sich verkrochen. Wohin, wusste er nicht.

Als der Kellner abgedeckt hatte, übersetzte der Dolmetscher: »Wir haben keine Geschäftsbeziehung zu einer deutschen Firma MBN.«

Wagner glaubte nicht, was er gehört hatte. Er bat den Dolmetscher, den Satz zu wiederholen, und während er zuhörte, sah er Yildray ins Gesicht. Der dichte schwarze Bart verdeckte seinen Mund vollkommen. Speisereste waren in ihm hängen geblieben.

»Er möchte«, sagte der Dolmetscher, »dass Sie mit in sein Büro kommen, dort wird er in den Computer sehen. Aber er ist sich sicher.«

Yildray lehnte es mit großer Geste ab, als Wagner seine Brieftasche zückte. Der Deutsche sei selbstverständlich eingeladen. Im Büro brachte sein Blick in den Computer das gleiche Ergebnis. Als der Dolmetscher ihm übersetzte, ob er nach Hamburg kommen und dort aussagen würde, nickte Yildray.

Wagner telefonierte nach Frankfurt und zum Zoll nach Hamburg: »Ich hab einen Zeugen gefunden.«

Bevor Wagner am nächsten Tag abflog, konnte Yildray plötzlich doch ein paar Brocken Deutsch und etwas Englisch. Ohne den Dolmetscher, den er bereits weggeschickt hatte, machte er klar, dass er nicht nach Deutschland reisen könne.

»Ich habe zu Hause eine kranke Tochter. Über Nacht ist es viel schlechter geworden. Medizin ist teuer in der Türkei. Ich werde nachts Taxi fahren, weil ich mehr Geld verdienen muss. Verreisen ist nicht möglich.«

Wagner glaubte zu wissen, was Yildray ihm sagen wollte. Er

griff in seine Brieftasche, nahm fünf braune Fünfzigeuroscheine heraus – sein eigenes Geld, nicht das der Behörde – und drückte es Yildray in die Hand. »Okay?«

»Okay.«

In Harburg verließ Wagner die Autobahn. Dem Navi drehte er den Saft ab. Er fuhr an fensterlosen Hallen, an den Glasbauten von Autohäusern und Baustoffhändlern vorbei. In einigem Abstand zum Betriebsgelände der MBN hielt er an. Er war zu früh und wollte vermeiden, dass Neitzel ihn schon sah. Als er den Motor abstellte, klingelte sein Handy. Mertens war dran, sein Stellvertreter.

»Ich habe gleich einen Termin bei meinem guten Freund«, sagte Wagner.

»Neitzel?«

Wagner öffnete das Fenster. Es war diesig und feucht. Wenn er sitzen blieb, würde er sein Hemd durchschwitzen.

»Ja, Neitzel. Hier hat sich überhaupt nichts verändert. Alles genau wie damals. Nicht mal die Zypressen sind gewachsen. Oder sie haben die alten rausgerissen und neue gepflanzt, weil sie keine hohen Bäume mögen.«

»Es hat jemand für dich angerufen.«

Es waren Mertens' seltsame Formulierung und sein sanfter Ton, die Wagner ahnen ließen, wen er meinte.

»Eva?«

»Richtig.«

Wagner stieg aus und suchte sich einen Platz im Schatten. »Warum ruft sie mich nicht auf dem Handy an?«

»Habe ich sie auch gefragt. Sie wollte nicht glauben, dass du verreist bist. Ob du nicht mit ihr sprechen wolltest, hat sie gefragt.«

»Und was hast du gesagt?«

»Nein, natürlich. Und dass sie dich mobil erreichen könnte.«

Wagner fächerte sich Luft zu. Er mochte Mertens nicht fragen, wie Eva geklungen hatte. Schließlich war sie seine Frau.

»Ich hatte den Eindruck ...«, sagte der andere.

»Was?«

»Ich habe mir ein bisschen Sorgen um sie gemacht. Ihre Stimme war furchtbar leise und kraftlos. Ich habe sie gefragt, ob ich irgendwas für sie tun könne. Aber sie hat sich nur nach dir erkundigt. Ob du wirklich nicht da seist.«

»Ich werde sie anrufen.«

Er sah auf die Uhr und machte sich auf den kurzen Weg. Betonplatten führten zum Eingang. Die Tür bestand nur aus einem Aluminiumrahmen und einer Milchglasscheibe. Ein Schutzgitter davor war halbherzig zur Seite geschoben. Hier wurde offenbar nicht viel Besuch empfangen.

Wagner meldete sich an und wurde von einer Frau ohne Höflichkeit in ein Besprechungszimmer geführt. Auch diesen Raum erkannte er wieder. Den ovalen Tisch, dessen dunkles Furnier an mehreren Stellen abgeplatzt war, die Holzstühle, ihre Sitzflächen und Rückenlehnen mit grünem Stoff bezogen, diese ganze Sachlichkeit und Gedankenlosigkeit.

Er stellte sich ans Fenster. Vor ihm lag ein Parkplatz, der viel zu groß für diesen Betrieb war, wie auf Zuwachs geplant. Gerade die Hälfte der Betonfläche war mit parkenden Autos gefüllt. Es gab eine Zu- und eine Ausfahrt, damit die Lkws im Lieferverkehr nicht wenden mussten.

Wagner zog ein paar Unterlagen aus seiner Aktentasche, die er durchblätterte, ohne wirklich zu lesen. Er hatte in seinem Job viele Leute kennengelernt, Unternehmer wie Neitzel, Exporteure. Mit fast allen kam er zurecht. Erklärte, was erlaubt und was verboten war, zeigte, wo es für die Behörde Spielraum gab und wo nicht. Traf auf Verständnis. Und machte sich ein Bild von den Menschen, das einfloss, wenn die Entscheidungsgrundlagen nicht ganz sicher waren.

Was war anders mit Neitzel? Warum beschäftigte dieser Mann ihn so sehr? Doch nicht nur wegen dieses beschissenen Prozesses.

Wagner öffnete eines der Fenster. Die Vögel zwitscherten wie im Frühling, aber die Sommerhitze kam herein. Auf dem Parkplatz war keinerlei Bewegung. Maschinengeräusche drangen herein. Die MBN hatte offenbar zu tun.

Zwanzig Minuten ließ Neitzel ihn warten. Als er hereinkam, sah Wagner, dass sich doch etwas verändert hatte. Der Mann war alt geworden. Sie gaben sich die Hand. Wagner sah graue Haare, Falten im Gesicht, dunkle Ringe unter den Augen.

Sie setzten sich einander gegenüber.

»Herr Wagner. Was kann ich für Sie tun?«

Auch sein Blick schien müder geworden zu sein. Früher hatte er Wachsamkeit in seinen Augen gehabt.

Wagner begann seine Rede. Sie wich nicht ab von denen, die er in Westfalen und in der Nähe von Bremen gehalten hatte. Die Amerikaner. Die Bundesregierung. Das Bundesamt.

»Ich habe mir nichts vorzuwerfen«, erwiderte Neitzel und machte mit den Händen eine abwehrende Geste. Wagner fand, er klang müde. Eindeutig müde.

»Ich betreibe in schwieriger Zeit ein Unternehmen. In sehr schwieriger Zeit, das kann ich Ihnen flüstern. Ich zahle Steuern und ich gebe Leuten Arbeit. Kennen Sie die neuen Lohnforderungen der IG Metall?« Er winkte ab. »Und was macht unser Staat? Ist er froh, dass ich nicht in die Slowakei abgewandert bin? Ist er dankbar? Da unten verstehen die Leute auch etwas von Metallbau. Und verdienen zehn Prozent von dem, was ich hier zahle. Die Gewerkschaften dort sind vernünftiger. Und das Land fördert Ansiedlungen.« Neitzel schüttelte langsam den Kopf. »Trotzdem bin ich immer noch hier. Und unser Staat? Verdächtigt mich.«

»Niemand verdächtigt Sie.«

Das war nicht die Wahrheit. Natürlich wurde Neitzel verdächtigt, nicht zuletzt von Wagner selbst. Aber Wagner war dabei, seine Meinung zu revidieren. Dieser alte Mann hier hatte seine Zeit hinter sich.

»Entschuldigen Sie, wenn ich lache. Sie verdächtigen mich nicht? Warum sind Sie dann hier?« Neitzel grinste, aber auch darin war nur noch ein Rest der alten Überheblichkeit. »Natürlich wegen der alten Geschichte. Da war damals schon nichts dran. Vielleicht erinnern Sie sich. Trotzdem stehe ich auf irgendwelchen Listen und bin in Computerraster eingegeben, und jedes Mal, wenn jemand ein bestimmtes Stichwort eintippt, dann klingelt es beim Buchstaben »M«. Metallbau Nord. Einmal im Visier, immer im Visier.«

An Gedankenschärfe hatte Neitzel nichts eingebüßt, er reimte sich die Dinge zusammen, nicht übertrieben, aber auch nicht zu wenig.

»Herr Neitzel, das stimmt nicht. Für unsere Behörde kann ich sagen: Solche Listen gibt es nicht. Erst recht gibt es keine Computerraster.«

Neitzel wich Wagners Blick aus und sah nach draußen. Er redete nicht, ließ nur die Augen wandern. Mit einer Stimme, als spräche er zu sich selbst, fuhr er schließlich fort: »Wenn ich zehn Jahre jünger wäre – vielleicht nur fünf –, würde ich mir die Frage neu stellen. Ich meine, ob ich mit meinem Betrieb in Deutschland bleiben soll. Hier bin ich doch regelrecht vorverurteilt. Und das, obwohl Sie mir damals schon nichts nachweisen konnten. Ich bin freigesprochen worden, erinnern Sie sich? Ich habe Haftentschädigung erhalten.«

Wagner hatte gesagt, was er zu sagen hatte. Er legte keinen Wert darauf, mehr Zeit mit Neitzel zuzubringen. Er hatte als Gast nichts angeboten bekommen, keinen Kaffee, nicht einmal ein Glas Wasser. Diese Gelegenheit hatten sich Neitzels Kollegen in Westfalen und bei Bremen nicht entgehen lassen, einem Abteilungsleiter, den sie immer wieder brauchten, ihre Aufmerksamkeit zu zeigen. Neitzel war anders. Wagner wollte zum Ende kommen. Dieser Mann brauchte ihm nicht mehr im Kopf herumzugeistern, der war harmlos geworden und hatte höchstens noch ein paar Jahre bis zum Ruhestand. Für diese Erkenntnis hatte sich die Reise allemal gelohnt.

»Ich möchte wiederholen«, sagte er, »weshalb ich gekommen bin. Ich weise auf eine besondere politische Situation hin. Die Bundesrepublik ist in der Pflicht gegenüber unseren Bündnispartnern. Wir wollen nicht, dass der Atomwaffensperrvertrag verletzt wird, weder vom Iran noch von einem anderen Land. Und erst recht nicht mit Ausrüstungsgütern aus Deutschland. Wir als Bundesbehörde achten verschärft darauf, dass alle Zusagen eingehalten werden.«

»Verschärft!« Neitzel warf ihm einen giftigen Blick zu. Dann kniff er die Augen zusammen. Die rechte Hand ballte er zu einer Faust. »Und bei verschärft kommen Sie zu mir. Sie sitzen hier und drohen mir und behaupten gleichzeitig, es gäbe keine schwarzen Listen. Ich glaube, Sie halten mich für dumm.«

Welche Lampe auch immer bei Neitzel plötzlich angegangen war, sie war schon wieder aus. Er sprach leise weiter.

»Sehen Sie, wir wollen nicht streiten. Neben dem, was ich eben aufgezählt habe – Steuern und Gewerkschaften –, ist die Bürokratie eine der Haupthürden für uns, um effizient zu arbeiten. Das alles kostet unheimlich viel Zeit und Geld. Statistiken, Abrechnungen. Vielleicht können Sie das einmal als Rückmeldung nach Berlin geben. Die Situation wird immer belastender. Dabei wollen wir einfach nur produzieren.«

»Das täte mir leid«, sagte Wagner. »Ich werde das so weitergeben. Im Gegenzug wäre ich Ihnen dankbar, wenn Sie das, was ich Ihnen vermittelt habe, sorgfältig aufnehmen würden: Wir kontrollieren in Zusammenarbeit mit dem Zoll die Exporte so streng wie irgend möglich. Dazu sind wir von der Regierung aufgefordert, und dem kommen wir als Bundesbehörde nach. Wohlgemerkt, ich beschuldige Sie nicht, ich unterstelle Ihnen nichts. Ich weise Sie auf eine Tatsache hin. Das ist alles.«

Neitzel setzte ein Lächeln auf. »Damit bleibt die Frage immer noch unbeantwortet, welche der tausenden von Firmen, die sich an das Bundesamt wenden, Sie mit diesem Hinweis erfreuen und wen nicht.«

Natürlich wusste sein Gegenüber, warum Wagner ihm diese Frage nicht beantwortete. Er bemühte sich, im Gesicht keine Regung zu zeigen. Ein wenig Respekt durfte Neitzel ruhig bekommen.

»Aber lassen wir das«, fuhr Neitzel fort. »Ich sagen Ihnen Folgendes: Wir produzieren Rohre. Rohre für die Ölindustrie in Dubai. Ein sehr großer Auftrag, der zur rechten Zeit kam, so viel darf ich wohl verraten. Sehen Sie, Herr Wagner, ich müsste das nicht tun, aber ich bin bereit, Ihnen meine Produktionshalle zu zeigen. Jetzt sofort. Unangekündigt. Dann können Sie sich ein Bild machen. Da werden Rohre hergestellt. Präzisionsarbeit, für die ich zehn Jahre Garantie gebe. Zehn Jahre! Sonst hätte ich den Auftrag da unten in der Wüste gar nicht bekommen. Zehn Jahre, haben die Scheichs gesagt, das können nur die verrückten Deutschen, und dann haben sie unterschrieben. Kommen Sie, wir gehen rüber, dann werden Sie sehen, dass ich die Wahrheit sage. Und irgendwelche Verdächtigungen nicht verdiene. Dann ist das Kapitel abgeschlossen.«

Wagner schüttelte den Kopf. »Es gibt keine Verdächtigungen.«

»Dann allerdings würde mich doch interessieren, wie viele Betriebe Sie insgesamt besuchen.«

Wagner konnte nicht anders, er war beeindruckt von Neitzels Unnachgiebigkeit. War das wirklich ein alter Mann?

»Ich besuche niemanden aufgrund von Verdächtigungen. Das wäre gar nicht meine Aufgabe. Ich bin kein Polizist und auch kein Staatsanwalt.«

»Und dennoch gibt es einen Grund, warum Sie hier bei mir sind und bei vielen anderen nicht«, erwiderte Neitzel. »Und selbst wenn Sie ihn ums Verrecken nicht nennen wollen: Wir wissen beide, dass es ihn gibt. Also, was ist? Gehen wir in die Produktion?« Neitzel war bereits auf den Beinen.

Wagner schüttelte den Kopf. »Das ist nicht nötig. Ich möchte hier nichts kontrollieren. Das ist nicht mein Auftrag, und dieser Eindruck soll auch nicht entstehen. Ich glaube, ich habe Ihnen deutlich gemacht, weshalb ich gekommen bin.«

Neitzel nickte. Er hatte seine Hände auf die Stuhllehne gelegt und ließ den Kopf sinken, als wenn ihn mit einem Mal alle Spannkraft verlassen hätte. Er atmete laut.

Zu viel, fand Wagner, das war zu viel. Neitzel spielte ihm etwas vor – jetzt war er sich sicher. Er drückte eine kraftlose, kalte Hand.

»Ich habe ganz vergessen«, sagte Neitzel, »Ihnen etwas anzubieten. Bitte sehen Sie das einem alten Mann nach.«

5

Am Himmel stand keine Wolke. Saids Grab lag weit weg von Bäumen und Schatten. Die Trauergäste fächelten sich Luft zu. Man stöhnte.

Martha wich nicht von Davids Seite, um ihn jederzeit auffangen zu können. Zweimal packte sie ihn an den Schultern, weil sie fürchtete, er würde fallen. Das war, als der Imam sein Gebet sprach, lange auf Farsi, zum kleinen Teil auf Deutsch. Im prallen Sonnenschein hörten sie einer nicht enden wollenden Liturgie zu, einer, die auch Said vollkommen fremd gewesen sein musste.

»Wir gehören zu Allah, zu ihm kehren wir zurück«, sagte der Imam endlich auf Deutsch.

Davids Knie gaben nach, Martha hielt ihn. Sie stützte ihn auch, als David am Grab stand und Erde hineinwarf. Da schien er hinterher fallen zu wollen.

Er weinte ununterbrochen. Ein lautloser Strom von Tränen. Ihr war klar, dass für ihre eigene Trauer kein Raum blieb. Er war wieder wie weggetreten und schien nicht zu wissen, wo er war. Bei jedem Schritt führte sie ihn, hielt seine Hand und hatte die andere auf seiner Schulter.

Auf dem Friedhof verloren sich einzelne Leute, die die Gräber ihrer Angehörigen pflegten. Man stand im Schatten der hohen Eichen. Martha fing den einen oder anderen Blick auf die persisch-deutsche Trauergesellschaft auf. Schwarz und Weiß, die beiden Trauerfarben, mischten sich. Saids Mutter, eine alte Tante von ihm und seine Schwester, die mit ihrem Mann und beiden Kindern gekommen war, trugen Kopftücher aus weißer Seide. Sonja dagegen hatte eine dünne schwarze Bluse an. Auch sie hatte ein Kopftuch umgebunden, aber auf andere Weise, der Knoten war am Hinterkopf, Strähnen ihres roten Haares fielen heraus. Martha fragte sich, was in ihr vorging. Als sie am Grab stand, regte sie sich nicht und weinte nicht, weder als sie Abschied nahm, noch als sie in die schmerzverzerrten Gesichter von Saids Eltern blickte. Als hätte sie keine Tränen. Fast tat sie Martha ein wenig leid.

Konrad trug ein schwarzes Cordjackett, viel zu warm und ausgebeult. Er hatte Schweiß auf der Stirn. Länger als alle anderen blieb er am offenen Grab stehen. Er gestikulierte, nickte und schüttelte den Kopf, als führte er eine letzte Debatte mit Said. Eine, die nicht enden wollte. Andere Leute warteten, bis er schließlich die Hand zu einem letzten Gruß hob.

Die Letzten, die Abschied nahmen, waren drei Kollegen von Said. Sie stellten sich zwar vor, aber kaum verständlich, und Martha achtete nicht auf ihre Namen, sie hielt ihre Aufmerksamkeit bei David – und bei dem Toten. Wo waren eigentlich ihre Tränen? Wegen der Sorge um den Jungen und ihres Mitleids mit ihm kam sie kaum dazu, die eigene Trauer zu spüren. Über Sonja hatte sie sich mokiert. Aber sie selbst? Dabei wusste sie genau, dass hier auch etwas von ihr beerdigt wurde.

Als die Trauergemeinde den Rückweg antrat, vorbei an der eckigen Kapelle, die sie nicht gebraucht hatten, war einer der Sanitäter neben Martha. Er hatte schwarze Locken, die sich offenbar von einer Bürste kaum bändigen ließen. Aus seinem Anzug war er herausgewachsen, die Ärmel waren zu kurz.

»Du bist David«, sagte er, »ich habe schon viel von dir gehört.«

David sah ihn nicht an. Martha hielt die weiche Hand ihres Sohnes und steuerte ihn.

»Ich bin viel mit Said zusammen gefahren«, sagte der Mann zu Martha. »In der letzten Zeit fast immer. Was ist denn eigentlich passiert? Ich meine: Wie ist er gestorben?«

»Ich weiß es nicht.«

»Auf der Station heißt es, er soll vom Balkon gesprungen sein? Keine Ahnung, wo diese Gerüchte immer herkommen. Plötzlich sind sie da, und einer erzählt es dem anderen.«

Sie erwiderte nichts, sondern strich David über den Kopf. Mit Blick auf den schwarzhaarigen Sanitäter schüttelte sie den Kopf. Dies war nicht das richtige Thema für den Jungen.

Doch der andere hatte nicht verstanden. »Glaubst du, dass er sich das Leben genommen hat? Also, ich nicht. Ich kann mir das nicht vorstellen, echt nicht. Wenn du fast jeden Tag mit jemandem auf dem Wagen fährst, dann lernst du ihn ganz gut kennen. Erst recht, wenn man Notfälle versorgen muss. Da ist so ein Mensch unverfälscht, da hat man keine Zeit, um irgendwas zu spielen. Said hat nie, wie ich es von anderen Kollegen gehört habe, gesagt: Mensch, der hat's gut, der hat's bald hinter sich. Der war weder ein Zyniker noch lebensmüde. Im Gegenteil, der wollte immer retten.«

Sie war nicht sicher, ob David zuhörte. Anzumerken war es ihm nicht, er trottete mit gesenktem Kopf neben ihr her. »Und ihr«, fragte sie, »geht jetzt auch wieder retten?«

»So gut wir können. Auch wenn man bei der Hitze aufpassen muss, dass man nicht selber kollabiert. In unseren Jacken schwitzt man schon bei erträglichen Temperaturen.«

Martha gab keine Antwort, so gingen sie stumm nebeneinander her. Vor ihnen, am Tor, sammelte sich die Trauergesellschaft. Weiße und schwarze Kleidung.

»Noch mal zu Said ...«, begann der Sanitäter, bevor sie dort angekommen waren.

»Wie war noch mal dein Name?«, unterbrach ihn Martha.

»Theo. Wieso?«

»Theo.« Sie nickte. »Es ist nicht der richtige Augenblick.« Dabei zeigte sie auf David.

Sie nahmen Konrad mit nach Bergedorf, wo Saids Eltern ein kleines weißes Haus bewohnten. Das Haus, in dem Said aufgewachsen war. Martha bat Konrad zu fahren und setzte sich nach hinten zu David. Den ganzen Weg über hielt sie seine Hand.

Martha war viele Jahre nicht mehr hier gewesen. Trog ihre Erinnerung oder war das früher auch ein so persisches Haus gewesen? Überall Teppiche. Ein fremder, süßlicher Geruch. Wie alle anderen zog Martha am Eingang ihre Schuhe aus. David blieb stehen, steif wie ein Brett. Sie musste seine Schnürsenkel öffnen und ihm aus seinen Schuhen helfen.

Auf die Versuche seiner Cousinen, Kontakt aufzunehmen, reagierte er nicht. Es war Martha, die um Verständnis für ihren traurigen Sohn warb. Sie führte David zum Tisch, vor dem sie stehen blieben. Saids Mutter und seine Tante hatten gekocht, persisches Essen, zwei Schüsseln voll Reis mit Koriander, je zwei Platten mit gegrilltem Fleisch und mit Gemüse, warme Tomaten, Paprika, Zwiebeln und Oliven und Zitronen. Dazu gab es Fladenbrot.

Saids Vater saß am Kopfende, seine Frau links neben ihm. Er klopfte auf den Platz zu seiner Rechten und rief David, den Martha dorthin schieben musste. Sie selbst setzte sich neben ihren Jungen, auf ihre andere Seite kam Konrad. Ihr gegenüber, neben die Mutter, setzte sich Saids Schwester mit ihren Kindern. Sonja, Saids Schwager und die alte Tante fanden am Ende des Tisches Platz.

Mansur Bankar war in eine eigene Welt eingetaucht. Genau wie David, dachte Martha. Des Großvaters Augen waren eng und rot. Er sprach zu niemandem, redete aber ununterbrochen auf seine langsame Art.

»Am fünften Tag haben wir ihn erst beerdigt. Am fünften Tag! Viel zu spät. Möglichst am gleichen Tag, spätestens aber nach vierundzwanzig Stunden, verlangt der Prophet. Da war der Leichnam von der Polizei noch nicht freigegeben. Und dann hatten sie auf dem Friedhof keinen Termin für uns. ›Das Erste, was ich Ihnen anbieten kann, ist der Freitag‹. Der Freitag. Fünf Tage.«

»Vater, es ging nicht anders«, sagte Saids Schwester.

Mansur sah sie mit großen Augen an, als hätte er sie erst jetzt wahrgenommen. »Du hast recht, meine Tochter, wir wollen nicht klagen. Said liegt nicht in einem Holzsarg, wie die Christen ihre Toten beerdigen. Nein, er ist in ein Leinentuch gewickelt. Deutschland ist großzügig mit uns, man respektiert unsere Traditionen und die Gebote unserer Religion, und wir müssen dankbar sein. Wir sind es auch. Trotzdem wollen wir unsere Toten in der Heimat begraben. Said, mein Sohn, warum liegst du nicht unter persischer Erde?«

In Marthas Ohren klang Saids Stimme: *Vielleicht bin ich kein Deutscher, aber ein Hamburger allemal. Ich lebe hier. Hier gehöre ich hin.*

Mansur redete weiter, dabei wanderte sein Blick über den Tisch. Martha legte den Arm um Davids Stuhllehne und ließ die Hand auf seiner Schulter.

»Ein Toter wird so gebettet, dass er nach Mekka sehen kann.« In Mansurs Stimme lag Klage. Obwohl seine Frau ihm den Teller gefüllt hatte, hatte er noch nichts angerührt. »Auch das ermöglicht uns der deutsche Friedhof. Wir müssen noch einmal dankbar sein, und wir sind es. Auch wenn der Trost schwach ist.«

Seine Hand zitterte, als er das Teeglas zum Mund führte. Als er trank, schlürfte er laut. David starrte ihn an.

Mekka? Was weiß ich, wo Mekka liegt. Das interessiert mich echt nicht. Und selbst wenn ich es wüsste – mein Orientierungssinn ist derart beschissen, dass ich es immer wieder vergessen würde. Deshalb lass ich es. Auch mit der Beterei.

»Wir haben Essen fast wie zu Hause«, fuhr Mansur fort und stocherte nun mit der Gabel in seinem Reis und dem Fleisch herum, »wenn auch mit großer Mühe und nur, weil wir bei den Türken einkaufen. Wir können das zubereiten, was wir auch zu Hause gegessen hätten. Wir sind sogar den Türken dankbar. Den Türken! Das kann man sich kaum vorstellen.«

Soll Reis und Kebab essen, wer das essen will. Ich mag Matjes mit Bratkartoffeln. Ein Bier dazu. Und Hamburger Rote Grütze.

»Warum mussten wir die Kinder hierherbringen? Sag du es mir, Nasrin.« Er tastete nach der Hand seiner Frau. Als er sie nicht fand, half sie ihm. »Wäre uns nicht alles erspart geblieben? Hätten sie uns nicht im Iran bleiben lassen können? Ach Nasrin, ich bin schuld, ich allein. Wenn ich nur meine Arbeit gemacht und geschwiegen hätte, dann hätte die Revolution uns in Ruhe gelassen.«

»Vater, ich bitte dich, hör auf«, sagte Saids Schwester.

»Aufhören soll ich, sagt meine Tochter? Womit soll ich aufhören? Mit der Trauer um meinen einzigen Sohn?«

»Damit, dir die Schuld an seinem Tod zu geben.«

Martha wäre am liebsten mit David davongelaufen. Zumal der Junge wach geworden zu sein schien. Er hörte zu. Abwechselnd starrte er zu seinem Opa und zu seiner Tante.

»Ich habe nur den Wunsch, dass mein Sohn in unserer Heimat begraben liegt. Ist das so verwerflich?«

Meine Heimat ist da, wo ich lebe. Ich will nicht so ein Trauerkloß von einem Exilperser sein. Von mir aus bin ich der schwarzhaarigste, dunkelhäutigste Hamburger, den es gibt. Hauptsache, ich bin einer.

»Natürlich ist das nicht verwerflich«, sagte Saids Schwester. »Aber es ist unmöglich, das weißt du genauso gut wie ich. Sie lassen uns nicht in den Iran, und wenn, dann müssten wir fürchten, verhaftet zu werden. Daran bist du nicht schuld.«

»Wer sonst? Wer, wenn nicht ich? Ich war gegen Khomeini und habe es abgelehnt, mich anzupassen. Ich war eitel.«

»Vater, hör auf. Bitte. Der Koran verlangt, auch in der Trauer maßvoll zu sein.«

»Oh, du hast recht.« Jetzt sah er sie an. In seinen Augen hatten sich kleine Seen gebildet. Sie glänzten. »Ich habe meinen einzigen Sohn verloren. Und ihn tausende Kilometer fern der Heimat begraben. Ich werde schwer geprüft.«

Er hielt seine Tränen zurück, aber sie waren für alle sichtbar. Martha streichelte David den Hinterkopf.

»Und meine Tochter muss erleben, dass ihr Vater seiner Prüfung nicht standhält. Ich schäme mich.« Er führte seine Serviette an die Augen.

Saids Schwester wollte etwas erwidern, aber ihr Mann neben ihr legte seine Hand auf ihren Arm.

Mansurs Worte standen im Raum. Man hörte nur noch Besteck, das Kauen und das leise Klingen, wenn ein Löffel im Teeglas umgerührt wurde. Keiner sah den anderen an, niemand sprach. Es war David, der sich als Erster rührte. Er stand auf, ging um seinen Stuhl herum und setzte sich seinem Großvater auf den Schoß. Seine Arme legte er ihm um den Hals.

Mansur drückte ihn an sich. »David«, flüsterte er, »David, mein Enkelsohn.«

Für den nächsten Nachmittag hatte Martha eine Vorladung zur Polizei. Ein Formbrief auf Recyclingpapier, mit Angabe von Datum, Uhrzeit und Dienststelle. Die Kripo saß in einem der sechs Blöcke des Hamburger Polizeipräsidiums in Winterhude. Martha klopfte an der Zimmertür mit der Nummer, die auf ihrem Brief stand. Ein graues Schild wies sie darauf hin, wer sie erwartete, Claudia Bronkhorst, Hauptkommissarin.

Im Zimmer, hinter einem weißen Schreibtisch, sah sie die blonde Kommissarin, die ihr bereits vor Saids Haus aufgefallen war. Sie trug eine kurzärmlige weiße Bluse, die über Bauch und Brust spannte. Die Oberarme waren kräftig, die Hände breit. Stämmig war das Wort, das Martha in den Sinn kam.

Ein Zimmer, genauso grau wie das Schild an seiner Tür. Auf der

Fensterbank war eine Sammlung von Kakteen der Größe nach sortiert. Das Ende der Reihe bildete eine rote Gießkanne. Zwei Fotorahmen standen auf dem Schreibtisch – Martha sah nur die Rückseite –, und an der Wand hingen zwei Plakate, die Frauen vor Gefahren warnten und zu Selbstverteidigungskursen aufriefen.

»Wir möchten diese Untersuchung gern zum Abschluss bringen«, begann die Kommissarin. Sie zeigte auf den Besucherstuhl und griff inzwischen nach einem Aktenordner, der auf ihrem Tisch lag. »Wo hab ich's? Ah, hier. Sie haben Said Bankar kurz vor seinem Tod noch gesehen?«

»Das stimmt. Am Tag davor. Seinem Geburtstag.«

Die Kommissarin hielt den Blick weiter auf ihren Unterlagen. »Sie haben ein Kind zusammen, leben aber getrennt?«

»Das ist richtig.«

»Ist Ihnen vergangenen Sonntag an Herrn Bankar irgendetwas aufgefallen?«

Martha dachte nach. War er ängstlich gewesen, wie Konrad gesagt hatte? »Nach meinem Eindruck war er wie immer. Es war sein Geburtstag, und er wirkte fröhlich. Nur, dass er die Wohnungstür verriegelt hatte, das ist mir aufgefallen.«

»Verriegelt? Was meinen Sie?«

»Normalerweise schließt man doch nicht ab, wenn man zu Hause ist. Aber Said hatte nicht nur abgeschlossen, sondern auch noch Kette und Riegel vorgelegt. Als wenn er die englischen Kronjuwelen zur Aufbewahrung hätte.«

Die Kommissarin machte eine Notiz. »Er hatte getrunken«, sagte sie, während sie schrieb. »Dazu gibt es Aussagen. Schon am Morgen.«

»Am Vormittag«, verbesserte Martha. »Etwas Sekt, zum Geburtstag. Vielleicht auch ein Glas mehr. Aber betrunken war er nicht.«

Die Kommissarin winkte ab. »Also nichts, was Ihnen aufgefallen wäre?«

»Nein. Aber mich würde sehr interessieren: Was glauben Sie denn, was passiert ist?«

»Er ist vom Balkon gesprungen. Was sonst?«

»Selbstmord? Ohne einen Abschiedsbrief zu hinterlassen?«

Die Kommissarin sah auf. Ihr Gesicht unter der blonden Dauerwelle wirkte breit und rötlich, die Lippen waren voll. Sie hielt ihren Stift an den Mund.

»Sie können sich nicht vorstellen, was wir alles erleben. Gerade diese fremden Kulturen. Was wissen wir denn, wie die Araber so was machen, wenn sie depressiv sind oder sonst was? Vielleicht müssen sie sich dafür schämen.«

»Die Araber?«

»Okay, vergessen Sie das. Ich will da nichts unterstellen. Wir haben die Wohnung gründlich durchsucht. Der Staatsanwalt hat eine Obduktion veranlasst. Deshalb haben wir noch Ärger mit der Familie bekommen, weil wir den Leichnam angeblich nicht schnell genug freigegeben haben.« Sie zog den nächsten Satz in die Länge: »Das verstößt gegen die Regeln des Korans. Du meine Güte. Aber Tatsache ist, dass es keinen Hinweis auf Fremdeinwirkung gibt. Keine Kampfspuren, nicht in der Wohnung und nicht am Leichnam.«

»Frau Kommissarin …«

»Hauptkommissarin bitte.«

»Said wirkte in keiner Weise lebensmüde.«

Sie lächelte. »Eine Vermutung. Ein Gefühl. Gestehe ich Ihnen gern zu. Aber Sie leben seit Jahren getrennt von ihm.«

»Das können Ihnen alle bestätigen, die Kontakt zu ihm hatten«, erwiderte Martha, »sein Mitbewohner, seine Arbeitskollegen. Haben Sie mit seiner Freundin gesprochen?«

»Selbstverständlich. Aber ich bleibe dabei, gerade in dieser Hinsicht kann man sich täuschen. Ziemlich stark sogar. Nicht alle Menschen zeigen ihr Innerstes. Und das gilt – entschuldigen Sie bitte – wieder besonders für diese Kulturen. Da hält man mit seinen Gefühlen hinterm Berg. So werden diese Menschen erzogen. Das muss man alles hinter einem Männlichkeitsbild verstecken. Wir als Polizei gehen mit den Fakten um, nicht mit Gefühlen oder mit Eindrücken. Und die Fakten sind so, wie ich es eben gesagt habe. Ich wiederhole gern meine Frage, da Sie ja eine Meinung zu haben scheinen: Ist Ihnen etwas aufgefallen? Wissen Sie von Streitigkeiten, die Herr Bankar hatte? Hatte er Feinde, hatte er Schulden? Gab es Drohungen? Hat er irgendjemandem die Ehre verletzt?«

Martha lehnte sich zurück. »Die Ehre?«, fragte sie. »Wie meinen Sie das?«

»So, wie ich es sage. Mit diesen Ehrenmorden haben wir des Öfteren zu tun. Allerdings ...« Sie lachte. »Da können wir in der Regel ziemlich leicht die Fremdeinwirkung nachweisen. Also?«

»Ehrenmorde?« Martha zögerte. Dann sagte sie: »Wie Sie bemerkt haben, ich war von ihm getrennt. Zu unserer gemeinsamen Zeit war Said von seiner ganzen Lebenseinstellung her ein Deutscher. Es kann natürlich sein, dass er sich danach insgeheim zu einem islamischen Fundamentalisten entwickelt hat. Das weiß man bei diesen Leuten ja nie.«

Die Kommissarin blickte sie an und wusste wohl nicht, wie sie diesen Satz nehmen sollte.

»Allerdings«, fuhr Martha fort, »gebe ich zu bedenken, dass nach meiner Kenntnis Ehrenmorde nur alle paar Jahre vorkommen.«

»Damit haben Sie meine Frage nicht beantwortet.«

»Ob er Feinde hatte? Ich weiß von keinen Feinden. Aber was bedeutet das schon?«

Die Kommissarin fuhr mit ihrem Stift durch die Luft. »Sehen Sie, die gleiche Antwort wie von seinen anderen Bekannten. Herr Bankar scheint friedfertig gewesen zu sein.«

Martha wurde unruhig. Ihre Hose klebte auf dem Plastikstuhl. Sie rutschte hin und her. Es war warm im Zimmer. »Und deshalb hat er sich das Leben genommen?«

Die Kommissarin lächelte. »Das zu klären, ist leider nicht meine Aufgabe. Ich verstehe ja, dass so was für die Angehörigen schmerzhaft ist. Da macht man sich Vorwürfe, ganz klar. Aber wir haben nur festzustellen, ob es Gewalteinwirkung gab.«

»Wenn es dafür keine Anzeichen gibt, kann man die dann hundertprozentig ausschließen?«

»Was ist schon hundertprozentig? Wir richten uns nach den Fakten. Wenn Sie möchten, können wir das gern durchgehen. Auch am Spätnachmittag noch, warum nicht? Also: keine Spuren an der Wohnungstür, okay? Das heißt, falls es einen Mörder gab, muss Herr Bankar ihn hereingelassen haben. Oder sein ... wie haben Sie so schön gesagt? Sein Mitbewohner. Den haben wir ausführlich befragt. Fazit: so weit, so unwahrscheinlich. Weiter: In dem Zimmer, von dem aus man auf den besagten Balkon gelangt, haben wir keinerlei Kampfspuren gefunden. Wirklich: keinerlei. Und die Spurensicherung ist gründlich, dafür werden die bezahlt. Auch keine Spuren an der Leiche, die auf Gewalt schließen ließen, keine Haut unter den Fingernägeln, keine Hämatome, kein Blut. Außer dem natürlich, das von dem Sturz herrührt. Das würde bedeuten, Herr Bankar hätte seinen Mörder hereingelassen und wäre dann mit ihm auf den Balkon gegangen. Warum? Um die Aussicht zu genießen?«

»Vielleicht wurde er gezwungen.«

Die Kommissarin lachte auf. »Okay, Sie geben nicht auf. Dann müsste er also jemanden in seinem Bekanntenkreis haben, der ihn mit einer Waffe besucht und ihn auf den Balkon zwingt. Sie sind die« – sie zählte mit Blick auf ihre Akte – »fünfte Person, mit der ich in diesem Fall spreche. Niemand kann sich einen solchen Menschen mit Pistole in seinem Umkreis auch nur vorstellen. Sie selbst übrigens auch nicht. Weiter: Im Leichnam wurden keine Spuren bewusstseinsverändernder Substanzen gefunden. Auch das ist etwas, das wir überprüfen. Entsprechend kann man also auch niemanden aufbauen, der erst mit Herrn Bankar eine Wasserpfeife geraucht und ihn dann auf den Balkon geführt hätte.«

»Eine Wasserpfeife. Ich wusste doch, dass noch etwas gefehlt hat.«

»Sie scheinen mich für eine Frau mit Vorurteilen zu halten, aber da irren Sie sich«, entgegnete die Kommissarin. »Da irren Sie sich sogar ziemlich gewaltig. Ich mag fremde Kulturen und reise gern ins Ausland. Was ich nicht ausstehen kann, ist diese Art, Frauen in die Wohnung einzusperren, und wenn sie mal herausdürfen, dann müssen sie sich verschleiern und fünf Schritte hinter den Männern gehen. Das finde ich einfach … Ach, wissen Sie, das Wort erspare ich uns beiden jetzt. Wenn Sie mich fragen: Diese Frauen werden vom Leben ferngehalten. Das ist doch pure Angst der Männer. Und wenn sie sich trotz allem in einen anderen Kerl verlieben und weggehen, dann sind sie ihres Lebens nicht mehr sicher. So was ist für mich finsterstes Mittelalter. Da sind wir drüber hinweg, und dafür haben wir lange gekämpft, auch und gerade wir als Frauen. Diese Ehrbegriffe, die die Araber noch haben …« Sie beendete ihren Satz nicht, sondern schüttelte nur noch den Kopf.

»Und deshalb sind Sie, alles in allem, froh, dass Sie in dieser Sache nicht weiter ermitteln müssen«, entgegnete Martha.

Die Bronkhorst starrte sie an, sagte aber nichts.

»Haben Sie noch Fragen an mich?«, wollte Martha wissen.

»Im Moment nicht.«

Martha nickte ihr zu und stand auf. Sie schwitzte in ihrer Hose. An der Tür drehte sie sich noch einmal um. »Übrigens: Iraner sind keine Araber.«

Als sie nach Hause kam, dämmerte es. Das Küchenfenster stand offen. David saß am Tisch, Hanna war am Herd zugange, sie hatte die Pfanne in der Hand und trällerte ein Lied.

Den ersten Pfannkuchen hatte sie fertig. Sie kam an Davids Platz und ließ ihn mit großer Geste auf seinen Teller gleiten. »Möchtest du auch?«, fragte sie Martha.

»Was für eine Frage! Hast du schon mal erlebt, dass ich zu Pfannkuchen Nein gesagt hätte?«

In Wahrheit war dies Davids Lieblingsgericht. Pfannkuchen bekam er, wenn er nach einer Krankheit genesen war oder zur Versöhnung, wenn sie gestritten hatten. Er streute sich Zucker und Zimt auf seinen, und als er hineinbiss, entfuhr ihm ein: »Lecker!«

Zum ersten Mal hatte er wieder Freude im Gesicht. Dafür hätte Martha ihre Schwester umarmen können.

Sie bekam den zweiten Pfannkuchen, David den dritten, dann ging Martha als Ablösung an den Herd. Hanna gab die Alleinunterhalterin. Sie erzählte und spielte Anekdoten, Dinge, die sie erlebt – oder sich auch nur ausgedacht – hatte und die beide Zuhörer zum Lachen brachten, zumal die Pointen oft auf ihre eigenen Kosten gingen. Es ging gerade um einen Schauspieler, der sich eine Textstelle nicht merken konnte. Nachdem er in der Probe ein paarmal an denselben Sätzen hängen geblieben war, hielten alle Kollegen die Luft an und sprachen sie stumm mit. Nur sah er die anderen nicht an – und blieb wieder hängen. Hanna verlor die Geduld und sagte die Stelle beim nächsten Mal laut vor – leider falsch. Sie machte des verdutzte Gesicht von Regisseur und Schauspieler nach und die Heiterkeit der anderen.

David lachte, erst verhalten, bald lauter. Martha war noch einmal dankbar.

Erst als er schon im Bett lag und sie an sein Bett kam, fragte er nach der Polizei. »Glauben die, dass er von selbst vom Balkon gesprungen ist?«

Sie hatte ihm ein Versprechen gegeben. Die Wahrheit, auch wenn sie wehtat.

»Ja, das glauben die. Eine Kommissarin kümmert sich um … um Papas Fall. Ich hatte den Eindruck, die interessiert sich nicht besonders für Said – für Papa. Die ist froh, wenn sie das abgeschlossen hat.«

»Darf die das so einfach?«

»Weiß ich nicht. Eigentlich muss die Polizei schon herausfinden, was wirklich passiert ist. Aber wenn niemand etwas anderes glaubt …«

»Ich glaube etwas anderes.«

»Ich auch, David. Und mittlerweile möchte ich auch selbst wissen, was passiert ist.«

Er suchte ihre Hand. »Wir wollen es beide wissen.« Er drückte ihre Finger zusammen. »Aber sei vorsichtig. Nicht, dass dir auch noch etwas passiert.«

Sie gab ihm einen Kuss.

6

Ein paar Tage später ging David wieder zur Schule. Nach einem Tag, an dem er in der Wohnung umhergetigert war, ohne Ruhe zum Lesen oder Zeichnen und ohne Erlaubnis, den Fernseher einzuschalten, hatte er selbst das Signal gegeben. Martha brachte ihn morgens um halb acht hinunter auf die Straße, wo er Richtung Bus davonstapfte, und fuhr selbst in die Redaktion.

Der Pförtner war auf ein Schwätzchen aus und bemerkte, sie lange nicht gesehen zu haben. Martha bedachte ihn mit einem Lächeln und einem Nicken und ging weiter. Sie nahm den Fahrstuhl in den fünften Stock, kochte sich Kaffee, blätterte durch die Post und ihren Mailbriefkasten und las die Schlagzeilen der Zeitungen. Die Datei mit ihrer Sponsoring-Geschichte öffnete sie nicht.

Als sie unruhig wurde, stellte sie sich ans Fenster. Ihr Chefredakteur kam, sie beobachtete ihn durch die dicke Scheibe. Er fuhr einen Volvo in Jägergrün, ein Auto, das sich in seiner Kastenform seit den siebziger Jahren kaum verändert hatte. Insofern passte es zu Heribert. An einer Parklücke musste er dreimal ansetzen und stand schließlich mit zwei Reifen auf dem Bürgersteig. Sie hörte ihn fluchen. Als er ausstieg, trug er einen Stapel loser Zettel auf dem Arm. Ein plötzlicher Windstoß ließ sie aufflattern. Im letzten Moment schlug er mit der Hand darauf. Mit seinen Gedanken schien er anderswo zu sein. Auf die Entfernung gab er fast eine Karikatur ab, der zerstreute Professor. Er schien schon am Morgen zu schwitzen, mit einem großen Tuch wischte er sich über die Stirn.

Sie trank ihren Kaffee aus, bevor sie zu ihm ging. Er telefonierte bereits. Seine Füße lagen auf dem Tisch. Als er Martha sah, winkte er ihr und beeilte sich, sein Gespräch zu Ende zu bringen.

An der Fensterfront hatte er sich ein Holzbrett anbringen lassen, vier, fünf Meter lang. Darauf stapelten sich Papiere zu mehreren Türmen, einige davon akut einsturzgefährdet. Vergilbte Zeitschriften waren das, herausgerissene Artikel, Manuskripte, alte Ausgaben der Spot. Martha war es unbegreiflich, wie man so arbeiten konnte. Allzu viel war es allerdings nicht, was ihm durchging.

Er stand auf, kam ihr entgegen, versuchte eine Umarmung. »Mensch, Martha, schön, dass du wieder an Bord bist.«

Er rückte ihr einen Stuhl heran und setzte sich ihr gegenüber. »Wie geht es David?«

»Wieder besser«, sagte sie. »Er ist gefasster. Natürlich nicht gerade fröhlich, aber auch nicht mehr so völlig aufgelöst. Manchmal holt es ihn ein, da sagt er dann: Heute ist Mittwoch, heute wäre mein Tag bei Papa gewesen.«

»Der arme Junge. Da hilft nur Zeit. Und natürlich die Liebe seiner Mutter. Aber die kriegt er, das weiß ich. Wie geht's deiner Geschichte?«

Sie fixierte ihn, dann sagte sie: »Ich wollte dich bitten, mir noch ein paar Tage frei zu geben.«

Er antwortete nicht. Sie blickten einander in die Augen, und keiner von beiden ließ ab.

»Heribert?«

»Ich muss deine verdammte Reportage im Blatt haben. Und zwar schnell.«

»Können wir das nicht um eine Woche verschieben?«

Er schüttelte den Kopf.

»Warum nicht?«

»Warum nicht, warum nicht? Weil uns das Wasser bis zum Hals steht, darum nicht. Weil das ein Thema ist, das der Spot helfen könnte. Deswegen habe ich das überhaupt angeleiert. Wir brauchen neue Wege und neue Leser, verstehst du? Neue Abonnenten. Dazu müssen wir wahrgenommen werden. Und zwar schnell. Sonst drehen sie uns den Hahn zu.«

»Und da hilft eine Reportage über wohltätige Gattinnen?«

»Ach, Martha. Natürlich ist das nichts, womit wir in den Nachrichten erwähnt werden. Vielleicht auch nichts, womit du einen Preis gewinnst. Aber so was wollen Schichten lesen, die wir bis jetzt nicht erreicht haben. Leute, die nicht jeden verdammten Euro dreimal umdrehen müssen, bevor sie ihn ausgeben. Das ist für uns existentiell wichtig. Nur von Studentenabos können wir nicht leben. – Ist es so dringend für dich?«

Sie biss sich auf die Lippe. Die freien Tage wollte sie nicht für die Betreuung Davids, aber das konnte sie Braun nicht sagen. Es ging ihr um das Versprechen, das sie ihrem Jungen gegeben hatte. Um das Versprechen – und um ihre eigenen Zweifel. Sie glaubte einfach nicht, dass Said vom Balkon gesprungen war. Jeden Tag, den sie mit ihrem Sohn zu Hause verbracht hatte, hatte sie sich diese Frage gestellt, und ihre Antwort war immer eindeutiger geworden: Nein, er ist nicht gesprungen. Er hat sich nicht das Leben genommen.

»Wir machen es anders«, sagte Braun und unterdrückte ein Grinsen. Oder war das Einbildung? »Du gibst deine Unterlagen an einen Kollegen. An … an Reimers.«

»Hendrik?«

»Ja, warum nicht. So was kriegt der hin.«

»Das bezweifel ich nicht. Aber …«

Zwei Drittel des Weges war sie bereits gegangen, die gesamte Recherche, und jetzt sollte sie ihr Material einem Kollegen überlassen? Und auch noch Hendrik?

Er hatte Mühe, sich ein Schmunzeln zu verkneifen, der alte Fuchs. »Aber was?«, fragte er und ließ die Frage harmlos klingen.

»Ist schon okay«, sagte sie. »Ich bring dir die Geschichte. Rechtzeitig bis Redaktionsschluss. Aber lass mich zu Hause arbeiten, ja?«

»Ganz wie du möchtest.« Er griff nach ihrer Hand. »Ich bin froh, dass du wieder da bist. Wirklich froh.«

Martha stopfte ihre Rechercheunterlagen in die Tasche, setzte sich in ihren 190er Mercedes und fuhr wieder ins Karolinenviertel, zu Saids Wohnung. Sie fand einen Parkplatz direkt vor dem Haus. Als sie ausstieg, stach ihr die Kreidelinie ins Auge, die um die Leiche gezogen worden war. Sie war blass, aber immer noch sichtbar.

Konrad öffnete ihr. Sie hörte keinen Schlüssel, der umgedreht wurde, keinen Riegel, keine Kette.

Vorsicht ist die Mutter allen Seins.

Auf ihre Bitte führte er sie in Saids Zimmer. Es war ordentlich, ungewöhnlich ordentlich für Said. Seine Arbeitskleidung, Kittel, weiße Hose und rote Sanitäterjacke, hing an drei Haken. Das Bett war mit einer Tagesdecke überzogen. Nirgendwo lag Staub, und in dem schmalen Bücherregal standen die Bücher akkurat wie eine

Kompanie Soldaten. Davor gab es zwei helle Sessel an einem niedrigen runden Tisch, unter dem ein alter Perserteppich lag.

Martha setzte sich an Saids Schreibtisch, schräg zum Fenster, und strich mit den Fingern über die Platte. Die Atmosphäre im Zimmer kam ihr leblos vor. Weil sie wusste, dass hier niemand mehr lebte? Oder weil eine Ordnung herrschte, die sie von Said nicht kannte?

»Ist das eigentlich Sonja, die so aufräumt?«

»Glaub schon. Ja.«

Martha schaltete Saids Computer ein. »Erzähl doch mal«, sagte sie zu Konrad, »was ist das für eine Oppositionsgruppe, von der du neulich gesprochen hast?«

»Ich weiß nicht viel davon. Er hat nur wenig darüber geredet.«

Ihr Said, der trug sein Herz auf der Zunge. Der konnte gar nicht anders, der musste herausplappern, was ihn bewegte. Ein neues Heft, schöne Stifte, eine neue Idee, ein besonderes Gefühl – im nächsten Moment erfuhr sie davon.

»Tatsache ist, dass der Iran ihn beschäftigt hat«, fuhr Konrad fort. »Said wusste schwer Bescheid. Auch über das wechselvolle Verhältnis des Westens zu Teheran.«

»Der Iran?«, fragte sie.

»Ja, der Iran. Die dortige Politik.«

Der Said, den sie kannte, pflegte alle Politik auf zwischenmenschliche Beziehungen zu reduzieren. Dies war passiert, weil dieser jenen nicht leiden konnte, und das, weil ein Dritter einem Vierten eins auswischen wollte. Oder um die eigene Partei zu beruhigen. Oder weil jemand die Hand aufgehalten hatte. In ihren Augen die Weltsicht eines Künstlers.

»Es fällt mir schwer, das zu glauben.«

»Wie lange wart ihr getrennt?«

»Bald drei Jahre.«

Er nickte, und das war seine Antwort.

Der Computer verlangte ein Passwort. »Kennst du es?«

»Nein«, sagte Konrad. »Gaszentrifugen, fällt mir ein. Darum ging's mal.«

»Als Passwort?«

»Als Thema, das ihn umtrieb.«

Sie gab »David« ein, aber das war falsch. Danach versuchte sie »Sonja«. Auch das akzeptierte der Computer nicht. Die Bildschirmoberfläche schüttelte sich.

»Was heißt Gaszentrifugen?«

»Davon hat er manchmal gesprochen.«

»Die braucht man für Atomanlagen, richtig?«

»Soweit ich weiß, ja.«

»Er hatte Angst, sagst du. Wovor?«

Konrad zuckte mit den Achseln, was seinen schlaksigen Oberkörper in Bewegung brachte. »Richtig klar geworden ist mir das alles erst hinterher. Ich war mit meiner eigenen Arbeit beschäftigt, deshalb habe ich mir kaum Gedanken darüber gemacht, dass er dauernd abgeschlossen und sich hundertmal umgesehen hat.« Er sah zu Boden. »Ich habe ihn nie danach gefragt. Ich glaube, ich war ein ziemlich schlechter Freund.«

»Wie lange ging das schon?«

»Zwei Wochen vielleicht. Zehn Tage? Es wurde stärker.«

»Ich fürchte, in seinen Computer komme ich nicht rein. Wenn ich ein drittes Passwort probiere und er das nicht nimmt – keine Ahnung, was dann passiert.«

Sie zog die Schubladen seines Schreibtisches auf. Konrads Unbehagen schwappte zu ihr herüber, als sie darin herumzukramen begann. Er kam zwei Schritte auf sie zu.

»Konrad, ich muss das nicht machen. Du bist neulich zu mir gekommen. Wenn du nicht willst, dass ich in seinen Sachen wühle, sag mir das. Bloß, wenn ich mir ein Bild machen will, dann brauche ich Anhaltspunkte.«

»Es ist okay«, antwortete er. »Es fällt mir schwer, aber es ist okay. Seine Schwester wollte eh kommen und seine Sachen holen. Die hat gestern angerufen.«

Sie suchte ein Adressbuch, fand aber keins. In den Schubladen hatte er, was er zum Zeichnen brauchte. Ein ganzes Fach voller Stifte, dicke und dünne, alle möglichen Farben, Blei-, Bunt- und Filzstifte, Wachsmaler, alles unsortiert. In einem anderen waren seine Papiervorräte. Auch sein Handy lag da: »Akku fast leer«, warnte es.

Sie schob die Lade nicht zu. »Und diese Oppositionsgruppe, von der du erzählt hast – über die weißt du gar nichts?«

»Die betreiben eine Internetseite. Free Persia oder Persia Free oder so ähnlich. Von Berlin aus, soweit ich weiß. Said stand in Kontakt zu denen. Und wie gesagt, ich glaube, sie wollten ein Heft zusammen machen.«

»Weißt du, ob es da schon Entwürfe gibt?«

Er zog eine Pappkiste aus Saids Regal. Als er ihr für einen Moment den Rücken zuwandte, griff sie nach Saids Handy und ließ es in ihre Tasche gleiten. Es musste dringend geladen werden, wenn es ausging, würde sie es nicht wieder anstellen können. Das Ladekabel ließ sie liegen, da sie für ihr eigenes Handy eins mit den gleichen Buchsen hatte.

Er reichte ihr die Kiste. »Kannst du mitnehmen. Ich glaube nicht, dass seine Schwester oder seine Eltern das vermissen werden.«

»Ich esse es nicht auf ... Vielleicht lass ich's David.«

Rechts von ihr lag der Balkon. Sie stellte sich an die Tür, öffnete sie aber nicht.

»Bist du inzwischen schon mal da draußen gewesen?«

Konrad schüttelte den Kopf.

Martha entriegelte die Tür und trat hinaus. Die Schwüle umfing sie. Sie griff an das Geländer, das die Brüstung abschloss. Es reichte ihr bis zum Gürtel und wackelte leicht, als sie daran rüttelte. Trotzdem, hier konnte man nicht herunterfallen.

»Hat die Polizei sich hier umgesehen?«

»Ja ja, Spurensicherung und so. Alle mit weißen Plastikhandschuhen. Aber die hatten von Anfang an eine Meinung. Gründlich waren die nicht. Und diese Kommissarin, Bronkhorst oder wie die hieß, war nur ganz kurz in der Wohnung. Dann klingelte ihr Handy, und sie ist runtergegangen und hat ewig lange draußen telefoniert. Und ihre Kollegen haben den Balkon abgesperrt und ihn erst gestern wieder freigegeben, ohne ihn sich noch mal angesehen zu haben. Es sei jetzt alles geklärt, haben sie gesagt.«

Martha hängte Saids Handy an ihr Ladekabel und suchte die Internetseite »Free Persia«. Sie klickte sich durch Artikel zur Geschichte und Kultur des Iran, Seiten mit Rezepten und verschiedenen politischen und gesellschaftlichen Themen. Es fiel ihr schwer, sich Said als Autor eines solchen Artikels vorzustellen.

Später machte sie sich auf den Weg nach Bergedorf. Bei Bankars wunderte sich niemand, als sie vor der Tür stand. Sie zog ihre Schuhe aus und wurde ins Wohnzimmer geführt. Die alte Tante brachte ihr Tee. In einer Ecke des Zimmers war eine Art Altar aufgebaut. Ein Beistelltisch, mit einer goldfarbenen Decke belegt, darauf ein Foto in goldenem Rahmen. Said lachend. Zu beiden Seiten brannte eine Kerze.

Mansur hatte vor sich einen vergilbten Plan von Teheran ausgebreitet. Mit seinem behaarten Finger fuhr er darüber, zeichnete Wege und Straßen nach und sprach persisch. Erst nach einer Weile, als er aufgesehen und Marthas Anwesenheit wahrgenommen hatte, wechselte er ins Deutsche. Er benannte einzelne Straßen, erzählte, wo seine Familie und wo Verwandte gelebt hatten, wo er zur Schule gegangen war und die Universität besucht hatte. Seine Frau Nasrin saß neben ihm und hielt ihm die Hand. Auch sie steuerte Erinnerungen an Teheran bei.

Martha verstand, dass Mansur auf der Suche nach einem Ort für sich und seine Familie war. Er kramte in seiner Erinnerung, wie sah diese Straße aus, wie jene? Wenn er etwas gefunden hatte, freute er sich. Nasrin unterstützte ihn. Wenn sie ihn korrigieren wollte, stellte sie nur Fragen. Auch Saids alte Tante half nach Kräften. Meistens waren sie sich einig. Manche Straßen waren ihnen zu staubig, andere zu sehr der Sonne ausgesetzt, ohne Schutz von Bäumen. Von wieder anderen sagten sie, da könne man wegen der schlechten Nachbarschaft nicht wohnen. Dazu rümpften sie die Nasen. Oder sie hatten sich zu weit vom Friedhof entfernt, auf den Said offenbar umgebettet werden sollte.

Mehr als fünfundzwanzig Jahre war Mansur nicht mehr in Teheran gewesen, rechnete Martha nach. Dass sich die Stadt verändert hatte – wovon sie oft gelesen hatte –, kam ihm anscheinend nicht in den Sinn. Zwischendurch versagte ihm die Stimme, dann bewegte sich sein Mund, aber es kamen keine Töne heraus. Seine Brille beschlug, er musste sie abwischen. Nasrin blieb die ganze Zeit bei ihm sitzen. Martha hatte keinen Zweifel, dass sie seine Ortssuche nicht allzu ernst nahm. Sie konnten nicht zurück nach Teheran.

Als Mansur seine Brille putzte, schaute Nasrin zu Martha und versuchte ein Lächeln. »Einer nimmt die Trauer, und einer muss trösten.«

Es gab keine Möglichkeit, Saids Eltern nach ihrem Sohn zu fragen. Was hatte sie sich erwartet? Wahrscheinlich war doch, dass sie ihn lange nicht gesehen und keine Veränderungen an ihm bemerkt hatten. Wenn sich Said wirklich für Politik interessiert hatte – mit seinem Vater hätte er darüber sicher nicht gesprochen. Martha trank den süßen Tee, hörte Mansur zu, wie er über Teheran redete und über seine Jugend, und war erleichtert, ohne David gekommen zu sein. Für ihren Jungen wünschte sie sich, dass er ins normale Leben zurückfinden würde.

Als sie sich verabschiedete, drückte Mansur sie und legte seine feuchte Wange an ihre. Nasrin brachte sie zur Tür. Dort zog sie sich, überraschend für Martha, Schuhe an und ging mit ihr nach draußen. Marthas Auto stand in der prallen Sonne. Sie blieben davor stehen.

Nasrin griff nach Marthas Arm. Die trauernde Frau hatte kaum Kraft, zudrücken konnte sie nicht.

»Ich habe ihn gesehen«, sagte sie leise. »Zwei Tage vor seinem Geburtstag. Er war hier.«

»Said war hier? Was hat er gesagt?«

»Nichts. Nichts, an das ich mich erinnern könnte. Ich kam vom Einkaufen, und plötzlich war er da. Ich weiß nicht, wo er hergekommen ist. Er stand einfach da. Er rief mich, aber er rief nicht laut, sondern so, als dürfte es niemand hören. Ich habe mich gefreut, weil Said nie unangekündigt gekommen ist. Er hatte doch immer so wenig Zeit. Ich wollte mit ihm hineingehen und einen Tee kochen. Er war einverstanden, aber da dachte ich schon, dass irgendwas nicht stimmt. Er hat sich so seltsam umgesehen. Ich habe meine Taschen genommen und wollte ins Haus, und Said sagte plötzlich: ›Ich muss weg, ich komme nicht mit.‹ Er hat mir einen Kuss gegeben, hier …« Sie zeigte auf ihre Wange und kämpfte mit den Tränen. Ihre Stimme brach. Sie hatte Mühe, weiterzusprechen. »Wie ein Abschiedskuss. Dann ist er davongelaufen. Hat sich umgesehen in alle Richtungen. Martha, was war mit ihm?«

»Das möchte ich auch gern wissen. Und David auch. Für ihn ist es furchtbar, dass sein Vater ihn einfach so verlassen haben soll.«

Nasrin zitterte. Augen und Lippen bewegten sich, ohne dass sie sie kontrollieren konnte. Ihr schmaler Körper schüttelte sich, als friere sie trotz der Hitze.

»Ich glaube, Said hatte Angst. Jemand wollte ihm etwas antun. Und er hat versucht, wegzulaufen.«

Abends, als David schlief, ging Martha das Telefonbuch in Saids Handy durch. Es gab viele Namen, die sie nicht kannte. Frauennamen, über die sie hinwegblätterte. Und eine Berliner Telefonnummer, mit der Vorwahl 030. Dazu nur ein Vorname: Tarek. Sie rief nicht an.

Mit dem Heft, an dem Said offenbar zuletzt gearbeitet hatte, legte sie sich ins Bett. Sie erkannte ihn sofort wieder – seine kräftigen Striche, die Übertreibungen, die er so sicher einsetzen konnte. Die Figuren waren nicht völlig karikiert, nur einzelne Züge waren hervorgehoben, und diese Charakterzüge konnte man ihnen sofort ansehen, Gemeinheit spiegelte sich in Mundwinkeln, Gier in aufgeblasenen Backen, Dummheit im Fehlen einer Stirn, dann war der Haaransatz direkt über die Augen gemalt.

Die Erinnerung begann, auch sie zu überschwemmen. Sie musste das Heft zur Seite legen. Die Zeichnungen hatten die Schleusen geöffnet. Nie hatte sie jemanden mehr geliebt als diesen dunkelhaarigen Jungen, der ihr direkt ans Herz fassen und es wie mit elektrischen Schlägen treffen konnte. Dieser Kerl mit seiner wirren Künstlerlogik, der ihr kleine Zeichnungen unters Kopfkissen schmuggelte oder in der Manteltasche versteckte, der am frühen Morgen aus dem Bett springen und splitternackt zu malen anfangen konnte. Und der sich immerzu verspätete und der vergaß, Versprechen, Verabredungen, Termine. Leider hatte sie es immer persönlich genommen, wenn er sie irgendwo sitzen ließ.

Die Tür wurde geöffnet. Sie blickte auf.

»David?«

»Ich kann nicht schlafen«, sagte er und krabbelte wie selbstverständlich unter ihre Decke. Sie umarmten sich.

Er entdeckte das Heft. »Das ist ja von Papa.«

»Stimmt. Aber heute sehen wir uns das nicht mehr an.«

»Du warst bei ihm, in seiner Wohnung! Ich habe schon sein Handy gesehen.« Er legte seine kleine Hand auf das Heft. »Nur ganz kurz.«

»David, es ist spät, morgen hast du Schule.«

»Bitte, Mama. Dann kann ich auch besser schlafen.«

Nur auf den ersten vier Seiten gab es Text zu den Zeichnungen. Hagere Mullahs hantierten mit einer Bombe herum, die ihnen gierige deutsche Geschäftsleute gegen Koffer voller Geld verkaufen wollten. Die Mullahs begriffen die Gefahr ihrer Bombe offenbar nicht. Sie ergingen sich in Allmachtsphantasien. Im nächsten Moment hatten sie sich ein wenig gebremst. Gegenüber den Geschäftsleuten schlugen sie scharfe Töne an. Auf den nächsten Seiten folgten nur noch Skizzen und Entwürfe, eine Produktionshalle, ein Containerschiff, das nach Karatschi in Pakistan fuhr, Verfolgungsjagden, wütende Revolutionsgarden und hämische Europäer. Als wenn Said nicht gewusst hätte, wie er sein Material sortieren sollte.

»Papa konnte so schön zeichnen«, sagte David. Er seufzte dabei derart tief, dass sie ihm über den Rücken streichelte. »Was ist eigentlich eine Atombombe?«

»Eine Bombe, die sehr viele Menschen töten kann. Unendlich viele.«

David nahm ihre Erklärung ohne sichtbare Reaktion zur Kenntnis. Er las weiter. »Und dieser Mann hier?«

Eine Szene, die Said nicht nur gezeichnet, sondern auch getextet hatte: Bei der gegenseitigen Vorstellung nannte einer der deutschen Geschäftsleute dem Iraner offenbar einen falschen Namen, und sein Partner war darüber zunächst verwundert, strahlte im nächsten Bild aber, als habe er begriffen, dass der andere geschickt gehandelt habe. So wäre er vor allen Nachforderungen sicher.

»Ich weiß, wie der Mann heißt«, sagte David.

»So? Woher?«

Er legte seinen Finger auf das Heft. »Hier: Er sagt, er heißt Nei ... Dann redet er nicht weiter, und dann kommt ... el. Also Neiel. Und der andere, sein Freund, denkt: Tz. So was ist typisch Papa, diese Buchstaben gehören mit in den Namen, und dann heißt er Neitzel.«

»Nicht schlecht, Herr Detektiv. Wer weiß, ob's stimmt.«

»Fragen können wir ihn nicht mehr.«

Martha nahm ihren Jungen wieder in den Arm, streichelte ihm übers Haar und gab ihm einen Kuss. Sie legte das Heft auf den Nachttisch und knipste das Licht aus.

David sagte: »Wenn ich groß bin, werde ich auch Comiczeichner. Das ist schon mal sicher.«

Er drehte sich auf die andere Seite und schlief auf der Stelle ein.

7

»Du hast genau drei Möglichkeiten«, sagte Apeldorn. Er hob seine Hand, und Neitzel ahnte, dass er seine Aufzählung nicht am Daumen, sondern mit dem Ringfinger beginnen würde.

Im nächsten Moment streckte Apeldorn den Finger mit dem schwarzen Stein in der Goldfassung – ein Onyx – in die Höhe. »Erstens: Du machst freiwillig, um was unsere Partner dich bitten. Zweitens: Du machst es – lass uns sagen: aus Einsicht. Oder du weigerst dich. In dem Fall kann ich dir bei den Konsequenzen allerdings nicht helfen.«

Apeldorn war Niederländer, ein Mann Ende fünfzig. Neitzel kannte ihn seit mehr als dreißig Jahren. Er hatte als Student kaum anders ausgesehen. Genauso smart – das machte schon die Größe von mehr als einem Meter neunzig. Er war blond, schlank, immer braun gebrannt. Er hatte weiße Zähne, die er oft zeigte. Sein Kleidungsstil war teuer, dabei lässig. Und er hatte diese unglaubliche Sicherheit. Er wusste, dass er bekam, was er wollte.

Er hockte auf einer Tischkante, während Neitzel auf einem grauen Stuhl saß. Apeldorn hatte extra einen Konferenzraum im Hamburger Flughafen Fuhlsbüttel gemietet, er war vor Kurzem gelandet und würde schnell wieder abfliegen. Neitzel ließ sich nicht beeindrucken. Er wollte sich von dem Holländer nicht unterkriegen lassen. Diesmal nicht.

»Ich bin extra nach Hamburg gekommen, um dir die erste von deinen Möglichkeiten smakvoll zu machen. Sagt man smakvoll?«

»Schmackhaft«, sagte Neitzel.

Apeldorn lachte und zeigte seine weißen Zähne. »So oft komme ich nach Deutschland, aber die Feinheiten eurer Sprache werde ich nie lernen. Nie in dieses Leben. Schmackhaft!«

»Hör zu, Apeldorn«, sagte Neitzel, »ich habe meinen Teil des Vertrages erfüllt. Es wird mir zu heiß. Ich will mein Geld – und dann meinen Frieden.«

»Dein Geld bekommst du. Das garantiere ich dir. Und ich bin auch respektvoll für deinen Wunsch nach Frieden.« Er fuhr sich mit der Hand an die Brust. »Aber unsere Partner – die sind in Not. In solcher Situation nehmen die keine Rücksicht. Leider.«

Vor ihnen setzte ein Flugzeug zur Landung an. Neitzel erkannte das Schweizer Kreuz auf dem Heck. Für einen Augenblick phantasierte er sich in ein friedliches Bergdorf, mit Gendarmen auf dem Fahrrad, Kühen mit Glocken um den Hals und herrlicher frischer Luft.

»Du musst ihnen erklären, dass ich mich an die Vereinbarungen gehalten habe.«

Apeldorn wischte den Einwand mit einer Handbewegung weg. »Mein Lieber, man erklärt in Teheran nichts. Nicht als Ausländer. Man hört zu, man sagt Ja, man versucht bestenfalls, hier und da eine Bemerkung einzuschmuggeln. Und zwar höflich.« Er sah Neitzel in die Augen. »Sehr höflich.«

Es gab eine Klimaanlage in dem kleinen grauen Konferenzraum. Sie mühte sich, aber sie kam gegen die Hitze nicht an. Neitzel schwitzte. »Die können mich doch nicht zwingen, verdammt noch mal. Oder mich erpressen.«

»Ich fürchte, sie haben nicht so viel Moral. Aber wenn du mir nicht glaubst, dann komm mit. Sprich im Verteidigungsministerium vor und sag ihnen, was du zu sagen hast.«

Neitzel stellte sich vor, in Teheran aus dem Gespräch heraus verhaftet und ins Gefängnis geworfen zu werden, und der schöne weinrote Pass half nicht. Er würde nicht mal den deutschen Botschafter rufen können, denn dann würde alles rauskommen und sie würden ihn hier verurteilen.

»Mein Ansprechpartner bist du«, sagte er. »Du verdienst viel Geld damit, dass …«

Apeldorn streckte wieder einen Finger in die Höhe, diesmal nicht den mit dem Ring. »Wir verdienen beide viel Geld. Wollen wir uns das jetzt vorwerfen? Ich arbeite, um Geld zu verdienen, du arbeitest, um Geld zu verdienen. Daran ist nichts falsch.«

Neitzel stellte seine Ellenbogen auf den Tisch und presste die Hände vor den Kopf. Die Hitze war gnadenlos. Vor dem Fenster flimmerte verbranntes Kerosin in der Luft. Die Arbeiter, die an den Flugzeugen das Gepäck ausluden, ließen es langsam angehen.

Neitzel hatte noch nie mit dem MOIS, dem iranischen Geheimdienst, zu tun gehabt, aber er war lange genug im Geschäft, um die Gerüchte und Geschichten über ihn zu kennen. Wenn nur die Hälfte davon wahr war – ach was, zehn Prozent –, dann konnte er nicht ablehnen. Höchstens alles zurücklassen und fliehen. Nicht in die Schweiz, da würden sie als Erstes suchen, sondern ans Ende der Welt. Die Firma, das Haus – alles verlieren. Die großen Kinder vielleicht nie wiedersehen. Und der Kleine? Müsste dann in Singapur oder Paraguay zur Schule gehen. Er würde in ständiger Angst leben.

Dieser Gedanke war auch deshalb Quatsch, weil ihm Apeldorn sein Geld vorenthielt. Neitzel wusste, wie er es bekommen würde – bar, aber in Raten; immer nur so viel, dass er nicht auf dumme Gedanken kam. Und auch nur, wenn er den neuen Auftrag akzeptierte.

»Lass uns eine Lieferpause machen. Das kannst du ihnen doch sagen.«

Apeldorn schüttelte den Kopf.

Neitzel schwitzte weiter. Er saß im Luftzug der Klimaanlage, aber der Schweiß brach aus ihm heraus. Sein Hemd klebte am Körper. Es war zu spät, die Jacke auszuziehen, er würde sich erkälten.

»Dafür müssen sie doch Verständnis haben! Sag ihnen, die Situation in Deutschland ist momentan nicht so einfach.«

»Lieber, lieber Gerd Neitzel, bitte tu mir den Gefallen und halte unsere Partner nicht für dumm. Ich habe es mit Experts zu tun – wie sagt ihr Deutschen? Mit Fachleuten. Die lassen einen Beamten aus dem Außenministerium kommen, der nur Deutschland beobachtet, den ganzen Tag nichts anderes. Irgendwelche Veränderungen in Berlin?, wird der gefragt, und wenn dieser Beamte Nein sagt, dann stehe ich da wie ein Idiot, wie so ein alter Kolonialherr aus England, der glaubt, er hätte es mit rückständigen Nomaden zu tun. Es ist in Deutschland alles so wie im letzten Jahr und in dem davor, das weißt du, das weiß ich, und die wissen es auch.«

»Warum nehmen sie nicht erst mal das in Betrieb, was wir schon geliefert haben?«

»Das tun sie«, erwiderte Apeldorn. »Ganz sicher. Bloß haben sie für ihre Zentrifugen irgendwelche Schrottteile aus Pakistan gekauft, und die funktionieren nicht. Deshalb wollen sie jetzt nur noch deutsche Produkte. Made in Germany, das Beste, was man bekommen kann.«

Neitzel hatte keine Argumente mehr, und selbst wenn ihm noch etwas einfiele, Apeldorn würde es zurückweisen. Es war sinnlos, das Gespräch fortzusetzen. Schade um die Zeit. Vor ihm rollte ein Jumbojet zur Startbahn, und er dachte sich auch dorthinein. Weg, nur weg.

»Der Iran baut diese Anlagen«, fuhr Apeldorn fort. »Es gibt nichts, was dem Land gleich wichtig wäre. Als ich damals gefragt wurde, ob ich jemanden kenne, der helfen könnte, da habe ich dich vorgeschlagen. Einer der besten Ingenieure auf dem Gebiet der Atomtechnik, habe ich gesagt. Und unter meinen Studienfreunden der – hilf mir mit dem Wort!«

Neitzel wusste nicht, wonach der Holländer suchte, und er wollte dieses dämliche Wörtersuchspiel nicht mehr mitspielen. Er spannte seine Gesichtsmuskeln an und zeigte keine Reaktion.

Apeldorn schnipste mit den Fingern. »Der Pfiffigste! Ach, ich liebe eure Sprache.«

Apeldorn meinte die Urenco. Damals, in den siebziger Jahren, hatten sie über diesen Verein gelacht, Apeldorn und er und viele der Kommilitonen. Eine deutsch-holländische Atomforschungseinrichtung, weil Deutschland nach dem Zweiten Weltkrieg keine Atomwaffen besitzen durfte. Alles frei, alles zugänglich. Im Dienste der Forschung. Neitzel hatte schon oft gedacht, dass bei der Urenco Köpfe rollen würden, sollte sich jemand mal die Mühe machen, die Ausbildungswege im internationalen Atommarkt zurückzuverfolgen. Da hatten viele gelernt, die jetzt große Geschäfte machten. Die Professoren waren natürlich längst emeritiert, wahrscheinlich tot, und konnten nicht mehr zur Rechenschaft gezogen werden. Aber trotzdem. Dieser strohdoofe Forschergeist damals. Egal, woher ein junger Wissenschaftler oder Ingenieur kam, egal, was er vorhatte – jedem stand alles offen.

In Nachtsitzungen hatte Neitzel als junger Student die Pläne für Gaszentrifugen kopiert, hatte am späten Nachmittag ein, zwei Stunden geschlafen, sich einen starken Kaffee gekocht, war wieder ins Institut und hatte gearbeitet, bis ihm die Augen brannten. Diesen Plänen hatte er einen ordentlichen Teil seines Wohlstandes zu verdanken. Er hütete sie wie einen Schatz, sie lagen in einem eigenen Banktresor. Allerdings schienen sie ihm nun zum Fluch zu werden.

Er hatte Geld, auch für die Kinder, Startkapital für die beiden großen und eine gute Ausbildung für den kleinen Felix, seinen Sohn aus zweiter Ehe. Es war genug, dass er nie rechnen oder überlegen musste. Mehr brauchte er nicht. Es gab keinen Grund, das Scheiß-Risiko noch einmal einzugehen. Und es war ein verfluchtes Scheiß-Risiko.

Es gab keinen Grund außer Apeldorn. Außer dem MOIS.

Sein Kopf bewegte sich langsam. Er nickte.

»Ich wusste es, Gerd Neitzel, dass du ein vernünftiger Mann bist. Du ersparst uns beiden viele Schwierigkeiten.«

Der Holländer legte Neitzel eine Hand auf die Schulter und drückte leicht zu. Auch wenn er schwitzte und ihm das Hemd am Körper klebte – Neitzel wurde es kalt.

»Ich muss weiter«, sagte Apeldorn und verschwand.

8

Der Abend war angebrochen, als Wagner nach Hause kam. In den Wohnungen der Nachbarn brannte Licht, man konnte hineinsehen. Eine Familie aß zu Abend. Auf der anderen Straßenseite standen ein Mann und eine Frau im Zimmer und gestikulierten; vielleicht stritten sie. Im gleichen Haus saß ein Rentnerpaar vorm Fernseher.

Die alten Leute waren die Einzigen, die schon hier lebten, als Eva und er ihre Wohnung gekauft hatten, vor über zwanzig Jahren. Vage erinnerte er sich an den Schwung, mit dem sie das Vorhaben angegangen waren, sich ein Heim zu schaffen. Er bezahlte sein Taxi, schnappte sich seinen Koffer und schloss die Haustür auf.

Während er durch das Treppenhaus nach oben stieg, überfiel ihn der Gedanke, Eva könne zu Hause sein. Je höher er kam, desto sicherer wurde er. Er roch ihr Parfüm, es wurde immer stärker, das konnte er sich nicht einbilden. Der Flur war stockdunkel, als er hereinkam, die Wohnung nicht gelüftet. Trotzdem rief er: »Eva?«

Keine Antwort.

Er stellte den Koffer ab und schaltete das Licht ein, ließ aber Jacke und Schuhe an und sah im Wohnzimmer nach. Auch dort war es dunkel. »Eva?«

Er schaute in die Küche, dann ins Bad. Als er die Schlafzimmertür aufzog, rief er sie erneut, aber leiser: »Eva?« Die Luft war abgestanden. Er öffnete das Fenster. Keine Eva.

Er zog auch ein paar andere Fenster auf und packte seinen Koffer aus. Wie konnte er sich eingebildet haben, sie wäre zurück? Sie war in der Klinik, bekam Medikamente und ihre Therapie, ein Ende nicht absehbar. Ihre Abwesenheit machte die Wohnung leer. Sie lag als Belastung in der Luft. Die Heiterkeit war seit Langem verflogen. An ihre Stelle war Schuld gerückt.

In der Küche stand ein Weinregal. Zu Evas Zeiten war es immer gefüllt gewesen, jetzt leerte es sich langsam. Wagner nahm sich eine Flasche Rotwein und trank die ersten beiden Gläser in der Küche. Er verbrachte den Abend mit Musik, schaltete auch den Fernseher ein, vor allem leerte er seine Flasche. Am nächsten Morgen wachte er mit schwerem Kopf auf. Er zwang sich unter die kalte Dusche.

Um neun war er im Büro, Viertel nach neun stand er, ohne einen Termin zu haben, vor Kelbers Tür. Er grüßte dessen Sekretärin, klopfte und öffnete sofort.

Kelber tippte etwas in den Computer. Er hackte mit zwei Fingern auf die Tastatur. Wagner blieb im Zimmer stehen. »Ich kann auch noch mal wiederkommen.«

»Ganz kleinen Moment«, rief Kelber. »Bin sofort bei Ihnen.«

Er sah nicht auf, tippte weiter und speicherte schließlich seine Datei, was der Computer mit einem Zweiklang quittierte. Dann kam er Wagner entgegen, strahlte und streckte die Hand aus. »Entschuldigen Sie! Wenn man es nicht sofort aufschreibt, ist der Gedanke weg.«

Wagner setzte sich auf denselben Besucherstuhl wie in der Vorwoche. Auf dem Tisch vor ihm stand eine verzierte grüne Glasschale, mit Keksen gefüllt. Kelber schob sie ihm zu. »Bitte, greifen Sie zu.«

Wagner aß zwei Plätzchen. »Nehmen Sie nicht?«, fragte er.

Kelber hielt sich die Hand auf den trainierten Bauch. »Gerade erst gefrühstückt.«

Wagner berichtete von seinem Besuch in Westfalen. Der Betrieb war von einem belgischen Konkurrenten gekauft worden. Es gab ein neues Management, das von den alten Geschichten nicht einmal wusste. Die Firma im Bremer Raum, ebenfalls mit einer neuen Generation von Managern, orientierte sich nach Fernost, besonders nach China. Sie hatte sich auf Spezialteile für den Maschinenbau spezialisiert.

»Und dann war ich bei Neitzel.«

Kelber tippte an die gläserne Keksschale. »Bitte bedienen Sie sich.«

Wagner nahm sich einen weiteren Keks. Nicht die Eames-Stühle, diese verschnörkelte Schale passte zu Kelber. Zu seiner bunten Brille und seinem aufdringlichen Hemd. Schwäbischer Barock.

»Und Sie? Immer noch nicht?«, fragte er und zeigte auf die Kekse.

Kelber schüttelte den Kopf. »Im Moment nicht. Also: Was ist mit Neitzel?«, fragte Kelber.

»Der Einzige, wo ich skeptisch bin.«

Kelber lachte. Ein glucksendes Lachen. »Bitte entschuldigen Sie. Ich habe gerade heute Morgen zu meinem ... zu einem Bekannten gesagt, wenn der Wagner zurückkommt, dann erklärt er bestimmt, auf den Neitzel müssen wir aufpassen, der hat Dreck am Stecken. Da habe ich mich jetzt wirklich als Prophet erwiesen.« Er lachte weiter.

Als Wichtigtuer hatte er sich erwiesen. Als Arschloch. Wagner verzichtete darauf, Kelber mehr zu erzählen.

»Nehmen Sie sich noch einen Keks«, sagte Kelber.

»Ich mag nicht allein essen.«

»Ich bitte Sie. Es ist mir eine Freude.« Kelber hielt sich seine Hand für einen Augenblick erneut auf den Bauch. »Haben Sie Neitzel gesagt, was zu sagen war?«

»Genau wie den anderen.«

»Dann ist er doch gewarnt und wird sich das zu Herzen nehmen. Ich glaube, da brauchen wir uns keine Sorgen zu machen. Es war gut, dass ich Sie gleich losgeschickt habe. Wann planen Sie Ihre Reise an den Starnberger See?«

Wagner schob die grüne Glasschale von sich weg. »Ende der Woche. Eine kurze Fahrt, morgens hin, abends zurück.«

»So schnell wie möglich, bitte«, sagte Kelber, »damit ich Vollzug nach Berlin melden kann und dieses Thema vom Tisch habe.« Er schob die Schale die Hälfte des Weges zurück. »Noch einen Keks?«

»Ich weiß nicht, was ich von Neitzel halten soll. Er hat mir einen alten Mann vorgespielt.«

Wagner hatte Besuch von seinem Stellvertreter Mertens. Sein Büro war ein Durchschnittsraum, bestückt mit dem grau-weißen Standardmobiliar der Behörde, nicht klein, nicht eng, aber austauschbar. Mertens saß auf einem billigen Lederstuhl. Er war groß und weitgehend kahlköpfig, wie ein Vogel ohne Federn, und hörte zu. »Wenn ich fünf oder zehn Jahre jünger wäre – so in der Art hat Neitzel gesprochen.«

»Aber du hast ihm nicht geglaubt?«

Wagner zuckte mit den Achseln.

»Wenn der Zoll ihn besonders kontrolliert, wie du ihm angedroht hast – wo ist das Risiko?«

»So redet Kelber auch«, erwiderte Wagner. »Okay: Wenn der Zoll wirklich aufpasst, wird das Risiko klein. Wenn alles, was von der MBN kommt, gründlich angesehen wird. Aber was, wenn nicht? An dem Tag, an dem die MBN versendet, sind gerade zwei Leute beim Zoll krank. Oder eine ganze Abteilung muss gerade ein Drogenschiff auseinandernehmen. Was dann?«

Mertens schüttelte den Kopf. »So etwas kann man nicht verhindern. Unser Überwachungssystem hat nun mal Lücken, ziemlich große sogar. Du kennst doch die Klagen: Wir sind eine Exportnation, Abertausende von Containern, die jeden Tag das Land verlassen. Auf der anderen Seite stehen staatliche Behörden, denen jedes Jahr die Mittel gekürzt werden. Personalnot, schlechte Ausrüstung. Was willst du da machen?«

Irgendwas, das Neitzel aufhält, wollte er sagen. »Ich habe keine Ahnung. Ich weiß ja nicht einmal, ob ich Grund zu meiner Skepsis habe. Und selbst wenn, der Weg, den ich gehen kann, ist vorgezeichnet. Der Dienstweg. Wenn mir etwas auffällt, schalte ich den Zoll ein. Und dann ist das deren Sache.«

Mertens wurde ans Telefon gerufen. »Warum habe ich das Gefühl«, fragte er im Gehen, »dass du ganz anders denkst, als du redest?«

Weil es so ist, erwiderte Wagner stumm.

Für Mertens war das Gespräch nicht beendet. Am Freitagabend stand er vor Wagners Tür. Wagner war gerade vom Starnberger See zurückgekehrt. Er hatte sich die verschwitzten Sachen ausgezogen, eine Flasche Wein geöffnet, Musik aufgelegt und ging seine Vorräte durch. Er war müde und nicht in Stimmung für ein Gespräch. Andererseits würde das Wochenende auch so noch einsam genug werden.

Sein Kollege führte ihn in ein irisches Pub in Sachsenhausen, nicht weit von Wagners Wohnung. Stühle und Tische waren mit grünem Kunstleder bezogen, die Lampen hatten grüne Schirme.

Ein paar Gäste tranken am Tresen, von den Tischen war kaum einer besetzt.

Mertens bestellte sich dunkles Bier und Whiskey. »Bist du dabei?«, fragte er.

Wagner nickte. Aber nur einen, nahm er sich vor.

»Ich habe nachgedacht«, begann Mertens. »Und zwar über dich. Hoffentlich nimmst du es mir nicht übel. Ich glaube, ich weiß, was dein Problem ist.«

Wagner grinste. »Ich bin gespannt.«

»Es ist ganz einfach: Du nimmst dir die Dinge zu sehr zu Herzen.«

Der Kellner brachte die Getränke. Sie stießen mit dem Whiskey an, Mertens spülte mit Bier nach.

Wagner stellte sich vor, wie Mertens seiner Frau zu Hause erklärt hatte, dass er seinem Abteilungsleiter ins Gewissen reden müsste, denn der versinke in Trübsal. Und sie hatte ihm großzügig Ausgang gewährt.

»Ich nehme mir die Dinge zu Herzen? Glaubst du?«

»Ich bin mir sicher mit meiner Diagnose. Beispiel: Neitzel. Du wirst aus ihm nicht schlau. Also marterst du dir dein Hirn und fragst dich, ob er dir was vorgespielt hat. Oder ist er wirklich alt geworden und bereitet seinen Rückzug vor? Soll ich dir was sagen? Es ist scheißegal. Stell das einfach ab, und du atmest auf. Mach deinen Job und genieße dein Leben.«

Der Alkohol brachte Farbe in Mertens' Gesicht, Wangen und Stirn wurden rot. Vielleicht war es auch die Sicherheit, die er empfand, das herrliche Gefühl, recht zu haben. Den Job machen und das Leben genießen.

»Ein einfaches, gutes Rezept, wie?«, fragte Wagner.

»Die einfachen sind oft die besten Rezepte. Betrachte dich mal von außen, dann siehst du, was ich meine. Deine beiden schlimmsten Niederlagen sind, dass du nicht Behördenpräsident geworden bist und es vielleicht auch nicht mehr wirst und dass deine Frau in der Nervenklinik ist. Reden wir über den ersten Punkt. Du verdienst anständiges Geld, kannst nicht entlassen werden, hast Anspruch auf eine nette Pension und bist bombig versichert. Wenn unsere schöne Bundesrepublik nicht gegen die Wand fährt, wird dir in deinem Leben nichts mehr passieren. Von daher kannst du sorglos sein. Und die Arbeit? In der Abteilung und mit den Kollegen stehst du nichts aus, alle mögen dich. Fazit: Man kann es schlechter treffen. Viele – die meisten haben es schlechter getroffen.«

»Nur ist das ...«

Mertens hob die Hand. »Einen Moment.« Mit einem Zug trank er sein Bierglas leer und spülte diesmal mit Whiskey nach. »Ich bin noch nicht fertig. Die Sache mit deiner Frau tut mir leid. Ich mag Eva, wie du weißt. So etwas bereitet einem nicht nur Sorgen, das kann einen Mann richtig herunterziehen. Wäre schlimm, wenn nicht. Dann würde ich sagen: Was für ein abgestumpfter Kerl. Das bist du nicht. Auf der anderen Seite weißt du nicht, wann sie zurückkommt. Vielleicht braucht sie nur mal eine seelische Auszeit. So was gibt es.« Er fixierte Wagner. »Oder gibt es einen anderen Kerl, und sie leidet darunter, dass sie nicht ...?«

»Nicht, dass ich wüsste.«

Mertens wollte eine neue Runde bestellen. Wagner lehnte einen zweiten Whiskey ab. Mertens verzog das Gesicht, als säße er mit einem Spielverderber am Tisch. Aber dann entschied er sich dafür, an diesem Abend bei guter Laune zu bleiben. Sein kahler Kopf war noch röter geworden. Er verlangte zwei Bier und einen Whiskey.

»Spielt am Ende nicht mal die entscheidende Rolle, ob sie einen anderen hat oder nicht«, fuhr Mertens fort. »Weißt du, warum? Ganz einfach: Es gibt jede Menge Frauen. Alleinstehende Ladys jeden Alters. Jetzt halte mich bitte nicht für herzlos. Ich bin nur der Meinung, du hast, wie jeder andere Mensch, das Recht auf dein eigenes Leben.«

»Ist nun gut«, unterbrach Wagner.

Aber Mertens war jetzt in Fahrt. »Nicht, dass du losziehen und dir eine andere anlachen sollst. Das meine ich nicht. Wobei das keine Schwierigkeit wäre. Ein Kerl wie du. Du siehst doch selbst, wie sich die Damen in der Behörde bereits spreizen, seit gewisse Gerüchte die Runde machen. Wenn du es drauf anlegst, hast du sofort eine andere. Heute Abend noch. Spätestens morgen. Aber das meine ich nicht. Lass dir Zeit, warte ab. Aber irgendwann könnte der Punkt erreicht werden, da musst du dir sagen, Eva ist Eva und du bist du. Verstehst du?«

Wagner gab keine Antwort. Der andere lag falsch, war aber alkoholisiert. Und er war auch nicht der Richtige, um solche Dinge zu besprechen.

»Die Frauen sehen doch«, fuhr Mertens fort, »dass du kein typischer Beamter bist, kein Spießer. Allein deine langen Haare. Oder dass du den obersten Hemdknopf immer offen hast und den Krawattenknoten locker. Frauen erkennen so was, glaub mir. Du strahlst das aus, dass du dich nie völlig angepasst hast. Das hat es dir manchmal schwerer gemacht, aber jetzt kommt die Zeit, wo sich das auszahlt. Du bist in all den Jahren kein Spießer geworden. Das ist die Wahrheit. So, und jetzt bist du dran.« Er kippte den Whiskey herunter, den der Kellner ihm gebracht hatte.

Wagner hob sein Bierglas und trank. Dann wischte er sich den Schaum vom Mund.

»Ich bin gerührt. Ich kann mich nicht erinnern, wann ich zum letzten Mal so nett beschrieben wurde.« Er stieß sein Glas gegen das von Mertens. »Ich weiß nicht, wann jemand meine Perspektive in ähnlich warmen Farben gemalt hat. So warm, dass es fast nichts macht, dass sie falsch ist.«

Ein paar Tage später flatterte ein Antrag der MBN auf seinen Schreibtisch. Er las ihn einmal, las ihn ein weiteres Mal. Rohre für die Ölindustrie in Dubai. Der zweite Antrag. Wagner genehmigte ihn nicht.

Stattdessen ließ er von seiner Sekretärin ein Dienstreiseformular ausfüllen. Abreise bereits für den nächsten Tag. Er unterschrieb und setzte mit Filzstift das Wort »Eilig« darauf.

Es verging weniger als eine Stunde, da stand Kelber in seinem Büro. Kelber, der sich nie in diese Abteilung verirrte. Er kam nicht herein, sondern blieb im Türrahmen stehen und fächerte sich mit Wagners Dienstreiseantrag Luft zu.

»Herr Wagner, was soll das? Sie waren in Hamburg. Der Auftrag des Ministeriums ist erledigt. So habe ich es nach Berlin gemeldet.« Kelber sprach laut. Wahrscheinlich gab es niemanden in der Abteilung, der nicht zuhörte.

»Ich hatte Ihnen doch gesagt, bei Neitzel …«

»Herr Wagner, hören Sie auf! Wir sind eine Behörde, nicht ein

Institut, um irgendwelche Privatfehden zu verfolgen. Wir sind dazu da, die Wirtschaft zu unterstützen. Begreifen Sie das bitte.«

»Das weiß ich«, antwortete Wagner. Er arbeitete wesentlich länger als Kelber in dieser Behörde. »Aber vor allem haben wir darauf zu achten, dass die Exportwirtschaft sich an Recht und Gesetz hält.«

»Da bin ich gespannt, was Sie entdeckt haben. Aber ich sage Ihnen gleich, wenn Sie nach Hamburg fahren wollen – während der Arbeitszeit, auf Kosten des Steuerzahlers –, dann brauchen Sie einen plausiblen Grund. Einen sehr plausiblen Grund. Wenn Sie nur einen Verdacht haben, halten Sie bitte den Dienstweg ein und rufen den Zoll an. Und wenn es darum geht, diesem Unternehmen eins auswischen zu wollen, dann vergessen Sie's.«

Wagner lehnte es ab, sich zu rechtfertigen. Beide starrten einander an. Kelber hielt Wagners Dienstreiseformular vor sich und riss es in der Mitte durch. Er zerriss die Hälften noch einmal und warf die Schnipsel in den Papierkorb.

Wagner atmete durch. »Warum stellt eine Firma zwei Ausfuhranträge für ein und denselben Auftrag?«

»Keine Ahnung.« Kelber wischte die Frage weg. »Wahrscheinlich ein großer Auftrag. Einer, der erweitert wurde. Ja: Ein zweiter Teil ist zu dem Auftrag dazugekommen.«

»Nein«, sagte Wagner. »Sie brauchen zwei Exportgenehmigungen.«

9

Martha ging anders in die Redaktion als sonst. Nicht, dass sie sich versteckte, aber sie vermied es, Kollegen über den Weg zu laufen. Braun wollte sie nicht begegnen und manch anderem auch nicht. Da sie die Tagesabläufe kannte, konnte sie unbemerkt die Treppe zum Archiv hinuntersteigen.

Die Hitze des Tages war mit einem Schlag verschwunden. Über dem Tresen hing eine lange weiße Lampe mit einem Metallgitter an der Unterseite. Ihr Licht war so kühl wie die Luft hier unten. Von den Tischen, zu beiden Seiten eines Mittelganges, war nicht einer besetzt. Im Zeitalter von Internet und Suchmaschine hielten die Kollegen das Archiv für eine Einrichtung von gestern. Die Archivarin, eine Frau mittleren Alters mit zu großen Schneidezähnen und einer Goldkette, die ihr bis zum Bauch reichte, schnitt einen Artikel aus der Zeitung aus. Das Klappern ihrer Schere und das Brummen der Klimaanlage waren die einzigen Geräusche im Raum

»Grüß dich, Martha. Was kann ich für dich tun?«

»Wie geht's, Karen?«

»Du siehst ja – ich kann mich vor Kundschaft kaum retten.«

»Ja, wer von den Kollegen besonders gründlich recherchiert, bemüht noch eine zweite Suchmaschine«, sagte Martha.

»Es soll sogar welche geben, die wissen, dass im Netz Datenbanken mit Zeitungsartikeln existieren.«

»Und kennen sie auch die Adresse?«

Die Frauen lachten.

»Es ist manchmal einsam hier unten«, sagte die Archivarin, »aber meinen Arbeitsplatz wird der Verleger nicht streichen, Krise hin, Krise her. Sonst müsste er das ganze Archiv schließen. Wie man hört, könnte es eher die Spot treffen.«

»Wogegen wir uns nach Kräften wehren«, erwiderte Martha. Sie bat um Material über Gaszentrifugen und über das iranische Atomprogramm.

»Da gibt's viel«, sagte die Archivarin. Sie verschwand hinter ihrem Tresen. Als sie zurückkehrte, hatte sie zwei Stapel Papier im

Arm. »Das ist nur ein Anfang«, sagte sie. »Gaszentrifugen. Und hier: iranisches Atomprogramm. Wenn du mehr brauchst – es ist reichlich da.«

Martha nahm die Seiten und blätterte sie durch. Im Querlesen geübt, fand sie schnell, was ihr weiterhalf. Zentrifugen, erfuhr sie, dienen der Anreicherung von Uran. Uran ist ursprünglich ein Erz, ein Bodenschatz, der zunächst zu einem Konzentrat verdichtet wird. In einem zweiten Schritt muss das Konzentrat in seine beiden beteiligten Moleküle getrennt werden. Um diese Trennung zu erreichen und das gewünschte U-238 zu erhalten, wird das Konzentrat in Zentrifugen mit hoher Geschwindigkeit geschleudert. Die Leistung einer einzelnen Zentrifuge, selbst einer hochmodernen, wäre dafür zu gering, deshalb werden hunderte, manchmal tausende von Zentrifugen aneinandergereiht.

Über fünfzigtausend Zentrifugen, las sie, soll die Atomanlage im iranischen Natanz eines Tages verfügen. Damit könnte der Iran jedes Jahr fünfundzwanzig Bomben herstellen.

Sie lehnte sich in ihrem Stuhl zurück, hörte auf das Stampfen der Klimaanlage und starrte in die Luft. Hatte Said sich wirklich mit diesen Dingen beschäftigt? Der Iran auf dem Weg zur Atommacht, war das sein Thema gewesen? Das Land war offensichtlich dabei, gegen den Atomwaffensperrvertrag, den es unterzeichnet hatte, zu verstoßen. Damit war es bei Weitem nicht das einzige. Selbst wenn Said sich dafür interessierte: Was hatte er gewusst und getan, dass er dafür sterben musste?

Martha las über einen weltweiten Schwarzmarkt für Atomausrüstungen. Selbst das Know-how war zu kaufen, arbeitslose Wissenschaftler aus der ehemaligen Sowjetunion schienen ihre Dienste jedem anzubieten, der anständig bezahlte. Uran wurde gehandelt und geschmuggelt, genauso wie elektronische Steuerungselemente für Atomanlagen und wie Zentrifugenteile. Pakistan, Indien und Nordkorea hatten sich ihre Atombomben organisiert. Der Iran war auf dem Weg dazu.

Nur Said passte da nicht hinein. Nicht der Said, den sie kannte. Insgeheim hatte sie sich manchmal gewünscht, dass er politischer und in seinen Ansichten realistischer wäre und sie in ihm einen Gesprächspartner für diese Dinge hätte. Und wenn er nun diesen Schritt getan hatte und auf ein Thema gestoßen war? Eines, das mit seiner Herkunft zu tun hatte? Dann war es durchaus denkbar, dass er sich mit jener Leidenschaft hineingekniet hatte, die ihm eigen war. Aber sein letztes Heft, das sie mit David angesehen hatte, war nicht politisch. Dieser Comic wäre vielleicht lustig geworden, aber kaum brisant, das konnte niemanden in Teheran bedrohen. Außerdem war es längst nicht fertig.

Also kannte es auch niemand. Deswegen war Said nicht gestorben.

Ihre Gedanken blieben hängen. Leidenschaft – das hatte sie sich von ihm abgeschaut. Dass man sich begeistern und in eine Sache versenken konnte. So etwas hatte es zu Hause nicht gegeben. Ihr Vater fragte immer nach dem Nutzen, nach dem Zählbaren und dem Wert für die Karriere, und als er erlebte, wie lange und für wie wenig Geld sie an Reportagen arbeitete, wurde sie Ziel seines Spotts.

Als sie Karen die Papierstapel zurückgab, fiel ihr ein, was David kombiniert hatte. »Kannst du mal nachsehen, ob du etwas über einen gewissen Neitzel hast?«

»Neitzel? Wie ist der Vorname?«

»Weiß ich nicht.«

»Das ist dann schwer. Ich seh mal nach.«

Karen brachte ihr Kopien einiger kleiner Meldungen. »Keine Ahnung, ob das der Richtige ist. Aber thematisch passt es.«

Die Meldungen handelten von einem Prozess, »Bundesrepublik Deutschland gegen Metallbau Nord, Hamburg«. Die ersten Artikel waren mit starken Überschriften versehen – »Mutmaßlicher Atomschmuggler vor Gericht« – »Hilfe aus Hamburg für iranisches Atomprogramm?«.

Der angeklagte Unternehmer hieß Gerhard Neitzel. Nur ein einziges Mal wurde er mit vollem Namen genannt. Angeklagt wegen Verstoßes gegen das Kriegswaffenkontrollgesetz. Es ging um unerlaubten Export von Ausrüstungsgegenständen für die Atomindustrie. Um Gaszentrifugen. Aber der Unternehmer war freigesprochen worden, und die Überschriften und Artikel wurden kleiner. Eine Chronistenpflicht, den Freispruch zu vermelden. Die Geschichte musste zu Ende erzählt werden.

Als sie hinausging, war sie in Gedanken und lief Hendrik Reimers über den Weg.

»Du? Du arbeitest doch zu Hause, hat der Alte gesagt.«

»Ich bin ein Geist.«

Er legte seine Fingerspitzen an ihre Hüfte. »Ein ziemlich aparter.«

Sie machte sich los und verzog das Gesicht.

»Muss ich mehr werben?«, fragte er.

»Nein, weniger.«

»Ich denke eben immer noch gern an unsere Zeit zurück.«

»Unsere Zeit? Das war eine Stunde! Höchstens anderthalb.«

»Aber die hatten es in sich«, sagte er und lachte.

Sie ließ ihn stehen. Aus dem Auto rief sie Konrad an und bat ihn um die Adresse von Sonja.

»Sonja?« Den zweiten Teil seiner Frage ersparte er ihr. Sie hörte ihn trotzdem: Was willst du denn bei der?

»Ja, Sonja. Hast du die Adresse?«

»Moment.«

Als er sie gefunden hatte, musste sie rechts ranfahren, um mitschreiben zu können.

»Hast du etwas herausgefunden?«, fragte Konrad.

»Ich weiß nicht. Die Dinge passen nicht recht zusammen. Vor allem passen sie nicht zu Said.«

»Kann ich dir helfen?«

»Wenn, dann melde ich mich.«

Bei Sonja musste sie dreimal an der Haustür klingeln, ehe sie deren Stimme über die Gegensprechanlage hörte. »Hier ist Martha«, sagte sie. »Martha Bankar.«

Sonja empfing sie im Sportdress, einteilig, dunkelblau, figurbetont. Ihre Brust zeichnete sich ab. Beine und Arme waren nackt.

»Du hast Glück gehabt«, sagte sie, ohne Martha anzusehen. »Ich bin gerade fertig. Wenn es beim Yoga klingelt, öffne ich grundsätzlich nicht. Ich hasse es, dabei gestört zu werden.«

Sonjas Wohnung bestand aus einem großen, hellen Raum, dem sich ein kleines Schlafzimmer anschloss. Auf dem Boden ein Sisalteppich, dazu geflochtene Möbel, ein runder Kieferntisch und passende Stühle. Es sah wie eine Ferienwohnung aus und war genauso sauber. Sonja setzte sich auf einen der Stühle, zog das Bein an, stellte ihren Fuß auf die Sitzfläche und steckte kleine weiße Schaumstoffrollen zwischen die Zehen.

»Was kann ich für dich tun?«

»Es geht um Said.«

»Das habe ich mir fast gedacht. Andere Verbindungen zwischen uns gibt es ja nicht.«

»Die Polizei glaubt, dass er vom Balkon gesprungen ist.«

»Was natürlich Quatsch ist.« Sonja schraubte ein Gläschen mit Nagellack auf und begann, sich den Nagel des großen Zehs zu lackieren. Die Farbe lag auf halbem Weg zwischen rot und braun und passte nicht schlecht zu ihren roten Haaren und den wässrigen Augen.

»Hast du mit der Polizei gesprochen?«

»Sie haben mich angerufen«, sagte Sonja. »Irgend so ein Hilfssheriff, der die Zähne nicht auseinanderbekam. ›Ist Ihnen etwas aufgefallen, als Sie Herrn Bankar das letzte Mal gesehen haben?‹«, äffte sie ihn nach, während sie sich auf ihre Fußnägel konzentrierte. Dann sah sie auf. »Weißt du, es ist mir scheißegal, was die denken. Said und ich ... wir ... das war ernst mit uns. Und liebevoll. Der hat sich nicht das Leben genommen. Ganz sicher nicht.«

»Was glaubst du denn?«

»Glauben?« Sonja lachte. »Es geht doch nicht um Glauben. Das war ein Unfall, fertig. Warst du mal auf seinem Balkon?«

Martha antwortete nicht.

»Said hatte eine Scheiß-Konstruktion mit seinem Antennenkabel, das vom Dach runterhängt. Es baumelt da lose rum, und bei viel Wind fliegt es weg, rüber in Richtung Nachbarn. So, und in der Nacht zu Montag war es ziemlich stürmisch. Am Montagmorgen wird Said versucht haben, sein Antennenkabel wieder zu sich herüberzuangeln. Wir wollten an dem Abend einen Film ansehen. Ich habe mal erlebt, wie er das gemacht hat, da hat er sich über die Brüstung gestreckt, das war absolut gefährlich. Ich habe ihm gesagt, er soll das in Ordnung bringen, mit ein paar Klammern oder Nägeln. Oder sich so 'ne kleine Zimmerantenne kaufen. Die kosten ein paar Euro, mehr nicht. ›Hast ja recht‹, hat er gesagt. Bloß getan hat er leider nichts.«

Während sie redete, war sie mit der Aufmerksamkeit bei ihren Fußnägeln. Sie hatte den zweiten Nagel angemalt und nahm den dritten in Angriff.

»An dem Morgen ist es dann passiert. Er will das Kabel angeln, es ist zu weit weg, er will zugreifen, verliert das Gleichgewicht … da ist nichts mehr zu halten. Dann fliegt man.«

Als sie neue Farbe brauchte, blickte Sonja Martha ins Gesicht. Beide starrten sich an. Ungerührt, fand Martha sie, ohne jede Regung. Kalt. Kaum zu glauben, dass Said ihr etwas bedeutet hatte.

»Ich kann mir denken, was du von mir hältst«, sagte Sonja. »Das haben mir Leute in meiner Umgebung immer wieder zu verstehen gegeben. Als Kind schon und vor allem als Jugendliche. Dass ich kühl sei. Die hat ihren Freund verloren, macht Yoga, lackiert sich die Fußnägel und redet, als wäre ein Straßenköter überfahren worden. Soll ich dir was sagen: Was du von mir denkst, interessiert mich nicht. Das Leben muss weitergehen. Mein Leben muss weitergehen, denn Saids ist zu Ende. Ich glaube fest daran, dass er in einer friedlicheren Welt ist, und ich werde meine Jahre nicht als trauernde Witwe verbringen.«

»Kluge Entscheidung. Hatte er Kontakt zu Iranern? Zu irgendwelchen politischen Gruppen?«

Aber Sonja war mit ihren Gedanken noch nicht fertig. »Was mir wehtut«, sagte sie, »ich hätte gern ein Kind von ihm gehabt. So ein hübsches, dunkelhaariges Kind wie David. Auch so zart wie er. Das geht nun nicht mehr. Schade.« Sie verzog den Mund, und da war nun doch so etwas wie ein Gefühl.

Martha verkniff sich einen Kommentar. »Hatte er Kontakt zu iranischen Oppositionsgruppen?«

Sonja war wieder bei ihren Fußnägeln. »Weiß ich nicht.«

»Hat er nie von so was gesprochen?«

»Du, ganz ehrlich, er hatte sein Leben und ich hatte meins. Ich habe ihm zugehört, wenn er von sich aus etwas erzählt hat. Aber ich habe ihn nicht ausgefragt und erst recht nicht kontrolliert.«

Martha lachte stumm. Jedes Staubkörnchen hatte sie aus seinem Zimmer gewischt und an seinem Geburtstag nicht zugelassen, dass sich jemand anderes in der Küche zu schaffen machte. Aber sie war wegen einer Antwort gekommen, nicht um zu streiten.

»Das habe ich auch nicht unterstellt«, sagte sie. »Die Frage war, ob er von sich aus darüber gesprochen hat. Soweit ich weiß, hat ihn die iranische Politik ziemlich beschäftigt.«

Sonja starrte sie an. »Was wird das denn? Spielst du jetzt Polizei? Die ermittelnde Reporterin, einem echten Knüller auf der Spur? Iranischer Oppositioneller in Hamburg ermordet?«

Sie ließ Martha keinen Platz zu widersprechen. »Ich sage dir: Vergiss diesen ganzen Verschwörungsscheiß. Du bist doch ein halbwegs intelligenter Mensch. Dann kannst du dir doch überlegen, dass niemand einen Mann wie Said umbringt. Der war harmlos. Lieb, sehr sexy. Aber harmlos.«

Martha schluckte herunter, was ihr auf der Zunge lag. »Hatte er Verbindungen nach Berlin?«

»Nach Berlin? Keine Ahnung. Kennt nicht jeder irgendwen in Berlin? Wie kommst du darauf?«

»Es gibt in seinem Handy eine Berliner Nummer. Und in Berlin sitzt nun mal die iranische Opposition. Jedenfalls die, die es in Deutschland gibt.«

»Du hast sein Handy? Woher?«

Martha bemühte sich, ihre Stimme nüchtern klingen zu lassen. »Ich habe es jetzt nicht dabei, aber ich gebe es dir gern. Ich bringe es dir die Tage, und du kannst es dir aufheben. Also, was ist mit Berlin?«

»Ja klar, die iranische Opposition. Jetzt, wo du's sagst. Said war eines ihrer führenden Mitglieder. Geheim natürlich. Hier hat er zur Tarnung gelebt. Das ist jetzt alles aufgeflogen, und die Gruppen in Berlin wissen überhaupt nicht, was sie ohne ihn machen sollen. Als seine Mätresse bin ich natürlich auch gefährdet und brauche Personenschutz. Niemand weiß, welche geheimen Informationen er mir im Bett ins Ohr geflüstert hat, welche ich ihm aus der Nase gezogen habe. Vielleicht bin ich eine Agentin der Mullahs. Vielleicht eine Doppelagentin.« Sie schnaubte. »Weißt du, ich hatte dich wirklich anders eingeschätzt.«

»Aber meine Frage beantwortest du nicht.«

»Warum willst du das überhaupt wissen? Weil du die trauernde Witwe bist? Vielleicht ist das für seine Eltern so. Wie viele Jahre seid ihr jetzt auseinander?«

Martha fixierte sie. »Sein Sohn will es wissen. Und ich glaube, er hat ein Recht darauf. Also?«

»Vielleicht begreifst du, dass ich ihn nicht kontrolliert habe. Er war ein erwachsener Mann, und ich bin auch erwachsen. Auf dieser Ebene haben wir uns getroffen, dass jeder sein Leben haben darf, dass wir uns austauschen, aber nicht einengen.«

»Beeindruckend«, entfuhr es Martha.

Sonja ließ den Kopf zur Seite fallen. »Du kannst es nicht kaputt machen. Es war einfach sehr schön, mit viel Respekt und Liebe. So, das ist alles, was ich zu sagen habe. Said wollte übrigens anfangen, Medizin zu studieren. Darüber hat er nachgedacht und nicht über fanatische Politiker in Teheran oder sonst wo. Und ich habe ihn dabei unterstützt, weil ich der Überzeugung bin … war, dass er eine große Begabung für das Heilen hatte. Und eine ungewöhnliche Einfühlung.«

Sie hatte auch ihren zweiten Fuß lackiert. Mit einer Pappe, die genauso bereitlag wie Nagellack und Schaumstoffröllchen, und fächerte sie sich Luft über die Zehen.

»Er hat ein Heft gemalt. Das, von dem er David an seinem Geburtstag erzählt hat. Sein neues Projekt. Da geht es um den Iran. Und um Atombomben.«

Sonja schlug die Pappe über ihre Fußspitzen. »Mag ja sein. Ich hatte nie was dagegen, dass er in seiner Freizeit sein Zeichnen weiter betreibt. Das war auch eine Begabung von ihm. Er hatte eben viele Talente, und das Zeichnen gehörte dazu, ganz sicher. Er hat mir schöne Zeichnungen geschenkt, kleine gemalte Liebesbriefe. Die habe ich mir gerade alle wieder angesehen. Eine andere Frage ist, ob das nun seine Zukunft gewesen wäre, ein mittelloser Künstler, der sich als Rettungssanitäter über Wasser hält?« Sie lachte. »Er wollte etwas aus sich und seinem Leben machen. Er war zwar nicht mehr ganz jung, aber manche brauchen eben länger, um ihren Weg zu finden. Gerade Männer.« Sie machte eine Pause, bevor sie den nächsten Satz anhängte: »Die müssen vielleicht erst die richtige Frau treffen.«

Martha stand auf. Sonja schien zu überlegen, ob sie sie zur Tür begleiten sollte. Schließlich folgte sie ihr, in ihrem Dress und mit den lackierten Fußnägeln.

»Jetzt habe ich auch eine Frage an dich«, sagte Sonja. »Warum hast du nach eurer Scheidung eigentlich seinen Namen behalten?«

Die Frage einer kinderlosen Frau, die sich nicht vorstellen konnte, dass eine Mutter den gleichen Nachnamen haben wollte wie ihr Kind. Aber sie setzte ein Lächeln auf und sagte: »Said hat mich darum gebeten. Er wollte es so.«

Sonjas Sätze klangen ihr im Ohr, als Martha erneut ins Karolinenviertel fuhr. »Du bist doch ein halbwegs intelligenter Mensch. Spielst du jetzt die ermittelnde Reporterin? Iranischer Oppositioneller in Hamburg ermordet?«

Sie fuhr zu schnell, drückte das Gaspedal bis zum Anschlag und bremste im nächsten Moment scharf. Es war nicht nur die Hitze, die ihr das Blut in den Kopf trieb. »Ich hätte gern ein Kind von Said gehabt, so ein hübsches und zartes Kind wie David.«

Ihr Junge kam am frühen Nachmittag aus der Schule. Er hatte einen Schlüssel und war es gewohnt, allein in der Wohnung zu sein, aber lieber wollte sie dann zu Hause sein. Doch bis dahin dauerte es noch mehrere Stunden.

Sie traf Konrad auf der Straße vor seiner Haustür. Zu seinem karierten Jackett trug er eine alte Aktentasche aus braunem Leder. Martha bat ihn, mit ihr hochzugehen.

»Ich muss mein Seminar geben«, sagte er.

»Nur ganz kurz. Ein einziger Blick.«

»Um was geht es denn?«

»Um das Antennenkabel.«

»Von mir aus.«

Sie stiegen die vier Treppen hoch, er schloss ihr auf. Sie ging in Saids Zimmer und öffnete die Balkontür. Das Antennenkabel baumelte neben dem Balkon an der Wand. Es hatte sich nicht aus seiner Buchse gelöst und war nicht zu den Nachbarn hinübergeweht. Sie ging wieder hinein und schloss die Balkontür.

»Das war's schon.«

»Und? Weißt du etwas?«, fragte er.

»Nur im Ausschlussverfahren. Die Möglichkeiten werden weniger.«

»Welche sind weggefallen?«

»Die mit dem Unfall. An den Sonja glaubt.«

»Und dass er von selbst gesprungen ist?«, fragte Konrad.

Sie ging Richtung Wohnungstür, Konrad folgte ihr. »Kein Abschiedsbrief, keine Anzeichen im Vorfeld. Die Möglichkeit ist auch weggefallen. Bloß gibt es damit immer noch mehr Fragen als Antworten.«

Sie waren zurück im Treppenhaus, und wieder klangen ihr Sonjas Sätze im Ohr: »Vergiss diesen Verschwörungsscheiß. Niemand bringt einen Mann wie Said um. Der war harmlos. Lieb, sexy, aber harmlos.«

Sie blieb stehen. »Eine Frage habe ich noch. Said hat sich verändert, sagst du. Ist Sonja ein Teil davon?«

Er war ein paar Stufen über ihr. Eine Antwort gab er nicht, zeigte aber, dass er nachdachte. »Der Fortschritt ist eine Schnecke«, sagte er schließlich.

»Das heißt?«

»So geht es, wenn man neue Wege einschlägt. Zwei Schritte vor und einen wieder zurück.«

Sie zog die Haustür auf. »Und Sonja …?«

»Ja. Und Nein. Jede Begegnung verändert einen. Aber diese?« Er verzog das Gesicht, dann nickte er ihr zu und marschierte davon.

Sie sah noch einmal auf die Uhr. Es blieb immer noch Zeit für einen Abstecher nach Harburg, bevor David nach Hause kam.

10

Durch das offene Fenster ihres 190er Mercedes strömte feuchtwarme Luft herein, als sie über die Elbbrücken fuhr. Da sie den Weg nicht kannte, musste sie rechts blinken und mit zwei Rädern auf den Bürgersteig rumpeln, wo sie ihren Stadtplan auseinanderfaltete. Harburg – das war eine Gegend, in die sie nie kam. Sie legte die Richtung fest. Später würde sie ein zweites Mal nachsehen müssen. Sie blinkte links, aber niemand wollte sie in den fließenden Verkehr hineinlassen. Sie nutzte eine winzige Lücke und zwang den Hintermann zum Bremsen. Er ließ seine Lichthupe flackern. Martha hupte zurück und winkte.

In Harburg gelangte sie auf eine Umgehungsstraße. Der Weg führte sie in ein Gewerbegebiet, Straßen und Hallen, Hallen und Straßen, dazwischen pflegeleichtes Grün. Sie hielt lange an den Kreuzungen und las die Straßenschilder. Der Stadtplan lag, mit dem passenden Teilstück obenauf, auf dem Beifahrersitz. Sie entdeckte die Straße, die sie gesucht hatte. Ein paar hundert Meter weiter fand sie auch das Betriebsschild: Metallbau Nord.

Sie parkte und stieg aus. Eine Waffenfabrik hatte sie sich anders vorgestellt. Hatte sie überhaupt eine Vorstellung davon? Sicher hatte sie etwas Geheimnisvolleres oder Spektakuläreres erwartet als diesen Bau aus den Siebzigern mit seinen Waschbetonplatten. Die Werkhalle, die sich an die Büros anschloss, war fensterlos, dahinter lag ein asphaltierter Parkplatz. Ein Schild verwies Lieferanten an die Laderampe am Ende der Halle.

Sie hatte nie eine Gaszentrifuge gesehen, auch kein Bild davon. Waren die Dinger klein oder groß? Wenn es hier welche gab – sie würde sie nicht erkennen.

Im diesigen Sonnenschein schlenderte sie um das Betriebsgelände herum. Es gab keinen Hinweis, weder auf Waffen noch auf Said und auch nicht auf irgendetwas Ungesetzliches. Im Angesicht dieses trüben Gebäudes konnte sie noch weniger glauben, dass Said sich gegen Waffenhandel engagiert hatte. Gezeichnete Geschichten, das ja. Auch moralische Entrüstung. Aber doch kein politisches Handeln.

Sie erreichte ihr Auto. Was für ein wundervoller Spaziergang im Harburger Gewerbegebiet. Sie schloss auf, stieg aber nicht ein.

»Das war ein Unfall, das weiß ich.« Sonjas Satz. Der falsch war. Sie drehte um.

Der Parkplatz der MBN war zur Hälfte gefüllt. Für Lkws gab es ein eigenes Tor. Ausgebleichte Pfeile auf dem Boden wiesen die Fahrer zu der grauen Betonrampe. Ein Rolltor stand zu drei Viertel offen.

Sie hielt darauf zu. Wenn ich jemanden treffe, frage ich nach dem Weg, sagte sie sich. Nach dem Weg zur S-Bahn.

Sie schaute sich um, als sie über den Parkplatz marschierte. Es wäre nicht schlimm, gesehen zu werden. Eine verirrte Passantin, harmlos. Doch hier war kein Mensch. Nur Autos, ein paar Spatzen und ein wenig Schatten. Drei Stufen an beiden Enden der Betonrampe. Schon stand sie drauf. Drei, vier weitere Schritte und sie war in der Halle. Sie wischte sich die feuchten Hände an der Jeans ab. Sie spürte ihre Schlagader am Hals.

Von außen hatte die Halle niedriger ausgesehen. Meterhohe Regale besetzten den ganzen linken Teil. Rechter Hand, weiter hinten, standen Werkbänke, jede offenbar mit einem eigenen Computer ausgestattet. Martha zählte aus der Ferne neun Arbeiter an neun dieser Werkbänke. Die Männer trugen Ohrenschutz. Die Halle war von einem hohen, schrillen Maschinengekreisch erfüllt. Niemand achtete auf sie.

Sie ging hinein. Jetzt half ihr keine Ausrede mehr. Hier drin suchte niemand den Weg zum S-Bahnhof. Ihr Herz schlug laut. Sie hielt sich zwischen zwei Regalen. An der Wand, am Ende des Weges, lagerte der Vorrat für den Versand, Kisten verschiedener Größen, ordentlich übereinandergestapelt, säckeweise Holzwolle, mehrere Paletten voll Pappe, die zu Kartons aufgebaut und verklebt oder getackert werden mussten. Hinter einer dieser Paletten fand sie Deckung.

Sie versuchte, ein wenig zur Ruhe zu kommen. Als sie einigermaßen zufrieden mit ihrem Zustand war, begann sie, hinter ihrem Versteck hervorzuspähen. Vor ihr standen nur Regale. Dazwischen lagen breite Wege, Straßen eher, mit dem Gabelstapler befahrbar. Konnte sie sich darauf verlassen, dass die Männer an ihren Werkbänken blieben? Nichts hörten, nichts sahen? Es brauchte nur jemand seine Werkstücke verpacken zu wollen, schon käme er, würde Kisten holen und Holzwolle. Sie musste, wenn sie sich in Bewegung setzte, extrem vorsichtig sein und jeden der Arbeiter im Auge behalten.

Ihr half, dass die Kisten in den Regalen Lücken ließen. Sichtwege. Sie hatte die Möglichkeit, sich nach allen Seiten abzusichern. Was sie nicht konnte, wurde ihr auch schnell klar: in die Kisten hineinschauen. Die waren verschlossen, manche Holzkiste schon zugenagelt. Unmöglich, eine davon zu öffnen, ohne dass sie riskierte, entdeckt zu werden.

Schritt für Schritt wagte sie sich vor, die Hände, wie um sich festzuhalten, an den Kisten und den Regalträgern. Sie strich mit ihren feuchten Fingern über das kühle Metall. Aber sie begriff: Was sie hier tat, war vergeblich. Sie hatte angesichts der verschlossenen Kisten keine Chance, irgendetwas zu entdecken. Und es war unmöglich, näher an die Werkbänke heranzukommen, um zu sehen, was die Arbeiter dort herstellten.

Innerlich schüttelte sie den Kopf. Dann musste sie auch konsequent sein und sich verziehen – zu Hause sein, wenn David kam. Sie wich auf ihrer Regalstraße zurück. Wie sie gekommen war, wollte sie zurück, außen um die Regale herumgehen, an der hinteren Wand entlang und dann ungesehen durch das Rolltor wieder verschwinden.

Als sie sich umdrehte, stand ein Mann vor ihr. Sie fuhr zusammen.

Er war so nah, dass sie ihn fast berühren konnte. Nur ein Regal zwischen ihnen. Er war klein, trug einen Kittel und hatte ihr den Rücken zugewandt.

Bevor er sie sah, ging sie in die Hocke. Ihr Herz klopfte laut. Sie schwitzte.

Jetzt war sie darauf angewiesen, ihn zu hören, denn die Sicht war ihr durch Kisten versperrt. Angestrengt lauschte sie. Er zog Kartons aus dem Regal. Sie hörte ein quietschendes Geräusch. Pappe wurde über Metallböden geschleift.

Offenbar hatte er einen Handwagen bei sich, denn als Nächstes hörte sie klappernde Rollen. Rollen, die leiser wurden. Die sich entfernten.

Sie kam aus der Hocke hoch und spähte. Der kleine Mann schob tatsächlich einen Wagen.

In dem Moment klingelte ihr Handy. Wieder jagte ihr ein Schreck in die Beine. Sie fuhr mit der Hand in ihre Tasche, fand es aber nicht sofort. Es klingelte ein zweites Mal. Martha drückte blind auf alle Tasten, als sie das Ding in die Hand bekam. Das Klingeln hörte auf. Zitternd stellte sie das Handy aus und ging wieder in Deckung.

Sie konnte die Geräusche des Handwagens nicht mehr hören. Der Arbeiter hatte seine Fahrt unterbrochen. Martha blieb in der Hocke, fand aber eine Lücke zwischen zwei Kartons. Der Arbeiter stand an seinem Wagen. Vielleicht hatte er das Klingeln gehört. Er sah sich um, schien aber nichts zu entdecken. Er nahm seinen Weg in Richtung der Maschinen wieder auf.

Mit weichen Knien setzte Martha ihren Rückzug fort. Noch langsamer tastete sie sich vorwärts. Sie war angespannt. Sie versuchte, alle Männer in der Halle im Auge zu behalten, die Facharbeiter an den Maschinen genauso wie den Gehilfen.

Aus dem Nichts kam ein tiefer, durchdringender Ton – ein Tuten, das sich nicht veränderte. Sie sackte wieder in die Hocke. Ihre Knie zitterten so sehr, dass sie sich setzen musste. Hier würde sie nie mehr hochkommen. Es war eine Sirene. Ein Alarm. Mehrere Lampen flackerten, sie hingen an den Wänden, vor allem über den Werkbänken. Martha war wie gelähmt. Die Arbeiter stellten ihre Maschinen ab. Sollte sie sich zwingen und rennen – zwar entdeckt werden, aber auf ihren Vorsprung setzen? Konnte sich ihr auf dem Parkplatz irgendjemand in den Weg stellen?

Ihre Beine würden nicht mitmachen. Ehe sie sich entschieden hatte, war es zu spät. Der Hilfsarbeiter kam auf sie zu. Sie rutschte im Schutz der Regale weiter zurück. Sie wollte in ihr Versteck hinter den Paletten. Mit Mühe kam sie auf die Beine und wich Schritt für Schritt zurück, ohne den Mann aus den Augen zu lassen. Unter dem blauen Kittel trug er ein kurzärmeliges kariertes Hemd. Er hatte strähniges schwarzes Haar, eine Brille und ein Gesicht mit vielen kleinen Narben. Auch er schwitzte. Er zog die Brille ab und wischte sich mit dem Unterarm über die Stirn.

Sie hatte ihr Versteck inzwischen erreicht und konnte ihn beobachten. Er drückte auf einen dicken Knopf, und das Rolltor setzte sich in Bewegung. Ohne sich noch einmal umzusehen, ging der Arbeiter zurück und folgte seinen Kollegen in die Pause. Jetzt konnte sie noch laufen, in der Hocke unter dem sich schließenden Tor hindurch, in die Freiheit. Sie traute sich nicht. Sie blieb.

Auf der anderen Seite der Halle schlug die stählerne Ausgangstür zu. Martha hatte nicht erkennen können, ob alle hinausgegangen waren, ob nicht einer von ihnen, der vielleicht mit den Kollegen im Streit lag, lieber hier drinnen sein Brot aß. Während sie sich langsam vorwärtsschob, spähte sie durch die Lücken in den Regalen und versuchte, einen Überblick über die Halle zu erhalten.

Als sie niemanden entdeckte, wurde sie etwas sicherer. An den jeweils letzten Pfosten der Regale hingen, von uraltem, vielfach geknotetem Packband gehalten, Klemmbretter, an jedem Pfosten eins. Abgestoßene Dinger waren das, das Holz vom vielen Anfassen mehr schwarz als braun, wahrscheinlich seit Jahrzehnten in Gebrauch.

Die Aufträge.

Martha sah sich erneut um. Kein Mensch in der Halle. Sie wischte sich die feuchten Hände wieder an der Hose ab und nahm sich eines der Klemmbretter vor. Da stand eine Schrift, die arabisch sein mochte. Oder doch persisch? Sie war aufgeregt. Ein Auftrag – ein Indiz. »Dubai Oil Company«, las sie auf Englisch. Mengenangaben. Durchmesser, Längen, alles zweisprachig. Um was ging es? Warum Dubai? Natürlich konnten die hier nicht schreiben, sie lieferten Zentrifugenteile an den Iran. Irgendeine Kontrolle, weiß der Henker von wem, und sie flogen auf. Eine Tarnadresse also? Sie ließ das Klemmbrett los und nahm sich das am nächsten Regalpfosten vor. Ein identisches Formular. Dann noch eins und noch eins.

Sie musste in die Kisten sehen, und zwar schnell. Sie betastete mehrere von ihnen. Die hölzernen zu öffnen, war unmöglich, die waren zugenagelt, da hätte es Werkzeug und Zeit gebraucht. Aber auch von den Pappkisten waren die meisten verschlossen und verklebt. Doch sie fand einige offene. Sie fasste hinein und ertastete Metall. Sie zog etwas heraus.

Was sie in der Hand hielt, waren Rohre. Dicke Rohre. Kleine Verbindungsstücke, Winkel. Eckstücke für Rohre.

Sie kehrte zurück ans vordere Ende der Regale. Vor ihr lag meterweise freie Halle. Gegenüber standen die Werkbänke. Sie schwitzte am ganzen Körper. An der Hallenuhr blieb ihr Blick hängen. Sie hatte sich nicht gemerkt, wann die Pause begonnen hatte. Länger als eine halbe Stunde dauerte sie sicher nicht. Sie nahm ihren Mut zusammen und spurtete zur ersten Werkbank.

Sie stand vor einem ihr völlig fremden Gerät. Ein Computer mit Monitor und Tastatur, dahinter ein langer metallener Tisch mit einer Reihe von Öffnungen. Was kam aus ihnen heraus? Fräsen? Feilen, Sägen?

Sie hatte keine Ahnung. Ihre Hände zitterten, als sie ihre kleine Kamera aus der Tasche zog. Sie machte zwei Aufnahmen. Mit den Fingerspitzen betastete sie die Werkstücke. Nie im Leben waren das Zentrifugenteile. Auch hier wurden Rohre hergestellt.

Im gleichen Moment begann der Alarm von Neuem.

Martha rannte zurück hinter die Regale.

Die Tür der Werkhalle wurde geöffnet. Martha schlich in gebückter Haltung weiter, wollte wieder ihr Versteck erreichen. Erst hinter der Palette mit den flachen Pappen wagte sie es wieder, sich umzusehen. Die Männer standen vor ihren Werkbänken. Sie fuhren die Maschinen hoch.

Das Rolltor hatten sie vergessen.

Martha wurde es wieder weich in den Beinen. Sie saß fest. Verdammte Scheiße. Sie kam nicht hinaus. Sie selbst konnte das Tor nicht hochfahren, obwohl sie den Bedienknopf sah. Genauso wenig konnte sie gegenüber zur Tür der Halle hinausspazieren.

Sie hatte keine Chance zu entkommen.

Wann würde das Rolltor das nächste Mal geöffnet werden? Vielleicht änderte sich morgen das Wetter, und das Gewitter, auf das ganz Hamburg wartete, kam, und es würde kühler, und das Rolltor würde nur noch hochgefahren, wenn Lastwagen beladen werden mussten, immer nur dann, wenn die Männer in seiner Nähe waren.

Sie versuchte, die aufsteigende Panik zu bekämpfen. David. Sie hatte viel riskiert, aber nichts erreicht. Hier wurden keine Zentrifugenteile hergestellt, so viel war mal sicher. Und Said? Was hatte der von alldem gewusst?

Ihre Gedanken rasten, und einer davon war, dass rasende Gedanken ein Zeichen von Panik waren. David, immer wieder David. Ausgeschlossen, dass sie sich hier über Nacht einschließen ließ. Der Junge würde vor Angst sterben. Neulich den Vater verloren, jetzt kam die Mutter nicht nach Hause, ohne ein Wort zu sagen. Nein, verdammt, sie musste hier raus.

Da hörte sie, wie sich das Rolltor in Bewegung setze. Der Hilfsarbeiter mit dem Pockengesicht hatte auf den Knopf gedrückt. Er wartete wieder nicht, bis das Tor nach oben gefahren war, sondern stapfte zurück in die Halle hinein und auf den Gabelstapler zu.

Martha sah ihm nach. Und begann, sobald der Mann auf dem Stapler saß, sich an der Außenwand entlang Richtung Tor vorzuarbeiten.

Sie warf einen letzten Blick in die Halle, bevor sie für einen kurzen Augenblick, um hinauszukommen, selbst sichtbar wurde. Die Arbeiter konzentrierten sich auf ihre Maschinen. Der Gehilfe startete den Elektromotor des Gabelstaplers. Martha machte ein paar leichte und schnelle Schritte und war draußen. Stand auf der Laderampe.

Aber dort war sie nicht in Sicherheit. Hintereinander kamen zwei Autos auf den Parkplatz gerast. Das erste war ein dunkler, großer Audi, der andere ein kleinerer Wagen. Martha ging die Stufen hinunter. Die Schlagader am Hals und das Herz pochten wild. Ihr eigener Schweißgeruch drang ihr in die Nase. Sie fürchtete, sich mit einer Flatterstimme zu verraten, deshalb zwang sie sich mit Macht zur Ruhe. Die konnten ihr nichts.

Der Audi kam auf sie zu. Sie hatte keine Chance zu verschwinden. Der Wagen hielt direkt vor ihr, die Tür wurde aufgerissen, ein Mann sprang heraus. Er schlug die Tür zu und rief ihr im gleichen Moment zu: »Was machen Sie da?«

Seine Stimme klang scharf, und er meckerte wie eine Ziege. Er war nicht groß, wirkte aber gelenkig und deshalb jünger, als er war. Etwas Aggressives ging von ihm aus. Er trug Anzug und weißes Hemd, aber keine Krawatte.

»Ich habe jemanden gesucht, den ich nach dem Weg fragen

kann.« Martha hörte das Zittern in ihrer Stimme. »Aber hier ist ja niemand.«

»Und dafür müssen Sie in die Werkshalle hinein?«

Hinter dem Audi hielt der zweite Wagen, ein Golf, wie sie jetzt erkannte. Es stieg ebenfalls ein einzelner Mann aus. Er war hellblond und trug ein T-Shirt, unter dem sich sein muskulöser Körper abzeichnete. Er kam auf sie zu. Dabei kratzte er sich am Kopf.

»Kenne ich Sie?«, fragte der Alte.

Sie versuchte Sicherheit und Tiefe in ihre Stimme zu legen. »Glaube ich nicht. Ich kenne Sie jedenfalls nicht.«

Der Alte starrte sie an. »Das ist Privatgelände. Hier herrschen Sicherheitsbestimmungen. Sie waren doch in der Halle drin.«

»Nur am Tor. Aber da war niemand.«

»Ich habe Sie rauskommen sehen. Ich bin doch nicht blind. Hier gibt's nichts zu sehen. Also verschwinden Sie.«

»Suchen Sie den S-Bahnhof?«, frage der Jüngere.

»Genau«, antwortete Martha. Und sagte dann, jedes Wort einzeln betonend, zu dem Älteren: »Hoffentlich kommen Sie nie in die Verlegenheit, andere Leute nach dem Weg fragen zu müssen. So was von unfreundlich.«

Sie wollte sich davonmachen, da begann der Blonde, ihr die Richtung zu zeigen. »Es führt keine Straße direkt zum Bahnhof, Sie müssen ein paarmal links und rechts abbiegen, aber das ist die Richtung, und bald gibt's auch Hinweisschilder.« Er hatte seinen Arm ausgestreckt. Seine Hand war groß und kräftig.

Martha nickte ihm zu. »Danke sehr.«

Der Alte war schon davongestapft. Sie sah einen der Arbeiter am Rolltor auftauchen und hörte ihn rufen: »Meister Jastram, kommst du mal?«

»Oh«, sagte Martha, »Sie sind der Meister hier? Meister Jastram«, wiederholte sie.

Der Blonde verkniff sich ein Lächeln. Er nickte ihr zu und verschwand Richtung Halle.

Martha nahm den Weg an seinem Auto vorbei. Ein schwarzer Golf, zweitürig und aufgemotzt. Die Reifen waren breiter. Innen saß man auf Schalensitzen, der Gurt kam von oben wie bei einem Rennwagen. Die Scheiben waren getönt, und der Auspuff schien ihr dick. Wenn sie den blonden Mann, den Meister, mit diesem Auto in Verbindung brachte, wirkte es wie ein Jungenspielzeug. Neben dem Nummernschild klebte ein schwarz-weiß-blaues HSV-Zeichen.

Als sie den Parkplatz verließ, atmete sie tief durch, bis in den Bauch hinein. Sie streckte sich im Gehen und drückte ihr Kreuz nach vorn. Es war wunderbar, an der frischen Luft zu sein. Ein Blick auf die Uhr sagte ihr, dass sie immer noch in etwa gleichzeitig mit David nach Hause kommen konnte. Sie machte einen weiten Bogen zu ihrem Auto. Dass sie nichts gesehen hatte, was ihr weiterhalf, dieser Gedanke scherte sie im Moment nicht.

11

Wagner war das Alleinsein nicht gewöhnt. Er hatte in den letzten Monaten auch mit Eva immer weniger gesprochen, trotzdem war es ein großer Unterschied. Niemand da, der umherging oder im Sessel saß, keiner, der nachts neben ihm lag. Nur Stille. Sie war da, sobald er aufschloss, nahm ihn auf, umfing ihn, eine Wolke, in die er hineintauchte, ohne eine Wahl zu haben.

Seine Wohnung kam ihm zunehmend grotesk vor. Da hatten sie sich eingerichtet, es sich gemütlich gemacht. Er sah Evas Willen, ihren Geschmack zu zeigen. Das Sofa, cremefarben und übers Eck gebaut, war so tief, dass man darauf schlafen konnte. Davor lag ein hellgrauer Teppich. Die Vorhänge hatten die gleiche Farbe. Sie wurden nie benutzt. Das Wohnzimmer war so groß, dass er sich darin verloren vorkam. Auf dem Fußboden ein flacher Fernseher. In einer anderen Ecke ein Kaminofen.

Und das Schlafzimmer. Der Schrank nahm eine ganze Wand ein, sechs Meter. Zwei Drittel davon benutzte Eva. Wer brauchte das alles?

Nachts wurde es kaum kühler. Kein Lufthauch kam durch das offene Fenster. Er wurde wach, schwitzte und konnte nicht wieder einschlafen. Sein Verstand arbeitete klar, und sein Herz schlug laut. Er vermisste, dass Eva neben ihm lag. Ihm fehlte ihr gleichmäßiger Atem.

Trotzdem dachte er nicht allzu viel an sie. Ihn quälte der zerrissene Dienstreiseantrag. Kelbers Auftritt. Der Präsident an seiner Türschwelle, die Schnipsel achtlos in den Papierkorb werfend.

Am Wochenende schaffte er es nicht, sich zu rasieren. Die Anstrengung war zu groß. Er hatte eine uralte Jeans aus seinem Schrank gezogen und trug sie zusammen mit einem ausgewaschenen T-Shirt. Die freien Tage lagen vor ihm, und er hatte keine Vorstellung, wie er sie füllen sollte. Er ging nicht laufen und nicht schwimmen. Sein Fahrrad blieb im Keller.

Am Abend kämpfte er gegen die Versuchung, sich mit Rotwein in eine bessere Stimmung zu trinken. Der Kampf hatte bereits beim

Einkaufen begonnen. Er hatte einen weiten Bogen um die Weinregale gemacht. Doch eine innere Stimme quakte: Wem willst du etwas beweisen? Warum willst du dich quälen? Alkohol war schon immer ein Trostspender, schon in den alten Kulturen. Warum sollte das für dich anders sein?

Wagner blieb stark. Er schob seine Einkäufe zur Kasse und beobachtete, während er in der Schlange wartete, welche Mengen Alkohol die Leute in ihre Wagen geladen hatten, kistenweise Bier, dazu Weinbrand und Korn und aus dem Weinregal die Angebote, der Dreiviertelliter für zwei neunundneunzig. Er ahnte, dass er nicht weit genug davon war, um auf den Billigwein herabsehen zu können. Er kam sich eingesperrt vor, seiner Tatkraft beraubt. Kastriert. Beim Gedanken an Kelber kamen ihm Gewaltphantasien in den Sinn.

Als er bezahlt hatte, wurde seine innere Stimme stumm. Vielleicht, weil sie wusste, dass das Weinregal in der Wohnung keineswegs leer war. Wagner weigerte sich zwar, die Vorräte aufzufüllen, die Lücken wurden größer und die Metallstreben immer sichtbarer. Trotzdem war noch Wein da. Genug, damit die Stimme Ruhe gab.

Er kämpfte um Halt. Wenn er Boden verlor – wie beim Rasieren –, verteidigte er ihn anderswo umso heftiger. Beim Essen; er kochte. Er hatte sich ein Filet gekauft. Dazu gab es Reis und Salat. Er deckte sich den Tisch. Für die Ordnung legte er eine Serviette neben den Teller, stellte sich ein Glas hin und eine Flasche Wasser. Trotzdem wirkte karg, was er angerichtet hatte, karg und einsam. Aber er blieb bei Wasser.

Leider verschwanden die Gedanken an Kelber ohne Alkohol nicht. Er verlangte von sich, sie auszuhalten.

Beim Abwasch nahm er jedes Glas hoch und hielt es gegen das Licht. Er war dabei, einen kräftigen Schritt in Richtung Alter zu machen und konnte sich dabei zusehen. Die Küchenarbeit dauerte lange. Weil er langsam geworden war oder weil er Zeit totschlagen wollte?

Er hockte sich in eine Ecke seines viel zu großen Sofas. Nur er, die Stille und sein weitläufiges Wohnzimmer. Einzig von den Nachbarn drangen Geräusche herüber. Das Fenster stand offen.

Dort war ein junges Paar eingezogen, wie Eva und er früher. Anfang dreißig, lebenslustig, verliebt. Heutzutage gehörten andere Dinge dazu als zu ihrer Zeit, sie hatten elegante Fahrräder und einen BMW Kombi, auf Zuwachs gekauft. Aber sonst? Lachend, händchenhaltend. Die wesentlichen Dinge änderten sich nicht.

Auch nicht, dass sie immer in Stimmung waren. Die Geräusche, die in Wagners Stille drangen, waren eindeutig. Eine Frauenstimme, die laut lachte, dann zu quieken anfing. Ein Bass darunter, der immer neue, immer lautere Reaktionen der Frau hervorrief. Beide wurden schneller und heftiger. Wagner hörte ihnen eine Weile zu. Dann konnte er nicht mehr und hielt sich die Ohren zu. Ja, er wurde wirklich alt. Ein paar Geräusche der Stadt, ein Fenster, das an einem warmen Abend offen stand – das reichte, um ihn nervös zu machen. Er schloss es.

Es war Kelber, der ihn gefesselt hatte und versauern ließ. Oder er, der sich hatte fesseln lassen? Er wanderte im Zimmer auf und ab. Die Luft war warm. Er wollte das Fenster wieder aufreißen und seine Wut hinausschreien. Stattdessen zog er sich eine Flasche Wein aus dem Regal. Er achtete nicht auf das Etikett, ihm war egal, mit was er sich betrank. Eilig zog er den Korken heraus. Das erste Glas kippte er gleich in der Küche, mit zwei Zügen hatte er es geleert. Das zweite nahm er mit vor den Fernseher, den er mit Hilfe der Fernbedienung lauter drehte. Nun konnte er auch das verdammte Fenster wieder öffnen.

Sein Blick fiel auf das Telefon. Ein paarmal hatte er versucht, Eva anzurufen, manchmal, weil er mit ihr sprechen wollte, manchmal nur aus Pflichtgefühl. Sie hatte ihr Handy abgestellt, und er sprach nicht auf den Anrufbeantworter. Ein einziges Mal hatte ihr Telefon geklingelt, und er war aufgeregt gewesen. Aufgeregt nach zwanzig Ehejahren, weil er seine Frau anrief.

Sie war nicht dran gegangen, und er hatte die Versuche eingestellt.

In der Behörde warteten Anträge, Prüfungen, Papier, jeden Tag aufs Neue. Niemand hatte ihn auf Kelbers Auftritt angesprochen. Fast konnte man meinen, keiner der Kollegen hätte ihn erlebt. Nur Mertens verhielt sich anders. Auch er redete nicht über Kelber, aber es war offensichtlich, dass er sich vorgenommen hatte, mit Wagner in Kontakt zu bleiben. Er kam in sein Zimmer, quatschte mit ihm und wollte ihn mittags zum Essen abholen.

Wagner ahnte, dass Mertens Mitleid hatte. Mit dem gedemütigten Abteilungsleiter, dem einsamen Ehemann. Was Wagner wirklich umtrieb, verstand Mertens nicht, und er konnte es ihm nicht begreiflich machen. »Du nimmst dir die Dinge zu sehr zu Herzen.«

Er konnte ihm auch nicht sagen, dass Mertens sich sein Mitleid sonst wohin schieben sollte.

Seinen Chef sah Wagner nicht ein einziges Mal. Kelber mied die Abteilung Exportkontrolle. Wagner verlangte von sich, zu ihm zu gehen, ihm vorzutragen, in aller Ruhe, ohne Wut. Zwei Exportanträge innerhalb kurzer Zeit, das stank einfach. Und wenn Kelber dann trotzdem ablehnte, hatte er die Verantwortung, er allein. Dann konnte Wagner eines Tages gegen ihn etwas unternehmen. Wagners Kopf war schwer, die Gedanken langsam. Es interessierte ihn nicht, gegen Kelber etwas zu unternehmen, wenn es zu spät war.

Den Weg zu seinem Präsidenten machte er nicht.

Seit Wagner von seinen Reisen zurück war, lag Mertens ihm in den Ohren und wollte ihn mitnehmen zu seinem abendlichen Volleyballspiel. Er malte Wagner die Truppe aus, Freizeitsportler allesamt, kein Meckern, kein Schimpfen, keine Verletzungsgefahr. Unterschiedliches Niveau, das mache gar nichts, es gebe keinen Siegeswillen, nur Freundlichkeit und Kameradschaft. Der Sinn sei, dass man sich ein wenig bewege, um das Gewicht zu halten. Dabei schlug er sich auf den Bauch. Und ganz nebenbei gehörten zwei Frauen zur Mannschaft, die Wagner sich ruhig mal ansehen könnte. Alleinstehende Frauen, soweit er wisse. Mertens verkniff sich ein Grinsen.

Es gab einen Teil in ihm, der sich nach Bewegung, nach Erschöpfung sehnte, deshalb hatte er sich breitschlagen lassen. Donnerstagabend, halb acht, Mertens klingelte auf die Minute pünktlich. Wagner hatte Sportschuhe und einen verwaschenen Trainingsanzug zusammengepackt, auch ein Handtuch eingesteckt, als er die Tür öffnete. Er rechnete dem Kollegen an, dass er ihn ins Leben zurückführen wollte. Auch wenn Mertens nicht begriff, dass er am falschen Ende ansetzte.

Die Halle war ein Flachbau mit Kunststoffboden, schmutzigen Fenstern und dem Geruch von altem Schweiß. Mertens tat sich bei der Vorbereitung des Spiels hervor. Er war dabei, als Pfeiler in den Boden gelassen wurden, er spannte das Netz auf einer Seite und gab seinem Gegenüber Kommandos. Dann ließ er den Ball auf den Boden springen und prüfte, ob er genug Luft hatte.

Beide Frauen, deren Namen Mertens bei der Vorstellung besonders deutlich genannt hatte, waren durchaus attraktiv. Mit einer spielte Wagner in der Mannschaft. Er, der ein Leben lang Sport getrieben hatte, hielt sich zurück, schlug die Angaben nicht zu scharf, sprang am Netz nicht zu hoch und machte trotzdem den einen oder anderen Punkt. Dann lachte sie ihn an und kam auf ihn zu, um ihn abzuklatschen. Sie war brünett, Anfang vierzig. Wagners Sympathie für sie ließ bald nach. Ihr Flirt war ihm zu routiniert.

Die andere Frau, die in der Gegenmannschaft, gefiel ihm besser. Sie hatte dunkelblondes Haar, einen Zopf. Ihr Spiel war engagiert, sie nahm das Match ernst. Dabei wurde ihre Gesichtsfarbe stetig röter. Sie sah auch zu Wagner, zu dem Neuen auf dem Feld, aber sobald sich ihre Blicke trafen, drehte sie ab. Dass sie nach zwei Sätzen den Vorschlag machte, die Mannschaften neu aufzuteilen, bezog er nicht auf sich. Sein Team war einfach stärker.

»Na«, sagte Mertens hinterher, »wie haben sie dir gefallen?«

Sie standen unter der Dusche in einem großen, gefliesten Raum. Andere nackte Männer duschten neben ihnen. Mertens war dezent genug, Wagner leise zu fragen.

»Gut.«

Ihm lag der Satz auf der Zunge, dass er keine neue Frau suchte. Wie Verrat wäre ihm das vorgekommen, Verrat an Eva. Eine kleine Affäre, nicht mehr, hätte Mertens erwidert, wo soll da der Verrat sein? So etwas bringt einen auf andere Gedanken. Wagner sparte sich seine Worte. Sie hätten seinen Stellvertreter sowieso nicht erreicht.

»Hinterher gehen wir immer noch etwas trinken«, sagte Mertens. »In ein Lokal in der Nähe.«

Doch als sich die Sportler am Ausgang sammelten, um gemeinsam aufzubrechen, verabschiedete sich Wagner. Mertens nahm ihn zunächst nicht ernst, dann setzte er an, ihn zu überreden. Die dritte Halbzeit, den Durst löschen. Ob Wagner noch etwas vorhabe? Am Ende sagte er, er müsse ihn doch wieder nach Hause fahren. Aber Wagner widerstand. Mehr Ablenkung wollte er nicht.

Auf dem Heimweg dachte Wagner ein weiteres Mal an das zerrissene Formular. Er musste noch mal nach Hamburg. Mit dem Zoll sprechen. Vielleicht Neitzel erneut auf die Finger schauen. Den Beweis erbringen. Aber er sah keine Möglichkeit. Er war Kelber unterstellt, und gegen dessen ausdrückliches Verbot konnte er nicht handeln.

Er fuhr langsam durch das nächtliche Frankfurt. Immerzu wurde er überholt. Viele Leute verbrachten den Sommerabend draußen. Was versprach er sich von einer neuerlichen Auseinandersetzung mit Neitzel? Doch nicht, dass die Zeit anhielt, gar rückwärts lief und er wieder jünger wurde. Damals war ein ordentliches Maß Eitelkeit in seinem Spiel gewesen. Das Wirtschaftsministerium hatte in einem Rundbrief darauf hingewiesen, dass amerikanische Stellen neben anderen europäischen Firmen auch die MBN verdächtigten, den Iran mit Ausrüstungsgütern zu versorgen. Rundbriefe dieser Art gab es viele. Doch diesen hatte Wagner gelesen und nicht mehr aus der Hand gelegt. Er hatte gedacht: Jetzt handeln wir. Wir zeigen, dass eine Bundesbehörde durchaus in der Lage ist, für Recht zu sorgen. Und international machen wir klar, dass die Bundesrepublik nicht anders handelt als redet. Jetzt schreiten wir ein.

Unter den Kollegen war es damals keine Frage gewesen, dass Wagner nach der Pensionierung ihres alten Chefs neuer Präsident des Bundesamtes werden würde. Er stand der wichtigsten Abteilung, der Exportkontrolle, vor, machte seine Sache gut, es gab keine Beschwerden und kaum Fehler. Wagner wollte zeigen, was die Behörde zu leisten in der Lage war. Mit seinem Handeln hatte er eine Art Bewerbung abgeben wollen: So würde sich das BAFA unter seiner Führung positionieren. Er war zu sicher gewesen.

Am Morgen nach dem Volleyball bekam Wagner einen Anruf. Aus Hamburg, wie er auf seinem Display sah.

»Mein Name ist Martha Bankar«, hörte er, »ich bin Redakteurin beim Magazin Spot. Ich rufe Sie an wegen einer Firma, die Sie kennen. Es handelt sich um die MBN.«

Wagner glaubte kaum, was er gehört hatte. »Die MBN?«

»Ja, genau. Metallbau Nord. Sagt Ihnen das etwas?«

Ihm schossen die Gedanken durch den Kopf. Kelber, der ihn heimlich aufnehmen ließ und eine Gaudi veranstalten würde. Oder sonst eine Falle.

»Hallo?«, hörte er. »Sind Sie noch dran?«

»Äh … Ja. Ich kenne die MBN. Um was geht es?«

»Sie haben gegen diese Firma prozessiert. Wegen Verstoßes gegen das Kriegswaffenkontrollgesetz.«

»Vor sechs Jahren, ja.«

»Gab es seitdem Auffälligkeiten?«

»Was meinen Sie?«

»Na ja«, hörte er eine verbindlichere Stimmlage, »in die Richtung wie damals.«

»Kann ich nicht sagen. Mich würde interessieren, wie Sie darauf kommen.«

Sie lachte. »Das wiederum kann ich nicht sagen.«

Er wusste, dass er dieses Telefonat nicht fortsetzen konnte. Seine Zimmertür stand offen. Möglicherweise ließ Kelber mitschneiden. Andererseits, wenn diese Journalistin nicht an diesem Thema säße, hätte sie ihn kaum angerufen.

In der Leitung war Stille.

»Sie rufen aus Hamburg an, haben Sie gesagt?«

»Ja.«

»Ich habe dienstlich in Hamburg zu tun. Wenn Sie möchten, können wir uns treffen. Gleich Anfang der Woche. Am Montag?«

Sie klang überrascht. »Okay. Einverstanden.« Sie verabredeten Uhrzeit und Treffpunkt.

Bevor er ins Wochenende ging, machte er noch dreierlei. Er suchte sich für den Sonntagnachmittag einen Zug nach Hamburg. Er buchte ein Hotel in Alsternähe.

Und er füllte einen Urlaubsantrag aus.

12

Als Dieter Jastram die Augen aufschlug, wusste er, es war Sonnabend. Arbeitsfreier Sonnabend. Müdigkeit steckte ihm in den Knochen, die Beine waren schwer. Er kratzte sich am Kopf. Es war scheißviel gewesen in den letzten Wochen, immerzu Überstunden, Arbeit auch an den Wochenenden. Umso besser, dass heute frei war.

Sabine neben ihm schlief noch. Sie lag auf dem Bauch, das Gesicht in die andere Richtung. Er betrachtete ihr kräftiges braunes Haar, das über das Nachthemd fiel. Er war versucht, sie zu streicheln.

Alter, lass sie schlafen. Er begnügte sich damit, auf ihren Atem zu hören.

Durch einen Spalt im Vorhang fiel Licht ins Schlafzimmer. Er wollte noch mal die Augen zumachen, aber sofort war alles wieder da, der ganze verfluchte Scheiß, der ihn nicht in Ruhe ließ. Sein Sonderauftrag. Er wusste nicht viel darüber. Interessierte ihn auch nicht. Das, was er wusste, reichte, um sich nichts vormachen zu können. Was er tat, war verdammt noch mal nicht richtig.

Mit einem elend langen Seufzer wurde Sabine wach und drehte sich zu ihm. Er legte seine Hand auf ihr Nachthemd und ließ sie nach unten gleiten. Durch die Baumwolle hindurch fuhr er über ihren Po und bewegte seine Hand dort. Sie ließ es geschehen, rührte sich aber nicht.

Plötzlich kam sie hoch, krabbelte aus dem Bett und ging aus dem Schlafzimmer. Also nein. Er ließ seinen Kopf aufs Kissen plumpsen. Im Badezimmer schlug der Klodeckel gegen das Spülrohr, dann hörte er sie pinkeln.

Er war nur ein kleiner Metallbaumeister und konnte diese verfluchte Welt nicht retten. Warum ließen sie ihn nicht einfach in Ruhe? Wenn zwei Länder sich unbedingt bekriegen wollten, dann taten sie das, egal, woher die Waffen – oder die Gaszentrifugen – stammten. Diese Politiker waren doch alle sture Idioten.

Trotzdem blieb immer das Gefühl, etwas Schmutziges zu tun,

und er kam sich schon selbst ganz schmutzig und widerwärtig vor.

Sabine war zurück. Splitternackt blieb sie vor dem Bett stehen und sah ihm in die Augen. Ihre Brüste waren schwer. Er liebte ihre weichen Formen. Vor Jahren war er an einer Sendung über so eine antike Göttin hängen geblieben, Venus hieß die, und sie war auf all diesen Bildern und Skulpturen auch kräftig und rund. Meine Venus, dachte er seitdem, wenn er Sabine im Arm hielt.

Sie krabbelte unter seine Decke, und er spürte augenblicklich seine Erregung. Er nahm sie in den Arm, streichelte ihr den Rücken, sog ihren Morgenatem ein und begann, sie auf den Hals zu küssen. Sie knöpfte seine Schlafanzugjacke auf und strich ihm über die Brust.

Er war in der Firma schlecht wie noch nie in seinem ganzen Leben. Studierte Pläne – Neitzels Zentrifugenbaupläne, die er angeblich als Student gestohlen hatte – und merkte, dass er überhaupt nicht aufnahm, was er sah. Die Fehler, die er machte, waren unglaublich – er rechnete falsch, stellte die Maschine falsch ein, passte nicht auf. Die Kollegen, die mit ihm arbeiteten, wussten es schon, jedenfalls die, die ein bisschen helle waren. Hatten sie ihm früher blind vertraut, prüften sie jetzt seine Anweisungen nach. Er konnte es ihnen nicht verdenken.

Sabine zog ihm die Pyjamahose aus. Er hob seinen Hintern an, damit sie sie drüberstreifen konnte. Sie würde sehen, dass er nicht mehr erregt war. Es war ihm peinlich, sein schlapper Schwanz, aber er konnte es nicht ändern.

Der Unfall neulich – auch seine Schuld. Ein Kollege, der zur Aushilfe da war. Und wer hatte es versäumt, ihn auf die Gefahren der Maschine hinzuweisen? Natürlich er, der Meister. Wer sonst? Zum Glück hatten sie die beiden Finger des Kollegen im Krankenhaus wieder annähen können.

Sie nahm seinen Schwanz in die Hand und streichelte ihn, langsam erst, dann schneller. Er fühlte ihre Haut, spürte ihre Brust, die auf ihm lag. Er griff danach. Sie atmete lauter, und auf seinem Oberschenkel merkte er ihre Feuchte.

Was er tat, tat er für sie. Er brauchte das Drecksgeld nicht, das Neitzel ihm versprochen hatte. Hunderttausend, bar auf die Kralle. Es war nur für sie. Das Schlimme war, dass er ihr das nicht sagen konnte. Ging einfach nicht. Sie wusste nicht, warum er so lange arbeitete. Nicht, dass sie eifersüchtig war, sie sah doch, wie fertig er abends nach Hause kam, sein Essen herunterschlang, ein Bier trank oder zwei und ins Bett fiel. So ist man nicht, dachte sie wahrscheinlich, wenn man fremdgeht, sondern nur, wenn man zu viel arbeitet.

Wieder und wieder hatte er seine Möglichkeiten durchgespielt, beim Einschlafen, beim Autofahren, selbst auf der Arbeit. Er konnte sich krankmelden. Aber wie lange? Er konnte kündigen. Das wäre die sauberste Lösung. Wegzugehen von der MBN. Auf das Geld scheißen, und zwar mit Anlauf. Warum sollte ein Meister wie er, ein arbeitswilliger Mann, nicht irgendwo anders eine Stelle finden?

Aber er ging den Schritt nicht. Er liebte seine Arbeit. In der Firma wurde er respektiert. Alle kamen sie zu ihm und fragten ihn, selbst wenn er nicht in Form war. Meister Jastram hier, Meister Jastram da, oder nur: Dieter, kommst du mal? Er konnte sich nicht vorstellen, diesen Job aufzugeben. Und er schiss auch nicht auf die Hunderttausend, die Neitzel ihm versprochen hatte. Endlich würde er Sabine mal etwas bieten können.

Sie öffnete die Augen, legte ihre Hand auf seine und sah ihn an. Er hatte aufgehört, ihre Brust zu streicheln. Stattdessen kratzte er sich den Kopf. Und sein Schwanz stand wieder nicht.

Vorsichtig drehte er sie auf den Rücken und beugte sich über sie. Er verlangte von sich, sich mehr Mühe zu geben. Das war ein Satz, der ihn inzwischen ankotzte, so oft betete er ihn sich vor, bestimmt hundert Mal am Tag in der Werkshalle – wenn er über Neitzels Plänen saß, wenn er die Maschinen einstellte, die Arbeit der anderen kontrollierte und die Sicherheitsbestimmungen.

»Gib dir mehr Mühe.«

Er schob ihn selbst bei Sabine rein. Sie schloss die Augen, als er sich auf ihr bewegte. Eine Hand lag auf ihrer Brust, die andere auf ihrem Oberarm. Er hörte ihren Atem, sah ihre Erregung. Aber sie griff nicht auf ihn über.

Als sie kam, hatte sie den Mund geöffnet, ihre Zunge verdrehte sich, und sie schlug den Kopf aufs Kissen. Ihre Finger presste sie an seine Schultern und drückte zu und stöhnte dabei, und er spürte ihre Fingernägel, die sich in seine Haut bohrten, und schob sein Ding in ihr auf und ab und auf und ab.

Er blieb in ihr, als sie die Augen wieder öffnete und ihm ihre feuchte Zunge in den Mund schob, aber lange ging das nicht, und er wälzte sich auf die Seite.

Er konnte ihr nichts vormachen. Sie wusste, dass er noch nicht fertig war. Erneut nahm sie seinen Schwanz in die Hand. Sie küsste ihm die Brustwarzen. Ihre Zunge strich über seine Brust und zog eine feuchte Spur hinter sich, während ihre Hand seinen Penis umschlossen hielt.

Langsam glitt sie tiefer. Ihre Zunge fuhr über sein Brustbein, ging weiter hinunter, erreichte den Bauchnabel, in den sie hineinstieß.

Zu gern hätte er seine Gedanken abgestellt, wäre bei ihr gewesen und hätte genossen, was sie mit ihm anstellte. Ihre Zunge hatte seine Hüfte erreicht. Als sie an die Scham stieß, zog er Sabine vorsichtig zu sich hoch.

»Ich habe Hunger«, sagte er.

Er kam aus der Dusche, die Haare frisch gewaschen und noch nass, und die Kopfhaut juckte nicht. Sie hatte Frühstück gemacht. Unter ihrem hellblauen Jogginganzug zeichnete sich ihre Figur ab. Er ging zu ihr, nahm sie in den Arm und gab ihr einen Kuss. Seine Hand glitt über ihren Po. Es roch nach frischem Kaffee und nach Brötchen, die sie im Ofen aufbackte.

Während sie aßen, erzählte Sabine von einer Einladung. Von seinem Bruder Klaus. Dieters Augen wurden klein. Er beobachtete, wie Sabine erzählte, achtete auf ihr Gesicht, auf die Stimme. Freute sie sich und zeigte das bloß nicht? Er mochte seinen Bruder nicht. Ein Arschloch von Immobilienmakler. Verdiente einen Haufen Geld damit, dass er reichen Leuten Landhäuser in Schleswig-Holstein aufschwatzte. Hatte ein großes Haus, einen Geländewagen und machte andauernd Urlaub. Und ihm gefiel Sabine. Seine Sabine.

Wenn sie mal zu Besuch bei ihm in Mölln waren, musste sich Dieter anhören, was Klaus' Leben kostete, die neue Uhr, die letzte

Reise, selbst der Rotwein, den sie tranken. Jedes Gespräch drehte sich um sein Scheiß-Geld. Dieter wollte das nicht wissen, er konnte sich die Zahlen sowieso nicht merken. Aber er sah natürlich, was er sah. Den Gesichtsausdruck, mit dem Sabine Klaus zuhörte, und wie sie ihn heimlich anhimmelte. Der Tonfall, in dem sie einander aufzogen. Die Art, wie sich beide zur Begrüßung oder zum Abschied umarmten.

Er brauchte sie nicht zu fragen, sie wollte zu diesem Geburtstag. Dieter reichte es schon, sich vorzustellen, wer da sonst kam, die Maklerärsche aus der Umgebung und ihre Kunden, Klunker, Krawatten und Sonnenbankbräune. Und dann hielten sie alle ihre kleinen Finger vom Sektglas gespreizt, nein, was sind wir wieder vornehm.

Dieter trank keinen Sekt, sondern Bier, und bei Klaus trank er immer schnell und viel. Er wollte nicht, dass Sabine seinem Bruder an den Lippen hing. Davon ganz abgesehen, wusste er noch nicht, ob er überhaupt ein ganzes Wochenende wegfahren konnte. Der Auftrag.

Für einen Moment dachte er daran, ihr alles zu erzählen. Von Anfang bis Ende. Von Neitzel, von den Zentrifugen, von der Kohle. Neitzel hatte alle Kollegen zu Stillschweigen verpflichtet, und Dieter hatte Sabine nur gesagt, sie hätten einen großen Auftrag, der rechtzeitig fertig werden musste. Nicht gelogen; aber auch nicht die ganze Wahrheit. War es richtig, sie einzuweihen? Hatte sie vielleicht die rettende Idee?

Er wagte es nicht.

Was, wenn sie dagegen war? Oder umgekehrt, wenn sie unbedingt die Kohle wollte? Dann hatte er keine Möglichkeit mehr auszusteigen. Nein, diese Sache musste er mit sich ausmachen, er war der Mann. Sein Vater hätte es nicht anders gemacht. Erst wenn er eines Tages die Prämie bekam, dann würde er das Geld auf den Tisch legen, all die fetten Scheine, und zumindest ein paar Andeutungen machen.

»Gut«, sagte er in ihr erwartungsvolles Gesicht, »dann fahren wir eben zu Klaus.« Er nahm seine Kaffeetasse in die Hand und spreizte seinen dicken kleinen Finger von ihr ab. »Spielen wir feine Leute.«

Dass sie sich freute, nervte ihn gehörig. Und er hatte keine Ahnung, ob er sich das freie Wochenende überhaupt erkämpfen konnte.

Als er hinausging, trug er nur ein T-Shirt. Zu der Sommerwärme war eine drückende Feuchtigkeit hinzugekommen. Ein Gewitter in der Luft, bloß wollte es sich nicht einstellen. Die Erde war knochentrocken. Er würde gießen müssen.

Dieses Fleckchen Erde war alles, was er brauchte. Wenn er nicht zu arbeiten hatte, ging er in seinen Garten. Er überlegte sich schon in der Woche, was zu tun war an Haus und Hof, wusch das Auto, mähte den Rasen, reparierte oder besserte aus, manchmal sogar, wo eigentlich nichts auszubessern war. Das war seine Erholung, nichts denken müssen, nur die Hände benutzen und etwas tun. Er fühlte sich sauwohl hier, er liebte die Ruhe, dass keiner was von ihm wollte, und er genoss es, wie sich sein Grundstück mit den Jahreszeiten veränderte. Manchmal versank er so tief in eine Arbeit, dass er alles andere vergaß, dann wienerte er an seinem Auto oder fegte den Hof immer weiter, obwohl längst alles blank war.

Heute waren die Dachrinnen dran. Eigentlich eine Arbeit für den Herbst, wenn das Laub von den Bäumen abgefallen war, doch an den Fallrohren schienen die Siebe verstopft zu sein, und bei Gewitter mussten sie funktionieren. Die Rinnen wollte er gleich mit säubern und hinterher aufs Dach klettern, um den Zustand zu überprüfen.

Mit seiner Arbeit am Haus war er in der Siedlung nicht allein. Von den Nachbarn ließ keiner sein Eigentum verkommen. Wenn eine Fassade gestrichen oder ein Dach neu eingedeckt werden sollte, halfen sie sich gegenseitig. Das war dann ein fröhliches Beieinander, und abends stellte der Hausherr ein paar Bänke auf und ein paar Kisten Bier daneben und schmiss den Grill an.

Auch sonst kam man gern an den Zaun und sprach ein paar Worte, da ging es um Alltagsdinge und unter den Männern darum, wie sich der HSV schlug. Sabine und er lebten schon lange in dieser Siedlung. Man duzte sich hier. Er war der Dieter.

Deshalb reagierte er erst gar nicht – fühlte sich nicht angesprochen –, als er von der Straße mit seinem Nachnamen gerufen wurde. Er stand oben auf der Leiter, fischte mit seinen breiten Händen Dreck aus der Regenrinne und warf ihn nach unten.

»Herr Jastram.«

Erst als die Stimme die Anrede wiederholte und etwas lauter wurde, drehte er sich oben auf der Leiter um: »Herr Jastram!«

Da stand eine Frau am Zaun. Er kannte sie. Es dauerte einen Moment, aber dann wusste er, woher. Harburg. Parkplatz. Er war einigermaßen überrascht.

Er regte sich nicht.

»Kann ich Sie einen Moment sprechen?«

Er kratzte sich am Kopf. Er war genervt. Eine Störung und dann noch von einer Unbekannten. Wenn er jetzt herunterkam, musste er nicht nur Sabine erklären, wer sie war. Auch die Nachbarn würden sofort Bescheid wissen. So entstanden Scheiß-Gerüchte. Eine fremde junge Frau am Zaun.

»Bitte«, sagte sie.

Er kletterte widerwillig von seiner Leiter herunter. Das durfte sie ruhig sehen. Auf dem Weg zum Zaun wischte er sich die erdigen Hände an der Hose ab. Seine Kopfhaut juckte. Dabei hatte er gerade erst die Haare gewaschen.

»Sie sind die Frau, die neulich nach dem Weg zur S-Bahn gefragt hat. Woher kennen Sie mich? Haben Sie sich wieder verlaufen?«

Sie schüttelte den Kopf. »Ich möchte Sie etwas fragen.«

»Woher wissen Sie, wo ich wohne?«

»Es gibt nur zwei Jastrams in Hamburg. Da war es nicht schwer, Sie zu finden.«

Er nickte.

»Es ist so«, sagte sie. »Ich bin Journalistin. Mein Name ist Martha Bankar. Ich arbeite für die Spot.«

»Nie gehört.« Er drehte sich Richtung Haus und blickte zu seiner Leiter, die nur darauf wartete, dass es weiterging. Sabine war nicht zu sehen. Aber das hieß nichts. Ihr blieb selten etwas verborgen. »Ich habe keine Ahnung, was Sie von mir wollen.«

»Ich will ganz offen mit Ihnen reden«, sagte die Frau. Sie war mager, viel Figur hatte sie nicht, im Gesicht traten ihr die Wangenknochen hervor. Ihr dunkles Haar war lockig und irgendwie wirr. Er stand nicht auf wirre Frisuren und nicht auf so magere Frauen.

»Es geht um die MBN.«

»Also hatten Sie sich gar nicht verlaufen«, rief er zu laut. »Und ich dachte noch, Mann, was ist der Chef heute unfreundlich. Aber er hatte den richtigen Riecher. Sie haben da rumgeschnüffelt.« Er bremste sich, wurde wieder leiser. »Was ist mit der Firma?«

»Ich habe Grund zu der Annahme, dass da etwas hergestellt wird, was … ungesetzlich ist.«

»Was soll das sein?«

»Das wüsste ich gern von Ihnen.«

»Ich rede nicht mit Ihnen über die Firma. Wie komme ich dazu? Außerdem wird da nichts hergestellt, was … wie haben Sie gesagt? … ungesetzlich ist.«

»Herr Jastram, es wäre sehr hilfreich …«

Er legte die Stirn in Falten. Sie sollte nicht merken, dass er log. »Ich weiß nicht, was Sie wollen. Und wenn es sich um die Firma handelt, warum gehen Sie nicht zum Chef?«

»Ich will Ihnen nicht drohen. Aber nehmen wir mal an, ich hätte recht, dann macht sich jeder, der beteiligt ist, schuldig. Jeder Einzelne. Es sei denn, er hätte zur Aufklärung beigetragen.«

»Junge Frau, von was reden Sie?« Eine gute Frage, fand er. Überzeugend vorgetragen.

»Von Zentrifugenteilen.«

»Bei uns?« Er winkte ab. »Ich weiß gar nicht, was das ist. Was denn für Zentrifugen? Und zweitens stellen wir so was nicht her.«

Sie musterte ihn. In aller Ruhe sah sie ihn von oben bis unten an. Er war sich sicher, sie durchschaute ihn. Er wollte weg. Hoch auf seine Leiter. Aber er konnte sie hier nicht einfach stehen lassen. Das wäre erst recht verdächtig.

»Wissen Sie, wenn Sie über die MBN sprechen wollen, gehen Sie zum Chef. Das ist mein Tipp. Aber schräge Sachen machen wir nicht, das sage ich Ihnen gleich.«

Sie schüttelte den Kopf. Er überblickte die Straße. Da parkte ein kleiner Mercedes, ein 190er. Ihr Auto. Das einzige, das hier fremd war.

»Ich mach jetzt weiter.« Jastram zeigte auf seine Leiter. »Tschüss.«

Er sah sich nicht mehr um, während er die Leiter hochkletterte. Seine Arbeitslust war verschwunden. Scheiße. Er stand auch noch an der falschen Stelle. So weit er mit den Armen greifen konnte, hatte er die Dachrinne sauber. Er hätte runter gemusst, die Leiter verschieben. Aber das ging jetzt nicht, mit der blöden Kuh am Zaun. Die würde ihn gleich wieder anquatschen. Er blieb einfach stehen und tat so, als arbeite er, kratzte mit dem Fingernagel festen Dreck aus der Regenrinne und vermied es, zum Zaun zu sehen. So was Bescheuertes.

Aufs Dach selbst würde er nicht mehr gehen, jetzt nicht mehr, das war ihm zu gefährlich. Wusste diese Frau etwas? Musste er Neitzel berichten, dass sie hier gewesen war? Ihm war klar, dass sie zumindest etwas ahnte. Ach was, sie wusste Bescheid. Über die Zentrifugen und auch über ihn. Warum sonst war sie hergekommen? Verdammte Scheiße. Er holte aus und wollte mit der flachen Hand auf die Dachpfannen schlagen. Im letzten Moment bremste er sich.

Ob sie etwas wusste oder nicht, war nur ein Teil der Frage. Der andere: Wie groß war seine eigene Verantwortung? Machte er sich wirklich mitschuldig, wie sie gesagt hatte? Ihm war nicht wohl auf seiner Leiter. Er stellte sich vor, eines Tages Bilder eines Krieges im Fernsehen zu sehen. Ein riesiger Atompilz. Vor ein paar Tagen erst hatte er in der Kantine gelesen, der Iran teste Raketen, die mit Atomsprengköpfen ausgerüstet werden können. Ein zweites und drittes Mal hatte er diese Meldung gelesen und sich dabei so heftig am Kopf gekratzt, dass sein Tischnachbar gerufen hatte: »Kinder, hier schneit's.« Der Idiot.

Verdammt noch mal, er konnte sich nicht einreden, nichts zu wissen. Was, wenn er diesen Atompilz irgendwann wirklich im Fernsehen sah? Und an den Zentrifugen dafür mitgebaut hatte? Nützte es dann noch etwas, aufs Dach zu klettern und runterzuspringen?

Er hörte einen Diesel. Der 190er tuckerte davon. Während er sich mit einer Hand an der Dachrinne festhielt, sah er der blöden Ziege nach und holte Luft. Wenigstens die war verschwunden. Stufe für Stufe kletterte er die Leiter herunter. Vielleicht konnte er am Nachmittag weitermachen.

Er ging hinein.

Sabine hatte bereits Kaffee aufgesetzt. Die gläserne Kanne in der

Maschine lief gerade voll. Er war früher zur Pause gekommen als sonst.

»Wer war das?«, fragte sie.

Er zog die Schultern hoch und tat ahnungslos.

Er wusste, diese Antwort war nicht korrekt. Er wollte seine Frau nicht belügen und ihr auch nichts verheimlichen.

»Eine Journalistin.«

»Eine Journalistin?«

»Sie hat nach der MBN gefragt.«

Sie deckte zwei Tassen und stellte die Kaffeekanne dazu. Er wusch sich im Spülbecken die Hände, obwohl er wusste, dass sie das nicht abkonnte. Sie schenkte Kaffee ein. Er setzte sich und kippte sich Milch dazu. Umständlich fing er an zu trinken, pustete, weil der Kaffee heiß war, und schlürfte.

Ohne sie anzusehen, presste er seinen Satz heraus: »Neitzel hat mir hunderttausend geboten, wenn der Auftrag, an dem wir gerade arbeiten, rechtzeitig fertig wird.«

»Hunderttausend Euro? Schaffst du das denn?«

Er nickte. »Wenn nichts Großes schiefgeht.«

»Was ist das für ein Auftrag?«

»Ach, nichts.«

Sie schwiegen, und die Küchenuhr tickte. Er war müde. Er hätte sich auf den Fußboden legen und sofort einschlafen können, direkt auf die harten Fliesen, das wär ihm egal gewesen.

Mit einer heftigen Bewegung schob er seine Tasse von sich weg. Dabei schwappte Kaffee auf die Untertasse. Er stand auf und lehnte sich an die Arbeitsplatte der Küche. Er konnte sie immer noch nicht ansehen.

Sie würde nicht noch einmal fragen, das wusste er. »Wir arbeiten an Teilen für Gaszentrifugen. Die braucht man zur Kernspaltung.«

»Für Atombomben?«

»Oder für Atomkraftwerke. Man braucht sie für beides. Wofür sie eines Tages eingesetzt werden, das sagt uns niemand. Aber alles ist geheim.«

Sie drehte sich zu ihm. »Ich bin froh, dass du's mir endlich erzählst. Ich habe mich schon gefragt, was los ist. Du wälzt dich im

Schlaf hin und her. Und wenn du wach bist, dann kratzt du dich dauernd am Kopf.«

»So schlimm wird's schon nicht sein.«

Sie nahm seine Tasse und kippte den kleinen See aus der Untertasse zurück. Dabei gab es zwei Flecken auf der Tischdecke. Sie strich mit dem Zeigefinger darüber, bis alle Farbe aus ihm gewichen war. Die Flecken wollten nicht verschwinden.

»Ich habe Klaus angerufen«, sagte sie, während ihr Zeigefinger weiter über die Tischdecke wischte, »und ihm gesagt, dass wir kommen. Er hat sich gefreut.«

13

Wagner würde nichts sagen. Eine Journalistin wollte selbst profitieren, nicht jemanden mit Informationen versorgen. Was sie wusste, das würde er dann eines Tages in ihrem Blatt lesen können.

Sie hatten sich in einem Café in der Nähe der Landungsbrücken verabredet. Auf der anderen Straßenseite legten die Barkassen für die Hafenrundfahrten ab. Touristen wurden angequatscht, es gab Fischbrötchenstände. Der alte Elbtunnel mit dem Kuppeldach aus wilhelminischer Zeit hatte seinen Eingang ein paar Meter weiter.

Er erkannte sie sofort. Sie wollte desinteressiert erscheinen, aber in ihrer Haltung lag etwas Konzentriertes und Lauerndes. Fast wie ein Raubtier. Ihr entging nichts.

»Frau Bankar?«

Sie sah auf, tat überrascht und nickte.

Am Telefon hatte sie älter geklungen. Er schätzte sie auf Mitte dreißig, sie war schmal, aber alles andere als weich. Das Wort »spröde« kam ihm in den Sinn.

Er schlug einen Spaziergang vor. Auf der Straße empfing sie die Hitze wie ein Schlag. Sie mussten die vierspurige Straße überqueren. Abgase flirrten. Die Autofahrer hatten ihre Scheiben heruntergelassen, Fetzen von Musik und Radiogequatsche drangen zu ihnen. Als sich eine Lücke bot, nickte Wagner ihr zu und beide eilten hinüber.

»Wie kommen Sie auf die MBN?«, fragte er, als sie die Landungsbrücken erreicht hatten.

»Ein Tipp.«

Er stöhnte innerlich auf. Das konnte zäh werden.

Aber sie fuhr fort: »Als ich Sie anrief, hatte ich den Eindruck, eine Zauberformel gefunden zu haben. Sehen Sie, ich bin schon einige Jahre in meinem Beruf, aber in der Zeit ist es kaum je vorgekommen, dass jemand reagiert wie Sie. Total überrascht – und dann sofort zu einem Treffen bereit. Wenn ich nicht MBN gesagt hätte, sondern drei andere Buchstaben, ABC oder XYZ, wäre Ihre Reaktion anders ausgefallen, oder? Dann hätten Sie nicht gleich mit mir reden wollen.«

»Mag sein. Ich hatte in Hamburg zu tun«, log er.

Schweigend gingen sie in Richtung Elbe. Am letzten Tag der Gerichtsverhandlung damals war Neitzels Anwalt aufgestanden und hatte sein Plädoyer begonnen. In seiner schwarzen Robe war er hinter seiner Bank hervorgekommen und hatte ein paar Schritte in den Saal hinein gemacht. Neitzel hatte sich Anrede und Einleitung angehört, dann war er selbst aufgestanden, im Rücken seines Anwalts.

»Entschuldigen Sie«, hatte er gerufen. »Darf ich mal?«

Der Anwalt ging nicht darauf ein. Er schien gar nicht wahrzunehmen, dass sein Mandant das Wort an ihn richtete.

»Ich möchte etwas sagen«, wiederholte Neitzel, diesmal noch lauter, noch fordernder.

Der Anwalt warf ihm einen Blick zu. Im Redefluss unterbrochen, hatte er es schwer, den Faden wieder aufzunehmen. Er stotterte, dabei schüttelte er den Kopf und machte mit der Hand eine abwehrende Geste in Neitzels Richtung. Der Richter warf einen strengen Blick zur Anklagebank. Neitzel blieb unbeeindruckt. Mit dem Finger winkte er den Anwalt zu sich, ein kurzer, knapper Befehl. Jeder im Saal konnte seine Worte hören: »Setzen Sie sich hin. Ich rede in eigener Sache.«

»Herr Neitzel, das ist nicht üblich. Ich bin mitten im Plädoyer ...«

»Nein, jetzt rede ich.«

Wagner war als Zeuge gehört worden und saß im Gerichtssaal. Er fing den Blick auf, mit dem Neitzel seinen Rechtsanwalt bedachte, ein befehlsgewohnter Blick, keinen Widerspruch duldend. Der Anwalt senkte den Kopf, verdrückte sich hinter die Bank und warf dem Richter ein entschuldigendes Lächeln zu.

Neitzel begann zu sprechen.

Er trug flüssig vor. Wagner fragte sich, ob der Mann seine Rede vorbereitet hatte. Natürlich hatte er das. Aber hatte er sich auch den Moment für seinen Auftritt überlegt?

Neitzel stellte die Situation eines mittelständischen Unternehmers dar. Er sprach von seiner Verantwortung den Mitarbeitern und ihren Familien gegenüber. Diese Verantwortung treibe ihn in allererster Linie, allein deshalb sei die Anschuldigung gegen ihn absurd. Sie sei aber auch absurd, weil er sich als Mensch dem Frieden und dem zivilen Miteinander der Völker verpflichtet fühle und deshalb keine Waffen und auch keine Ausrüstungsgüter dazu liefern würde.

Wagner war das Pathos fast nicht erträglich. Neitzel, der Friedensfreund. Er lügt, wollte er rufen, er lügt, sobald er das Maul aufmacht.

Neitzel schilderte dem Gericht die Lage seines Unternehmens. Dabei war er auf Mitleid aus. Er erzählte, wie er sich an Ausschreibungen beteilige, national wie international. Meistens gingen die Aufträge an ausländische Mitbewerber, die günstiger produzieren könnten. In deren Ländern gebe es keine Gewerkschaft und keine happigen Lohnforderungen. Wenn es ihm gelinge, einen Auftrag zu ergattern, dann deshalb, weil er die Gewinnmarge extrem zusammengestrichen habe. Quer durch den Saal rief er zum Staatsanwalt hinüber und fragte ihn, ob der eine Schätzung abgeben wolle, wie hoch der Gewinn in Bezug auf den Umsatz bei seiner Firma sei. Der Staatsanwalt antwortete nicht.

»Ein Prozent«, rief Neitzel und triumphierte, »ein winziges Prozent. In einem sehr guten Jahr auch mal anderthalb Prozent, aber manchmal auch nur null Komma sieben. Damit will ich sagen: Wir kämpfen jeden Tag, und zwar um alles. Um unsere Existenz, die Arbeitsplätze und um die Schicksale, die da dranhängen. Und jetzt frage ich Sie: Können Sie sich vorstellen, dass ich in meiner Situation – neben den moralischen Skrupeln – ein Risiko einginge, wie Sie es mir unterstellen? Was, wenn der Auftraggeber nicht bezahlt? Für so ein Geschäft, wie es mir hier vorgeworfen wird, gibt es keine Verträge und keinen Gerichtsstand. Was, wenn der Zoll die Lieferung kassiert? Oder der Abnehmer nicht zahlt? Dann ist die Firma mit einem Schlag kaputt. Ich sage Ihnen: Was Sie mir unterstellen, ist nicht nur falsch, es ist auch unsinnig. Um so etwas zu tun, müsste ich ein Spieler sein, jemand, der bereit ist, sein gesamtes Geld auf eine Zahl zu setzen. Sie haben mich hier während des Prozesses ein wenig kennengelernt. Bin ich so ein Mensch? Halten Sie mich für einen Spieler?«

Richter und Beisitzer hatten sich dazu entschieden, Neitzels Rede anzuhören. Sie waren geduldig, keiner verzog das Gesicht. Dabei war diese Rede künstlich und falsch. Wie weit mochte sie das Urteil beeinflusst haben? Hatten sie am Ende doch Neitzels Persönlichkeit bewertet, wie er es verlangt hatte?

Neitzel war freigesprochen worden. In der Urteilsbegründung ging der Richter nicht auf seine Rede ein. Er sagte, die Staatsanwaltschaft habe nicht beweisen können, dass der Angeklagte seine Lieferung in den Iran schicken wollte. Dieses Argument lag auf der Linie von Neitzels Rechtsanwalt: Ein Lieferant könne nicht dafür verantwortlich gemacht werden, wenn seine Lieferung im Ausland zweckentfremdet werde.

»Es ist richtig«, sagte Wagner zu Martha, »dass mich diese Firma interessiert. Sie ist damals freigesprochen worden.« Sie gingen auf einem asphaltierten Weg. Der Fluss lag auf ihrer linken Seite. Junge, wenig bekleidete Leute räkelten sich an seinem Ufer. Man konnte sich mühelos vorstellen, im Süden zu sein.

»Zu Recht freigesprochen?«, fragte sie.

»Der Meinung bin ich nicht.«

»Also liefert sie verbotenes Material an den Iran?«

Er schnaubte. »Das habe ich nicht gesagt. Wir waren damals davon überzeugt, dass sie geliefert hat. Sie haben nicht nur gewusst, dass das Material über die Türkei an den Iran geht, die wollten das so, damit haben sie viel Geld verdient.«

Auf der anderen Elbseite hoben Kräne Container durch die Luft. Ein Schiff lag im Dock, wo es ausgebessert wurde. Ein riesiges Containerschiff kam elbaufwärts gefahren, begleitet von einem winzigen Schlepper an seiner Seite.

»Jetzt sind Sie dran. Was wissen Sie über die MBN?«, fragte er.

»Lassen Sie mich vorher noch ein oder zwei Fragen stellen.«

»Und dann klingelt Ihr Handy, und Sie müssen dringend weg.«

Anstelle einer Antwort holte sie ihr Telefon aus der Tasche und stellte es ab. »Ist der Iran wirklich so stark an dieser Atomtechnik interessiert, wie man immer liest?«

»Davon muss man ausgehen. Innenpolitisch schweißt dieses Thema Bevölkerung und Regime zusammen. Außenpolitisch geht es darum, respektiert zu werden. Dazu braucht es nach Überzeugung des Regimes Atomwaffen. Und tatsächlich machen die Amerikaner und mit ihnen der gesamte Westen einen großen Unterschied zwischen einem Atomstaat und einem, der nur konventionell bewaffnet ist. Nehmen Sie die Atommacht Nordkorea: Wenn mit denen verhandelt wird, dann ohne alle Drohungen. Nordkorea kann Zusagen brechen, dann wird eben neu verhandelt. Keiner will das Land provozieren. Oder denken Sie an Indien und Pakistan – die werden hofiert. Indien hat den Atomwaffensperrvertrag gebrochen und aufgerüstet. Die Folge: Nach ein paar Jahren bekommen sie neue Atomtechnologie aus den USA. Und Pakistan gilt sowieso als ein ganz zentrales Land und wird dementsprechend vorsichtig behandelt. Wie ist es dagegen mit dem Irak? Wie mit Syrien? Auf die wird gewaltig Druck ausgeübt. Für ein Regime wie das in Teheran gibt es aus all dem nur eine einzige Schlussfolgerung: die Atombombe besitzen zu wollen. Davon abgesehen, dass es mit Israel eine Atommacht in der Region gibt, und das ist ein Land, das der Iran als feindlich ansieht.« Er wischte sich Schweiß von der Stirn. »Ich fürchte, ich halte Ihnen einen Vortrag.«

»Ich hatte Sie ja gefragt. Schafft es der Iran, Atommacht zu werden?«

»Wahrscheinlich. Bestimmt sogar. Auf dem schwarzen Markt gibt es alles zu kaufen, was man dazu braucht. Und sie gehen davon aus, dass die internationalen Sanktionen nur so lange dauern, bis sie die Bombe haben.«

Die Containertürme im Hafen reichten weiter als sein Auge. Ein Hafen ohne Anfang und Ende. Kräne, Betriebsamkeit, Schiffe aller Größen.

»Noch eine Frage«, sagte die Journalistin. »Wie kann es sein, dass Gegenstände, die nicht exportiert werden dürfen, trotzdem ausgeführt werden. Ich dachte, das wird kontrolliert. Ist nicht Ihre Behörde dazu da?«

Wagner zögerte. Es waren keine Geheimnisse, die er hier verriet. Trotzdem fragte er sich nach ihrer Gegenleistung. Schließlich zeigte er zu den Containern.

»Sehen Sie sich diese Mengen an. Das ist die Globalisierung, das ist der Welthandel. Weltweit gibt es vielleicht zwanzig Häfen wie den Hamburger, die Millionen von Containern umschlagen. Das kann man nicht alles kontrollieren. Drogen dürfen auch nicht eingeführt werden, trotzdem kommen sie jeden Tag ins Land. Nicht zuletzt über diesen Hafen. Die Händler lassen sich immer wieder etwas Neues einfallen, falsche Adressen, falsche Papiere, Bestechung, was weiß ich. Manchmal beschlagnahmt die Zollkripo eine Ladung. Das sehen wir dann im Fernsehen. Aber wissen Sie, was wir vor allem sehen? Welche Mengen von Heroin oder Tabletten das sind, die eingeführt werden sollten. Am nächsten Tag kommt neuer Stoff an. Wie viel von dem, was hergebracht wird, fangen wir ab? Zehn Prozent? Oder zwanzig? Ich weiß es nicht, das kann man nur schätzen. Sicher ist, wenn Sie Drogen brauchen, können Sie die kaufen, egal in welcher Menge. Und mit den Exporten ist es nicht viel anders. Sollten Sie das schreiben, bitte nennen Sie meinen Namen nicht, aber ich fürchte, die Wahrheit ist, wir können das nicht alles kontrollieren.«

»Ich weiß gar nicht, ob ich über diese Sache schreiben werde«, sagte sie. Ein Satz, der klang, als hätte sie ihn zu sich selbst gesprochen.

»Was ist es denn für eine Sache? Was ist Ihr Interesse daran?«

Sie gab keine Antwort. Er hatte den Eindruck, sie dachte nach. Mit gesenktem Kopf ging sie neben ihm her. Entweder gab sie die Bedürftige, oder sie hatte tatsächlich Not.

»Wenn die Atombewaffnung für ein Land wie den Iran so existenziell ist, wie Sie sagen – wie weit würden die gehen, um das zu bekommen?«

»Frau Bankar, unser Gespräch ist mir etwas zu einseitig.«

»Nach allem, was Sie gesagt haben«, erwiderte sie, »kann man sich keine Grenzen vorstellen, die dieses Land einhalten würde. Weder finanziell noch sonst wie. Und wir haben es mit einem reichen Land zu tun. Einem Ölland. Richtig?«

Er nickte.

Eine dünne Wolkendecke schob sich vor die Sonne. Sie kamen zum Fischmarkt, der keinen Betrieb hatte. Der Weg am Wasser war neu angelegt. Vereinzelt saßen Menschen im diesigen Licht auf den Bänken, die Beine von sich gestreckt. Die Hitze ließ sie stöhnen.

Auch Wagner hatte Schweißflecken am Hemd. Seine Begleitung sah fitter aus. Sie trug eine weite Hose und eine weiße Bluse. Ihr Lockenschopf musste wie eine Wollschicht auf dem Kopf wirken. Doch sie hatte keinen Schweiß auf der Stirn.

Da sie nicht redeten, wanderten seine Gedanken zu Kelber. Die Urlaubsanträge der Mitarbeiter bekam der Präsident nicht auf den Schreibtisch, diese Dinge blieben in der Personalverwaltung. Aber Wagner vermutete, dass es diesmal anders war. Vielleicht hatte Kelber die Order ausgegeben, dass er alles zu erfahren habe, was Wagner unternahm. Seinen Dienstreiseantrag hatte Kelber unglaublich schnell in der Hand gehabt.

Wenn Kelber ihn beobachtete, dann wusste er seit heute Morgen, dass Wagner weggefahren war, und zog die Schlussfolgerungen. Aber was konnte er unternehmen? Urlaub zu nehmen, auch kurzfristig, stand jedem Angestellten frei. Kelber würde nicht so weit gehen, sich mit einem Mann wie Neitzel gegen seinen eigenen Mitarbeiter zu verbünden, und dort nachfragen. Welche Möglichkeiten hatte er sonst? Keine, solange es keine Beschwerden gab. Erst wenn Kelber irgendetwas erfuhr, was er gegen Wagner verwenden konnte, würde er handeln. Und dann mit allen Mitteln, die ihm zur Verfügung standen.

»Es ist kein berufliches Interesse, das ich an dieser Sache habe«, hörte er die Journalistin sagen. »Es ist eine Privatsache. Ein Mann, den ich kenne, ist gestorben. Niemand kennt den Grund. Die Polizei geht von Selbstmord aus. Seine Freundin glaubt an einen Unfall.«

»Und Sie?«

Sie war nachdenklich. »Er war Iraner, ist aber in Hamburg aufgewachsen. Ein Comiczeichner. In seinem letzten Heft geht es um Atomschmuggel und um deutsche Ingenieure und Händler, die davon profitieren …«

»Und einer von denen ist Neitzel?«

»Ich bin nicht sicher. Das Firmengelände auf der Zeichnung sieht nicht aus wie das der MBN.«

»Sie waren in Harburg?«

Die Frau nickte und sah dabei auf die Elbe hinaus. »Alles ziemlich vage, stimmt's?«

Sie schilderte ihm den Fall. Die Polizei hatte keine Hinweise auf Fremdeinwirkung gefunden.

»Aber ich kann mir einfach nicht vorstellen, dass er vom Balkon gesprungen ist. Er war nicht depressiv und nicht verrückt. Und ein Unfall?« Sie schüttelte den Kopf. »Wenn er zweieinhalb Promille gehabt und unter Drogen gestanden hätte – von mir aus. Aber das war nicht der Fall.«

Wagners Hände krampften. Ein Mann fällt vom Balkon. Vorher hat er deutsche Atomhändler gezeichnet. Vor seinen Augen sah er Neitzel auftauchen. »Ich habe ganz vergessen, Ihnen etwas anzubieten. Bitte sehen Sie das einem alten Mann nach.« Neitzel, der Schauspieler. Wie damals im Gericht: Ich bin nur ein kleiner Unternehmer und trage die Verantwortung für meine Leute. Wagner verstand auf einmal, dass bei seinem Besuch bei Neitzel nicht der Satz mit dem alten Mann der entscheidende gewesen war. Der entscheidende Satz hieß: »Sie konnten mir schon damals nichts nachweisen.«

Er gab der Journalistin seine Karte.

David saß auf seinem Bett, mit dem Rücken an der Wand, ein Klemmbrett auf den Oberschenkeln, und zeichnete. Neben ihm lag eine Tüte Lakritze. Auf dem Nachttisch stand eine Limonade.

Martha hatte die Tür leise geöffnet. Das Bild, das sich ihr bot, versetzte ihr einen Stich. Ihr Junge kam ihr einsam vor.

Sie ließ sich nichts anmerken. »Was zeichnest du?«

Wortlos schob er ein paar Blätter an den Bettrand. Sie konnte sie nehmen und ansehen, sie konnte es auch lassen. Es waren Skizzen von Menschen, Begegnungen, Situationen. Sie wusste um die Gefahr, zu viel in seine Zeichnungen hineinzulesen. Er hatte das Talent seines Vaters geerbt, aber jetzt wollte er auch genauso zeichnen wie Said, die gleichen Übertreibungen, Knollennasen, dicke Lippen, Glupschaugen.

Er fragte nicht, wie ihr seine Arbeiten gefielen. Sie lobte nur vorsichtig und strich ihm über den Kopf. So leise wie sie hineingekommen war, ging sie wieder hinaus.

In ihrem Zimmer nahm sie Saids Handy. Wenn sie David helfen konnte, dann damit, dass sie ihr Versprechen einlöste.

Sie wählte die Berliner Nummer.

»Ja?«, hörte sie eine Frauenstimme.

»Mein Name ist Martha Bankar. Ich rufe aus Hamburg an. Ich möchte gern mit Tarek sprechen.«

»Mit Tarek? Einen Moment.«

Der Hörer fiel auf einen Tisch. Tarek wurde gerufen. Sie hörte Worte in einer Sprache, die sie leicht als Persisch identifizieren, aber nicht verstehen konnte.

»Hallo?«

»Mein Name ist Martha Bankar. Es geht um Said. Said Bankar.«

»Said Bankar«, wiederholte der Mann. Er zog den Namen auseinander, sodass es bei Martha ankam wie Sa-id Ban-kar.

14

Martha trug nur eine Tasche über der Schulter. In einem Pulk von Mitreisenden stieg sie am Berliner Hauptbahnhof aus dem klimatisierten ICE. Sie sah sich um. Niemand, der auf sie zukam. Niemand, der persisch aussah.

Die Reisenden verschwanden auf den Rolltreppen, der Bahnsteig leerte sich schnell. Er wird sich verspätet haben, dachte sie und setzte sich auf eine Bank. Ein Pärchen, Arm in Arm, ging an ihr vorbei und eine Frau, die einen Kinderwagen schob. Martha zog ihr Handy aus der Handtasche und wählte die Mobilnummer, die Tarek ihr gegeben hatte. »Dieser Anschluss«, hörte sie, »ist zurzeit nicht erreichbar.«

Sie entschied sich, weiter zu warten. Sie rechnete damit, dass er angelaufen kommen würde wie Said früher, außer Atem, eine Entschuldigung auf den Lippen. Der Verkehr oder es war eine S-Bahn ausgefallen oder eine Fahrradpanne. Sie ging ein paar Schritte auf dem Bahnsteig, drehte um, kehrte zu ihrer Bank zurück. Kein Tarek. Sie wählte erneut seine Nummer. Sein Handy blieb ausgestellt.

Die Zeit auf der Bahnhofsuhr verging langsam. Eine halbe Stunde gab sie ihm. Sie konnte ihn auch noch anrufen, wenn sie nicht mehr am Bahnhof war. Den Gedanken, sofort nach Hamburg zurückzufahren, verwarf sie. Nun war sie in Berlin, warum sollte sie nicht bleiben.

Es war eine günstige Gelegenheit gewesen, David hatte sich mit den Großeltern verabredet. Er wollte übers Wochenende bei ihnen in Bergedorf bleiben, und Saids Eltern freuten sich. Martha hatte den Fahrplan durchgesehen und sich entschieden. Jetzt allerdings fragte sie sich, ob diese Reise ihren Sinn erfüllen würde. Dazu musste sie diesen Tarek treffen. Den Mann, der Said kannte.

Als sie eine halbe Stunde später in die S-Bahn Richtung Westen stieg, rechnete sie kaum noch mit einem Treffen. Sicher, sie konnte am Kudamm und am Tauentzien bummeln, irgendetwas Schönes kaufen – vielleicht etwas für David –, aber das wäre auch in Hamburg möglich gewesen, dafür hätte sie diese Fahrt nicht unternehmen müssen. Warum kam dieser Tarek nicht? Am Telefon hatte er zuverlässig geklungen.

Ein dunkelhaariger Mann setzte sich ihr gegenüber. Er hatte das Hemd weit offen, Brusthaare standen heraus. Seine Sonnenbrille war verspiegelt. Er hatte sie über die Stirn geschoben. War er's? War er's nicht? Er glotzte sie an. Aber sie sagte nichts.

Am Zoo stieg sie aus. Überall waren Türken, Araber, Griechen. Auch Perser? Auch Tarek? Wenn sie langsamer wurde und hinsah, wurde sie angequatscht. Sie ging weiter und hielt sich Richtung Kudamm. Es war fast noch heißer als in Hamburg, die Stadt schien wie erstarrt unter einer Hitzeglocke. Wer sich bewegen musste, tat das tunlichst im Schatten. Die Cafés hatten riesige Sonnenschirme aufgespannt. Auf den Tischen standen große Gläser, richtige Krüge, aber kaum Kaffeetassen.

Martha blieb vor einem Schaufenster stehen. Im Schatten. Es war Zeit für die Herbstkollektion, doch überall hingen noch Sommersachen, die Preise waren niedrig, sie wurden mit Rabattschildern beworben. Sie achtete kaum auf die Auslagen. Jemand war hinter ihr, sie roch fremden Atem.

Eine Stimme flüsterte: »Said ist tot?«

Sie drehte sich um und stand einem Mann gegenüber, den sie auf Mitte vierzig schätzte. Er war nicht größer als sie. Ein schwarzer Vollbart verbarg Mund und Kinn. »Tarek? Tarek Diwani?«

»Ja.«

»Waren wir nicht am Bahnhof verabredet?« Ihr Verstand brauchte einen Augenblick, um zu schalten. »Sie sind mir gefolgt.«

»Was ist mit Said? Am Telefon haben Sie nur gesagt, ihm ist etwas passiert. Ist er wirklich tot?«

Sie nickte.

»Kommen Sie, wir gehen.« Er blickte sich um.

»Warum?« Sie brachte ihre Frage fast nicht über die Lippen, so doof schien sie ihr. »Gibt es irgendjemanden, der … der Sie verfolgt?«

»Gehen wir einfach.«

Als sie ihm nicht folgte, kam er zurück ans Schaufenster. »Ich bleibe hier nicht stehen. Also komm mit, wenn du mich sprechen willst.«

Ihr Widerwille war so groß wie die Hitze, trotzdem mochte sie diesen Kerl nicht einfach davongehen lassen. Seinetwegen war sie nach Berlin gekommen.

»Warum sind Sie so nervös?«, fragte sie.

Er hatte einen schnellen Schritt und gab keine Antwort.

Sie lief neben ihm her. »Wenn wir nicht reden, brauche ich auch nicht mitzugehen.«

»Letzte Woche haben wir jemanden enttarnt«, sagte er leise. »Einen Mitarbeiter des iranischen Geheimdienstes. Mitten in unserer Gruppe. Das war ein Freund – ein Verräter. Sprach alle paar Tage mit Teheran. Wir haben zufällig seine Telefonrechnung gefunden. Eine Nummer im Ministerium. Und was ist mit Said? Wer hat ihn ermordet?«

Sie hatte es schwer, mit ihm mitzuhalten. Die Hitze schien ihm nicht viel auszumachen.

»Ich weiß es nicht. Vielleicht ist er nicht ermordet worden.«

»Sondern?«

»Die Polizei ist davon überzeugt, dass er sich das Leben genommen hat.«

Tarek lachte kurz auf. »Wie die Polizei im Iran. Entweder sind sie faul, oder jemand hat sie bestochen, oder sie haben Angst.«

»Seine Freundin glaubt an einen Unfall«, fuhr Martha fort.

»Er hatte eine Freundin? Und du ... Sie sind seine Frau?«

»Wir können beim Du bleiben. Wir waren geschieden. Ich habe seinen Namen behalten, weil wir ein Kind zusammen haben. Können wir vielleicht etwas langsamer gehen?«

»Etwas, ja, aber wir müssen in Bewegung bleiben. Das ist am sichersten.«

Tarek führte sie zur Gedächtniskirche. Auf dem Vorplatz standen ein paar Buden mit Souvenirs und billigem Schmuck. Zum Schutz gegen die Sonne waren Zeltplanen gespannt. Martha hörte viele verschiedene Sprachen, Schwedisch und Polnisch und Französisch und Russisch. Tarek führte sie auf die andere Seite der neuen Kirche. Er kam mit dem Kopf nahe an sie heran und sprach ihr ins Ohr.

»Alle Iraner hier sind sehr nervös. Der Geheimdienst – das ist wie zur Zeit des Schahs. Und jetzt die Sache mit Said. Wenn es aussieht wie ein Unfall oder wie Selbstmord, zeigt das nur eins: Das waren Profis. Die hinterlassen keine Spuren. Verstehst du? Erwartet die deutsche Polizei eigentlich keinen Abschiedsbrief, wenn jemand sich das Leben nimmt?«

Martha sah die Kommissarin vor sich. »Ein Abschiedsbrief ist für die nicht so wichtig. Es gibt keine Anzeichen für Fremdeinwirkung. Das zählt.«

»Phh«, machte Tarek. Er warf die Hände in die Höhe. Eine Frau blieb stehen, sie hatte Kopfhörer in den Ohren und musterte ihn. Tarek starrte zurück. Er war erschrocken.

Martha wollte sich von ihm nicht anstecken lassen. Vielleicht war der Kerl paranoid. Vielleicht hatte er Grund dazu, wer konnte das wissen. Aber sie hatte keinen Grund, sich verfolgt zu fühlen. Definitiv nicht.

»Warst du schon mal im Zoo?«, fragte er.

Sie schüttelte den Kopf. »Ich würde mich lieber irgendwo hinsetzen und etwas trinken. Ein großes Glas Wasser zum Beispiel.«

Er winkte ab. »Im Zoo gibt's Schatten.«

Sie ging ihm hinterher, aber langsamer, woraufhin auch er seine Schritte kleiner werden ließ. Immerhin. Wer im Besitz der Informationen war, konnte die Vorgaben machen. Mit den Kaufmannsgattinnen war sie auch in deren teure Cafés gegangen und hatte sich angehört, dass der Kaffee hier gut sei, während man besser in ein anderes Lokal ginge, wenn einem der Sinn nach Tee stünde. Reporterschicksal.

Tarek schien zu merken, was sie dachte.

»Du hältst mich für verrückt«, sagte er, »ein kleiner Spinner, der glaubt, er kämpfe mit dem berüchtigten iranischen Geheimdienst. Vielleicht würde ich das an deiner Stelle auch denken. Aber für den Iran bedeutet die Atombombe alles, daran lassen die sich nicht hindern. Das ist eine Lebensversicherung. In der Welt zählen leider nur die Länder, die die Bombe haben. Mag sein, dass Deutschland und Japan Ausnahmen sind. Ihr könntet, aber ihr verzichtet freiwillig. Aber der Atomwaffensperrvertrag? Er regelt, wer die Bombe haben darf und wer nicht, richtig? Der Westen darf, der Iran darf nicht. Das ist doch seltsam, oder? Für unser Land passt das zu den Erfahrungen, die wir früher gemacht haben. Wir wurden von den Engländern und den Amerikanern für dumm gehalten und von den Russen auch. Die haben unser Öl gefördert und uns ein paar Pennys hingeworfen und glaubten auch noch, das Recht zu haben, Regierungen zu stürzen und andere einzusetzen.«

»Wenn man dir zuhört, könnte man meinen, du unterstützt euren Präsidenten.«

»Ich glaube einfach nicht, dass Waffen ein Ausweg sind. Aber ich möchte, dass mein Land ernst genommen wird, genauso wie Deutschland ernst genommen wird.«

Sie standen vor dem Zoo, am Elefantentor. Eine lärmende Kindergruppe wollte hinein, offenbar ein Geburtstagsausflug. Tarek blickte sich um.

»Das ist doch eine sehr patriotische Position«, sagte Martha. »Woher kommt deine Nervosität?«

Er grinste ein wenig und antwortete leise: »Für Teheran ist das nicht patriotisch. Die wollen die Bombe, nur das zählt. Und dabei lassen sie nicht zu, dass ihnen irgendjemand in die Quere kommt. Zu Hause nicht und hier auch nicht.« Er breitete die Arme aus. »Dann passiert eben ein Unfall.«

Sie zahlten und wurden hineingelassen. Auch im Zoo konnte Tarek nirgendwo stehen bleiben, und Martha stellte fest, dass es nicht viel Schatten gab.

»Was ist nun mit dem Heft?«, fragte sie.

»Welches Heft?«

»Das Said gezeichnet hat.«

Auf seinem Gesicht sah sie Unverständnis – und Erstaunen.

»Said war dabei, einen Comic zu zeichnen«, sagte sie, »und du – oder jemand aus eurer Gruppe – sollte einen Text dazu schreiben. Es ging um Schmuggel.«

Sie hatten das Zebragehege erreicht. Martha setzte sich auf eine Bank und verschnaufte. Ihr war egal, ob er weiterhetzte. Aber er schien mit einer kleinen Pause einverstanden zu sein. Man konnte von hier sehen, wer kam und wer stehen blieb.

»Wir haben eine Internetplattform. Wir sind kein Verlag«, sagte er.

»Also hast du mit Saids Heft nichts zu tun?«

»Er suchte jemanden, daran kann ich mich erinnern. Vor Wochen. Er hat mich gefragt, und ich habe gesagt, er könne es mir ja zeigen, wenn es fertig sei. Wie man so etwas sagt.«

»Ich glaube, dieses Heft hatte für ihn große Bedeutung.«

»Wirklich? Wie gesagt, wir haben eine Internetseite. Was sollten wir da mit einem Comicheft.«

Tarek stand auf und setzte sich wieder in Bewegung. Er ging einfach los, fragte Martha nicht, nahm nicht einmal Blickkontakt auf.

»Ich habe das Heft gesehen«, sagte sie, als sie ihn wieder eingeholt hatte. »Es waren nur Entwürfe. Ein paar Seiten, mehr nicht.«

»Und?«

»Und? Ich suche ein Motiv. Du sprichst über den Geheimdienst. Aber ein paar Comicseiten, eher witzig als kritisch, ein Entwurf, den Said geheim hielt. Ein Heft, das keinen Verlag hatte – ist das nicht selbst für den MOIS zu wenig, um jemanden aus dem Fenster zu schmeißen?«

»Wer weiß, was er sonst noch getan hat«, antwortete Tarek.

Die Löwen lagen in ihrem Gehege im Schatten zweier Bäume und rührten sich nicht. Besucher riefen ihnen zu und pfiffen. Die Tiere schienen sie nicht zu hören. Tareks Nervosität legte sich ein wenig.

Für Martha hatte sich die Reise nicht gelohnt. In Richtung des MOIS brauchte sie nicht weiterzudenken, da gab es kein Motiv. Tarek fühlte sich verfolgt. Vielleicht hatte er recht damit, aber wo sollte der Zusammenhang zu Said liegen? Die Lust aufs Einkaufen war ihr auch vergangen, sie wollte nur noch zurück zum Hauptbahnhof und den nächsten Zug nach Hause nehmen. Einen Zug mit Klimaanlage. Tarek begleitete sie zum Bahnhof Zoo. Dabei redeten sie kaum mehr.

Auf dem Bahnsteig fuhren die S-Bahnen ein. Die Klappfenster standen offen. Männer, die aus- und einstiegen, trugen kurze Hosen, Frauen schmale Tops, überall nackte Bäuche und Rücken und behaarte Beine.

Tarek nickte ihr zu. Es gab ein Signal, die Türen wurden geschlossen, die S-Bahn fuhr ab. Durch die Fenster kam Fahrtwind.

Am Hauptbahnhof trieb sie sich eine halbe Stunde herum, kaufte eine Zeitung und eine Flasche Wasser. Der Intercity war leer und so kühl, wie sie es sich vorgestellt hatte. Sie nahm sich einen Platz am Fenster und schloss die Augen.

Jemand setzte sich auf den Platz neben ihr, obwohl es im Abteil viele unbesetzte Plätze gab. Sie war genervt davon, während der ganzen Fahrt einen fremden Menschen neben sich ertragen zu müssen, und überlegte, selbst zu wechseln. Hätte der andere sich nicht eine leere Reihe suchen können?

Sie spürte, dass ihr Nachbar näher an sie herankam, und öffnete die Augen. »Tarek?«

Er flüsterte: »Hör zu. Said wollte einen Artikel schreiben. Verstehst du? Einen Artikel, keinen Comic. Er hatte alle Informationen.«

»Worüber?«

Sie hatte zu laut gefragt. Er legte seinen Zeigefinger auf den Mund. »Er hat nur Andeutungen gemacht. Am Telefon.« Er wurde noch leiser. »Es ging um Schmuggel in einem sehr sensiblen Bereich.«

»Atomschmuggel?«

Er nickte. »Er wollte zeigen, wer am iranischen Atomprogramm verdient. Wer im Westen daran verdient.«

Sie wusste nicht, was sie diesem Mann glauben sollte. Jemand, der so offensichtlich Panik hatte, brauchte auch Schuldige, die seine Angst auslösten.

»Wer?«, fragte sie. »Kennst du Namen?«

Er schüttelte den Kopf. »Aber diesen Artikel muss es bereits geben. Vielleicht nicht ganz fertig. Aber Said wollte diese Woche liefern.«

Er nickte ihr zu, dabei kniff er beide Augen zusammen. Bevor er verschwand, beugte er sich noch einmal zu ihr. »Übrigens auch Bilder – die muss es auch geben.«

Als der Zug in Spandau hielt, sah sie ihn rausspringen, sich in alle Richtungen umblicken und eilig den Bahnsteig verlassen. Sie dachte an Saids Computer. Welches verdammte Passwort hatte er benutzt?

15

Als er die Tür abschloss und erneut an dem schwarzen Kunststoffgriff zog, sah Dieter Jastram auf die Uhr. Es war neun. Keine Feierabendzeit für jemanden, der früh anfing. Er kratzte sich am Kopf und ging um das Gebäude herum. Sein Auto stand hinter der Halle.

Es war keine Frage der Kraft. Von seiner Kraft her konnte er jede Belastung durchhalten. Wie sein Vater. Der hatte auch immer weitergemacht. Und so spät wie heute wurde es sonst nicht. Am Tag hatte es eine Unterbrechung gegeben.

Der Chef war gekommen, diesen Holländer im Schlepptau, Apeldorn oder wie der hieß. Ein Arschloch. Groß und schlank, tat irgendwie locker, wir sind doch alle Kumpel und so. Aber Apeldorn war ein stinkreicher Sack, der hatte sich in seinem ganzen Leben die Pfoten noch nicht schmutzig gemacht. Und dann dieser Ring mit dem schwarzen Stein. Dieter hatte eine Antenne für diese Reichen. Sein Bruder, Klaus, war ja auch einer.

Er hatte Apeldorn zum dritten Mal gesehen. Die ersten beiden Male bei der Iran-Lieferung damals, vor sechs, sieben Jahren. Da hatte er auch so zwei Typen im Schlepptau gehabt. Seine Leibwächter. Schwarze Anzüge, Krawatten. Nur passten die Klamotten nicht zu den stumpfen Gesichtern. Die sahen aus wie verkleidet. In der Berufsschule hatte er solche Typen gekannt, zu dumm, zwei und zwei zusammenzuzählen. Die hatten das zweite Jahr nicht überstanden.

Als Dieter in seinen Golf stieg, dachte er, dass er seinem Bruder Unrecht tat. Dieser Apeldorn, das war ein richtiges Arschloch.

Dieter hatte Durst. Er sehnte sich nach einem Bier. Obwohl die Stadt um diese Zeit leer war, war der Weg nach Hause lang. Seine Kehle war trocken. Aber es gab im Hafen nichts mehr, wo man einkehren konnte, die Kneipen waren geschlossen, hier wurde nur noch gearbeitet, es ging um Warenumschlag und Kohle und Zeit. Und um die Sicherheit im Hafen. Port-Security. Fremde durften nicht mehr rein. In aller Ruhe ein paar Bierchen, wie früher, konnte man hier kaum noch trinken.

Er fuhr besser nach Hause, Sabine wartete doch. Aber da war er schon von seinem Weg abgebogen. Die Kneipen wurden weniger, doch es gab noch welche. Am Hafenrand.

Es war ein Tag gewesen, an dem er hätte hinwerfen und auf Job und Bonus verzichten können. Neitzel, ich scheiß auf deine Hunderttausend, hätte er sagen können. Und diesem Apeldorn gleich noch eins in die Fresse geben. Entweder wären die Kollegen ihm dann zu Hilfe gekommen oder Apeldorns Leibwächter hätten ihn fertiggemacht. Das wäre auch okay gewesen. Vielleicht war es das sogar, was ihm fehlte. Mal so richtig krankenhausreif geschlagen werden. Vielleicht wüsste er, wenn er da wieder aufwachte, was zu tun war.

Hätte. So ein Scheiß-Wort. Die Wahrheit war, er hatte nicht hingeschmissen, und er hatte Apeldorn auch nicht die Fresse poliert. Er hatte einfach vor seiner Maschine gestanden und mit einem Ohr zugehört, was Neitzel und der Holländer zu reden hatten.

Das Lokal, vor dem er hielt, war so richtig runtergekommen. Ein smoggraues Haus, mehrere Wohnungen unbewohnt, einige Fensterscheiben eingeschlagen, und unten die Kneipe. Mag sein, dass sie früher mal »Ankerplatz« geheißen hatte, doch jetzt fehlten dem Leuchtschild so viele Birnen, dass man noch »Akerptz« lesen konnte. In zwei Jahren würde es den Laden und das ganze Haus nicht mehr geben, dann stünden hier Container und ein Stück weiter würde ein neues Hafenbecken ausgebuddelt. Aber heute reichte es für ein schnelles Bier zum Feierabend.

Ihn empfing trübes Licht, und es stank nach Rauch. Der Wirt hinterm Tresen diskutierte mit zwei Gästen, ein paar andere einsame Gestalten verloren sich an den Tischen. An einem Spielautomaten, mit dem Rücken zu ihm, stand eine rothaarige Frau. Dieter ließ sich auf einen Stuhl in Türnähe fallen und rief dem Wirt seine Bestellung zu.

Apeldorn hatte Neitzel seine Hand auf die Schulter gelegt und gestrahlt, soweit jemand wie er das konnte. »Eine zweite Halle. Und die noch in einer gottvergessenen Ecke des Hafens. Du bist schlau, Gerd Neitzel, verdammt schlau. Ich bin froh, mit jemandem wie dir zusammenzuarbeiten. Du wirst rechtzeitig fertig?«

»Wenn nichts dazwischenkommt.«

»Ich habe dich in Teheran vorgeschlagen. Wenn einer die Zentrifugenteile für euch bauen kann, dann ist das mein alter Freund Neitzel, habe ich gesagt. Für die Perser sind diese Dinge wichtig, Freundschaft und Vertrauen – dass man sich lange kennt. Für mich übrigens auch.«

»Aber dein Schaden wird es ja auch nicht sein.« Der Chef mit seiner trockenen Art.

»Natürlich nicht, ich bin Geschäftsmann, kein ... wie sagt ihr? Sozialhelfer?«

»Sozialarbeiter.«

Apeldorn schüttelte den Kopf. »So einer bin ich nicht. Ich will Geld verdienen. Aber ich garantiere auch diese Vereinbarung. Und zwar für beide Seiten. Ich stehe in Teheran dafür ein, dass rechtzeitig geliefert wird, und bei dir dafür, dass du dein Geld bekommst.«

Neitzel nickte.

»Am Ende soll jeder zufrieden sein, die genauso wie du. Dann bin ich's auch.«

Dieses Gequatsche, wenn schon alles gesagt war. Genau wie Klaus, dachte Dieter. Diese Jungs haben 'ne flotte Zunge und sacken ein Heidengeld damit ein. Klaus arbeitete genauso, wenn er irgendwelchen reichen Hamburgern oder Lübeckern Wochenendhäuser an den Holsteiner Seen aufschwatzte. Mit Wasserblick, ein Paradies zu jeder Jahreszeit, blablabla ... Der redete einfach so lange, bis sie Ja sagten ... Stellen Sie sich nur mal die Weihnachtszeit vor, draußen liegt Schnee, der See zugefroren, und drinnen brennt ein Feuerchen im Kamin ...«

Als er das Bier brachte, zündete der Wirt die Kerze auf dem Tisch an. Dieter schob sie mit dem Handrücken an den Tischrand. Er fasste das Bierglas so an, dass er drei Finger durch den Griff schob. Der erste Schluck war immer der beste. Dieter ließ und ließ ihn nicht enden.

Dann hatte Neitzel sie einander vorgestellt, Apeldorn und ihn. »Das ist der Mann, der dafür sorgt, dass alles pünktlich fertig wird«, hatte er gesagt.

Apeldorn hielt ihm die Hand hin. Dieter wollte nicht einschlagen. Er schob Maschinenöl an den Fingern vor, aber scheiße, das war nicht gegangen. Er hatte dem Besucher die Hand geschüttelt. Nur kurz, aber er hatte es getan.

Der Holländer hatte ein Auge für die Ausrüstung der Halle. Er zeigte seine Anerkennung und fragte, wo die Maschinen herkamen.

Vor ein paar Monaten hatten sie ihre neuesten Maschinen aus Harburg hergebracht, nachts und heimlich, und keine war mehr als zwei Jahre alt. Der Chef hatte ihm als dem Meister vorher die Halle gezeigt, die er angemietet hatte. An allen Büchern vorbei, wie Dieter vermutete. Was sie hier taten, lief komplett schwarz. Und Neitzel wollte nicht, dass darüber geredet wurde, auch jetzt nicht, auch nicht vor dem Holländer.

Dieter hatte beobachtet, wie Neitzel den Kopf weggedreht hatte. »Wir haben sie ausgeliehen«, sagte er zu Apeldorn. »Vom Hauptsitz.«

Apeldorn lachte, als hätte Neitzel einen Witz gemacht. Er hatte weiße Zähne, richtig strahlend. Alles falsch, alles künstlich, dachte Dieter. Und wieder: du Arschloch. Und diese Leibwächter neben ihm. Hatten noch nicht ein Wort gesagt. Vielleicht konnten die gar nicht reden. Zwei Jahre Berufsschule? Quatsch, die wären schon im ersten Jahr geflogen. Schon nach drei Monaten.

Dieter bestellte das zweite Bier, indem er nur einen Finger hob. Sein Mund war immer noch höllisch trocken. Aber immerhin spürte er, wie der Stress von ihm abfiel. Dies Glas noch, und er konnte nach Hause fahren. Diese Scheiß-Kopfhaut. Warum juckte die immer so?

Der Chef hatte Apeldorn herumgeführt, die beiden Idioten in ihren schwarzen Anzügen immer hinterher, als ob einer von den Kollegen dem Holländer eins von den gerade hergestellten Präzisionsrohren über die Rübe ziehen würde. Dann hatte Neitzel seinen Besuch nach draußen geführt. Ihre Halle hatte kleine, blinde Fenster, Dieter hatte sie nicht mehr gesehen. Er wusste nicht, was Apeldorn für ein Auto fuhr, er stellte sich einen dicken Mercedes vor, vielleicht einen BMW. Oder einen Range Rover. Sechzig-, siebzigtausend kostete so ein Ding.

Neitzel kam zurück und blieb vor ihm stehen. Dieter stellte die Maschine ab.

»Ist alles okay?«, fragte Neitzel.

»Soweit ich sehe: ja.«

»Halten die Männer durch?«

Dieter nickte.

»Ich weiß, dass es viel ist. Aber das Ende ist schon in Sicht. Der Weg ist nicht mehr weit, bald sind wir durch.«

Dieter nickte erneut.

»Wenn ihr irgendwas braucht – sagen Sie mir Bescheid, Meister.«

Dieter wollte die Maschine hochfahren. Aber seine Neugier war größer. »Chef?«

»Ja?«

»War das unser Auftraggeber?«

»Ein … eine Art Vermittler. Er war sehr beeindruckt. Hat er mir gerade draußen gesagt.«

Dieter wollte es dabei belassen. Er konnte seinen Chef nicht fragen, was ihm auf der Zunge brannte. Auge in Auge standen sie sich gegenüber. Ohne hinzusehen fuhr Dieter mit seiner Hand in Richtung auf des Knopfs, an dem man seine Maschine anstellte. Bevor er drückte, war seine Frage raus: »Warum ist das alles geheim?«

»Was meinen Sie?«

Jetzt musste er weiterfragen, er war doch kein Feigling. »Ich meine, was wir hier produzieren, da geht es doch nicht um ein friedliches Atomprogramm.«

»Auch dafür braucht man Zentrifugen.«

»Aber die müsste man nicht im Geheimen herstellen. Und an den Behörden vorbei ausführen.«

»Sicher müsste man das, wegen des internationalen Boykotts. Aber, Herr Jastram, machen Sie sich nicht solche Gedanken. Ich sehe das so: Wir produzieren das, was der Kunde verlangt. So macht das jedes Unternehmen auf der Welt. Der Kunde ist König. Unser Auftraggeber möchte eine Lieferung im Verborgenen. Na – von mir aus. Was die eines Tages damit anstellen, ist deren Sache. Und übrigens auch deren Verantwortung.«

Dieter wusste, dass das nicht stimmte. Es klang gut, auch einleuchtend. Aber es stimmte nicht.

»In unserer Verantwortung als Hersteller liegt das sicher nicht. Oder wollen Sie einen Bierbrauer dafür verantwortlich machen, wenn sich die Leute im Suff prügeln?« Neitzel wartete nicht auf eine Reaktion. »Na also. Das muss jeder selbst wissen. Und am Ende auch für die Konsequenzen einstehen.«

Dieter trank sein zweites Bier. Langsam ging's ihm besser. Er brauchte nicht mehr so tiefe Schlucke, Kehle und Mund waren nicht mehr trocken. Er kratzte sich am Kopf. »Für die Konsequenzen einstehen.« Es gab so richtige Scheiß-Sätze.

»Im Übrigen, Meister Jastram«, hatte Neitzel gesagt, »ist unsere Firma nicht in einer Situation, Aufträge ablehnen zu können. Erst recht nicht solche, wo auch mal was hängen bleibt. An den Rohren für Dubai verdienen wir keinen Cent. Wir können froh sein, wenn wir damit die Kosten decken, und selbst das schaffen wir nur, wenn nichts schiefgeht. Verstehen Sie? Und dann soll ich hingehen und einen Auftrag wie diesen ablehnen? Weil wir moralische Skrupel haben? Das ist nicht Ihr Ernst, oder? Zumal Sie wissen, was ich Ihnen angeboten habe.«

Die Hunderttausend. Und, verdammt noch mal, er hatte genickt. Das konnte Neitzel nur als Zustimmung verstehen. Er war mit ihm zum Reißtisch gegangen und hatte seine Pläne auseinandergefaltet, die Baupläne für Gaszentrifugen, die Urenco-Kopien, die normalerweise in einem Banksafe lagen. Neitzel hatte Dieter die Geschichte dieser Kopien ein paarmal erzählt und dabei seine Hand auf den Aktendeckel gelegt und gesagt: »Das ist mein größtes Kapital.«

»Für die Konsequenzen einstehen.« Sein Alter hatte einen anderen Satz, der hieß: »So was tut man nicht.« Verdammte Scheiße, gab es denn niemanden, der ihm sagte, was er machen sollte?

Die rothaarige Frau an dem Daddelautomaten hatte offenbar alles verloren, jedenfalls hörte sie auf zu spielen. Sie kramte ein Päckchen Zigaretten aus ihrer Tasche, steckte sich eine in den Mund und wühlte weiter. Wahrscheinlich nach Feuer. Sie kam auf ihn zu. Ihre Absätze klapperten auf dem Dielenfußboden.

»Hast du mal Feuer?«

Um den Hals trug sie ein schmales Tuch, eher ein Band. Ihr Pulli war grün, mit weitem Ausschnitt.

»Ich rauche nicht«, sagte Dieter, zeigte aber auf die Kerze am Rand seines Tisches. Möglichkeiten, sich eine Zigarette anzuzünden, gab es hier genug.

»Ein Einsamer da, eine Einsame hier, wollen wir zusammen was trinken?«

»Ich will meine Ruhe haben.«

Sie hielt ihre Zigarette an die Kerze. Dafür musste sie sich weit herunterbeugen, und er konnte ihre Titten sehen.

»Ich mag Männer, die Ruhe brauchen. Die haben so was Nachdenkliches.«

Sie hielt ihre Zigarette im Mundwinkel und legte beide Unterarme auf Dieters Tisch. Eine richtige Einladung, ihr in den Ausschnitt zu glotzen. Ihre Titten hingen runter wie umgekehrte Glocken. Einen BH trug sie nicht.

»Manchmal hilft es, wenn man drüber redet«, sagte sie.

»Manchmal bestimmt. Aber in diesem Fall nicht.«

Dabei hatte sie recht. Er brauchte jemanden, mit dem er reden konnte und der ihm den Weg wies. Denn er war verdammt noch mal nicht in der Lage, sich zu entscheiden. Hunderttausend Euro, Schwarzgeld, damit konnte ihm sein Leben lang nichts mehr passieren. Aber dafür ließ er sich mit dem Teufel ein. Na ja – zumindest mit diesem widerlichen Apeldorn. Ein moderner Teufel.

»Weißt du, Süßer, manchmal hilft es auch, wenn man sich ablenkt«, sagte die Rothaarige. Sie hatte eine Stimme wie Öl und Schlafzimmer. Die Zigarette hüpfte auf ihrer Lippe auf und ab. Das rechte Auge hatte sie zugekniffen. Dieter trank sein Bier aus.

Die Rothaarige verharrte vor ihm, die Zigarette im Mund, die Arme auf dem Tisch, der Ausschnitt weiter so, dass er alles sehen konnte. Sie versuchte sogar ein Lächeln. Ihr Gebiss war allerdings nicht gerade einladend.

»Meinst du, du müsstest dafür bezahlen? Wenn das dein Problem ist, kann ich dich beruhigen. Ich mach's nicht für Kohle. Und sowieso nur, wenn mir einer gefällt. So wie du, du gefällst mir. Ich bin übrigens die Uschi. Und ich wohn gleich hier.« Sie zeigte nach oben.

»Schön, Uschi«, sagte er. Er legte einen Fünf-Euro-Schein auf den Tisch und stand auf. »Ich muss jetzt los. Vielleicht ein anderes Mal.«

Was für ein Scheiß-Tag.

Er gab so heftig Gas, dass er Kieselsteine wegspritzen hörte. Jetzt kam er noch später nach Hause als nötig, roch nach Bier und Kneipe, und Sabine würde sofort wissen, was los war. Scheiße. Und dass er dem Chef von dieser Journalistin an seinem Zaun erzählt hatte, das war auch nicht richtig gewesen.

16

Sie hatten verschlafen. Ungewaschen und ungekämmt stand sie in der Küche und schmierte Schulbrote. Wer nicht kam, war David. Sie sah auf die Uhr.

In zehn Minuten fuhr sein Bus.

»David!«

Keine Antwort.

»David, beeil dich!«

Er war im Badezimmer, sie hörte die Klospülung. »David, bisschen schneller.«

Als er in die Küche kam, war sein Hemd falsch zugeknöpft. Er hatte Schlaf in den Augen, und seine Haare hatten keinen Kontakt mit der Bürste gehabt. Sie fuhr ihm mit den Fingern drüber und knöpfte das Hemd neu.

Er griff sich eines der Brote und biss hinein.

»Hey, die sind für die Pause.«

»Ich hab Hunger«, sagte er kauend. »Frühstücken wir nicht?«

»Dein Bus fährt in … in acht Minuten.«

»Egal, nehm ich den nächsten.«

»Und kommst zu spät.«

»Quatsch«, sagte er und biss erneut ins Brot, »das reicht immer noch.« Er setzte sich an den Tisch.

Ein späterer Bus würde ihn nicht pünktlich zur Schule bringen, und Martha wollte nicht, dass er zu spät kam.

»Also gut«, sagte sie, »bleib sitzen und iss, und dann fahr ich dich.«

Sofort war er wieder auf den Füßen. »Bin doch schon fertig.« Er nahm sich ein Glas, ließ es an der Leitung halb volllaufen und stürzte das Wasser hinunter. Dann packte er die Brottüte und verschwand in seinem Zimmer, um mit dem Ranzen auf der Schulter wieder herauszukommen.

»Tschüss.«

»Turnbeutel?«, fragte sie.

»Scheiße.«

Er ließ den Ranzen vor seiner Zimmertür wieder fallen. Den Turnbeutel fand er, stellte aber fest, dass er leer war. Er riss die erste Schublade seiner Kommode auf und zog eine Turnhose und ein Trikot heraus. Die Sportschuhe standen am Bett. Er packte auch sie und stopfte alles in den Beutel.

Als er an ihr vorbeihetzte, sagte sie: »Ich komme mit runter. Wenn der Bus weg ist, fahr ich dich.«

Sie nahm ihm den Schulranzen ab und hängte ihn sich über die Schulter. Er sprang die Treppen hinunter. Sie hoffte, dass die Nachbarn schon wach waren.

Auf der Straße gewann er schnell Vorsprung. Sie begann selbst zu laufen und erreichte gleichzeitig mit dem Bus die Haltestelle. David nahm ihr seinen Ranzen ab, nuschelte einen kurzen Gruß und verschwand in einem Pulk von Klassenkameraden. Sie schüttelte den Kopf. All die Abschiede aus Kindergartenzeiten, die Küsse und Umarmungen, das letzte Winken – vorbei.

Als der Bus abgefahren war, schlenderte sie zurück und freute sich auf ihr Frühstück, auf Kaffee und Toast und Obst. Und dann galt es, ein paar Stunden an ihrer Reportage zu arbeiten.

Ein Mann kam ihr entgegen und blieb stehen. Er sah sie aus der Ferne an, ging weiter, stoppte erneut, in unmittelbarer Nähe ihres parkenden Autos. Sie erkannte ihn – klein, dabei drahtig und zäh. Wenn er ein Hund wäre, dann ein Terrier. Einer Begegnung konnte sie nicht ausweichen. Wenigstens ihren Kopf hielt sie in Richtung Straße. Hauptsache nicht mit ihm reden. Er ging an ihr vorbei.

Aber hinter ihrem Rücken sagte er mit gepresster Stimme: »Haben wir uns nicht schon mal gesehen?«

Sie drehte sich um. Da stand er, keine zwei Meter von ihr entfernt. Er trug ein Oberhemd mit kurzen Ärmeln. Seine Zähigkeit sprang einem ins Auge.

»Natürlich«, sagte er, »neulich in Harburg, als sie in meinem Betrieb rumgeschnüffelt haben.«

»Ich wollte nach dem Weg fragen. Wenn das schon rumschnüffeln ist.«

»Und was war bei meinem Meister am Grundstück?«

Ihr fiel keine Antwort ein.

Er kam auf sie zu. Sie wich zurück. Direkt vor ihr blieb er stehen. »Wie geht es Ihrem Sohn?«

Sie spürte die Drohung. Aber sie sagte: »Meinem Sohn? Gut. Was geht Sie das an?«

»Dann passen Sie auf, dass das so bleibt. Passen Sie gut auf. Und kümmern Sie sich um Ihre Angelegenheiten, verstanden?«

Er drehte sich um und ging mit weit ausholendem Schritt davon. Sie war drauf und dran, ihm hinterherzurennen, ihn an der Schulter zu packen und anzuschreien: Halten Sie meinen Sohn da raus.

Sie blieb stehen.

Die Blöße würde sie sich nicht geben.

Doch diese Begegnung verfolgte sie. Dieser Meister Jastram hatte gequatscht. Und Neitzel? Welchen Aufwand hatte er getrieben, um sie ausfindig zu machen. Dafür musste er Gründe haben. Er hatte auch schon die Stelle entdeckt, wo er sie treffen konnte.

Sie zwang sich an ihre Reportage. Der Chefredakteur wartete. Sie stand oft auf und wanderte in der Wohnung umher, ging auf den Balkon oder in die Küche. Dann kehrte sie zurück an den Schreibtisch. Während sie arbeitete, erkannte sie, was der Geschichte fehlte – die Idee, der besondere Gedanke. Das Material war ordentlich gegliedert, der Text vernünftig geschrieben. Ordentlich, vernünftig – aber keinen Deut mehr. Mehr gelang ihr nicht.

»Dann passen Sie auf, dass das so bleibt.« Neitzels Satz klang ihr im Ohr und wollte nicht verschwinden.

Braun würde die Schwächen ihres Textes mit einem Blick sehen. Er würde sich mit dem Bleistift Notizen machen, unleserliche Kommentare in das Manuskript hineinschmieren und es Absatz für Absatz mit ihr durchgehen. Wie ein Lehrer. Sie hasste diese Situationen. Aber sie war nicht in der Lage, etwas Besseres zu produzieren.

Als die Uhr auf Mittag vorrückte, wurde der Gedanke drängender, David von der Schule abzuholen. Sie verwarf ihn. Es würde ihm nicht gefallen. Aber so leicht ließ sich diese Idee nicht abschütteln und auch nicht die Sorge um ihren Sohn. Sie ging in sein Zimmer, wo die Kommodenschublade noch offen stand, und kontrollierte auf seinem Stundenplan, wann er Schulschluss hatte.

Ob es ihm gefiel oder nicht – sie war für ihn verantwortlich.

Und dieser Neitzel hatte ihr gedroht. Offensichtlich und laut gedroht.

Deshalb konnte sie keine Rücksicht darauf nehmen, dass es David vielleicht peinlich war, von seiner Mutter abgeholt zu werden. Andererseits: Wie sollte das weitergehen? Wollte sie ihn jetzt immer und überall hinfahren? Eine Wächterin für ihr Kind werden? Sie hatte keine Antwort.

Der Schulhof war voller Kinder. Am Zaun standen unzählige Fahrräder. Martha sah nach beiden Seiten, fand aber keinen Parkplatz. Um diese Zeit holten zu viele Mütter ihre Kinder ab. Um David nicht zu verpassen, stellte sie ihr Auto halb in die Einfahrt eines Nachbarhauses. Wer aus der Garage hinauswollte, musste zumindest guten Willen beweisen. Aber sie hatte jetzt keine Zeit. Eilig lief sie die paar Schritte zur Schule und musterte dabei die Wartenden.

Kein Neitzel.

In der Nähe des Tores blieb sie stehen, damit sie David in dem Gewühl von Schulkindern nicht verpasste. Sie wusste, dass es einen zweiten Ausgang gab, das »kleine Tor«. Von ihrer Position aus war es nicht zu sehen. Sie brauchte einen Platz, wo sie beide Ausgänge im Auge behalten konnte.

Auf dem Weg in die Mitte des Schulhofes lief sie Davids Klassenlehrerin in die Arme.

»Frau Bankar«, rief die Lehrerin. »Ich wusste ja neulich nicht … ich meine, was tatsächlich passiert ist. Herzliches Beileid.«

»Danke.« Martha reckte ihren Hals. »Wie geht es David in der Klasse?«

»Ach, unauffällig, würde ich sagen. Er ist ja ein guter Schüler. Vielleicht konzentriert er sich hier und da weniger als sonst. Aber seine Lehrer sind alle bereit, Rücksicht zu nehmen. Wir haben im Kollegium darüber gesprochen.«

Martha spähte über den Hof. Unmengen von Kindern, die hin und her wuselten. Lachen, lautes Rufen. Kein David.

»Was ist denn nun eigentlich – ich meine, wie ist das passiert? Ich habe David gefragt – natürlich nicht vor der ganzen Klasse –, aber er konnte mir keine Antwort geben.«

»Ich weiß es auch nicht«, sagte Martha. »Die Ermittlungen sind noch nicht abgeschlossen.« Sie sah ihn immer noch nicht. »Wo bleibt er bloß?«

Eine Reihe Schüler aus seiner Klasse kamen an ihnen vorbei. Die Kinder schubsten und schlugen einander. Andere stolzierten Arm in Arm einher. Martha war drauf und dran, sie zu fragen.

»Ich halte Sie auf dem Laufenden«, sagte sie der Lehrerin. »Wenn es Neuigkeiten gibt. Und ich wäre Ihnen dankbar, wenn Sie mich informieren würden, wenn David sich in der Schule verändert.«

»Selbstverständlich. Das hätte ich sowieso getan. In einer solchen Situation ... Aber bisher gab es keinen Anlass.«

Da kam er. Endlich.

»David«, rief sie laut und winkte. »David.«

Viele Kinderaugen richteten sich auf sie. David ließ sich nicht anmerken, dass er sie gesehen hatte. Er trug seinen Schulranzen in der Hand und sah abgekämpft aus. Bevor er bei ihr war, verabschiedete sich Martha von seiner Lehrerin.

»Mama? Was willst du denn hier?«

»Ich wollte dich abholen.«

»Warum das denn?«

»Nur so. Ohne Grund.«

»Ich habe mich schon mit Anton verabredet.« Er zeigte auf seinen Freund, der schräg hinter ihm stand und ihr jetzt zunickte. »Wir wollten zu ihm gehen.«

»Heute nicht, okay?«

»Doch«, sagte er.

»David, ich möchte dich heute mit nach Hause nehmen.«

»Warum denn?«

»Einfach so.«

»Ich will aber mit zu Anton.«

Sie war unentschlossen und wusste, dass er das spürte. Sollte sie ihn zwingen?

»Das haben wir echt schon lange verabredet«, sagte er.

Sie schüttelte den Kopf. »Das stimmt doch nicht.«

An Davids Stelle antwortete Anton. »Doch, heute Morgen schon. Ganz früh. Wir machen bei mir auch Hausaufgaben.«

»Gut, dann hole ich dich da ab. Sagen wir: um sechs.«

»Warum willst du mich immer abholen? Ich kann doch mit dem Bus fahren.«

»Schluss jetzt«, sagte sie. »Ich hole dich um sechs bei Anton ab. Wenn du das nicht willst, kommst du jetzt gleich mit nach Hause.«

Anstatt einer Antwort drehte er sich weg. »Komm«, murmelte er zu Anton und zog ihn mit sich davon.

Hanna hatte vier DVDs auf dem Sofatisch liegen, drei amerikanische Liebesfilme und eine Komödie. »Willst du mitgucken?«, fragte sie, als Martha hereinkam.

Die Balkontür stand offen. Es war warm im Zimmer und draußen nicht kälter. Martha blieb am Fenster stehen und sah in den Abend hinaus. Überall standen die Fenster offen, und wer einen Balkon hatte, verbrachte einen weiteren Abend im Freien. Dieser Sommer wollte nicht enden.

Hanna schaltete den Fernseher ein und nahm ihre vier Filmhüllen in die Hand. »Hast du einen Wunsch? Oder ist es dir egal? Es gibt auch Vino. Ich habe an alles gedacht.«

Sie ließ die Klappe des DVD-Gerätes auffahren. Aus dem Fernseher kamen die Geräusche einer Quizshow, dramatische Musik und lautes Nachdenken der Kandidaten.

Martha schloss die Balkontür. »Ich glaube«, sagte sie, »dass Said ermordet wurde.«

Es dauerte einige Zeit, bis Hanna erwiderte: »Was hast du gesagt?«

Martha wiederholte ihren Satz nicht.

Hanna schüttelte ihren Kopf. »Ich glaube, ich habe dich falsch verstanden.«

»Glaub nicht.«

Ihre Schwester schaltete den Fernseher aus. »Warum denn ermordet worden? Und von wem?«

»Der Erste, der damit kam, war Konrad. Er sagte, Said habe Angst gehabt. Ich habe genauso reagiert wie du. So ein Quatsch, habe ich gedacht, da sucht jemand Drama in seinem Leben. Aber das glaube ich nicht mehr.« Martha setzte sich in den Sessel und ließ ihren Kopf gegen die Lehne fallen. Sie spürte Erschöpfung – und Ratlosigkeit.

»Angst? Vor wem?«

»Kurz bevor er gestorben ist, war er bei seinen Eltern in Wandsbek. Das muss, so wie seine Mutter es beschreibt, ein verwirrter Auftritt gewesen sein. Erst wollte er mit rein, dann doch nicht. Weißt du, was sie sagt? Er habe gewirkt, als hätte er Angst gehabt.«

»Versteh ich nicht. Said, Angst? Der hat sich doch wirklich mit niemandem angelegt.«

»Das meint seine Freundin, diese Sonja, auch. Die sagt, er war sexy und harmlos.«

»Blöde Kuh. Dann bitte auch die Einzelheiten.«

»Aber als wir Sonntag vor einer Woche zu seinem Geburtstag kamen«, fuhr Martha fort, »war dreimal abgeschlossen. Mit Riegel und Kette.«

»Vielleicht gehen da in der Gegend gerade die Einbrecher um.«

Martha zog die Schultern hoch.

»Was sagt denn die Polizei?«, fragte Hanna.

»Dass es entweder ein Unfall war oder Suizid. Kein Hinweis auf Fremdeinwirkung. Sie ermitteln in dem Fall überhaupt nicht mehr.«

»Meinst du nicht, dass man sich da auf die Polizei verlassen kann? Dass die weitermachen, wenn sie etwas finden. Und wenn es keinen Hinweis auf einen Täter gibt, wie soll er ermordet worden sein?«

»Ich habe keine Ahnung.« Martha schüttelte den Kopf. »Ich weiß nur, dass diese Kommissarin unmöglich ist. Faul und arrogant und hält sich auch noch für super emanzipiert. Konrad hat gesagt, er hätte Kontakt zur iranischen Opposition gehabt.«

»Wer? Said?«

»Ich habe mit einem von denen gesprochen«, sagte Martha. »Ein Mitglied einer Oppositionsgruppe. Der war richtig verschreckt, als er erfahren hat, dass Said tot ist. An einen Unfall hat der nicht geglaubt. Nicht eine Sekunde. Auch nicht daran, dass Said freiwillig gesprungen ist. Hanna, der Kerl hatte eine Heidenangst. Der war davon überzeugt, dass irgendjemand Said getötet hat.«

»Ich glaube, ich brauche jetzt einen Schluck Wein«, sagte Hanna. »Trinkst du was mit?«

Martha nickte, und Hanna brachte die Flasche und zwei Gläser. Sie setzte den Korkenzieher an und drehte ihn herunter.

»Mir ist das trotzdem nicht klar. Ich kann mir Said echt nicht als iranischen Oppositionellen vorstellen. Diese Dinge waren dem doch scheißegal. Aber okay, ich habe ihn lange nicht mehr gesprochen. Was ich nicht verstehe: Wer bringt Leute um, nur weil sie in Kontakt zur iranischen Opposition stehen? Das gibt's doch nicht.«

Sie reichte Martha ein Glas, und Martha trank schnell. Der Wein war kühl und angenehm im Mund. Sie hatte Durst.

»Ich glaube nicht, dass Said die Politik egal war. Dass es so wirkte, hing mit mir zusammen, mit unserer Rollenverteilung. Ich war zuständig für alles Rationale, da kam er nicht rein. Irgendwann hat er's nicht mehr versucht.«

Martha starrte in die Luft und trank. Sie schenkte sich ein zweites Glas ein.

»Said hat einen Comic gezeichnet«, fuhr sie fort, »und offenbar auch einen Artikel geschrieben ...«

»Einen Artikel? Für wen?«

»Für eine Internetseite, ›Free Persia‹. In seinem Comic gibt es einen Mann, der im Verdacht steht, Ausrüstungsgüter in den Iran zu schmuggeln, die dort für die Atomanlagen verwendet werden. Zufällig bin ich diesem Kerl vor ein paar Tagen begegnet. Und heute Morgen habe ich ihn wiedergesehen, fast unmittelbar an meinem Auto. Dieses Mal war das bestimmt kein Zufall.«

»Und was wollte er? Hat er irgendwas gesagt?«

»Er hat mir gedroht. Nach David gefragt. Ob's ihm gut geht. Und dass ich aufpassen soll, dass das so bleibt. Und mich nicht in seine Sachen mischen soll.«

»Oh Gott, Martha!« Hanna hielt sich die Hand vor den offenen Mund. »Woher weiß dieser Mann von Saids Artikel? Oder von seinem Heft?«

»Keine Ahnung. Auch nicht, wo dieser Artikel ist. Möglicherweise in seinem Computer, aber da komme ich nicht rein. Und der Comic ist kaum mehr als ein Entwurf. Längst nicht fertig.«

»Dann hat Said bei diesem Kerl rumgeschnüffelt«, sagte Hanna. »Das kann ich mir wiederum vorstellen. Der läuft da ganz naiv rum und sieht sich das alles mal an. Vielleicht hat er da irgendwas entdeckt?«

»Aber was? Ich war da auch – da gibt es nichts, was irgendwie auffällig wäre. Was kann er gesehen haben?«

Sie hatte das dritte Glas zur Hälfte ausgetrunken und spürte jetzt den Alkohol, der sie leichter machte.

»Geh zur Polizei«, sagte Hanna. »Du musst zur Polizei gehen. Am besten gleich zur Kripo.«

Martha schüttelte den Kopf. Sie hatte nichts in der Hand und keinen Zeugen für Neitzels Drohung. Diese Kommissarin würde sie auslachen.

»Was dann?«, fragte Hanna.

»Weiß nicht. Ich habe David versprochen, herauszufinden, was war. Warum sein Vater gestorben ist.«

Hanna sah ihr in die Augen. »Aber du hast auch eine Verantwortung für David. Vergiss das nicht, Schwesterchen. Vergiss das nicht.«

Sie schlief unruhig in dieser Nacht, begleitet von wirren Bildern und Traumfetzen. Said tauchte auf und Neitzel, und beide zerrten an David, jeder von einer Seite, und David in der Mitte schrie vor Schmerz. Draußen kühlte es nicht ab, und sie schwitzte. Als sie am Morgen aufstand, glaubte sie, überhaupt nicht geschlafen zu haben. Ihre Knochen waren steif und die Augen schwer.

Vor allem wusste sie nicht, wie sie sich verhalten sollte. Sie hatte Angst um David. Angst vor diesem Neitzel. Was wog dagegen ihr Versprechen? Wenn dieser Mann wirklich hinter Saids Tod stand, durfte sie ihn nicht reizen.

Aber dann würde sie es hinnehmen, dass der Kerl mit einem Mord davonkam. Mit dem Mord an Said.

Sie druckte ihr Manuskript aus, steckte es in einen Hefter und brachte es ihrem Chefredakteur. Braun strahlte, als er sie sah. Fast hätte er sie in den Arm genommen.

»Mensch, gut, dass du wieder da bist.«

Er nahm das Manuskript, legte die Stirn in Falten und tat streng. »Die Arbeit einer Woche. Hoffentlich sieht man das.« Ein Scherz, den er machen wollte.

»Ich glaube, ich habe noch eine Geschichte«, sagte sie.

»Ah. Es tut dir gut, mal raus zu sein aus der Mühle. Schon kommen die Ideen. Lass hören!«

»Ich glaube, Said ist ermordet worden.«

»Dann«, sagte er im gleichen jovialen Tonfall, »ist das Sache der Polizei.«

»Die interessiert sich aber nicht dafür.«

»Ich fürchte, ich auch nicht.«

»Und ich fürchte, das liegt daran, dass du nicht die Geduld aufbringst, dir wenigstens ein paar Sätze dazu anzuhören.«

»Der Punkt geht an dich. Scheinst ja gut drauf zu sein.« Mit einer übertriebenen Geste legte er den Kopf auf die Hand und hörte ihr zu, gerade so lang, bis sie ein paar Stichwörter genannt hatte.

»Ich bleibe bei meiner Meinung«, sagte er, »aber jetzt kann ich dir auch erklären, warum. Das passt nicht in unser Heft.«

»Das käme sehr drauf an«, erwiderte sie, »wie eine solche Geschichte gebaut wäre. Und an was man sie aufhängt.«

»Mag sein. Aber grundsätzlich gilt: An eine Reportage dieser Ordnung muss man ganz groß rangehen. Es gibt zwei oder drei Redaktionen in Deutschland, die das können. Die haben die Manpower und das Geld. Zeugen wollen immer Bares, weißt du. Aber wir, die Spot, zählen nicht zu diesen Redaktionen. Und dann ist die Wahrscheinlichkeit groß, dass es ziemlich peinlich ist, was hinten rauskommt. Oder wie der Volksmund sagt: Schuster, bleib bei deinen Leisten.«

»Lass es mich doch wenigstens versuchen.«

Er schüttelte den Kopf. »Ich habe dich jetzt über eine Woche freigestellt. In einer familiären Notlage. Hast du eine Ahnung, wie schwierig unsere Personalsituation ist? Wir müssen jede Woche ein Heft herstellen, eines – das kann ich nur immer wiederholen –, das sich am Markt verkaufen muss.«

17

Damals waren sie alle auf Wagner zugekommen, einer nach dem anderen, Kollegen aus der Abteilung und aus dem ganzen Haus. Hatten ihm auf die Schulter geklopft, im Flur ein paar Worte mit ihm gewechselt oder in der Kantine. Aufmunterung, Solidarität, Zusammengehörigkeit. Und er hatte sich gewundert. Selbst auf der Toilette, vorm Urinal stehend, hatte ein Kollege gesagt: »Den Dreckskerl kriegen Sie schon noch.«

Kelber war einer unter vielen gewesen, ein Abteilungsleiter, genau wie Wagner. Er hatte gesagt: »Ich meine, Sie haben einfach Pech gehabt. Der Mann hat sich rausgewunden. Sie sollten sich das nicht nahegehen lassen, wenn es jetzt Kritik gibt. So was sagen Leute, die noch nie über ihren Aktendeckel hinausgeblickt haben. Wenn man etwas riskiert, dann kann man auch verlieren …« Eine Selbstverständlichkeit für Wagner. Eine Banalität. »… gerade vor Gericht. Sie wissen ja, wie es heißt: Auf See und vor Gericht ist man in Gottes Hand.« Kelber lachte über seinen Scherz, während Wagner stumm blieb. »Na ja, wie dem auch sei, meine Meinung ist, wir brauchen engagierte Beamte, gerade in einer so wichtigen Behörde wie der unseren.«

Dass der Kollege inzwischen sein eigenes Weiterkommen betrieb, ahnte Wagner nicht, davon erfuhr er erst viel später. Kelber nutzte die Zeit, erschlich sich das Vertrauen des alten Behördenpräsidenten, stellte sich gut mit dem Vizepräsidenten, der schon früh signalisiert hatte, zweiter Mann bleiben zu wollen. Er flog nach Berlin, sprach im Wirtschaftsministerium vor, sammelte Punkte beim Staatssekretär. Alles auf Wagners Kosten. Ein paar Monate später hatte Kelber sein Ziel erreicht. Einer der jüngsten Präsidenten in der Geschichte des Bundesamtes, schrieben die Zeitungen. Ein Signal der Erneuerung. Wagner hatte diese Sätze mit dem Kugelschreiber durchgestrichen und an Neitzel gedacht.

Anders Eva. Damals hatten ihre Stimmungsschwankungen eingesetzt. Die Wechseljahre, hatten sie beide gedacht, als sie sich antriebslos fühlte. Heute wusste er, wie falsch das war. Sie war in ein

Loch gefallen, in eine Depression. Als hätte sie seine Niederlage und sein Ohnmachtsgefühl auf sich genommen.

Er hatte sich dazu entschieden, die Frage, ob Neitzel illegal exportierte, als beantwortet anzusehen. Ja, das tat er. Zumindest plante er solche Exporte. Diese Annahme bedeutete für Wagner, den zweiten Schritt machen zu können. Er musste herausfinden, wie Neitzel vorging.

Vor allem: Wo produzierte er?

Wagner hatte an einen Ort im Hamburger Umland gedacht, eine ausgebaute Scheune mit Betonfußboden, die Alarmanlage auf neustem Stand, Starkstrom. Ein abseits gelegenes Dorf oder nur ein Weiler oder eine alte Feldscheune, kilometerweit von der nächsten Siedlung entfernt. Doch all das war zu umständlich. Maschinen mussten hingebracht, fertige Teile zurücktransportiert werden. Bewegung, das hieß Mitwisser und Misstrauen. Und einen Ort, der so abgelegen war, dass ihn niemand kannte oder sah, gab es nicht. Eine alte Scheune, plötzlich wieder in Betrieb genommen, würde immer Aufmerksamkeit erregen.

Vielleicht war das MBN-Werksgelände in Harburg unterkellert. Das wäre der beste Platz. Kein zusätzlicher Transport, überhaupt keine logistischen Schwierigkeiten. Der Maschinenlärm fiele nicht auf, die Arbeiter waren vor Ort, und Neitzel konnte trotzdem unschuldig tun. »Ich müsste das nicht tun, aber ich bin bereit, Ihnen meine Produktionshalle zu zeigen. Jetzt sofort.«

Wagner nahm den bekannten Weg, die Autobahn hinaus aus Hamburg, die Umgehungsstraße durchs Gewerbegebiet. Es war dunkel. Nicht die Temperatur, aber das frühe Hereinbrechen der Nacht verriet den nahen Herbst. Wagner stellte sein Auto am Betriebsgelände ab. Er brauchte sich nicht zu verbergen. Der Parkplatz war leer. Hier wurde längst nicht mehr gearbeitet, und Passanten gab es auch keine. Er ging auf die Werkshalle zu.

Es gab keine Gitterroste, keine Kellerfenster, auch keine Lüftungsrohre. Die Beleuchtung war spärlich, aber ausreichend. Er kniete sich hin auf seine dünne Sommerhose. Das Erdreich unter ihm war steinhart. Mit den Händen ließ sich hier gar nichts ausrichten.

Wagner nahm seinen Autoschlüssel zu Hilfe, den er, da er einen Leihwagen fuhr, einzeln in der Tasche trug. Er schabte ein wenig in der Erde, aber so kam er nicht tief genug, das war das falsche Werkzeug. Er überlegte, was er im Auto hatte – wahrscheinlich nur einen Wagenheber und einen Vierkantschlüssel, um die Reifenmuttern zu lösen.

Er klopfte sich die Hose sauber. Ihm fiel nicht ein, was er benutzen konnte, um zu graben. Dass er keinen Hinweis auf einen Keller fand, bedeutete nichts. Neitzel ging es um Geheimhaltung, natürlich wollte er nicht, dass man von außen etwas sah. Warum sollte es innen keine verborgene Luftzufuhr geben und vielleicht sogar einen Lastenfahrstuhl?

Aber wie lange sollte er graben, um tief genug zu kommen? Ob unterkellert oder nur mit Fundament, das Gebäude stand auf Steinen, und bis er die so weit freigelegt hätte, um daruntersehen zu können, bräuchte er ein Loch, das sich nur in Stunden ausheben ließ, erst recht bei dieser harten Erde. So kam er nicht weiter. Er brauchte Grundrisse.

Es musste in Harburg eine Baubehörde geben, in deren Archiv eine Kopie des Bauantrages lag. Er verwarf den Gedanken. Für eine solche Amtshilfe war ein Ersuchen seiner Behörde – und Kelbers Unterschrift – nötig, und selbst dann konnte es Wochen dauern.

An einer anderen Stelle, wo ihm die Erde etwas weicher schien, ließ er sich wieder auf die Knie und begann, mit dem Autoschlüssel nahe an der Wand zu kratzen. Er kam ein wenig tiefer, zehn, vielleicht fünfzehn Zentimeter. Mit dem Finger fühlte er Beton. Das Fundament.

Sein Telefon klingelte. Er sah auf dem Display, wer ihn anrief. Er stellte sich auf die Füße und steckte den Autoschlüssel in die Hosentasche.

»Eva?«

»Ja.« Ihre Stimme klang leise und unsicher.

»Wie geht es dir?«

»Ich kann nicht schlafen«, sagte sie. Ihm kam die lebenslustige, fröhliche Eva in den Sinn, die er einmal gekannt hatte. War er an ihrer Veränderung schuld? Seine Niederlage gegen Neitzel? Half er ihr, wenn er ihn diesmal überführte?

»Bist du nicht zu Hause?«, fragte sie.
»Nein, in Hamburg. Dienstlich.«
»In Hamburg. Bei …?«
»Ja, genau. Bei Neitzel.«
Er hörte sie schlucken. Sie sagte nichts mehr. Er begann, mit dem Fuß auf der Erde zu scharren. Das Telefon in der Hand, hockte er sich wieder hin. Das Loch, das er mit dem Schlüssel gegraben hatte, war ein Witz. Erneut bohrte er ihn in die Erde. Er lockerte das Erdreich und schob es mit zwei Fingern zur Seite. Sinnlos.
»Ist er immer noch aktiv? Das alte Arschloch.« Ein Kraftausdruck mit brüchiger Stimme.
»Sieht so aus«, antwortete Wagner. Klar wie nie sah er, wie sehr Eva unter seiner Niederlage gelitten hatte. Ja, damals war sie von ihrem Weg abgekommen. Nicht gleich in die Tiefe gestürzt. Aber sie hatte diese Richtung eingeschlagen.
»Ich würde gern schlafen. Den ganzen Tag bin ich müde, aber ich finde keinen Schlaf.«
Er kam sich hilflos vor und empfand das Groteske an seiner Situation, ein Bundesbeamter, mitten in der Nacht vor einer Werkshalle, einen Autoschlüssel in der Hand, mit dem er das ausgetrocknete Erdreich lockern wollte. Und seine kranke Frau am Telefon.
»Besuchst du mich mal?«, hörte er durchs Telefon.
»Wer sind Sie?«, rief ihm gleichzeitig eine Stimme entgegen. Sie war tief und entschlossen, so wie Evas vorsichtig war.
»Ich muss auflegen«, sagte Wagner. Er drehte sich um. Hinter ihm war ein Lichtkegel.
»Bitte weisen Sie sich aus«, wurde er aufgefordert.
Wachdienst. Scheiße. Er begann sofort, seine Möglichkeiten durchzuspielen. Weglaufen, das war das Naheliegende. Auch wenn er in letzter Zeit wenig Sport getrieben hatte, fühlte er sich fit. Die Kerle würde er abhängen. Sie würden die Polizei alarmieren, und er könnte nicht zu seinem Auto und würde sich hier irgendwo rumtreiben müssen. Dann bestand allerdings die Möglichkeit, dass der Polizei sein Leihwagen verdächtig vorkam und sie die Nummer überprüfte.
Ihm kam ein anderer Gedanke. Er wollte ihn verwerfen, stellte aber fest, dass es keinen besseren gab. Also los.

»Ich bin Ihr Auftraggeber«, sagte er. »Mein Name ist Neitzel. Ich bin der Besitzer dieser Firma.«

Er konnte keine Gesichter sehen, nur Licht. »Bitte weisen Sie sich aus«, hörte er wieder die Stimme.

»Ich möchte erst mal wissen, mit wem ich es zu tun habe.«

Der Mann ihm gegenüber ließ die Taschenlampe ein wenig sinken. Wagner erkannte ein hageres Gesicht, einen mittelgroßen Mann, nicht mehr jung, nicht gerade furchteinflößend. Er drehte sich um. Der andere war etwas größer und dicker. Aber Angst machte auch der ihm nicht.

»Wachdienst Bergmann«, sagte der vor ihm. »Mein Name ist Klemm, hinter Ihnen, das ist der Kollege Schulz.« Der Wachmann hielt Wagner eine kleine weiße Plastikkarte mit Foto hin.

»Ich muss Sie bitten, sich auszuweisen. Sonst müssen wir die Polizei rufen. Was tun Sie hier?«

Die Lampe schien ihm wieder ins Gesicht. Er kniff die Augen zusammen.

»Ich suche etwas«, sagte Wagner. »Einen Schlüssel.« Er ließ seinen Autoschlüssel aus der Hand auf die Erde gleiten und trat vorsichtig darauf. »Ich hatte abgeschlossen und bin noch mal um die Halle herumgegangen. Dabei habe ich dummerweise meinen Autoschlüssel fallen lassen. Irgendwo hier ... Ich bin froh, dass Sie da sind. Ich habe keine Taschenlampe. Vielleicht können Sie mir mal leuchten.« Er zeigte auf seine Knie. »Ich robbe hier schon eine ganze Zeit im Dreck herum. Außerdem wäre ich Ihnen dankbar, wenn Sie mir nicht mehr direkt in die Augen blenden würden.«

»Wir helfen gern«, sagte der Wachmann und ließ seine Lampe etwas sinken, »nachdem Sie sich ausgewiesen haben.«

Wagner klopfte sich auf die Hosentaschen. »Andersrum«, sagte er. »Meine Papiere liegen im Wagen. Erst finden wir den Schlüssel, dann gehen wir zum Auto, und ich zeige sie Ihnen.«

Wachdienst Bergmann. Warum nicht? – Wagner unterdrückte ein Grinsen, als er versuchte, noch eins draufzusetzen.

»Ich kenne übrigens Ihren Chef. Herrn Bergmann. Wir sind befreundet, schon seit vielen Jahren. Ich werde ihm sagen, dass er zwei sehr gewissenhafte Mitarbeiter hat. Jetzt seien Sie doch so nett und helfen mir, meinen Schlüssel zu finden.«

Es war der Wachmann hinter ihm, der seinen Lichtkegel als Erster auf den Boden richtete.

»Hier irgendwo«, sagte Wagner, während er sich Erde von seiner Hose klopfte. Auch der zweite Lichtkegel leuchtete auf den Boden. Fußabdrücke, Grasbüschel, ein wenig Laub wurden angeleuchtet.

Wagner hatte den Schlüssel längst gesehen, wollte ihn aber nicht selbst finden. Die beiden Wachmänner leuchteten den Bereich systematisch ab. Wagner musste ihnen erklären, wo er seinen Schlüssel verloren haben konnte. Er präsentierte gleich noch eine Geschichte dazu, dass der Schlüssel ihm aus der Hand gefallen war, als er das Handy aus der Tasche genommen hatte.

Schließlich rief Wachmann Schulz: »Ich habe ihn!«

Er hob ihn auf, wischte ihn an seiner Jacke ab, fuhr dann mit den Fingern darüber, um die restliche Erde abzukratzen. Dann reichte er ihn Wagner.

»Mit welchem von den Bergmanns sind Sie denn befreundet«, fragte er, »mit dem Junior oder mit dem Senior?«

»Wenn Sie mich so ansehen, was glauben Sie?«

»Mit dem Junior«, rief Schulz. »Sie sind ja noch keine zweiundachtzig wie der Senior.« Er lachte.

»Noch nicht ganz.«

»Allerdings schätze ich Sie älter als den Junior«, sagte Schulz.

»Das sehen Sie richtig. Aber Alter hat nicht unbedingt mit Freundschaft zu tun.«

»Da haben Sie natürlich recht.«

»So«, sagte Wagner, »jetzt können wir von mir aus zum Auto gehen. Da habe ich meine Papiere. Und dann müssen Sie die Polizei nicht mehr rufen.«

Er wies den Weg. Dabei fragte er sich, ob er weglaufen oder das Auto von innen verschließen und davonfahren sollte. Beides hatte seine Nachteile. Das Kennzeichen würden sie anleuchten und notieren.

»Okay«, sagte Schulz. »Gehen Sie vor.«

»Ich glaube, das ist nicht nötig«, sagte Klemm. »Gute Nacht, Herr Neitzel. Kommen Sie gut nach Hause.«

18

Hauptkommissarin Bronkhorst machte Pause. Auf dem Schreibtisch hatte sie zwei Blätter einer Küchenrolle ausgebreitet. Daneben stand eine Tupperdose, der Deckel bereits abgezogen. Durch das milchige Plastik waren geschälte Möhren und Kohlrabi zu erkennen, Apfelstücke, Weintrauben. Sie trank grünen Tee, den sie sich aus einem Tetrapak in ein Glas kippte. Wagner sah ihr zu und fragte sich, wie ihr kräftiger Oberkörper und ihr karges Mahl zusammenpassten.

»Warum interessiert sich das Bundesamt für Wirtschaft für diese Angelegenheit, Herr …?«

»… Wagner.«

»Herr Wagner?«

»Nun, es ist ein Mordfall in einem Umfeld …«

»Es ist kein Mordfall«, rief sie.

»Sondern?«, fragte Wagner.

Sie kaute langsam und machte keinen Hehl daraus, dass ihre Mahlzeit wichtiger war als dieses Gespräch. Wagners Blick fiel auf ihre Kakteensammlung auf der Fensterbank.

»Ich fürchte, ich verstehe diese Frage nicht«, sagte sie. »Ist es nicht der Normalfall, dass Menschen eines natürlichen Todes sterben? Mord – Tod durch Gewalt – ist die große Ausnahme. Aber hier, im Fall des Herrn Bankar, sind Sie bestimmt schon der Dritte, der von Mord spricht. Mag sein, dass das mit dem Umfeld zu tun hat. Bei den Arabern, da denken alle gleich sonst was.«

»An was denken Sie?«

Sie ließ ihren Finger wie einen Raubvogel über der Tupperdose kreisen, griff sich eine Möhre und biss hinein. Sie kaute – was kaum zu überhören war – und musterte ihn. Dabei ließ sie sich wieder Zeit, so lange, bis ihr Möhrenstück kleingemahlen war und sie mit grünem Tee nachgespült hatte.

»Über den Todesfall Bankar oder über die Araber?«, fragte sie und hielt den Blick auf Wagner.

»Beides«, sagte er.

»Nun, das Zweite ist Privatsache. Meine eigene Meinung, wenn Sie so wollen. Die ist, gelinde gesagt, nicht besonders hoch. Als blonde Frau müssen Sie sich von den Arabern in den Hintern kneifen lassen und werden gleichzeitig für eine Hure gehalten, wenn Ihr Rock nicht mindestens bis zu den Knöcheln reicht. Ist Kolleginnen alles schon passiert.«

Sie wählte ein paar Weintrauben, die sie sich in den Mund schob, und trank einen weiteren Schluck Tee. Mit einem der Tücher betupfte sie ihren Mund, bevor sie ihr Frühstück zusammenpackte.

»Was den Fall Bankar angeht, der ist für uns abgeschlossen. Wir waren vor Ort, mit Spurensicherung und allem. Es gab nicht einmal Anfangshinweise auf ein Fremdverschulden. Und ob der Mann nun gesprungen oder gefallen ist« – sie sah ihn an und versuchte ein Lächeln – »diese Frage muss ich zum Glück nicht beantworten. Es hat jedenfalls niemand nachgeholfen, so viel ist sicher. Deshalb noch einmal meine Frage: Was ist das Interesse des Bundesamtes für Wirtschaft?«

»Es gibt einen vagen Zusammenhang zu einer Firma, die uns aufgefallen ist.«

»Ach«, sagte sie. »Und wie sieht der aus?«

»Herr Bankar hat sich offenbar für ein Unternehmen interessiert, das im Verdacht steht, verbotene Güter in den Iran zu schmuggeln. Er hat auch ein Heft darüber gezeichnet. Einen Comic.«

»Verstehe«, sagte die Kommissarin. »Woraufhin die Firma ihre besten Auftragskiller geschickt hat.«

»Ich weiß schon«, entgegnete er ungerührt, »dass man mich an dieser Stelle leicht auseinandernehmen kann. Ich behaupte ja nichts, ich komme einfach mit einer Frage zu Ihnen. Unter Kollegen.«

»Kollegen?«, fragte sie. »Sind Sie auch Polizist?«

»Ich bin Beamter wie Sie. Wir arbeiten für den gleichen Staat.«

Sie lachte, künstlich, fand Wagner. »Ich werde von der Hansestadt Hamburg bezahlt. Aber egal. Ich gebe Ihnen – so kollegial ich kann – mein Wissen im Fall Bankar weiter: Da ist nichts, was auch nur ansatzweise auf ein Gewaltverbrechen deutet. Sonst würden wir ermitteln. Glauben Sie mir das!«

Wagner schloss die Tür ihres Zimmers und blieb draußen vor dem grauen Namensschild stehen: Claudia Bronkhorst – Hauptkommissarin. Er kannte diese Typen aus dem Bundesamt, die verloren ihre Sicherheit nicht einmal, wenn man ihnen ihre Fehler nachwies. Trotzdem passten die Dinge nicht zusammen. Der junge Mann war nach den Ermittlungsergebnissen gesprungen oder gefallen, ohne dass jemand nachgeholfen hätte. Aber er hatte Neitzel in seinem Heft dargestellt. Ein iranischstämmiger Künstler und ausgerechnet die MBN. Alles ein Zufall?

Er war versucht, noch einmal an die Tür der Kommissarin zu klopfen und ihr zu sagen, dass es solche Zufälle nicht gab. Er drehte sich weg. Diese Frau war nicht zu erreichen.

In Gedanken versunken ging er weiter. Er ließ die Möglichkeit zu, sich verrannt zu haben. Der junge Mann war gestorben, in seinem Comic hatte er sonst wen dargestellt, aber nicht Neitzel, und der produzierte Rohre für Dubai – während er, Wagner, nichts als ein sturer Idiot war, der etwas finden wollte, was es nicht gab, ein halsstarriger Spinner, der eine Niederlage auch nach sechs Jahren nicht einräumen konnte.

»Herr Wagner?«, hörte er eine Stimme.

Es war diese Journalistin, Martha Bankar. Sie saß auf einem schwarzen Lederstuhl – wahrscheinlich nur Kunstleder – im Flur.

»Was machen Sie denn hier?«

»Ich wollte zu Kommissarin Bronkhorst, aber mir wurde gesagt, sie habe ein Gespräch. Jetzt weiß ich auch mit wem. War es aufschlussreich?«

Er neigte den Kopf und verzog den Mund. Mochte sie das deuten, wie immer sie wollte.

»Ging es um die MBN?«, fragte sie.

»Nun, es war zumindest dienstlich. Wollen Sie nicht hineingehen?« Er zeigte über den Flur. »Sie ist jetzt frei. Und gegessen hat sie auch.«

»Ging es auch um den Toten, von dem ich Ihnen erzählt habe?«

Er antwortete nicht. Auch das Gesicht verzog er nicht mehr. Blöde Spielchen.

»Also ja«, schloss sie.

Ihre braunen Augen sahen ihn an. Die Wangenknochen zeichneten sich ab. Er spürte ihre Konzentration. Sie fragte wie eine Journalistin, immer weiter, irgendwas würde schon kommen.

»Haben Sie mittlerweile berufliches Interesse an der Sache?«

Sie schüttelte den Kopf. »Noch weniger als neulich.«

»Und da hatten Sie schon keins.«

»Das stimmt. Dieser Neitzel, was ist das für ein Mensch?«

»Was ist das für eine Frage?«, gab er zurück.

»Er ist eher klein und drahtig. Hat etwas Zähes. Ein Mensch, der nicht aufgibt.«

Wagner musste grinsen. »Das ist er.« Er stand immer noch vor ihr, während sie saß.

»Und genauso sieht er ins Saids Heft aus. Ganz genau so.« Sie erhob sich und hängte sich ihre Tasche über die Schulter. Er blickte in ihre Augen, die sich nicht regten. Sie war gar nicht so anders als Neitzel. Auch eine, die nicht aufgab.

»Ich habe noch eine Frage«, sagte sie. »Es wäre nett, wenn Sie mir eine Antwort darauf geben würden.« Sie stand dicht vor ihm – zu dicht für jemanden, der nur eine Auskunft wollte.

Auf ihren Wangen zuckte die Haut. Die Lippen waren schmal. »Sie haben mir erzählt, dass der Iran für seine Bombe so ziemlich alles tun würde und keine Grenze akzeptiert. Wie sieht es mit seinem deutschen Zulieferer aus? Gilt für den das Gleiche?«

Wagner schnaubte. »Das ist doch Spekulation. Vermutung. Woher soll ich das wissen?«

Gegenüber ging die Tür auf. Kommissarin Bronkhorst kam heraus.

Sie wirkte überrascht angesichts der beiden Leute auf ihrem Flur, zögerte, vielleicht wollte sie etwas sagen. Aber dann hob sie den Kopf und marschierte an ihnen vorbei. Ihre Absätze klangen auf dem Boden. An einem Automaten am Ende des Ganges machte sie Halt, zog sich einen Schokoriegel, steckte ihn in die Tasche und kehrte zurück. Ohne einen weiteren Blick zu Martha und Wagner verschwand sie in ihrem Zimmer und schloss die Tür.

Die Journalistin sah ihr nach und schien zu überlegen. »Aber Sie kennen Neitzel«, sagte sie schließlich. »Und zwar ganz gut.«

»Das stimmt zwar, aber Ihre Frage könnte wahrscheinlich nicht einmal Frau Neitzel zuverlässig beantworten. Wie weit würde er gehen?«

Er merkte, dass die Journalistin mit sich rang. Sie sah wieder zur Bürotür der Kommissarin hinüber.

»Warum gehen Sie nicht hinein, wenn Sie ein Anliegen haben?«

Sie fixierte ihn. »Gehen wir ein Stück? Ich möchte Ihnen gern etwas erzählen.«

Er verkniff sich eine Bemerkung. Bisher hatte immer er erzählt.

Feuchte Luft empfing sie und ein niedriger grauer Himmel. Es war warm und stickig. Ein Gewitter wollte sich einfach nicht einstellen. Er ließ sich von ihr Richtung Stadtpark führen.

Und sie redete tatsächlich. Berichtete von einer Begegnung mit Neitzel. Von einer Drohung. Von ihrem Sohn und den Kontakten ihres geschiedenen Mannes zu einer exiliranischen Internetseite. Dabei schien sie sich zu bemühen, jedes Drama zu vermeiden. Ohne alle Betonung reihte sie die Dinge aneinander.

Er blieb stehen, und als sie ihn ansah, sagte er: »Kommen Sie, wir drehen um. Das ist Sache der Polizei.«

»Glaube ich nicht«, erwiderte sie. »Ich glaube einfach nicht, dass diese Kommissarin das ernst nimmt. Sie kennt Neitzel nicht und geht fest davon aus, dass Said nicht getötet wurde.«

Er musste ihr recht geben. Im Halbschatten unter einer Eiche stand eine Parkbank. Sie setzten sich. Er hob einen Stock auf. Dass wahrscheinlich ein Hund ihn fallen gelassen hatte, war ihm egal. Er zeichnete einen kleinen Kreis auf die trockene Erde, dann einen größeren außen herum.

Ihre Frage war die richtige gewesen: Wie weit würde Neitzel gehen? Der müde, alte Mann. Hatte er jemanden töten lassen? Und befand er sich jetzt in einer Spirale, aus der er nur den Ausweg sah, weiterzumachen, weiterzudrohen? Den nächsten Schritt vielleicht sogar ausführen zu lassen.

»Können Sie nicht einfach die Finger von alldem lassen?«, fragte er.

»Sicher.« An ihrem Atem hörte er, dass ihr Satz nicht fertig war. »Können Sie denn?«

»Da gibt's einen Unterschied. Ich bin nicht in Gefahr. Und mein kleiner Sohn auch nicht.«

Sie nickte. »Deshalb meine Frage: Ist es wirklich eine Gefahr?«

Er breitete die Arme aus. »Sie können es nicht darauf ankommen lassen. Wenn es wahr ist, was Sie glauben – wenn es nur ungefähr wahr ist –, dann müssen Sie für Ihre Sicherheit sorgen. Und für die Ihres Sohnes.« Mit schnellen Bewegungen strich er die gemalten Kreise durch. »Und zwar schnell.«

19

Dieser Wagner hatte recht, sie musste aufhören. Es gab Schlimmeres, als eine Zusage nicht einzuhalten. Sie würde es David erklären.

Als sie sich das Gespräch vorstellte, machte es sie traurig. David war nur allzu verständig, über den Punkt hinaus, wo es ihn schmerzte. Er war schnell bereit, sich der Logik der Erwachsenen zu beugen.

Und doch, an der Stelle, an der sie war, ging es nicht anders. Sie hatte ihm ein Versprechen gegeben, das sie ihm nicht hätte geben dürfen, und sie würde ihn bitten, sie daraus zu entlassen. Wenn er fragte, würde sie ihm sagen, dass Said ihrer Meinung nach ermordet wurde. Aber sie sei nicht in der Lage, den Schuldigen zu ermitteln.

Mit der Faust klopfte sie an die Tür des Chefredakteurzimmers. Braun hatte einen Bleistiftstummel im Mund, auf dem er herumkaute. Er trug ein frisches Hemd, auf dem sich erste Schweißspuren breitmachten. In der Brusttasche hatte er Block und Stifte.

»Setz dich«, sagte er.

Er nahm den Bleistift mit den Bissspuren aus dem Mund, hob einen kleinen Stapel Papier – ihr Manuskript? – an und klopfte es erst mit der schmalen und dann mit der breiten Seite auf den Tisch.

»Ich bin bereit«, fuhr er fort, »dir alles Mögliche anzurechnen, deine schwierige Situation, dass du mit deinen Gedanken bei deinem Sohn bist und meinetwegen auch selbst in Trauer. Aber das hier« – er ließ das Manuskript auf den Tisch fallen – »das ist einfach Bockmist.«

Sie holte Luft, um zu widersprechen. Nicht brillant, aber solide, Handwerk eben. Wir haben schon ganz andere Sachen gedruckt. Er schien darauf zu warten, so wie er sie anstarrte. Doch sie wusste, er hatte recht. Dann konnte sie es auch über sich ergehen lassen.

»Der Reportage fehlt alles, was ich mir von ihr versprochen hatte, Lebendigkeit, ein gesellschaftlicher Bezug. Mensch, dieses Sponsoring kommt auf, wo sich der Staat zurückzieht. Da verschieben sich Gewichte. Aber das erwähnst du nicht. Und dass Leute da einspringen, das ist doch erst einmal ehrenwert. Dann darf man das auch sagen.«

»Heribert …«

»Beim Lesen taucht kein einziges Bild auf. Nicht eins. Wo hast du dich mit diesen Damen getroffen? Wie sah das aus, wie hat es gerochen? – Fehlanzeige auf ganzer Linie.« Er nahm seinen Bleistiftstumpen und steckte ihn in den Mund, zog ihn aber sofort wieder heraus. »Ich habe dir angeboten, wir lassen Reimers das schreiben. Du wolltest nicht. Warst zu ehrgeizig. Hättest du akzeptiert, hätten wir diesen Ärger jetzt nicht. Aber das hier« – er zeigte mit seinem dicken Finger auf ihr Manuskript – »das drucke ich nicht. Das reicht für die Wochenendbeilage irgendeiner Wald- und Wiesenzeitung, aber nicht für die Spot.«

»Gut, gib her. Ich schreibe es um.« Sie streckte die Hand aus, aber er machte keine Anstalten, ihr die Blätter zu reichen.

»Weißt du, was mich am meisten ärgert?« Er redete nicht weiter. Vielleicht sollte sie nachfragen. Sie war nicht in der Stimmung, ihm den Gefallen zu tun. »Am meisten ärgert mich, dass du es kannst. Du weißt, wie es geht; ach was, viel mehr, du bist eine richtige Reporterin. Kannst dich leidenschaftlich hineinknien. Eine Preisträgerin. Aber all das macht diese Sache hier nur schlimmer.«

»Okay, okay«, sagte sie, »wenn du mich nun genug abgekanzelt hast, gib mir einfach das Manuskript und ich setz mich noch mal dran. Ich finde es nicht so schlecht.« Sie hob die Hände in die Höhe, um jeden Einwand von ihm zu unterbinden. »Aber du triffst die Entscheidungen. Ich schreibe um. Und wenn es dich beruhigt, ich bitte Hendrik, es gegenzulesen. Das wird schon.«

Er stand auf, was ungewöhnlich für ihn war, und begleitete sie zur Tür, wo er ihr sogar kurz die Hand auf den Oberarm legte. Er hatte seinen kleinen Bleistift wieder im Mundwinkel.

»Sag mal, Kollegin, der Gedanke kommt mir gerade in den Sinn: Es ist doch nicht diese andere Sache, die dich umtreibt, oder? Diese Mordstory?«

Sie antwortete nicht gleich. Wie stand es um diese Sache? Gerade hatte sie beschlossen, sich zurückzuziehen. Aber wenn er jetzt fragte?

»Das beschäftigt mich. Ich kann es nicht richtig greifen, aber da stinkt etwas ganz gewaltig. Said hat sich offenbar für Zentrifugenschmuggel interessiert.«

»Was für ein Tier?«

»Gaszentrifugen. Die braucht man zur Urananreicherung.«

Er hob beide Hände. »Verschone mich. Ich bin ein alter Mann und habe keine Ahnung von Chemie oder von Physik oder was auch immer das ist.«

»Vor allem ist es Politik«, sagte sie. »In zweiter Linie Wirtschaft.«

»So oder so: Das ist nichts für uns. Ich glaube, das habe ich bereits deutlich gesagt. Es passt nicht in unsere Zeitschrift, und wir können so was nicht stemmen. Ich möchte dich dringend bitten, das zu respektieren.«

Sie setzte ein falsches Grinsen auf. »Während der Arbeitszeit gehöre ich dem Verlag. Aber was ich davor oder danach mache – selbst in meinen Pausen –, das ist ganz allein meine Sache.«

Mit ihrem Manuskript und einem Kaffee kehrte sie zu ihrem Tisch zurück. Auf dem Becher prangte das Verlagslogo, und ein dünner Rauchschwaden zog heraus. Schon die Vorstellung, etwas Heißes zu trinken, ließ sie schwitzen. Die Augen blieben nicht bei ihrem Text und der Verstand erst recht nicht. Sie versuchte es wieder, und noch einmal. Vergeblich. Sie nahm nicht auf, was sie las. Es kam nicht einmal in die Nähe.

Als sie den Kaffee trank, war er lauwarm und schmeckte bitter. Sie war zu faul, sich mehr Milch und Zucker zu holen. Wie ein aufdringlicher Besucher klopften die Gedanken an Neitzel und die MBN, an Said und den Iran an die Türen ihres Gehirns. Es kostete sie Kraft, sie verschlossen zu halten, und ehe sie sich versah, waren sie doch eingedrungen. David. Die Drohung. Wagner und sein dringender Rat: »Sorgen Sie für die Sicherheit Ihres Sohnes.«

Sie ließ ihren Bürostuhl vor- und zurückrollen. Der Bildschirm war dunkel, der Computer im Ruhemodus. Nicht einmal die Schlagzeilen der Tageszeitungen oder ihr Mailbriefkasten interessierten sie. Sie dachte an Ferien. Urlaub, nur mit David, in einem fernen Land, am Strand. Und wenn sie zurückkäme, hätte sich alles, was sie bedrängte, in Wohlgefallen aufgelöst.

Als ihr klar wurde, dass sie träumte, weckte sie sich mit einem Seufzen, spannte alle möglichen Muskel an und stand auf. Mit dem Manuskript in der Hand ging sie zu Hendrik hinüber.

Wann der Kollege seine Texte schrieb, war ihr nicht begreiflich. Er war nie im Stress. Als er sie sah, grinste er und drückte ein Kartenspiel am Bildschirm weg.

»Kannst du mir helfen?«

Er sah sie aus seinen großen Augen an. »Nichts lieber als das.«

Warum sie ausgerechnet ihn ausgesucht hatte, um sich nach der Trennung von Said zu trösten, verstand sie nicht mehr. Sie wusste, dass er Erfolg bei Frauen hatte, aber sie fand seine langen Beine und die dünnen Arme und Hände unerotisch. Wahrscheinlich hatte er damals einfach zur Verfügung gestanden.

»Dem Alten gefällt mein Text nicht.«

Hendrik griff nach ein paar Stiften und Zettel und stopfte sie sich in die Hemdtasche. Mit den Fingern fuhr er sich durch die Haare, sodass sie abstanden. Er traf sogar Brauns Stimmlage: »Dann lass mal sehen.«

Sie musste schmunzeln, und er sagte: »Und ich soll dir Lösungen vorschlagen?«

Sie nickte.

»Welche Ehre. Für eine preisgekrönte Kollegin.« Er zog einen Stuhl für sie heran. Als er sich wieder setzte, war er so nah, dass ihre Knie sich fast berührten. Während er las, blickte er mehrfach auf und sah ihr in die Augen, und als er danach Kritik anbrachte und Vorschläge machte, berührte er sie, wann immer das im Gespräch möglich war.

Zumindest hatte er Ideen.

Sie arbeiteten zwei Stunden am Text – zwei Stunden, während der sie weder an Neitzel noch an David dachte. Danach stand ein neuer Aufbau, und manches war neu sortiert und umgeschrieben. Die Arbeit war auf einem guten Weg.

Er nahm ihre Hand. »Und jetzt gehen wir etwas trinken. Hauptsache viel und kalt.«

»Und danach zu dir?«

»Gern! Ich koche etwas …«

»… und dann vielleicht in die Kiste. Vergiss es, Hendrik.«

»Warum denn? Ich hab grad niemanden, du hast grad niemanden – hoffe ich zumindest. Wir mögen uns …«

Sie stand auf. »Vergiss es.«

In ihrer Straße saßen die Leute nicht nur auf den Balkonen, sie hatten auch Tische und Stühle auf den Bürgersteig gestellt und hockten da, tranken Bier, quatschten. Direkt vor ihrer Tür stand ein schwarzer Wagen mit getönten Scheiben. Ein BMW.

Auf der Fahrerseite war die Scheibe zur Hälfte heruntergelassen. Sie sah einen Kopf, der sich ein Stück weit herausdrehte. Eine Hand, die eine winzig scheinende Zigarette hielt und abaschte.

Ein kurzer Moment, die Blicke von Martha und dem Mann trafen sich. Sie schaute in ausdruckslose Augen, in eine stumpfe Visage. Der Mann war rasiert und trug Anzug. Wahrscheinlich lief in seinem Wagen die Klimaanlage. Ihr fuhr ein Schauer über den Rücken.

Dann fing sie an zu rennen.

Die Haustür war abgeschlossen. Sie fand den Schlüssel in ihrer Tasche nicht, deshalb drückte sie mit der Handfläche auf diverse Klingelknöpfe. Als es surrte, öffnete sie die Tür und hetzte durch das Treppenhaus. David, dachte sie, David. Und: bitte nicht.

Sie klingelte auch an der Wohnungstür, während sie ihren Schlüssel fand und ins Schloss schob. Bevor jemand öffnete, hatte sie aufgeschlossen.

»David!«, rief sie, und dann noch einmal und aus Leibeskräften: »Da-vid!«

Hanna kam aus der Küche. Sie trug eine Schürze und rosafarbene Gummihandschuhe. Als Martha ihr Gesicht sah, wusste sie, dass alle Aufregung unnötig war. Ihre Schwester war überrascht, aber ansonsten seelenruhig.

»Hast du keinen Schlüssel?«, fragte sie. »Was ist denn los?«

Martha warf die Wohnungstür zu. »Wo ist David?«

»In seinem Zimmer. Was hast du denn?«

Martha schüttelte den Kopf. »Ich weiß nicht. Ich hatte gerade … eine Art Panikattacke.«

Sie hörte David in seinem Zimmer rumoren und folgte Hanna in die Küche. Auf dem Fußboden stand ein Putzeimer, aus dem

Wasserdampf aufstieg. Wie eine Amerikanerin, dachte Martha. Putzt mit Gummihandschuhen.

»Hast du mich gerufen?« David stand in der Tür. Er hielt ein großes Blatt in der Hand.

»Ja. Ist alles okay?«

»Klar.« Er reichte ihr das Blatt. »Habe ich im Kunstunterricht gemalt.«

Es war eine Straßenszene, eine Begegnung von zwei Männern und einer Frau. Die Männer warfen sich in Pose und versuchten, sich zu übertrumpfen.

»Schön.« Sie strich ihm mit der Hand übers Haar. »Sehr schön.«

Er legte die Stirn in Falten. »Habe ich 'ne Eins für bekommen.«

Sie nahm sich eine Flasche Bier aus dem Kühlschrank und hielt beide Hände und sogar die Wange daran. Als sie sich setzte, spürte sie ihre weichen Knie. Sie öffnete das Bier und sah ihrer Schwester beim Putzen zu.

Erst als die Flasche halb leer war, sagte sie: »Ich habe Angst. Ich habe so wahnsinnige Angst um David.«

Hanna blickte auf.

»Da stand ein Auto vor der Tür, und ein ekelhafter Kerl hat rausgeschaut. Das reicht schon, damit ich Panik kriege.«

»Kannst du nicht einfach die Finger von der Sache lassen?«

Martha nickte. Sie stand auf und sah hinaus. Das Auto war immer noch da. Es passte überhaupt nicht in die Straße, war viel zu groß und neu. Martha überkam Wut. Was bildeten diese Leute sich ein, ihr Angst einjagen zu wollen? Eine Frau, die konnte man einschüchtern, wie?

Sie kreuzte Hannas fragenden Blick und zögerte für einen winzigen Moment. »Ich bin sofort zurück«, sagte sie dann.

Als sie unten war, krachte die Haustür hinter ihr ins Schloss. Sie stapfte über die Straße. Der Mann mit seinem stumpfen Gesicht sah sie nicht kommen. Erst als sie ihn anschrie, wandte er sich ihr zu.

»Was wollen Sie von mir? Lassen Sie mich in Ruhe, verdammt noch mal!«

Er ließ die Scheibe hochfahren, seelenruhig, wie sie meinte. Sie war drauf und dran, die Finger dazwischen zu halten, bremste sich aber.

»Sie sollen verschwinden«, rief sie, »sonst hole ich die Polizei.« Mit der flachen Hand schlug sie gegen die getönte Scheibe.

Als sie wieder oben war, war der Wagen verschwunden.

»Was war das denn?«, fragte Hanna.

»Ein Arschloch, das von anderen Arschlöchern bezahlt wird.«

»Und du hast ihm die Meinung gegeigt. Ob das klug war? Mensch, Martha, ich hab Angst um dich.«

»Ja«, rief sie, lauter als beabsichtigt, »ich habe doch selbst Angst. Aber ich lasse mich von diesen Arschlöchern nicht einschüchtern. Wäre ja noch schöner.«

»Und was, wenn die stärker sind als du?«

»Sind sie, ist doch klar.«

»Martha!«

Sie gab ihrer Schwester keine Antwort. Hanna zog die Handschuhe aus und warf sie in den Eimer. Putzwasser spritzte auf und platschte auf den Küchenboden.

»Die sind stärker, aber du kämpfst trotzdem. Wie früher, in der Schule. Oder mit Papa. Aber jetzt ist es verteufelt ernst. Und du trägst die Verantwortung für David. Wo bleibt dein Verstand?«

Martha ließ sich auf ihren Platz am Tisch fallen. Mit zwei Zügen trank sie ihr Bier aus.

»Weiß ich nicht. Ich weiß nur, dass diese Sache erst zu Ende ist, wenn ich diese Arschlöcher gekriegt habe.«

»Oder sie dich.«

20

Mit der neuen Fassung ihrer Reportage ging sie zu Braun. In seinem Zimmer schien sich mit jedem Tag mehr Durcheinander aufzubauen, auch wenn man den einzelnen Papierstapeln eine gewisse Akkuratesse nicht absprechen konnte. Die Türme waren ordentlich gebaut, ihre Seiten schlossen bündig. Es waren nur viel zu viele. Und sie waren zu hoch.

Er hatte seinen Bleistiftstumpf im Mund und las.

»Hast du Zeit, einen Blick auf mein Manuskript zu werfen?«

Ohne aufzusehen streckte er die Hand aus und knurrte etwas, das sich als Zustimmung deuten ließ. Sie reichte ihm den Ausdruck. Anders als sonst hatte sie kein Gefühl für ihren Text, wusste nicht, ob er gut oder schlecht war, wo er starke Stellen hatte und wo schwache. Manche Idee war von Hendrik, aber sie hatte sie umgesetzt. Trotzdem kam er ihr fremd vor. Als hätte ihn jemand anderer geschrieben.

Braun hatte seinen Bleistift abwechselnd im Mund und zwischen den Fingern. Sie stellte sich ans Fenster, vor sein langes Holzbrett, das sich in der Mitte bog. Würde sie noch rauchen, wäre dies ein Moment für eine Zigarette. Ein Moment von Anspannung.

Von der Straße drang Sirenengeheul herein. Es wurde schnell lauter. Dann folgte das Blaulicht. Sie drehte sich nicht zu Braun um, sie wusste auch so, wie es aussah, wenn er konzentriert las. Die Bleistiftspitze ging über jedes Wort und seine Lippen bewegten sich.

Ein Rettungswagen kämpfte sich durch den Verkehr. Manche Autos machten sofort Platz, andere brauchten lange, und der Rettungswagen wich auf die Gegenspur aus. Die Sirene war laut.

Verdammt noch mal, dachte sie. Und: Said.

Braun atmete aus. Sie hörte seinen Bleistift auf den Tisch fallen, ein heller Klang. Der Rettungswagen mühte sich weiter vorwärts.

Said, dachte sie wieder.

»Okay«, sagte Braun in ihrem Rücken.

Nun drehte sie sich zu ihm. Er nickte. In seinem Gesicht war keine Regung, weder Zustimmung noch Ablehnung. Er hielt ihr das Manuskript hin.

»Zum Druck schicken?«, fragte sie.

»Jo.«

Ohne Gruß ging sie hinaus, mit den Gedanken bei dem Rettungswagen. Wieso war sie nicht darauf gekommen? Es ging nicht um einen Comic, den keiner kannte, und auch nicht um einen Artikel, der noch nicht erschienen war.

Said, dachte sie. Der Rettungssanitäter.

Auf dem Weg zu ihrem Schreibtisch lief ihr Hendrik über den Weg, und er tat so beiläufig, dass sie wusste, er hatte sie abgepasst.

»Was hat der Alte gesagt?«

»Okay«, wiederholte sie.

»Und was noch?«

»Sonst nichts.«

Er legte die Stirn in Falten. »Nur okay? Mehr nicht?«

»Nein.«

»Er hat nicht mal gesagt, dass du mit dem, der dir so selbstlos geholfen hat, mal ausgehen sollst? Und zwar dringend.«

Ihr war nicht nach Scherzen zumute. Sie schüttelte den Kopf und zog weiter.

»Idiot von einem Chefredakteur. Ich werde kündigen«, hörte sie in ihrem Rücken und musste nun doch schmunzeln. »Martha, lass dich erweichen. Nur ein kühles Bier. Oder ein Glas Sommerwein mit großen Eiswürfeln darin. Keine Hintergedanken!«

»Wenn einer das schon sagen muss ...«, gab sie über die Schulter zurück.

»... was dann?«

»Ist sicher das Gegenteil wahr.«

Mechanisch rief sie ihr Manuskript am Bildschirm auf. Auf dem Ausdruck hatte Braun nicht eine einzige Anmerkung gemacht. Das hatte sie noch nie erlebt, irgendwelche Bleistiftstriche gab es sonst immer, Vorschläge oder Korrekturen, aber sie mochte sich über ihn keine Gedanken machen. Sie drückte den »Senden«-Knopf und schickte ihren Text in die Druckerei.

Wie um Himmels willen hieß noch dieser Sanitäter?

Sie versuchte, sich den Tag der Beerdigung vor Augen zu führen. Da war er neben ihr hergegangen. Hatte ein Gespräch über die Todesursache begonnen. Ein Gespräch, das sie abgebrochen hatte.

Aber wie hieß der Kerl?

Es dauerte fast drei Stunden, bis sie Saids Kollegen ausfindig gemacht hatte. Er hieß Theo Grüber. Sie traf ihn, als er von einem Einsatz zurückkam. Er schleifte seine rote Sanitäterjacke hinter sich her, die lockigen Haare, an die sich Martha von der Beerdigung erinnerte, fielen ihm in die Stirn. Sie waren verschwitzt. Es schien ihm schwerzufallen, eine Antwort auf ihre Frage zu finden.

Martha stand vor ihm und rührte sich nicht. Sie unterdrückte jeden Anflug von Unruhe und Ungeduld. Wenn der Kerl sie zu spüren bekäme, würde seine Erinnerung noch mehr blockieren.

Vor ihrem inneren Auge stand ihr Chefredakteur. Stand da wie eine Ermahnung. Was sie hier tat, war gegen Brauns ausdrückliche Anordnung. Weder er noch irgendein Kollege wussten, wo sie sich rumtrieb.

Kollege Theo war umständlich. Natürlich könne er die Einsatzprotokolle ausdrucken, sagte er. Nur bewegte er sich nicht. Er hatte Schweiß auf der Stirn und putzte sich die Brille. Aber über welchen Zeitraum?, wollte er wissen.

Sie hielt ihr Brodeln weiter unter Kontrolle. Nannte den Tag, an dem Said bei seiner Mutter gewesen war. Davor musste es liegen. Von da aus vielleicht ein, zwei Wochen zurück.

Theo Grüber hatte die Hände in die Hosentaschen vergraben und den Kopf gesenkt, er schien zu überlegen, wie er am besten vorgehen sollte. Schnelle Entscheidungen waren seine Sache nicht. Er trat von einem Fuß auf den anderen, dachte nach und nickte. Schließlich verschwand er in der Einsatzzentrale. Martha atmete aus.

Sie setzte sich auf eine niedrige Mauer im Schatten. Nun war sie einen Schritt weiter, vielleicht den entscheidenden. Die Frage blieb, ob es richtig war, zu ihm zu gehen. Sie musste zurück in die Redaktion, zumal sie da schon wieder so früh verschwinden wollte, dass David nicht lange allein zu bleiben hatte. Mit den Fingerspitzen trommelte sie auf die Steine.

Als Theo Grüber zurückkam, händigte er ihr einen Packen Zettel aus, die Protokolle von über dreißig Einsätzen in Hamburg und im Umland. Ihre Sicherung flackerte. Sie blätterte den Stapel durch. Wer wollte all diese Adressen abfahren? Da hatte sie zu früh triumphiert. Sie schrieb Theo ihre Handynummer auf.

»Falls dir noch etwas einfällt, dann ruf mich an. Das hier sind zu viele Adressen, die kann ich nicht alle überprüfen.«

Ihm fiel noch etwas ein.

Martha saß im Auto und trank warmes Wasser aus einer Plastikflasche, als Theo angelaufen kam. Er winkte mit der Hand. In der anderen hatte er immer noch seine Sanitäterjacke. Wie David ließ er sie durch den Dreck schleifen und zog eine Staubspur hinter sich her.

Sie stieg aus. Er erinnere sich daran, sagte er, dass Said manchmal unkonzentriert gewesen sei, aber er habe nichts weiter darauf gegeben. Falls er überhaupt eine Erklärung gesucht habe, habe er gedacht, Said schlafe schlecht oder habe Stress mit der Freundin. Oder einfach einen schlechten Tag. Doch dann habe Said bei einem Einsatz seine gesamte Tasche, mit allen Instrumenten und Medikamenten, in der Zentrale stehen gelassen.

»Einfach vergessen. Verbandszeug, Desinfektionsmaterial, Spritzen, alles. Dabei kontrolliert man, bevor man losfährt, ob alles an Bord ist. Das bringen sie dir von Anfang an bei, das ist wie ein Reflex, und du vergisst die Sachen so wenig, wie du vergisst, dir morgens eine Unterhose anzuziehen. Du kannst schließlich nicht vor einem Verletzten stehen und dann nicht in der Lage sein, ihn zu verbinden.«

»Ihr hattet aber deine Tasche?«

Er schmunzelte. »Das ist wahr. Ich hatte meine dabei.«

»Und?«, fragte sie und stellte sich vor, dass sie an einem Knopf die Geschwindigkeit ihres Gegenübers erhöhte.

»Was meinst du mit ›Und‹?«

»Wie hat Said reagiert?«

»Das war ihm schon peinlich«, sagte Theo, »auch dass seine Tasche hier stand, wo sie jeder sehen konnte. Blamabel. Aber …«

Sie wartete angespannt, während er in seiner Erinnerung zu kramen schien. »Was: ›Aber‹?«

»Ich weiß nicht, wie ich das sagen soll. So etwas darf natürlich nicht vorkommen. Aber jeder hat mal einen gebrauchten Tag. Wer macht keine Fehler? Er war danach so richtig …«

»Wie?«

Theo zögerte. Er suchte ein passendes Wort. »Durcheinander. Durch den Wind.« Sein Kopf wanderte von links nach rechts und wieder zurück. »Richtig durchgeknallt.«

»Weil er etwas gesehen hatte?«

»Mag sein … Doch, genau das habe ich gedacht: dass er andere Dinge im Kopf hat. Und er echt nicht bei der Sache ist. Als wäre ihm ein Gespenst erschienen.«

»Okay«, sagte Martha. Sie hörte die Ungeduld in ihrer Stimme. »Wann war das?«

Theo Grüber nahm die Einsatzprotokolle und fuhr über die Liste. Er blieb hier und da stecken und überlegte. Marthas Sicherung flackerte heftiger. Sie riss sich zusammen. Die Sonne schien ihm auf den Kopf, sein Gesicht glänzte. Er war unglaublich langsam.

»Die Finger«, sagte er. »Ich glaube, das waren die Finger.«

»Was für Finger?«

»Ein Arbeitsunfall«, sagte er.

Martha war hellwach.

»So was passiert regelmäßig. Eine Hand in der Maschine, und ein Finger wird abgeschnitten, manchmal mehrere. Dieser Mann hatte noch Glück, zwei Finger, aber die waren beide nicht völlig ab und auch nicht zerfetzt, so was kriegt ein halbwegs fitter Chirurg wieder dran.«

»Und?«, fragte sie, »was war mit Said?«

Theo schüttelte den Kopf. »Da war nichts. Zumindest nichts, was ich mitgekriegt hätte. Die Arbeitskollegen des Verletzten standen da rum, wie das so ist nach einem Unfall. Ihr Chef wollte, dass sie weitermachen. Wir haben ihn verbunden und sind mit ihm in die Klinik.«

»Und danach war Said verändert?«

Er nickte. Auch das geschah langsam. »Ob ihm der Unfall irgendwie nahegegangen ist? Kann ich mir kaum vorstellen. Wie gesagt, so eine Verletzung, das ist Routine.«

»Wann war das?«, fragte sie. »Wann und wo?«

Er konnte sich nicht entscheiden. Mit dem Datum war er sich nach längerem Zurückrechnen sicher, aber es hatte an jenem Tag mehrere Einsätze gegeben, und wo genau die Handverletzung gewesen war, wusste er nicht mehr. Er war bereit, noch mal in den Computer zu sehen, aber dann wurde er gerufen.

Ein neuer Notfall.

Ein Blick auf das Display ihres Handys zeigte ihr, dass niemand angerufen hatte. Braun schien sie nicht zu vermissen und auch sonst niemand. Sie kramte ihren Stadtplan aus dem Handschuhfach und entfaltete ihn. Einige der Adressen, die Theo markiert hatte, lagen in reinen Wohngegenden. Die konnten warten.

Aber andere waren in Gewerbegebieten.

Sie sah auf ihre Uhr. Keine Frage, sie musste zurück. Hätte längst da sein müssen. Aber sie war neugierig, und deshalb erlaubte sie sich, an zwei Orten auf der Liste vorbeizufahren. Bei denen konnte sie sich einreden, dass sie halbwegs auf ihrem Weg lägen.

In Billstedt kam sie durch ein Industriegebiet. Schuppen und Lager bestimmten das Bild, gemauerte Häuser, ältere Backsteinbauten und aus Fertigteilen errichtete Hallen. Es gab wenig Grün. Sie hielt an einem dreistöckigen Gebäude und ließ die Scheibe ganz herunter.

Wer hier arbeitete, konnte sie nicht ausmachen. In der Nachbarschaft standen die Namen der Firmen an den Gebäuden, eine hatte sogar zwei Fahnen, die im Vorgarten flatterten. Sie hörte Maschinenlärm, sah Lkws auf Höfen, Container, Paletten. In breitem Hamburgerisch rief jemand Anweisungen. Eine andere Männerstimme antwortete.

Sie fühlte sich überfordert. Die Zeit lief immer weiter, und der Ärger stand ihr ins Haus. Aber es gab nichts, was sie in die Redaktion zog, außer einem tief sitzenden Pflichtgefühl. Sie setzte sich darüber hinweg und steuerte die zweite Adresse an.

Die Peute, eine Elbinsel, wurde von einer langen Straße durchzogen. Sie hielt vor dem unscheinbarsten Gebäude, das es hier gab, eine flache weiße Halle mit rostiger Tür und billigem Griff. Zur Straße hin stand ein wackeliger Zaun.

Wieder gab es keinen Namen und keinen Hinweis. Wer in Dreiteufelsnamen arbeitete hier? Sie drehte die Scheibe herunter, stieg aber nicht aus, sondern lehnte sich nur aus dem Fenster. Eine Tür wurde mit einem Knall zugeschlagen, und ein paar Vögel stoben auf. Sie fuhr ein paar hundert Meter weiter, dann wendete sie. Im Leerlauf rollte sie an dem Grundstück vorbei.

Sie war ratlos. Wenn Said hier irgendwo gewesen war – was hatte er gesehen? Und von wem war er selbst gesehen worden? Was in aller Welt konnte das sein, das ihn in Angst versetzt und am Ende das Leben gekostet hatte? Sie vermochte es sich nicht vorzustellen. Hier gab es nichts – zumindest war nichts sichtbar –, das einen Verdacht erregte. War das für Said anders gewesen?

In ihrer Tasche fand sie Wagners Visitenkarte und rief ihn an. Als er sich meldete, sagte sie: »Hier ist Martha Bankar. Ich habe eine Frage. Eine Produktionsstätte für Zentrifugenteile – wie würde man die erkennen?«

Er wirkte vollkommen überrascht. »Wo sind Sie?«

»Im alten Hafen.« In kurzen Worten schilderte sie ihm, was sie unternommen hatte.

»Frau Bankar, das ist gefährlich.«

Sie dachte an den schwarzen BMW vor ihrem Haus. »Ich weiß.«

Er klang aufgeregt. »Wissen Sie das wirklich? Wenn Ihre Vermutung stimmt und es bereits einen Toten gibt, dann ist es doch klar, dass diese Leute vor einem zweiten Mord nicht zurückschrecken.«

»Danke für die Warnung«, sagte sie. »Woran erkennt man nun so eine Produktionsstätte?«

»Die erkennt man gar nicht. Es sei denn, man versteht etwas von Metallverarbeitung und sieht sich die Maschinen und Produkte genau an.«

Er hatte recht, sie wusste es. Was hätte sie in Harburg entdecken können? Nichts. Diese Röhrenstücke, die sie in der Hand gehalten hatte, konnten für alles Mögliche gebaut worden sein. Sie ließ ihren Motor an.

»Fahren Sie da weg?«, hörte sie ihn fragen.

»Ja.«

»Das ist gut. Ich … Wir sollten uns noch mal austauschen, bevor ich zurückfahre. Natürlich nur, wenn Sie mögen.«

In der Redaktion sah kaum jemand auf, als sie ihren Platz ansteuerte. Reporter hatten unterwegs zu sein, da wunderte sich niemand. Sie fuhr ihren Computer hoch und wollte sich einen Kaffee holen. Einen Kaffee, den sie abkühlen lassen würde.

In der Teeküche stand Braun. Er hatte sie gesehen, sie konnte nicht mehr umdrehen.

»Welch seltener Gast«, rief er auch gleich.

Sie erwiderte nichts, nahm sich nur einen der Becher mit Verlagslogo aus dem Schrank und wollte sich einschenken. Der Kaffee stand in einer Glaskanne auf einer Heizplatte und roch verbrannt. Sie verzichtete und stellte den Becher unter den Wasserhahn.

Braun rief Hendrik Reimers dazu, der auf dem Flur vorbeiging.

»Ihr habt ja toll zusammengearbeitet, ihr beiden«, sagte er und klang so überbetont, als mache er sich über sie lustig. »Damit ihr gar nicht erst aus dem Rhythmus kommt, habe ich für jeden von euch eine glänzende neue Idee.«

Als er Hendrik den Rücken zudrehte, zwinkerte der Martha zu. Sie musste grinsen.

Braun fuhr herum und sagte zu ihm: »Du machst uns bitte eine runde Geschichte über den Stand der Schulreform in unserer schönen Stadt. Wo stehen wir, welche Ergebnisse gibt es? Können andere Bundesländer von uns lernen. Mit Beispielen, ja? Lass Schüler zu Wort kommen und Lehrer. Von mir aus auch Eltern. Und bezieh Stellung. Das erwarten die Leser, wenn die Materie komplex ist.«

Hendrik nickte. Auf seiner Stirn lagen Falten. Er dachte nach.

»Und du, meine Gute: keine Polizeigeschichte, keine Räuberpistolen.«

Sie streckte den Hals. »Sondern?«

»Eine Reportage aus der Welt der Mode«, sagte er mit öliger Stimme.

Sie verdrehte die Augen.

»Es gibt eine kleine Firma in Eppendorf – wenn du sie nicht kennst, den Namen habe ich auf meinem Schreibtisch –, die verkaufen ihren Kram in die ganze Welt. Vor allem an Stars und Sternchen. Hollywood und so. Was ist das Besondere an diesem Laden? Wie machen die das? Was ist ihr Geheimnis? Du verstehst?«

Sie atmete laut aus und sagte: »Es gab mal eine Zeit, da haben wir uns um andere Themen gekümmert.«

»Ja, ja. Aber der goldene Satz heißt: Nur wer sich ändert, bleibt sich treu.«

Er wartete nicht mehr auf eine Antwort von ihr, sondern verschwand.

»Dabei wollen wir gar nicht treu bleiben«, sagte Hendrik. »Das ist doch totlangweilig.«

21

Martha hatte geschickt geparkt. Sie stand vor einem Transporter, sodass man ihren 190er nicht entdeckte, wenn man vorüberfuhr. Zu ihrem Vordermann wiederum hatte sie so viel Abstand, dass sie mit einer einzigen Lenkradbewegung herauskam. Alles war vorbereitet. Das Handy lag neben ihr auf dem Beifahrersitz, der Akku geladen.

Der Einzige, der nicht kam, war Jastram.

Das Handy klingelte. Sie sah auf dem Display, wer es war.

»Tut sich was?«, fragte Wagner.

»Geduld«, antwortete Martha. »Ich melde mich.«

Es war ein letztes Treffen gewesen, wie ein Abschied nach kurzer Bekanntschaft. Unter einem großen Sonnenschirm in einem Straßencafé hatte er ihr noch einmal gesagt, dass es gefährlich sei, diesen Leuten nachzuspüren. Ob sie nicht, wenn die Polizei nichts unternehme, einen professionellen Ermittler beschäftigen wolle.

»Einen Detektiv?«

»Ja, warum nicht?«

Er trug ein helles Hemd und eine Baumwollhose. Die Haare waren ein wenig zu lang, im Nacken genauso wie an den Ohren, und sie hatte sich bei dem Gedanken ertappt, ob das Nachlässigkeit war oder sein Stil. Und: Was mochte hinter dieser Stirn vorgehen? »Ich weiß nicht, ob ich Ihnen trauen kann.«

»Geht mir nicht anders. Eine Journalistin, da ist es doch naheliegend, dass am nächsten Tag in der Zeitung steht, was man herausfindet.«

»Ich schreibe nicht über dieses Thema. Das hatte ich Ihnen gesagt.«

»Wohl wahr«, erwiderte er. »Aber wie fest ist dieser Vorsatz? Was muss passieren, damit Sie ihn aufgeben? Nicht viel, stelle ich mir vor.«

»Verstehe. Also halten wir fest, wir haben gegenseitig nicht viel Vertrauen.«

»Und trotzdem würde ich gern wissen, wo Sie diese Produktionshalle suchen. Mit welchen Hinweisen.«

Sie antwortete nicht gleich. Die Leute, die vorbeispazierten, hatten entweder Eis oder Einkaufstüten in der Hand. Kurze Hosen, kurze Röcke, viel nacktes Fleisch.

Er wartete, ohne zu drängen.

»Said war Sanitäter in einem Rettungswagen«, sagte sie schließlich. »Da kommt man viel herum, fast wie ein Taxifahrer. Notfälle kann es überall geben. Verstehen Sie?«

»Auf die Gefahr hin, dass Sie mich für dumm halten: Nein, ich verstehe nicht.«

Sie trank Limonade. Das Glas war mit Eiswürfeln gefüllt, die in der Wärme schmolzen. Mit dem Strohhalm rührte sie darin herum. »Es ist doch so, dass wir – oder zumindest ich – nicht verstehen, wie Said jemanden so bedroht haben soll, dass dieser Jemand glaubt, ihn töten zu müssen, richtig? In dem Comic lag die Bedrohung sicher nicht. Und in dem Artikel auch nicht, den kannte nämlich niemand. Aber wenn er als Sanitäter irgendwo hingekommen ist ...«

Wagner hob den Zeigefinger. »... ein Notfall. Er kniet bei einem Verletzten, und als er aufsieht, steht da plötzlich ...«

»Neitzel.« Sie nickte. »Neitzel, den er kennt. Durch seine Recherchen. Den er gezeichnet hat.«

»Und dann fragt er sich, warum ist dieser Mann hier, was tut der? Er kommt an einem anderen Tag wieder. Das will er sich genauer ansehen.«

»Und warum?«, fragte sie. »Weil Said klar ist, das wird der Clou für seinen Artikel. Wenn er diesen Zusammenhang herstellt, dann löst er wirklich etwas aus, auch wenn das Ganze nur auf einer Internetseite erscheint. Aber Said möchte endlich mal ein großes Rad in Bewegung setzen und nicht immer nur der erfolglose Zeichner sein.«

»Aber«, sagte Wagner, »er war kein Profi. Als er an der Halle umherlief und sich umsah und vielleicht sogar Fotos machte, wurde er gesehen.«

»Vielleicht von Neitzel selbst. Und in dem Moment wird Said klar, auf was er sich eingelassen hat. Ich glaube, dass Neitzel ihn da schon bedroht hat. Er wollte die Fotos, was weiß ich. Said bekommt es mit der Angst. Er schließt sich in seiner Wohnung ein. Traut sich nicht, eine Spur zu seinen Eltern zu ziehen.«

Wagner nickte. »Nicht schlecht, Madame. Ich ziehe meinen Hut. Aber ich habe trotzdem noch eine Frage: Auf welche Weise könnte diese Erkenntnis nun weiterhelfen?«

Sie hatte nichts zu verlieren. Wenn dieser Mann weiterarbeitete, würde er möglicherweise herausfinden, was sie wissen wollte. Eine Antwort auf Davids Frage. Und so sponn sie den Faden weiter und sagte, der beste Anhaltspunkt sei der Meister. Sie beschrieb, wie Jastram auf sie gewirkt hatte, schilderte ihn als unsicher und nervös und erzählte, dass er sich immerzu die Kopfhaut gekratzt hatte, als sie an seinem Zaun stand. Jastram war ihr ausgewichen, als sie von seiner Verantwortung gesprochen hatte, aber es war offensichtlich gewesen: Der Meister hatte Skrupel.

Und er schien nicht permanent hier in Harburg zu arbeiten. Warum sonst war er bei Marthas Besuch in Harburg mitten am Tag angefahren gekommen? Der Gedanke war naheliegend, dass dieser Mann sie zu dem anderen Ort führen konnte. Zu der geheimen Produktion, wo die Gaszentrifugen hergestellt wurden.

So war der Plan entstanden, ihm nachzufahren. Ein Bündnis auf Zeit.

Wagner stand einige hundert Meter weiter weg. Sie hatten vor, sich abzuwechseln, damit Jastram keinen Verdacht schöpfte. Dazu wollten sie über Handy in Dauerkontakt stehen.

Sie war sich sicher, ihrem Ziel nahe zu sein. Sie brauchten nur einen begründeten Anfangsverdacht, den sie an Staatsanwaltschaft oder Kripo weitergeben würden. Dies war die bisher aussichtsreichste Chance.

Wer nicht kam, war Jastram. Sein schwarzer Golf stand auf dem Parkplatz der MBN in Harburg und blitzte, frisch gewaschen wie er war, in der Sonne. Der Parkplatz hatte eine süditalienische, irgendwie verbrannte Atmosphäre.

In der Redaktion hatte sie sich ein weiteres Mal dünnegemacht. Sie sei zu einem Termin, hatte sie dem Pförtner hinterlassen. »Denn man viel Erfolch«, hatte der geantwortet und sich eine Notiz gemacht. Braun wusste nichts.

Im Unterschied zu ihr hatte dieser Wagner viel Zeit. Sie konnte der Redaktion zwei, drei Stunden fernbleiben, danach käme sie in Erklärungsnot. Braun war jemand, dem man nichts vormachen konnte. Der wusste Bescheid. Sie zuckte mit den Achseln und sagte sich, dann sollte er sie eben rausschmeißen. Sie würde einen neuen Job finden. Aber das stimmte nicht. Es gab kein Blatt, zumindest in Hamburg nicht, für das sie arbeiten wollte. Kein Blatt, außer der Spot.

Die Luft war heiß und feucht. Immerhin wehte ein leichter Wind, die Illusion einer Abkühlung. Sie fand das Gebäude der MBN unendlich hässlich. Waschbeton als Fassade, grüne Fensterrahmen und eine breite Abschlussleiste unterhalb des Flachdaches. Wer dachte sich so was aus? Es gab eine spärliche Rasenfläche und eine niedrige Zypressenhecke, die jedem Friedhof zur Ehre gereicht hätte. Wer pflanzte so etwas?

Martha klappte den Innenspiegel herunter. Trotz des langen Sommers hatte sie nicht viel Farbe bekommen. Ferien mit David, am Strand liegen, nichts denken und nichts tun, nur ein gutes Buch und ab und zu ein Bad, das war und blieb ihr schönster Gedanke. Leider weit von aller Umsetzung entfernt.

Ihr Handy klingelte, ein unbekannter Anrufer. Wagner konnte es nicht sein.

Sie hob ab.

»Hier ist Konrad.« Seine Stimme klang seltsam. Gepresst. Sehr ernst, sehr wichtig. »Ich habe Neuigkeiten.«

»Dann lass mal hören.«

»Ich hab das Passwort für Saids Computer geknackt.«

»Geknackt? Wie hast du das denn geschafft?«

»Seine Schwester hat mir den entscheidenden Tipp gegeben. Da habe ich es einfach versucht.«

»Wie heißt es?«

»Nicht am Telefon«, sagte er.

»Konrad. Bitte.«

»Na gut. Obwohl man nicht weiß, wer … Es heißt ›Mehdi‹. Der Vorname eines iranischen Fußballspielers, den Said verehrt hat. Spielt übrigens nicht mehr. Aber jetzt halte dich fest: Ich habe seinen Artikel gefunden. Auf der Festplatte. Said wusste von einer

Firma, die dem Iran zuliefert. Verbotenes Material. Mehr kann ich am Telefon wirklich nicht sagen.«

»Heißt die Firma Metallbau Nord?«, fragte sie.

»Woher weißt du ...?«

»Geraten. Kannst du mir den Artikel mailen?«

»Es gibt auch Fotos«, sagte er. »Auf der Festplatte.«

»Dann mach mir doch ein Paket, den Artikel und die Fotos als Mailanhang. Und schick alles an meine Redaktionsadresse.«

»In die Redaktion? Schreibst du über den Fall?«

»Ich bin einfach die meiste Zeit dort. Das ist alles.«

Sie klappte ihren Spiegel wieder hoch. Ein Auto fuhr an ihr vorbei. Da war er. Der schwarze Golf mit den getönten Scheiben. Die HSV-Raute auf der Heckklappe. Sie startete ihren Motor und rief per Kurzwahl Wagner an. »Es geht los.«

Sie war die Erste, so war es vereinbart. Sie fuhr an Wagner vorbei, der in seinem gesichtslosen silbergrauen Mietwagen wartete. Martha hielt Abstand. Sie ließ erst ein Auto zwischen sich und den Meister, dann auch noch ein zweites. Sie blickte weit nach vorn – reckte sich in ihrem Sitz – und folgte dem schwarzen Golf durchs Gewerbegebiet.

Jastram fuhr langsam. Er bremste früh und hatte in der Heckscheibe eine dritte Bremsleuchte, die weithin sichtbar war. Er blinkte brav, bevor er abbog, und schien es nicht eilig zu haben. Ein Fahrstil, der zu seinem aufgemotzten Auto nicht passen wollte.

Ihr Handy klingelte erneut, und diesmal zeigte das Display, wer dran war. Sie zögerte. Aber nicht dranzugehen, war auch keine Lösung.

»Heribert?«

»Wo bist du?« Er war sauer, das war nicht zu überhören.

Sie hatte das Handy am Ohr. Der schwarze Golf war zu weit voraus, wenn sie nicht aufholte, würde sie ihn verlieren. Aber sie konnte Wagner auch nicht bitten zu übernehmen.

»Recherche«, sagte sie.

»Zu welchem Thema?«

»Sag ich dir, wenn ich zurück bin.«

»Oh nein. Das sagst du mir jetzt sofort.«

»Heribert, ich kann jetzt nicht.«

»Frau Kollegin, du bekommst eine Abmahnung, dafür werde ich sorgen. Ich will eine Antwort. Jetzt.«

Ein weiterer Anrufer klopfte an. Wagner. Sie wechselte die Leitung und bat ihn zu übernehmen. Dann fuhr sie auf die rechte Spur, ließ sich zurückfallen und ging zurück zu Braun.

»Okay«, sagte sie. »Ich komme zurück.«

Ohne auf eine Antwort zu warten, legte sie auf. Es gab andere Zeitschriften, versuchte sie sich einzureden. Gerade in der Pressestadt Hamburg. Dort würde sie das Doppelte verdienen und immer noch einen interessanten Job haben. Im Geiste ging sie ihre Verbindungen durch. Wen sollte sie ansprechen?

Als ihr ihr Vater einfiel, schloss sie den aus. Sein Seufzen wollte sie sich nicht zumuten und auch nicht seine Kommentare.

»Ach Kind, wirst du endlich erwachsen?«

Sie rief Wagner an. »Haben Sie ihn noch?«

»Er ist auf der Schnellstraße. Ich bin hinter ihm. Im Moment sehe ich ihn nicht, aber hier irgendwo muss er sein.«

Es war voll. Lkws überholten einander, Transporter besetzten wie selbstverständlich die linke Spur. Martha kam nicht recht voran.

»Er fährt runter!«, brüllte Wagner durchs Telefon. »Nächste Ausfahrt.«

Martha blinkte und nahm die Ausfahrt. Sie fand sich in einem Harburger Wohngebiet wieder. Dreistöckige Backsteinhäuser, Stehkneipen, Kioske, vor denen Männer an hohen Tischen standen und Schnaps soffen. Frauen mit Kopftüchern. Hier sollte der geheime Ort sein, nicht in Billstedt und nicht auf der Elbinsel? Sie musste die Liste des Sanitäters durchgehen.

»Scheiße«, hörte sie durchs Telefon.

»Was ist?«

»Der Laster vor mir braucht die ganze Straße, um einzubiegen. Ich fürchte, ich hab ihn verloren.«

Sie hielt neben Wagner an einer Tankstelle, nicht an der Zapfsäule, sondern auf einem Halteplatz. Er wirkte verlegen.

»Ich werde einen Kurs in Verfolgungsfahrten belegen«, sagte er. »Vielleicht beim ADAC. Oder in Hollywood. Trinken wir einen Kaffee?«

»Keine Zeit. Ich muss in die Redaktion. Die haben schon eine Fahndung nach mir rausgegeben.«

Der Benzingeruch war stark. Wo getankt wurde, stieg Dunst auf und flimmerte in der heißen Luft. Sie hatte ihre Liste der Sanitätereinsätze in der Hand und breitete sie auf seinem Auto aus. Mit dem Finger überflog sie die Adressen. Wagner stand neben ihr.

Eine im Harburger Raum fand sie nicht. Nicht auf den ersten Blick. Sie musste los. Mit kurzen Worten berichtete sie ihm vom Anruf ihres Chefredakteurs und drückte ihm die Liste in die Hand.

Dieter Jastram hatte einfach ein Auge für Autos. Der 190er war ihm in dem Moment aufgefallen, als er aus der Parklücke gestoßen war. So viele gab es davon ja nicht mehr. Er brauchte nicht zu überlegen, wem dieser Wagen gehörte. Hier in Harburg, direkt vor der Firma – ein Zufall? Noch einer? Scheiße. Diese blöde Journalistin spielte Detektiv.

Dieter schlug die falsche Richtung ein, während in seinem Kopf eine Wuttirade anhob über Leute, die nichts zu tun hatten, so wie diese blöde Ziege, die mitten am Tag rumstehen und auf ihn warten konnte. Journalistin. Hieß das, ihre komische Zeitschrift bezahlte sie auch noch dafür? Dafür, dass sie ihn überwachte? Er drehte die Musik lauter.

Mit einem Blick in den Rückspiegel widerstand er der Versuchung, sie schon hier abzuhängen. Warum sich nicht einen kleinen Spaß erlauben.

Komm, Alte, gib Gas.

Erst auf der Schnellstraße begann er zu kämpfen. Er fuhr einem Transporter fast bis an die Stoßstange auf und grüßte mit der Lichthupe. Natürlich räumte der verdammte Idiot die linke Spur nicht. Dieter stieß in eine Lücke, die sich rechts auftat, und überholte auf der falschen Seite.

Der 190er war schon nicht mehr zu sehen. Dafür versuchte ein silbergrauer Passat, an ihm dranzubleiben. Noch so ein geiler Reporter. Klar, das machte sie nicht allein. Wie im Fernsehen. Diese Vollidioten.

Dieter nutzte eine Lücke auf der linken Seite und beschleunigte. Als er ihn kommen sah, machte ein Wagen vor ihm Platz, ein

Däne, wie das Nummernschild zeigte. Er fuhr zügig, solange die linke Spur frei war. Dann zog er vor einem Lkw nach rechts und weiter auf die Standspur. Noch in Harburg bog er von der Schnellstraße ab und lachte dabei innerlich. Er kannte sich hier aus. Dass das auch für die beiden Idioten galt, bezweifelte er. Wer kannte schon Harburg?

Seine Gelegenheit kam, als ein Lkw mit Hänger auf die Hauptstraße einbog. Der lange Kerl war schon so weit eingeschert, dass jeder normale Verkehrsteilnehmer gehalten und gewartet hätte. Aber Dieter gab Gas. Er zog auf die Gegenfahrbahn. Der Lkw-Fahrer hupte, denn jetzt war er es, der bremsen musste. Dieter hätte ihm gern einen Kaffee spendiert, wenn er die Zeit dazu gehabt hätte.

Er beschleunigte. Im Spiegel sah er, dass der Lkw für seine Kurve jetzt fast die ganze Straße benötigte. Da ging nichts mehr. Er bog rechts ab, drehte die Musik wieder leiser und kratzte sich am Kopf. Nicht, weil es ihn juckte, sondern aus Gewohnheit. Wenn alles so leicht wäre, wie diese beknackten Hobbydetektive von der Zeitung abzuhängen, dann wäre das Leben ein einziges Fest.

Er bog erneut rechts ab und fuhr parallel zu dem Weg, den er gekommen war, zur Schnellstraße zurück. Kein 190er, kein silbergrauer Passat in Sicht. Er nahm die Auffahrt, diesmal in die richtige Richtung, und fuhr in den alten Hafen, auf die Peute. Die Arbeit wartete. Die Scheiß-Arbeit.

Sollte er Neitzel noch mal von dieser Journalistin erzählen? Beim ersten Mal hatte der Chef interessiert zugehört, sich die Frau beschreiben lassen und sich hinterher sogar bei Jastram bedankt. Dieter hatte ein schlechtes Gewissen bekommen.

Aber offenbar hatte der Chef der jungen Frau nicht weiter zugesetzt, jedenfalls nicht so, dass sie das beeindruckt hätte. War Neitzel vielleicht gar nicht so, wie Dieter manchmal glaubte? So – skrupellos?

Er wusste es nicht. Aber wozu die Dinge anheizen? Er würde sein Maul halten.

Neitzel war in der Halle, was Dieter überraschte, weil er seinen Audi eben noch in Harburg gesehen hatte.

»Ich fahre nach Ihnen los und bin vor Ihnen da, Meister. Kehren Sie noch irgendwo ein?«

Dieter wollte an seine Maschine. Aber ohne Antwort kam er nicht an Neitzel vorbei.

»Ich habe Sie etwas gefragt!«

»Nein, ich bin nicht eingekehrt. Ich weiß doch, wie eilig wir es haben.«

»Was dann?«

Er brachte es kaum über die Lippen. Nicht nur, weil er diese Journalistin nicht anschwärzen wollte. Auch, weil es saupeinlich war.

»Na?«, fragte Neitzel.

»Ich wurde ... Mir ist jemand nachgefahren. Ich habe sie abgehängt.«

Neitzel wurde blass. Seine Augen begannen zu zwinkern. Er schien eine Vermutung zu haben, um wen es sich handelte. Dieter nickte und ging an seine Maschine.

Der Alte blieb mitten in der Halle stehen. Rührte sich nicht. Als wenn er einen Herzschlag oder so was hätte. Er war nervös, das stand fest. Während er seine Maschine hochfahren ließ, fiel Dieter ein, was ihm gestern in den Sinn gekommen war.

Da hatten sie am Morgen viel geschafft. Der Chef war gekommen, aber hatte kein Auge dafür gehabt. Er war umhergewandert, war sogar vor der verdreckten Scheibe stehen geblieben und hatte versucht, nach draußen zu schauen. Dann hatte er die Hallentür geöffnet und sie im nächsten Moment wieder zugeschlagen, mit einer Wucht, als habe der Leibhaftige davorgestanden.

Er hatte geflucht und sein Telefon aus der Aktentasche gerissen. Es erst einmal fallen gelassen, während er die Nummer eintippte. Den Aufprall konnte er im letzten Moment mit dem Fuß abmildern. Das Handy hatte überlebt.

Dieter musste an ihm vorbei, er brauchte neues Material. Der Alte sah ihn gar nicht. Er tigerte auf und ab, sein Handy am Ohr, aber für nichts Augen. Es war nicht zu überhören, wie er ins Telefon schrie: »Ja, Mensch, hier! Direkt hier.«

Er war sich sicher, der Chef telefonierte mit dem Scheiß-Holländer. Und Neitzel hatte Panik. Etwas lief schief. Dieter hätte gern gewusst, was. Er konnte Neitzel nicht danach fragen. Seine Kollegen und er, sie waren nur die Arbeiter hier. Er als Meister wurde nur dann gefragt, wenn es um produktionstechnische Dinge ging.

Dieter musste sich kratzen. Warum schrie der Chef den Holländer an? Ganz klar – weil er Schiss hatte. Und warum hatte er Schiss? Nicht, weil die Produktion nicht lief. Die lief gut, das wusste Dieter, das verantwortete er. Also musste es einen anderen Grund geben.

Die Polizei? Vor der Tür?

Dann war er mit dran. Er konnte doch niemandem mehr erzählen, dass er nicht gewusst hätte, was hier hergestellt wird.

Haben Sie sich nie gefragt, wozu die zweite Halle da war?

Nein, nie.

Auch nicht, warum niemand davon wissen durfte?

Ich bin nur meiner Arbeit nachgegangen.

Nein, so war er nicht, und so würde er sich nicht rausreden. Nicht auf die hohle Tour, das war würdelos. Wenn sie ihn am Arsch kriegten, dann würde er einstehen für das, was er getan hatte. Ins Gefängnis wandern. In drei oder fünf Jahren wieder rauskommen, Haus und Hof verloren, die Frau weggelaufen, ohne Arbeit. Verfluchte Scheiße.

Ein Kollege tippte ihm auf die Schulter. Dieter arbeitete nicht, seine Maschine lief längst, aber er fütterte sie nicht, er träumte vor sich hin und dachte die Gedanken von gestern. Ein Meister, der nicht arbeitete, das war ein Scheiß-Vorbild. Der Kollege hielt ihm sein Werkstück hin. Dieter maß es nach und nickte.

Er musste weitermachen, egal, mit wem der Chef telefoniert hatte. Und wenn es dieser Holländer mit seinem schwarzen Ring gewesen war, wusste Dieter noch lange nicht, um was es ging. Wichtig war die Arbeit, und die machte sich nicht von allein.

Neitzel setzte sich auch wieder in Bewegung. Er ging vor die Tür, sein Handy in der Hand.

22

Braun ignorierte sie.

Er verbrachte den Nachmittag im Redaktionsbüro, was ungewöhnlich war, weil der Produktionsschluss nicht anstand. Vor allem schien er glänzende Laune zu haben. Er scherzte, lachte und war laut.

Sie saß vor ihrem Computer. Nicht einmal Name und Adresse der Modefirma, die er porträtiert haben wollte, hatte er ihr gegeben. Und was war mit den Blicken der Kollegen? War da Neugier, gar Mitleid? Wussten die mehr als sie?

Hendrik – den hätte sie fragen können. Sie verzichtete darauf. Brauns lautes Organ klang durch den Raum. Er ging sogar hinter ihrem Platz vorbei. Aber er verlor kein Wort.

In aller Ruhe begann sie ihre Recherche. Fand das Eppendorfer Unternehmen, das Braun gemeint haben musste. Las darüber. Machte sich eine Liste, wie sie vorgehen würde. Mit den Gedanken war sie anderswo. Sie wartete auf die Mail von Konrad, auf Saids Artikel. Aber der kam nicht. Sie schickte manchen stillen Fluch in Konrads Richtung. Mit ihm hatte der ganze Ärger begonnen, und jetzt hielt er sich nicht an seine Zusagen.

Zu ihrer Feierabendzeit fuhr sie ihren Computer herunter, warf Braun einen letzten Blick zu, den er erwiderte, und verschwand. Sie ging zusammen mit David einkaufen, und als sie zurückkamen, eine Tasche in jeder Hand, stand der schwarze BMW in ihrer Straße. Nicht direkt vor ihrer Tür. Vielleicht hatte es da keinen Parkplatz gegeben. Aber die gleichen getönten Scheiben, durch die man nicht hineinsehen konnte. Sie waren geschlossen, wahrscheinlich wegen der Klimaanlage.

Sie wurde wütend. Vor ihrem inneren Auge sah sie sich alles, was sie eingekauft hatte, auf dem Auto zerschlagen, Milch und Eier und Obst und Quark. Eine bunte, matschige Mischung, die über das schwarze Blech lief.

David war weitergegangen, drehte sich aber um, als sie nicht mehr neben ihm war. Er rief sie. Sie hieß ihn zu warten.

Ihre Tüten stellte sie ab. Marschierte über die Straße und schlug, wie sie es schon einmal gemacht hatte, mit der flachen Hand auf die Fensterscheibe.

»Aufmachen«, rief sie.

Keine Reaktion.

Sie schlug erneut gegen die Scheibe. »Mach auf.«

Als das Fenster heruntergefahren wurde, sah sie ein Männergesicht. Blond, jungenhaft. Helle Augen, die überrascht taten. Sie achtete kaum drauf.

»Verpiss dich, sonst rufe ich die Polizei.«

»Was willst du denn?«

»Du sollst abhauen.«

Eine Frau beugte sich herüber. Ein schmales Gesicht, gepflegt, frisiert. »Was wollen Sie von uns?«

Sie hatte sich geirrt. Der gleiche BMW-Typ, aber ein anderes Auto. Ihr Mund stand offen, kein Ton kam heraus. Sie wünschte sich weit weg, aber stand immer noch vor der heruntergelassenen Autoscheibe. »Scheiße«, entfuhr es ihr.

David machte keine Bemerkung zu dem Vorfall. Erst abends, als er im Bett lag und sie bei ihm saß, kam er darauf zu sprechen.

»Hatte das mit Papa zu tun?«

»Ich hatte mich vertan«, sagte sie.

Er dachte über ihren Satz nach, und sie wusste, dass sie ihm keine gute Antwort gegeben hatte. Deshalb fügte sie hinzu: »Ja, es hat mit Papa zu tun. Zumindest glaube ich das. Da gibt es Leute, die wollen mir sagen, dass ich meine Nase da nicht reinstecken soll.«

Er nahm ihre Hand. »Hör lieber auf damit. Ich glaube, diese Leute sind brutal. Hat man doch gesehen.«

Sie ließ nachklingen, was er gesagt hatte. Wahrscheinlich war das die einzig vernünftige Entscheidung. Seine Augen waren dunkelbraun und groß. Er sah sie an. Auf seinem Mund lag etwas Spöttisches.

»Du bist manchmal so …«

»Wie bin ich?«

»Ich weiß das Wort nicht«, sagte er. »Wie du diese Leute angeranzt hast … Das Wort ist so ähnlich wie rau.«

»Vielleicht meinst du schroff.«

»Genau, schroff. Das bist du.« Er strahlte sie an. »Nur zu mir nicht.«

»Wie das wohl kommt?«

Am nächsten Morgen machte sie einen Abstecher zu Saids Grab. Es war warm, aber noch nicht heiß. Der Friedhof war menschenleer.

Am Grab gab es keinen Stein. Ein paar Blumen lagen auf der Erde. Sie hätte sich gern gesetzt. Aber wohin?

Breitbeinig blieb sie stehen, die Hände vor dem Bauch gefaltet, den Riemen ihrer Tasche quer über den Oberkörper. Sie trug eine Leinenbluse. Ein Anflug von Trauer überkam sie. Ehe sie sich versah, sprach sie halblaut zu Said.

»Ich bin mir sicher, dass diese ganze Sache stinkt. Und du hast es auch gerochen, wahrscheinlich noch viel mehr als ich. Aber ich weiß nicht weiter. Was soll ich tun?«

Es war still auf dem Friedhof. Verkehr war nicht zu hören, auch kein Flugzeug und kein Zug. Nur ein paar Vögel zwitscherten.

»Weißt du«, fuhr sie fort, »ich spiele mit dem Feuer. Diese Leute bedrohen mich, und meine Arbeit setze ich auch aufs Spiel. Warum mache ich das? Für David, natürlich, obwohl ich mir gar nicht mehr so sicher bin, ob er für seinen Frieden ein Ergebnis braucht. Kinder vergessen so schnell, und gerade gestern hat er gesagt, ich solle aufhören. Er hat Angst. Angst, auch noch seine Mutter zu verlieren. Aber dann finde ich es auch so unglaublich skrupellos, dass diese Leute dich getötet haben. Als ob die normalen Grenzen für die nicht gelten würden.«

Sie schüttelte den Kopf. Als ihr Tränen in die Augen steigen wollten, trat sie einen Schritt zurück. So weit sollte es nun auch nicht gehen. Aber ihre Stimme klang brüchig.

»Ich brauche Hilfe, Said. Dieser Wagner, der weiß auch nicht mehr als ich. Der hat eine alte Rechnung mit der MBN offen. Schade, dass du ihn nicht kennengelernt hast. Vielleicht hättet ihr euch zusammentun können. Obwohl ich das nicht glaube.« Sie schmunzelte verzerrt. Zwei so unterschiedliche Charaktere und Lebensentwürfe, das wäre nichts geworden.

»Er hat die Adressenliste von Theo Grüber. Ich hab sie ihm

überlassen. Ob er den Ort findet, wo diese Teile hergestellt werden? Ich bezweifle es. Kurz und gut, ich bin ratlos. Aber alles in mir sträubt sich dagegen, die Dinge auf sich beruhen zu lassen. Dann wären sie davongekommen. Ich hoffe, dass Konrad mir bald deinen Artikel schickt. Und dass er aussagekräftig ist. Damit ich weiß, was du wusstest.«

Sie sah sich um. Immer noch kein Mensch weit und breit. Die Sonne war etwas höher geklettert, es begann warm zu werden. Sie fand ein Taschentuch, schnäuzte sich und wischte sich auch die Augen. Ach, Said, dachte sie. Zum ersten Mal fühlte sie den Verlust und begriff, dass dieser Mann gegangen war und nicht zurückkehren würde.

In der Redaktion musste sie bis zum Nachmittag auf Konrads Mail warten. Sie rechnete schon nicht mehr damit, und da sie David angekündigt hatte, ihn vom Training abzuholen, überlegte sie, wann sie loszufahren hatte. Als sie den Mailanhang öffnete, überflog sie Saids Artikel und hatte am Ende kaum etwas gelesen. Also noch einmal und in Ruhe.

Sie blieb an umständlichen Formulierungen hängen, an einer ungeübten Schreibe. Er bezichtigte die MBN. Hatte recherchiert, dass Neitzel sich schon einmal einem Prozess stellen musste. Einer Verurteilung entkommen war.

Es stimmte also, was Konrad behauptet hatte. Said hatte sich für dieses Thema interessiert und er hatte deswegen Angst bekommen. Wie sollte sie damit umgehen? War das nun genug für die Polizei – ein Anhaltspunkt, um selbst weiterzuermitteln? Sie dachte an Kommissarin Bronkhorst. Der war es egal, wenn Araber sich gegenseitig umbrachten.

Said hatte auch gewusst, wo die MBN eine zweite Produktionsstätte betrieb. Martha wurde es warm. Die Hitze kam von innen, sie brach aus ihr heraus, und sie musste sich den Schweiß von der Stirn wischen. Die Peute, die Elbinsel. Sie war da gewesen. Das Türknallen klang ihr im Ohr. Vielleicht hatte Neitzel sie gesehen, so wie er möglicherweise Said gesehen hatte. Oder sein Meister, dieser Jastram?

Sie sah auf die Uhr. Es war Zeit aufzubrechen. David. Er konnte es nicht leiden, dass sie immerzu kam und ihn holte, er wollte mit den anderen Kindern U-Bahn fahren und sich nicht jünger und behüteter vorkommen müssen als sie.

Aber sie konnte darauf keine Rücksicht nehmen.

Es war Zeit aufzugeben, und dieser Gedanke ließ Wagner verzweifeln. Nichts, absolut gar nichts hatte er erreicht. Die Liste, die er in der Hand hielt, war viel zu umfangreich. Wie sollte er alle diese Adressen abfahren? Und damit wäre es nicht getan, längst nicht. Man hätte jedes einzelne Gebäude in Augenschein nehmen müssen.

Ein paar freie Tage hatte er noch. Er stellte sich vor, an die Nordsee zu fahren. Dort wäre es ein paar Grad kühler, er könnte am Strand spazieren gehen und auf andere Gedanken kommen. Keine schlechte Idee.

Er sah sich an seinem Schreibtisch im Amt sitzen. Wieder da nach seinem Kurzurlaub. Kelbers Grinsen, die Neugier der Kollegen, die sich nicht zu fragen trauten. Und er? Lustlos, ohne jeden Elan. Diesmal war die Niederlage endgültig. Einen dritten Versuch würde es nicht geben. Er hatte verloren.

Dabei hatte die Möglichkeit vor ihm gelegen und danach verlangt, dass er zupackte. Der amerikanische Hinweis. Der zweite Ausfuhrantrag. Die Journalistin, die in der gleichen Sache recherchierte. Ein Toter, angeblich vom Balkon gefallen.

Aber ihm war es nicht gelungen, diese Dinge zu verbinden.

Er dachte auch an diese Martha Bankar. Sie mochte fünfzehn Jahre jünger sein, eine Frau, die nicht gerade Liebreiz verströmte. Herbe und kühl allerdings hatte er sie nur bei ihrem ersten Treffen gefunden. Beim zweiten Mal war es anders gewesen, und er hatte sich hinterher dabei ertappt, einem verbotenen Gedanken nachzuhängen und sich ein neues Leben auszumalen. Ein neuer Job. In Hamburg. Diese Frau. Ohne Eva.

Mochten diese Vorstellungen ehrlos sein und verräterisch, sie hatten sich nicht vertreiben lassen. Eine Träumerei. Aber jetzt war es Zeit, seine Sachen zu packen. Er überlegte, noch am Abend abzureisen, entschied sich aber anders. Dies war ein Abend für Alkohol – und fürs Vergessen. Für den Zug war morgen noch Zeit.

23

Der Parkplatz neben dem Gittertor der Sportanlage war leer. Das Drehkreuz quietschte, als sie es bewegte. Es dämmerte, und die Hitze des Tages ließ ein wenig nach. Jahrhundertsommer, schrieben die Zeitungen, und hatten ein unerschöpfliches Thema mit Verhaltensregeln für den Kreislauf, mit Sommerfreude und Sommerleid. Martha ging langsam. Sie hörte keine Stimmen, auch keine Rufe vom Sportplatz. Nur die Vögel zwitscherten. Allzu oft kam sie nicht her, aber diese Stille war ungewöhnlich, normalerweise waren die Kinder laut. Ob sie sich im Tag geirrt hatte?

Sie überprüfte den Wochentag – Mittwoch, Trainingstag, keine Frage. Je weiter sie in die Sportanlage hineinging, desto unwirklicher kam ihr die Atmosphäre vor. Wie ausgestorben.

Sie bekam einen Schreck, wollte umdrehen, von dem verlassenen Gelände zur Straße zurückgehen. Sie schalt sich für ihre Nervosität. Aber wo war David?

Am Ende des Weges, neben den Umkleidekabinen, fiel schwaches Licht durch ein Fenster. Sie hielt darauf zu. Die Kinder trainierten nicht, das war klar, aber da gab es jemanden, den sie fragen konnte.

Als sie das Fenster erreicht hatte, kam ein Mann aus dem Haus. Er hörte ihre Schritte.

»Hallo«, sagte er.

Sie erkannte Davids Trainer. »Peter?«

»Ah, die Mutter von David!«

»Wo sind die Kinder?«

»Trainingsschluss.«

Martha sah auf die Uhr, konnte aber in der Dunkelheit nichts erkennen.

»Der Hausmeister ist krank geworden. Und der hat leider den Schlüssel für den Ballschrank. Deshalb haben wir früher Schluss gemacht. Nur Ausdauertraining …« Er schüttelte den Kopf und machte den Eindruck, als erlebe er die Diskussion mit den Kindern noch einmal, »… das ist den Jungs zu langweilig. Die wollen spielen.«

»Und jetzt sind sie nach Hause?«

»Vor zwanzig Minuten. Vielleicht vor einer halben Stunde.«
»David auch?«
»Sicher, David auch. Zusammen mit den anderen.«
Sie nickte Peter zu.

Sie hatte es eilig, auch wenn es keinen Grund zur Aufregung gab. David ging immer mit den anderen. Heute hatten sie früher Schluss gemacht. Er war unterwegs nach Hause. Was sonst?

Im zweiten Gang fuhr sie den Weg zum S-Bahnhof ab und suchte links und rechts auf dem Bürgersteig. Wenn sie hier irgendwo waren, eine Gruppe von Jungs mit Sporttaschen über den Schultern, dann mussten sie zu erkennen sein.

Sie machte sich klar, dass es mehrere Wege zum Bahnhof gab. Auch, dass die Kinder längst dort sein konnten – dort sein mussten, wenn sie nicht getrödelt hatten. Vor zwanzig oder dreißig Minuten waren sie vom Trainingsplatz weggegangen. Sie spürte Unruhe in sich, aber sie ließ sie nicht zu, erst recht keine Sorge. Sie durfte sich nicht verrückt machen. David war auf dem Weg nach Hause, und dorthin fuhr sie nun auch.

Sie hielt am Bahnhof Osterstraße, wo David aussteigen musste. Ihr Auto parkte sie so, dass sie den Ausgang im Auge hatte. Es war Feierabendzeit. In Schüben, immer kurz nachdem ein Zug eingefahren war, drängten die Menschen ins Freie.

Kein David.

Sie stieg aus.

Gegen die Trauben der Menschen sprang sie die Stufen zum Bahnsteig hinunter. Ein paar Fahrgäste warteten auf den nächsten Zug, eine laute Gruppe Jugendlicher und ein paar einzelne Männer und Frauen.

Der erste Zug fuhr stadteinwärts, in dem konnte David nicht sein. Sie ging auf dem Bahnsteig umher. Der Sekundenzeiger der Bahnhofsuhr schien auf der Zwölf anzuhalten, bevor er dann zusammen mit dem Minutenzeiger weitersprang. Endlich kam der richtige Zug, und sie war erleichtert.

Er würde fragen, wieso sie hier auf ihn wartete. Für einen winzigen Augenblick erwog sie, sich ihm nicht zu zeigen. Ihn nur zu beobachten. Zu wissen, dass er auf dem Heimweg war.

Das war Quatsch. Heute Abend würde sie mit ihm sprechen.

Auch wenn sie diese idiotische Recherche aufgab, musste sie ihn zur Vorsicht anhalten. Wenn er im Bett lag, war er offen für diese Gespräche.

Die Räder quietschten, der Zug hielt, Türen wurden geöffnet. Menschen strömten an ihr vorbei, müde Gesichter nach einem langen Arbeitstag, auch wieder Jugendliche, mit Rucksäcken und den unvermeidlichen Knöpfen im Ohr, ein älterer Mann, der sich mit Hilfe seiner Krücken vorwärtsbewegte. Kein David. Sie glaubte es nicht. Mit langen Schritten hetzte sie die Waggons entlang und reckte den Hals.

Kein David.

Zurück auf der Straße sah sie einen Bus an der Haltestelle. Der Fahrer hupte und drohte mit der Faust durch sein offenes Fenster, weil Martha mit den Hinterrädern auf der Haltestelle geparkt hatte. Sie hob die Hand, ein Winken, eine Bitte um Verzeihung. Aber er regte sich weiter auf. Sie schüttelte den Kopf.

In Schrittgeschwindigkeit fuhr sie nach Hause, hörte die Ungeduld hinter sich nicht, hatte die Augen auf beiden Fußwegen. Vor ihrem Haus wendete sie und machte den Weg zum Bahnhof noch einmal, wieder langsam, wieder beide Bürgersteige im Blick. Ihre Sorge ließ sich nicht mehr in Schach halten, Martha hatte ein Klopfen an der Halsschlagader und feuchte Hände. Sie biss sich auf die Zunge. Die üblen Gedanken rückten näher. Wie eine Bedrohung bauten sie sich vor ihr auf. Am Bahnhof wendete sie erneut und fuhr zurück, jetzt schneller.

David war nirgendwo zu sehen. Der Schweiß brach ihr aus.

Sie hetzte durchs Treppenhaus in die Wohnung. Mit Zittern in der Stimme rief sie nach ihm. Als er nicht antwortete, rief sie ihre Schwester.

»Hast du David gesehen?«

»Was ist denn los?«

»Ob David hier ist?«

»Nein. Der ist doch beim Training. Heute ist Mittwoch. Mensch, Martha.«

»Eben nicht. Die haben heute früher aufgehört.«

»Vielleicht ist er noch zu irgendjemandem mitgegangen. Oder er trödelt irgendwo rum. Kennst ihn doch.«

Martha hörte Trost in den Worten ihrer Schwester, der alles nur noch schlimmer machte. Ihre Knie waren weich, als sie auf den Balkon trat. Kein einziger Fußgänger unterwegs. Ein Auto fuhr vorbei, und Nachbarn saßen beieinander und quatschten. Aber niemand, der zu Fuß ging.

Nichts hielt sie mehr in der Wohnung. Sie rannte auf die Straße. Ihr ganzer Körper hätte schreien mögen. Ein weiteres Mal marschierte sie Richtung Bahnhof. Dabei drehte sie sich immer wieder um, ging dann rückwärts und sah auch in alle Seitenstraßen. Kein David, nirgendwo. Es war einfach unglaublich. Ihr Kopf dröhnte, und ihr schien unwirklich, was sie erlebte. Träumte sie nur?

Sie begann zu rufen. »David.« Verhalten erst, dann lauter: »David!« Und noch einmal: »David!«

Keine Antwort.

Tränen schossen ihr in die Augen. Scheiße, was hatte sie gemacht? Scheiße, Scheiße. Sie drehte sich wieder um. Ihr Haus war schon weit entfernt. Wenn er zur Tür reingeschlüpft war – vielleicht hatte sie ihn nicht bemerkt.

Doch, sie hätte ihn gesehen.

Am Bahnhof hatte sie keine Hoffnung mehr. Der Bahnsteig hatte sich geleert, nur eine Frau, eine Ausländerin, mit zwei kleinen Kindern und zwei einzelne Männer standen hier. Die Treppe, die zur Straße führte, war leer. Sie zwang sich, die Ankunft des nächsten Zuges abzuwarten, und als David nicht ausstieg, fing sie wieder an zu weinen. Die Leute glotzten sie an, manche offener, andere verlegen. Sie strömten an ihr vorbei, dachten sich wahrscheinlich ihren Teil. Martha wischte sich die Tränen mit dem Ellenbogen ab.

Sie machte kehrt und rannte den ganzen Weg nach Hause. Dabei keuchte und schwitzte sie. Sie war nicht in Form, aber sie erlaubte sich nicht aufzugeben, sie rannte immer weiter. Vielleicht war er inzwischen zu Hause.

Hanna kam ihr schon entgegen, als sie die Tür aufstieß.

»Ist er da?« Ihre Stimme klang schrill. Sie hörte, dass sie brach.

Hanna nahm sie an den Armen und hielt sie fest. »Wir setzen uns jetzt erst mal hin und überlegen.« Sie führte sie in die Küche, zog einen Stuhl heran und drückte Martha darauf.

»Also«, begann Hanna, »sie hatten früher Schluss mit dem Training. Ist das sicher?«

Martha nickte. »Ich war auf dem Platz. Hab den Trainer noch gesehen.«

»Dann ist er zu einem Kumpel mitgegangen.«

»Das macht er nie«, sagte Martha.

»Aber sonst geht das Training auch länger.«

»Trotzdem: Es ist nach acht. Er müsste längst zu Hause sein.«

»Wenn er zu irgendjemandem mitgegangen ist«, sagte Hanna, »dann haben die sich ein Computerspiel angemacht. Und darüber die Zeit vergessen.«

Der Gedanke klang plausibel. Sie hatte eine Telefonliste der Mannschaft. Es waren nicht viele, die in Frage kamen, zwei oder drei, von denen sie wusste, dass David mit ihnen befreundet war.

Hanna nahm ihre Hand und strich darüber. »Beruhige dich erst mal.«

Martha rief einen von Davids Mannschaftskameraden an. Sie erfuhr, dass die Jungs so lange zusammen gefahren waren, bis David umsteigen musste. Nein, David war nicht zu jemand anderem mitgegangen, er habe am Ende ganz allein am Bahnsteig gestanden und auf seinen Anschlusszug gewartet.

Hanna brachte ihr einen Becher Tee. Martha zitterte. Obwohl sie eben noch geschwitzt hatte, war ihr eiskalt. Mit beiden Händen umfasste sie den Becher, aber das Zittern ließ nicht nach, und sie verschüttete Tee. Sie spürte eine dumpfe, brutale Kraft in ihrer Brust. Etwas, das sie nicht kannte. Sie hatte Angst davor. Wenn diese Kraft herausplatzte, würde Martha um sich schlagen. Sie sah den Küchentisch unter ihren Schlägen bersten. Sie atmete tief durch. Das Zittern ließ etwas nach. Trotzdem stellte sie den Teebecher ab.

Sonja, ging es ihr durch den Kopf.

Nicht Sonja, widersprach sie sich. Wie soll er dahingekommen sein? Wenn David allein auf dem Bahnsteig gestanden hatte, war er doch nicht zu Sonja gefahren. Trotzdem, alle Möglichkeiten mussten durchgegangen werden. Ihr grauste bei dem Gedanken, Sonja anzurufen und zu fragen, ob ihr Kind bei ihr war. Sonja würde sagen: Nein, und es würde klingen, als hätte sie gesagt: Passt du nicht auf deinen Sohn auf?

Sie bat Hanna um den Anruf. Als Hanna den Hörer nahm, war sie versucht hinauszugehen, zwang sich aber zuzuhören. Hanna stellte sich als Tante von David vor. Das Gespräch war kurz. David war nicht bei Sonja.

Martha griff nach ihrem Teebecher. Ihr war immer noch kalt. Sie genoss die Wärme an den Händen. Ihr war so unendlich kalt, dass sie glaubte, nie wieder warm zu werden.

»Ich brauche Hilfe«, sagte sie.

»Die Polizei?«

Sie schüttelte den Kopf, bevor sie über diese Möglichkeit nachgedacht hatte. Sie konnte der Polizei nicht erklären, was sie glaubte – was sie fürchtete. Und selbst wenn: Die würden bei Neitzel klingeln, und wenn er den Unschuldigen gab, würden sie die Hände an die Mützenschirme heben und wieder abziehen.

Zitternd nahm sie ihr Handy.

»Was machst du?«, fragte Hanna.

Martha gab keine Antwort. Es war fast, als hätte sie die Frage nicht gehört. Geräusche, die wie Wolken an ihr vorbeizogen.

Hanna wiederholte ihre Frage.

Martha sah sie an. »Ich rufe jemanden an, den ich kenne.«

Sie ging im Menü durch die zuletzt gewählten Nummern und fand die, die sie suchte.

»Hier ist Martha Bankar«, sagte sie. Ihre Stimme brach. »Sind Sie noch in Hamburg?«

»Ja.«

Sie musste zweimal ansetzen, bevor sie ihren Satz herausbrachte: »Ich fürchte, ich brauche Hilfe.«

Zwanzig Minuten später klingelte Wagner an ihrer Tür. »Guten Abend«, sagte er. »Ist der Junge wieder da?«

Martha schüttelte einfach nur den Kopf.

»Ich denke, ich kann Ihre Gefühle einigermaßen nachempfinden. Aber jetzt kommt es darauf an, einen kühlen Kopf zu bewahren. Meinen Sie, das schaffen Sie?«

Sie nickte.

Noch im Flur begann er, ihr Fragen zu stellen. Er wollte wissen, ob der Junge leicht die Zeit vergaß, ob er häufig zu spät kam. Oder ob er Sorgen hatte, schlechte Noten, Angst oder Streit zu Hause. Dann bat er um Zeitangaben – die Wegstrecke vom Trainingsplatz, die Dauer seines Umsteigens, der Fußmarsch vom Bahnhof.

Hanna mischte sich nicht ein. Martha hatte die ganze Zeit weiche Beine und war sich sicher, dass sie sie nicht mehr lange tragen würden. Aber sie konnte ihn doch nicht in die Küche bitten. Unmöglich, dass sie sich setzten. Sie mussten etwas unternehmen. Mit dem Rücken lehnte sie sich gegen die Wand.

Er redete weiter, in einem Ton, als läse er einen Fragebogen vor. Kam auf Neitzel. Ob sie irgendwelche Anzeichen dafür habe, dass Neitzel den Tagesablauf ihres Sohnes kenne.

»Ich habe niemanden gesehen, der David …«, sagte sie und suchte nach Worten. »Niemand, der …«

»Was?«

»Ich weiß nicht, ich dachte zwischenzeitlich bei jedem Mann, der irgendwie komisch aussah … Und neulich stand ein Auto …«

»Was für ein Auto?«

»Ein dunkler Wagen. Ich glaube, ein BMW. Direkt hier vorm Haus. Ein Mann da drin. Aber vielleicht bilde ich mir das auch alles nur ein.«

»Glaube ich nicht«, entgegnete Wagner. »Ihr Sohn ist nicht da. Die Drohung von Neitzel. Ich fürchte, der Meister hat uns erkannt und seinem Chef berichtet. Das passt alles zu gut zusammen.«

Sie sackte mit dem Rücken an der Wand auf den Fußboden. Tränen schossen ihr in die Augen. Sie war schuld, sie allein. Hanna hatte sie gewarnt und sogar David. Sie hatte trotzdem weitergemacht und das Leben ihres Jungen riskiert – vielleicht schon verloren. Die Luft blieb ihr weg, und ihr wurde schwarz vor Augen. Sie wollte sich hinlegen, direkt hier in den Flur, und nie wieder aufstehen.

Seine Hand kam auf sie zu. »Wir müssen etwas unternehmen«, hörte sie. »Sie können jetzt nicht ohnmächtig werden. Bleiben Sie hier.«

Als sie ihre Hand in seine gab und sich auf die Füße ziehen ließ, machten ihre Beine fast nicht mit. Ihre Knie wollten nachgeben.

»Haben Sie einen Schnaps? Wodka oder Korn oder irgendwas?«, hörte Martha wie durch einen Schalldämpfer.

»Ich hole einen«, sagte Hanna.

Wagner hockte neben ihr und hielt Martha den Nacken. Er sagte: »Ich brauche Sie. Und David braucht Sie auch. Trinken Sie.«

Sie setzte an und kippte den Wodka hinunter. Er brannte ihr in der Kehle. Augenblicklich spürte sie den Alkohol. Ihr wurde warm, das Herz schlug. Sie biss sich auf die Lippen.

»Okay«, sagte sie mit schwacher Stimme. »Entschuldigung. Es geht wieder. Was wollen wir tun?«

»Wir werden Herrn Neitzel einen Besuch abstatten. Wissen Sie, wo er wohnt? Sonst kann ich die Adresse aus meinen Unterlagen suchen.«

»In Othmarschen. Habe ich irgendwann im Zuge der Recherche gelesen.«

Er bat um ein Telefonbuch, das Hanna ihm brachte. Er las den Straßennamen vor. »Wissen Sie, wo das ist?«

»So ungefähr.«

»Okay, den Rest macht das Navigationssystem.«

Als er sie ansah, fühlte sie sich gemustert. Er hatte tiefe Augen. Und etwas Energisches, das sie bis dahin noch nicht bemerkt hatte.

»Sind Sie in der Lage dazu?«

Sie nickte und bemühte sich um Kraft in ihrer Stimme, als sie sagte: »Ich kann auf keinen Fall hierbleiben.«

Wagner wandte sich an Hanna. Er fragte, ob sie zu Hause bliebe, und bat sie, sofort anzurufen, falls David auftauche. Als sie im Auto saßen und sie ihm die Fahrtrichtung nannte, hörte sie wieder einen Rest von Schluchzen in ihrer Stimme.

Er drückte ihre Hand. »Es gibt keinen Grund dafür, Ihren Jungen zu töten. Die wollen nichts anderes als Sie warnen und von der MBN fernhalten. Ganz bestimmt wollen die nicht wegen Mordes ins Gefängnis.«

Sie sah David in einem finsteren Verließ, völlig verängstigt. Sie spürte Wagners Hand, seine warme Haut. Ein weiteres Mal drückte er zu, nicht zu fest, aber doch kraftvoll. Sie erwiderte den Druck.

Als er schalten musste, ließ er Martha los, und die Hand kam auch nicht wieder zurück. Sie fand ein Taschentuch. Während sie sich schnäuzte und sich die Augen wischte, verlangte sie von sich, sich zusammenzureißen.

Neitzel wohnte in einer ruhigen Straße in der Nähe des Jenischparks. Villen standen in weiten Gärten, die Straßen waren leer, von einzelnen Fahrrädern oder Mopeds abgesehen. Ein Auto kam ihnen entgegen. Ein dunkler Audi.

»Den Wagen kenne ich!«, rief Martha. »Glaube ich zumindest.«

»HH-GN«, las Wagner. »Wenn das nicht Gerd Neitzel ist.«

Wagner wendete in der nächsten Einfahrt, dann fuhr er Neitzel hinterher. Dünner Nebel lag in den Straßen. Er verzerrte das Licht der Laternen und Scheinwerfer, aber man konnte weit sehen. Wagner hielt viel Abstand. Es gab kaum Verkehr, und Neitzel fuhr vorsichtig und blinkte und bremste immer rechtzeitig. In der Nähe der Elbchaussee steuerte er einen Parkplatz an.

»Sieht aus wie ein Restaurant«, sagte Wagner.

»Ist es auch. Eine vornehme Adresse.«

Wagner fuhr vorbei, dann hielt er am Straßenrand. Er ließ ein paar Minuten verstreichen, bevor er drehte und selbst den Parkplatz ansteuerte.

»Was haben Sie vor?«, fragte Martha, während er das Auto manövrierte. Ihr Verstand hatte wieder ausgesetzt, sie konnte nichts dagegen tun, er verweigerte jedes Denken. Sie hatte sich an Wagner abgegeben.

»Wir werden mit ihm reden.«

»Und was wollen Sie ihm sagen?«

Er blickte sie aus einem klaren Gesicht an, die Stirn in Falten, der Ausdruck entschlossen.

»Dass er ihren Sohn zurückgeben muss. Und zwar auf der Stelle.«

Der Parkplatz war mit Kies belegt, der unter den langsam rollenden Reifen knirschte. Wagner suchte eine dunkle Ecke für sein Auto. Er begann, seinen Wagen in einen engen Platz zwischen einer großen Buche und einer Hecke einzuparken. Er setzte langsam vor und wieder zurück, noch mal vor, erneut zurück. Als er zufrieden war und den Motor abgestellt hatte, fragte er: »Trauen Sie sich zu mitzukommen?«

»Was muss ich da machen?«

»Nichts. Ich rede mit Neitzel. Aber es wäre gut, wenn Sie dabei wären. Schaffen Sie das?«

Sie nickte, während sie sich vorstellte, dem Mann ins Gesicht zu blicken. Neitzel hatte sie nach ihrem Sohn gefragt. Jetzt hatte er ihn in der Hand. Wie sollte sie da ruhig bleiben?

Sie wusste nicht, wie sie reagieren würde. Zuschlagen? Um sich treten? Zusammenbrechen? Und was konnte Wagner ihm sagen, das ihn beeindruckte? Sie fragte nicht.

Bevor sie ausstiegen, bat er sie, ihre Schwester anzurufen. Sie sprach keine drei Sätze mit Hanna, dann legte sie grußlos auf und schüttelte den Kopf.

Vor der Restauranttür blieb er stehen. »Lassen Sie mich machen. Ich glaube, ich weiß, was ich tue. Ich hoffe es zumindest«, fügte er leiser hinzu. »Sie müssen nur durchhalten.«

Sie nickte erneut.

Im Restaurant herrschte gedämpfte Atmosphäre. Wände und Teppiche schluckten große Teile der Unterhaltungen. Ein Kellner begrüßte sie.

Wagner sagte: »Ich möchte nur einem Ihrer Gäste etwas mitteilen.«

Der Kellner gab den Weg frei. Wagner hielt auf Neitzel zu, der zusammen mit einer Frau an einem Tisch in Fensternähe saß. Vor ihrem Platz lag die Elbe, auf der immer noch Schiffsverkehr herrschte. Am anderen Ufer waren Industrieanlagen erleuchtet.

Neitzel sah auf. »Herr Wagner. Das ist eine Überraschung.«

Wagner hatte einen ganz anderen, einen scharfen Tonfall. »Neitzel, Sie sind zu weit gegangen. Eindeutig zu weit.«

»Bitte? Was meinen Sie?«

»Ich kenne Sie sehr lange. Ich kenne Ihre Verhältnisse …«

»Sagen Sie mal, können Sie nicht morgen in mein Büro kommen. Auch ich habe das Recht auf Privatsphäre.«

»… ich weiß, dass Sie drei Kinder haben. Zwei davon erwachsen, eins kleiner. Außerdem drei Enkel …«

»Wagner? Sind Sie verrückt geworden?«

Martha stand dabei, ihre Beine zitterten, sie mahnte sich, nicht umzufallen. Während sie zuhörte, spannte sie ihre Muskeln an, um das Zittern zu beenden. Sie wollte nichts verpassen. Und sie wollte sich keine Blöße geben.

Die Frau am Tisch war mindestens zehn Jahre jünger als Neitzel. Sie hatte ein gepflegtes, etwas ausdrucksloses Gesicht.

»Was wollen Sie von meinem Mann?«

Wagner beachtete sie überhaupt nicht. Er trat noch einen Schritt näher an Neitzel heran. Es sah aus, als würde er ihm jeden Moment an den Kragen packen oder ins Gesicht spucken. Wagner beugte sich über den Tisch und brachte seinen Kopf nahe an den von Neitzel.

»Hören Sie mir gut zu«, sagte er, »ich habe ein paar Bekannte, die können zwar kein Deutsch, aber dafür handeln sie.«

Neitzel schlug mit der Hand auf den Tisch. »Wollen Sie mir drohen?«

Er sah sich um. Martha wusste, dass er sie erkannte. Natürlich erkannte er sie. Er schien zu zögern, lauter zu werden.

»Allerdings will ich das«, sagte Wagner. »Entweder der Sohn dieser Dame ist in dreißig Minuten wieder zu Hause. Und zwar unversehrt. Oder ich schicke Ihnen meine Bekannten. Oder einem Ihrer Kinder. Haben Sie mich verstanden?«

Neitzel erhob sich. Sein Gesicht war gerötet, und er knüllte seine Serviette zusammen. Martha nahm wahr, dass sich andere Gäste ziemlich unverhohlen zu ihnen umdrehten.

»Ich habe keine Ahnung, von was Sie reden, ich weiß nur eins: Diese Sache wird ein Nachspiel haben. Ich werde gegen Sie vorgehen. Das kostet Sie Ihren Job. Und die schöne Beamtenpension obendrauf. Und jetzt: Hauen Sie ab. Sonst rufe ich die Polizei.«

Der Kellner kam, zögerte aber, einzugreifen. Er blieb neben Martha stehen und schien sie ansprechen zu wollen, aber sie achtete nur auf das, was am Tisch passierte. Neitzel setzte sich wieder. Er wischte sich, obwohl er nichts gegessen hatte, mit der Serviette über den Mund. Er vermied es, Wagner anzusehen.

»Sie sollen abhauen«, wiederholte er.

Er griff nach der Hand seiner Frau, auf deren Gesicht Erstaunen und Unverständnis lag. Mit der anderen Hand hob Neitzel sein Weinglas und trank. Martha konnte sich nicht dagegen wehren, dass ihre Kraft schwand. Neitzel hatte sich nicht einschüchtern lassen – Wagners Plan war schiefgegangen. Oh Gott, David. Sie fürchtete, ohnmächtig zu werden. Sah sich auf den weichen Teppich fallen. Und nichts da, woran sie sich festhalten konnte, kein Stuhl, keine Wand, höchstens der Kellner in seiner weißen Jacke neben ihr.

Den anderen Gästen fiel es schwer, ihre Blicke wieder abzuwenden. Der Kellner war unschlüssig, ob er eingreifen oder abziehen sollte. Das gesamte Lokal schien sich zu fragen, wie das Schauspiel weitergehen würde.

Wagner nahm Neitzels Weinglas vom Tisch. Er hob es in die Höhe. Ein großes, elegantes Glas, im unteren Drittel mit Rotwein gefüllt.

Er hatte einen drohenden Tonfall, einen, den Martha von ihm nicht kannte. »Neitzel, ich habe Sie gewarnt. Seien Sie sicher: Ich meine ernst, was ich gesagt habe, verdammt ernst.« Er sah auf seine Uhr. »Sie haben genau dreißig Minuten. Die Zeit läuft.«

Wagner kippte das Glas. In einem dünnen Rinnsal plätscherte Rotwein auf den Tisch, auf die weiße Decke und die Teller. Der Strahl spritzte. Der Kellner machte einen Schritt, blieb dann aber stehen, als ob ihn etwas festhielte. Wie Martha sah er dem Schauspiel zu und schien darauf zu warten, dass Neitzel ihn aufforderte einzugreifen. Doch da war die Vorführung schon zu Ende, das Glas leer. Wagner stellte es wieder hin.

Er kam ohne jede Eile zu ihr, fasste sie unter den Arm und zog sie mit sich hinaus. Sie war dankbar für die Unterstützung, fast klammerte sie sich an ihn. Allein hätte sie kaum mehr gehen können. Sie zitterte.

Draußen atmete sie tief durch. Sie wankte immer noch, aber sie genoss die feuchte Luft. Über den Kies gingen sie zu seinem Auto. Er führte sie um das Auto herum, öffnete ihr die Beifahrertür und half ihr hinein.

»Und jetzt?«, fragte Martha, als er sich auf den Fahrersitz neben sie gesetzt hatte.

»Jetzt warten wir. Mal sehen, wie er reagiert.«

Beide lehnten sich zurück. Er ließ sein Fenster etwa bis zur Hälfte herunter. Martha schloss die Augen. Ihr wurde schwindelig, und sie öffnete sie wieder.

»Wissen Sie noch, wie das war, wenn man früher aus einem Rockkonzert kam? Dieses Dröhnen in den Ohren, das alles so unwirklich gemacht hat?«

Er nickte.

»Das habe ich jetzt. Wie ein Rauschen. Ich bin gar nicht richtig da.«

»Das ist der Schock.«

»Und gleichzeitig muss ich all meine Kraft zusammennehmen, damit ich nicht schreiend rauslaufe. Wie ein Festklammern.«

Er nahm wieder ihre Hand und drückte sie. »Sie sind sehr tapfer.«

Während sie warteten, beobachteten sie den von Hecken eingefassten Platz. Martha dachte an David, und die Vorstellung, die vor ihren Augen auftauchte, war grauenhaft. Der Junge, der nicht wusste, wie ihm geschehen war. Der nach seiner Mutter schrie, und sie konnte nicht zu ihm. Und selbst wenn sie ihn leben lassen wollten, wie Wagner gesagt hatte, wer konnte wissen, wie sie ihn inzwischen behandelten.

Die Gedanken waren unerträglich. Martha steuerte mit Gewalt dagegen. Sie drückte das Bild eines misshandelten David beiseite und zwang sich zu der Überzeugung, dass es ihm gut ging. Mit aller Kraft ließ sie nichts anderes in ihren Kopf. Dabei durfte sie in ihrer Aufmerksamkeit nicht nachlassen, um nicht von den anderen Bildern überschwemmt zu werden.

»Da kommt er«, sagte Wagner, und sie war froh, ihren inneren Kampf unterbrechen zu können.

»Neitzel?«

»Ja. Da steht er.«

Im Halbdunkel des Parkplatzes erkannte sie den kleinen, drahtigen Mann. Er wirkte angespannt und irgendwie geladen und ging auf und ab. Seine Schritte waren laut auf dem Kies. Er sah sich um. Martha begriff nun, warum Wagner sein Auto so gewissenhaft versteckt hatte.

»Ganz ruhig«, flüsterte Wagner. »Er soll uns nicht entdecken. Stellen Sie Ihr Telefon lautlos.«

Kurz darauf kam ein Auto angefahren und hielt auf dem Platz. Neitzel ging zur Fahrertür und riss sie auf.

»Jetzt passiert etwas«, sagte Wagner.

Er lehnte sich nach links, zu seinem halb offenen Fenster. Martha saß auf der falschen Seite. Neben ihrem Fenster stand die Hecke. Darüber hinaus war es geschlossen. Sie wurde unruhig.

Wagner presste seinen Zeigefinger an die Lippen. Er drückte sich weiter an seine Tür heran und machte ihr ein Zeichen, näher zu rutschen. Sie hob ihr linkes Bein über Mittelkonsole und Schaltknauf. Wie auf einem Sattel saß sie dort. Mit ihrer Hand stützte sie sich auf seinem Sitz ab.

Ein Mann war ausgestiegen, ein großer Kerl. Sein blondes Haar leuchtete. Er trug nur Hose und Hemd, die Ärmel aufgeschlagen.

»Den kenne ich«, flüsterte Wagner. »Das ist Apeldorn.«

Neitzel schimpfte. Martha verstand nur einzelne Worte, aber keine Sätze und keinen Sinn. Sie nahm vor allem den Klang von Neitzels Stimme wahr, und der war wütend und erregt. Sie kam noch näher an Wagner heran. Ihr Bein berührte seins, ihr Po seinen. Ihr Oberkörper drückte gegen ihn. Den Kopf reckte sie in Richtung der offenen Scheibe. Sie war so nah an ihm, dass sie trotz des dürftigen Lichtes seine Bartstoppeln sehen konnte. Sein Rasierwasser und sein Schweißgeruch stiegen ihr in die Nase. Sie spürte, wie er atmete.

Er blickte nach draußen.

Was sie von dem Gespräch draußen nicht hören konnte, reimte sie sich zusammen.

»Ein Kind zu entführen – wenn das publik wird – was meinst du, was da los ist – die ganze Republik in Aufruhr – Zeitungen, Fernsehen, die Polizei.«

Der Blonde hatte einen Akzent.

»Holländer?«, fragte sie.

Wagner nickte.

Er war noch schwerer zu verstehen. Sein Ton war nicht aggressiv wie der Neitzels, sondern beschwichtigend und leise.

»Lass das meine Sorge sein.«

»Du bringst uns alle ins Gefängnis, du Idiot.« Neitzel schrie nicht, er fauchte, er hatte jede Menge Schärfe in seiner Stimme. »Wo ist der Junge?«

»Längst bei …« Martha hatte das letzte Wort nicht verstanden.

»Was hat er gesagt?«, fragte sie Wagner. Sie wusste, sie hatte zu laut gefragt.

»Bei ihr«, flüsterte er. »Das hieße: bei Ihnen. Sie müssen Ihre Schwester anrufen.«

Eine Kraft zog Martha aus dem Auto hinaus. Sie wollte auf die beiden Männer zulaufen, sie anbrüllen, ihre ganze Angst hinausschreien. Aber sie ballte die Fäuste und beherrschte sich. So würde sie nichts erreichen. Vorsichtig rutschte sie zurück auf ihren Sitz. Sie machte ihren Rücken rund und beugte sich hinunter. Ihr Kopf war nahe an der Fußmatte, als sie zitternd ihre Nummer zu Hause wählte. Bevor sie die grüne Taste drückte, kam sie noch einmal hoch. Die beiden Männer, Neitzel und der blonde Holländer, standen nach wie vor auf dem Kiesplatz. Martha verstand kein Wort mehr von dem, was sie redeten. Wagner folgte dem Gespräch draußen. Martha ging wieder in ihr Versteck nach unten und stellte die Verbindung her.

»Hier ist Hanna«, hörte sie. »Bist du das?«

»Ja«, flüsterte Martha.

»Es gibt nichts. Nichts Neues.«

»Ist er nicht da?«

»Nein.«

Als Wagner sie ansah, schüttelte sie einfach nur den Kopf. Es stand nicht mehr in ihrer Macht, die Tränen zurückzuhalten.

»Ich steig aus«, sagte sie, »und stell die zur Rede.«

»Bitte nicht.« Wagner hielt sie am Arm fest und drückte zu.

»Ich kann nicht mehr.« Wieder dieses Schluchzen in ihrer Stimme. »Die haben meinen Sohn.«

»Aber Sie erreichen nichts, wenn die Sie jetzt entdecken. Glauben Sie mir.«

Sie hatte das Gefühl, aufzugeben und David im Stich zu lassen. Wie in ihrer Wohnung spürte sie eine unbändige Energie, die ihr auf die Brust drückte. Noch steckte sie in der Flasche, aber sie hämmerte mit aller Macht gegen den Korken. Was würde geschehen, wenn Martha sie freiließ?

Täuschten sie ihre Augen oder legte der Holländer wirklich seine Hände auf die Schultern von diesem Neitzel. Verbrüderten diese Arschlöcher sich auch noch?

»Was sagen die?«, fragte sie.

»Apeldorn beruhigt Neitzel, soweit ich das verstehe. Er schickt ihn wieder hinein. Neitzel soll einen Genever trinken und dann nach Hause fahren und sich ins Bett legen.«

»Ins Bett? Diese Schweine«, entfuhr es Martha. »Wenn David etwas passiert, bringe ich die um, alle beide. Und wenn ich dann für den Rest meines Lebens ins Gefängnis muss, ist mir das scheißegal.«

Anstatt einer Antwort bekam sie Wagners Hand. Sie war sich sicher, dass er wusste, wie es um sie stand. Aber er hatte ein eigenes Ziel, und was passierte, wenn er sich entscheiden musste zwischen Davids Leben und dem Beweis, den er suchte? David brauchte ein schnelles Eingreifen – das möglicherweise für seine Ermittlungen zu früh kam. Sie war ganz allein. Konnte sie ihm diese Frage stellen?

Sie tat es.

»Beides gehört zusammen«, sagte er.

Er wich aus. Er war nicht auf ihrer Seite. Nicht vorbehaltlos. Durch seine Hand in ihrer empfand sie Wärme und Unterstützung, trotzdem glaubte sie ihm nicht. Er gab ihr keine eindeutige Antwort.

»Und wenn nur eins geht?«

Sie sahen Apeldorn davonfahren und Neitzel zurück ins Restaurant gehen. Neitzel hielt den Kopf gesenkt. Was mochte in ihm vorgehen?

Wagner ließ seinen Motor an.

»Und jetzt?«, fragte Martha. »Haben wir jetzt alles verloren?«

Bevor Wagner etwas gesagt hatte, klingelte ihr Handy. Als sie es in die Hand nahm, merkte sie, wie stark sie zitterte. Es war nicht Hanna. Eine unbekannte Nummer.

»Hallo?«

»Frau Bankar?« Sie wusste sofort, wer das war. Wagner blieb stehen.

»Ja.«

Wagner hielt sein Ohr nahe an ihres. Sie drehte das Telefon ein wenig, damit er mithören konnte.

»Hören Sie zu«, sagte jemand mit einem ausländischen Akzent. Der Holländer. »Alles hängt nur an Ihnen. Behalten Sie die Nerven, dann wird nichts passieren. Wir wollen kein Geld, und wir haben kein Interesse daran, dass irgendjemand zu Schaden kommt. Haben Sie das verstanden?«

»Wo ist David?«

»Er kommt zu Ihnen, schon bald. Aber Sie müssen jetzt Ruhe halten.«

»Ich will wissen, wo er ist!«

»Vertrauen Sie mir. Es geht ihm gut. Er hat zu essen. Wahrscheinlich schläft er schon. Was jetzt weiter passiert, hängt an Sie. An Ihnen.«

»Hören Sie«, rief sie ins Telefon. »Ich tue, was immer Sie wollen. Aber geben Sie ihn mir zurück. Jetzt sofort.«

»Nein«, sagte der Holländer, »wir spielen das Spiel nach meinen Regeln. Ihr Sohn ist nicht in der Hand von einem Perversen. Es geht nicht um Lösegeld. Ihm wird nichts passieren, wenn Sie nicht die Nerven verlieren. Wir müssen in Ruhe zu Ende bringen können, was wir angefangen haben, und das dauert noch ein paar Tage. Verstehen Sie? Bleiben Sie zu Hause und behalten Sie Nerven. Bleiben Sie einfach zu Hause, bis Ihr Sohn zurückkommt, und rühren Sie sich nicht. Und keine Polizei. Ich rufe Sie nicht wieder an. Aber halten Sie sich an meine Worte.«

»Hallo?«, rief sie. »Das geht nicht ...« Sie sprach ins Leere, der Holländer hatte aufgelegt.

»Ich halte das nicht aus.« Sie hörte die Tränen und die Wut in ihrer Stimme. »Ich halte das nicht aus, ich halte das nicht aus.«

»Doch«, sagte Wagner. »Eine andere Möglichkeit gibt es nicht.«

Ohne ein weiteres Wort fuhren sie zu ihr nach Hause. Erst vor ihrer Tür sagte Wagner: »Haben Sie ein Sofa, auf das ich mich legen kann? Ich würde heute Nacht gern hierbleiben.«

Sie nickte. Irgendetwas musste passieren. Sie wollte aus dem Fenster springen oder zurück zu Neitzel und ihn angreifen. Oder einfach schreiend durch die Straßen laufen. Stattdessen ließ sie sich auf einen Stuhl in der Küche sinken. Ihr fehlte alle Kraft.

Er wollte »keine Umstände machen«. Hanna brachte ihm eine Decke und ein Laken ins Wohnzimmer und bezog das Sofa. Martha nahm alle Rede und Bewegung wie durch einen Vorhang wahr. Als würde sie zu einer anderen Welt gehören.

Sie wusch sich mit kaltem Wasser, ließ es über Hände und Arme laufen und hielt den Kopf unter den Hahn. Ihre Haare tropften. Sie mochte sie nicht abtrocknen, sondern wollte das Gefühl von Frische und Wachheit erhalten, auch wenn es den Vorhang zwischen ihr und den anderen nicht fortzog.

Als sie im Bett lag, kam es ihr wie Verrat vor, wenn sie einschliefe. Vielleicht litt David, und sicher war er einsam und verängstigt. Und sie sollte einfach die Augen zumachen und sich auf die andere Seite drehen?

Ihr fiel ein, wie Said vor Jahren über ihr Sofa geschimpft hatte, als sie ihn aus dem gemeinsamen Bett geschickt hatte. Ihm war es zu kurz, um darauf zu schlafen, und Wagner war ein ganzes Stück länger.

Im Schlafanzug taperte sie durch den dunklen Flur. Er lag unter der Decke, den Kopf auf der steifen Armlehne.

»Sie können in meinem Bett schlafen. Hier sind Sie doch total verspannt, wenn Sie morgen früh aufwachen.«

»Und Sie?«

Sie hob die Schultern, was sollte sie antworten? Er trug T-Shirt und Unterhose und folgte ihr. Sie zeigte auf ihr Bett. Er zögerte, und als er dastand und nicht wusste, wohin mit sich, sagte sie: »Ich weiß übrigens, wo diese geheime Produktionsstätte ist.«

»Woher?«

»Aus Saids Artikel. Das ist auf der Peute, im alten Hafen. Von wo ich Sie angerufen habe. So schreibt jedenfalls Said. Dazu passt etwas, das mir nicht aus dem Kopf geht. Als ich da stand, hat jemand eine Tür zugeschlagen. Das war laut, es hat geknallt, und ich dachte, es ginge um mich. Dass ich nicht hineinsehen sollte.«

Er hatte sich gesetzt, als sie sprach, dann nickte er und machte sich schließlich lang. Sie setzte sich auf den Schreibtischstuhl und zog sich einen Hocker für die Füße heran.

Die Müdigkeit saß ihr in allen Gliedern. Das durfte einfach nicht sein. Er hatte die Nachttischlampe brennen lassen, wofür sie dankbar war, denn sie hatte Schiss vor der Dunkelheit und vor den Gedanken, die sich einstellen würden. All ihre Hoffnung verband sich mit diesem Mann da in ihrem Bett. Er war es, der Neitzel und den Holländer kannte, und er war in der Lage, mit diesen Leuten zu reden. Ihr Zweifel meldete sich wieder und fragte, ob Wagner sich für David einsetzen würde, wenn er sich entscheiden müsste. Sie stellte fest, dass sie ihm vertraute. Niemand entschied sich gegen ein Menschenleben, gegen das Leben eines Kindes, und dieser Mann, der da im Schimmer ihrer Lampe schlief, der hatte Herz.

Ja, sie klammerte sich an ihn. Eine andere Chance hatte sie nicht. Ihr fehlte jede Idee, fehlte der Hauch einer Ahnung, was zu tun war. Wenn, dann er.

Es war sinnlos, die Nacht im Sitzen zu verbringen, und David würde das auch nicht helfen. Sie zitterte, als sie die paar Schritte zum Bett machte. Unter der Decke spürte sie seinen warmen Körper. Er wurde sofort wach.

Um sich abzulenken, fragte sie: »Haben Sie eigentlich auch einen Vornamen? Oder haben Ihre Eltern Sie Wagner getauft?«

Er lachte. »Ich habe tatsächlich einen Vornamen. Aber niemand benutzt ihn.«

»Ihre Frau?«

»Sie sind aufmerksam«, sagte er.

Sie wollte diese Antwort gut finden. »Wie ist nun der Vorname? Oder ist das ein Geheimnis?«

»Klar, topsecret. Aber Ihnen habe ich schon so viele Geheimnisse ausgeplaudert, da kommt es auch nicht mehr drauf an. Mein Name ist Bernd.«

»Bernd.«

Trotz ihrer Angst knipste sie das Licht aus. Die Dunkelheit wirkte so, wie sie befürchtet hatte. Es tauchten Bilder auf, David war gefesselt und verängstigt. Ein Mann drückte eine Zigarette auf seinem dünnen Arm aus. Als David brüllte, hielt ihm eine riesige Pranke den Mund zu. Martha wollte das Licht wieder anmachen. Sie würde die Dunkelheit nicht aushalten.

Stattdessen drückte sie sich an Wagner. Sie legte ihre Hand auf seine Brust und ihren Kopf an seine Schulter. Dann fing sie an zu weinen.

Erst kamen nur ein paar Tränen. Die Türöffner. Ihnen folgte ein erster Schwall, dann weitere, das Wasser lief und lief, und ihr Körper zitterte und sie schluchzte. Sie spürte seine Hand an ihrer. Er nahm sie in den Arm. Sie hatte bereits einen nassen Fleck auf sein T-Shirt geweint.

Angst, Verzweiflung und Schuld wechselten sich in ihren Gedanken ab, und ein Gefühl war so stark und böse wie das andere. Dann gaben alle drei Ruhe und hinterließen eine Leere, die nicht einfacher zu ertragen war. In ihrem Kopf machte sich ein Dröhnen breit, wie ein Hall, der nicht enden wollte. Aber keine Gedanken mehr.

Sie weinte die ganze Zeit.

Es war unglaublich, dass sie im Bett lag. Wieso war sie nicht unterwegs und suchte nach David? Alarmierte wenigstens die Polizei? Jetzt, in der Nacht, gab es doch allen Grund, den Jungen als vermisst zu melden. Die Polizei würde das ernst nehmen.

Ihr Mund war trocken, sie konnte nicht sprechen, aber in ihrem stillen Dialog nahm Wagner die andere Position ein. Sie wollen David nichts tun, sagte er. Wenn wir die Polizei hinzuziehen, gefährden wir ihn. Lautlos schrie sie ihn an.

Schrille Töne, eine Auseinandersetzung nur in ihrer Vorstellung – da war der Wahnsinn. Martha hatte das Gefühl, nur wenige Schritte davon entfernt zu sein und zu verstehen, was Verrücktheit war. Ein eigenes Land, in das man sich verirrte und aus dem man nicht mehr herausfand. Vielleicht war es sogar leichter, dort zu leben. Man wollte gar nicht wieder heraus.

Ihr Körper verlangte, dass sie sich auf ihre andere Seite legte. Aber es war ihr unmöglich, sich wegzudrehen, sie konnte nicht fort von dem Mann neben ihr.

»Danke«, flüsterte sie und gab ihm einen ungeformten Kuss auf die Wange. Sie wendete sich ein wenig ab und schob ihre Hüfte und das Bein an ihn heran. Er nahm ihre Hand.

Schlafen konnte sie nicht, dessen war sie sicher. Vielleicht würde sie nie wieder schlafen. David.

24

»Er ist in Gefahr!« Martha schoss in die Höhe und saß aufrecht im Bett.

Sie musste geschlafen haben.

Wagner lag neben ihr, die Hände unter dem Kopf verschränkt, die Augen offen. Er starrte sie an.

Ihre Stimme war viel zu hoch. Sie redete nicht zu Wagner, sondern ins Zimmer hinein. »Dieser Apeldorn lügt. Er lässt David nicht frei. Es ist doch nicht wahr, dass sie nur noch ein paar Tage brauchen. Ausgerechnet in einem solchen Moment, kurz vor Schluss, fahren wir dem Meister nach? Das wär aber ein Riesenzufall, und an Zufälle glaube ich nicht. Dieser Holländer hat nicht vor, David freizulassen.« Ihr Kopf fiel auf die Brust. »Und selbst wenn – ich lasse David nicht ein paar Tage bei dem. Ich muss zur Polizei.«

Wagner rührte sich nicht. Sie erwartete eine Reaktion. Dass er sie ermutigte oder abhielt. Aber er sagte nichts.

»Ich gehe zur Polizei. Jetzt sofort. Der Holländer hat nicht vor, mir David zurückzugeben.«

»Ich glaube, ich weiß, wo dein Junge ist«, sagte Wagner.

»Du weißt es? Woher?«

Er stützte sich auf den Unterarm. »Ich gehe davon aus, dass Apeldorn und seine Leute nicht auf so eine Entführung vorbereitet waren. Okay? Sie fühlten sich gezwungen zu handeln, aber überlegt hatten sie sich das vorher nicht. Also haben sie keine geheime Wohnung, keinen Ort, wo sie David hinbringen können. Auf dem Restaurantparkplatz hat Apeldorn zu Neitzel gesagt, der Junge ist bei ihr, das habe ich jedenfalls verstanden. Ich rätsle die halbe Nacht über diesen Satz: Der Junge ist bei ihr. Danach ist Neitzel fast in die Luft gegangen. Weißt du, warum? Weil Apeldorn nicht gesagt hat: Der Junge ist bei ihr, sondern: Der Junge ist bei dir.«

»Bei Neitzel?«

»Genau. Für Neitzel war das eine böse Entwicklung. Er ist jetzt Mittäter bei einer Kindesentführung. Ein kapitales Verbrechen. Da kann man sich nicht mehr rausreden oder den Unschuldigen mimen. Für Apeldorn bedeutet das: Eine bessere Versicherung kann es für ihn gar nicht geben.«

»Bloß wusste Neitzel nichts von Davids Entführung. Der hatte im Restaurant keinen Schimmer, wovon du gesprochen hast. Das hat man doch gesehen. Hätte er es gewusst, hätte er den Holländer nicht auf den Parkplatz bestellt und ihm eine Szene gemacht.«

»Das stimmt«, erwiderte Wagner. »Aber was, wenn Apeldorns Leute deinen Sohn zu Neitzel gebracht haben, ohne dass der das gemerkt hat?«

»Sie sind in den Keller eingebrochen?«

»Möglich. Vielleicht gibt es ein Gartenhaus. Einen Geräteschuppen. Da haben sie ihn hingebracht. Im Dunklen.«

Sie kletterte aus dem Bett. »Ich gehe trotzdem zur Polizei, denn ich halte das einfach nicht mehr aus. Das hätte ich schon gestern Abend machen müssen.«

Sie zog sich Hose und Strümpfe an. Er saß immer noch im Bett. Sie wusste, dass er anderer Meinung war. Aber es war nicht richtig, sich darauf einzulassen. Sie schlüpfte in ihre Schuhe. Und sah zu ihm.

»Bernd, wenn du dir nur deinen Teil denkst und nichts sagst, hilft das niemandem.«

Er schlug die Decke zurück und kam hoch. Im T-Shirt und in Unterhose stand er vor ihr. »Das sagst du so leicht. Und wenn ich einen Vorschlag mache und David passiert etwas, dann habe ich die Schuld. Wenn du zur Polizei gehst, ist es da, wo es hingehört.«

Sie drehte sich weg. Die Tränen kehrten zurück, und sie kämpfte mit ihnen. »Okay, sag mir, was du denkst. Ich entscheide und übernehme die Verantwortung.«

»Ich höre seit Stunden eine Tür zuschlagen. Immer wieder diesen Knall, von dem du erzählt hast.« Er klatschte die Hände aufeinander und schlug damit eine imaginäre Tür zu. »Jemand hat dich gesehen. Auf der Peute. Wer? Neitzel? Kurz darauf ist dein Sohn nicht nach Hause gekommen.«

Sie hielt sich an der Schreibtischkante fest und schüttelte den Kopf. Allein auf eine Eingebung von ihm – auf ein Bild, das ihm nicht aus dem Kopf ging – konnte sie nicht bauen. Ausgeschlossen.

»Ich glaube, sie sind auf David gekommen, weil der Meister uns beide erkannt hat. Das ist viel realer als ein Türschlagen.«

»Aber das eine schließt das andere nicht aus«, sagte er. »Ich bin nach dir noch durch den alten Hafen gefahren. Mit der Liste. Wer dort Container hat, der hat sie an der Straße stehen. Ist doch logisch, vorne können die Autokräne sie leicht abladen. Aber auf der Peute – wo die Tür zugeschlagen wurde – standen die Container hinter dem Haus. Warum?«

»Damit sie niemand sieht? … Mag sein.« Sie mochte nicht glauben, dass sie sich schon wieder mit diesen Scheiß-Containern beschäftigte. »Also?«

»Mein Vorschlag ist: Ich fahre zu Neitzel. Suche ein Gartenhaus oder Einbruchsspuren im Keller.«

»Ich komme mit.«

»Und du fährst in den alten Hafen.«

»Nee. Echt nicht. Vergiss das.«

Er hob die Hände. »Du triffst die Entscheidung, und du hast die Verantwortung. So ist die Verabredung. Aber warum sollten wir zu zweit durch Neitzels Garten pirschen? Jemand muss die Container markieren. Vielleicht werden sie schon morgen oder übermorgen verschifft. Denn diese Leute haben jetzt Panik.«

»Das kann ich nicht.« Sie blickte auf ihre Hände, die zitterten. »Weißt du, warum? Weil ich das nicht aushalte.«

»Deine Entscheidung.« Er setzte sich aufs Bett und zog sich ebenfalls an.

Er wollte eine Waffe, eine Spielzeugpistole von David, die möglichst echt aussah. Doch so etwas besaß ihr Sohn nicht. Sie zeigte ihm, der ihr nicht zu glauben schien, das Kinderzimmer. Das leere Bett versetzte ihr einen Stich. David – wo war ihr David? Es gab keine Waffen in seinem Kinderzimmer. Martha fiel ein, dass Hanna eine Dose Pfefferspray hatte, die sie mitnahm, wenn sie abends laufen ging. Sie schlich in das Zimmer ihrer Schwester und fand, was sie suchte.

Schweigend verließen sie die Wohnung. Es war dunkel, eine laue Nacht. Martha wusste, was Bernd erwartete – dass sie die Container kennzeichnete. Aber es ging um ihren Sohn. Sie konnte David unmöglich einem fremden Menschen anvertrauen. Ausgeschlossen.

Sie hatte es längst getan.

»Okay«, sagte sie, »ich mach's. Was soll ich tun, wenn ich bei den Containern bin?«

»Du musst sie markieren. Ich habe einen wasserfesten Stift im Auto. Mach ein paar Kreuze. Klein, aber so, dass man die Container wiedererkennt.«

»Und dann?«

»Wir treffen uns hier oder auf der Peute. Wir telefonieren. Stell dein Telefon auf Vibrationsalarm.«

Sie ließ sich den Stift geben. »Ich habe Angst«, sagte sie. »Ich hatte in meinem ganzen Leben noch nie so viel Angst.«

Er nickte und strich ihr mit der flachen Hand über die Wange. Sie schloss ihr Auto auf. Er ging zu seinem Wagen. Aber er drehte um und kam zurück. Sie ließ die Scheibe herunter, und er reichte ihr seine Hand. Er wollte etwas sagen, hatte den Mund geöffnet, brachte aber nichts heraus.

So standen sie da, Hand in Hand, und sahen einander in die Augen.

»Du bist sehr tapfer«, sagte er schließlich. »Bleib stark.« Er drückte ihr die Hand und ging davon.

»Bitte bring mir meinen Sohn wieder. Bitte«, rief sie ihm hinterher.

Draußen war es dunkel, als Dieter Jastram die Augen aufschlug. Das Fenster stand offen, warme Luft kam herein, und er konnte den Mond sehen. Er war hellwach, obwohl er höchstens drei oder vier Stunden geschlafen hatte. Sabine wälzte sich unter ihrer Decke. Er stand auf. Seine Kopfhaut juckte.

Die ganze Nacht hatte ihn die Scheiß-Firma beschäftigt, sogar im Traum. Die Nervosität dort ließ ihn nicht los. Sie war überall im Betrieb spürbar. Allein wie der Chef sich in der Werkshalle aufgeführt hatte. Als wenn er seine Zukunft gesehen hätte – im Knast. Schlägt die Tür zu. Zittert. Lässt das Telefon fallen. Fängt an zu wählen, mitten in der Halle, im Maschinenlärm. Als wenn ihm die Idee gar nicht gekommen wäre, dass man auch woanders hingehen könnte.

Dieter sah wieder, wie er seine Maschine in den Leerlauf gestellt und den Ohrschutz abgesetzt hatte. Wie er dicht an Neitzel vorbeiging. Der Chef hatte Panik in der Stimme. Dieter war sich sicher, Neitzel hatte diesen Holländer angerufen. Diesen Scheiß-Kerl mit seinem Scheiß-Ring.

Er tapste die Treppe hinunter. Am Leib hatte er nur seine Unterhose, aber es war warm. Er fragte sich kurz, ob er lieber Bier oder schon Kaffee trinken sollte, entschied sich für Bier und verdrückte sich damit aufs Sofa. Die Füße streckte er auf den Tisch. Sabine mochte das nicht, aber erstens schlief sie, und zweitens war ihm das jetzt egal.

Es war so weit, dass ihm alles egal war. Alles.

Er würde Sabine verlieren. Sie brauchte jemanden mit Geld. Einen Kerl wie Klaus. Jemanden, der so reich war wie sie schön. Das stand ihr zu. Der Gedanke schmerzte ihn. Er nahm einen kräftigen Schluck. Ihm wurde klar, dass sie ihn nicht so doll liebte wie er sie. Er – scheiße – er war so unendlich stolz auf sie. Er mochte sie. Wenn er sie sah, freute er sich, und er liebte es, sie anzufassen. Seine Venus.

Aber wenn er ihr nicht genug war, konnte er nichts machen, und das Geld von Neitzel würde auch nichts ändern. Wollte er sie kaufen? Er kratzte sich am Kopf.

Neitzel wusste genau, dass etwas in die Hose ging. Der Chef war nicht nur hektisch, sondern auch ängstlich. Und er, Dieter, hing mit drin in der Scheiße, und zwar knöcheltief. Es stank schon. Aber dass es so nicht weiterging, hatte einen anderen Grund. Wenn, dann sprang er nicht ab, weil etwas schiefging, sondern weil er einfach nicht mehr wollte.

Neitzel würde ihn rausschmeißen. Okay, dann würde er eben arbeitslos werden. Musste er sich einen neuen Job suchen. Er wusste, was er konnte. Es gab in Hamburg eine Reihe von Metallbetrieben. Warum sollte ihn nicht einer einstellen? Ohne Scherereien lief das natürlich nicht ab, Papierkrieg, den er hasste, lästige Laufereien, Vorstellungsgespräche, wo er höflich tun musste. Und den versprochenen Bonus – den würde er natürlich nicht bekommen.

Egal.

Er trank aus und holte sich eine neue Flasche. Das Kühlschranklicht erhellte die Küche. Draußen war vom Morgen noch nichts zu sehen. Er fläzte sich wieder aufs Sofa. Andererseits ... Er kannte die Argumente, er hatte sie wieder und wieder durchgekaut. Nicht noch einmal aufzählen. Das Bier war kühl und tat gut. Dieses Scheiß-Denken musste doch irgendwann mal aufhören. Und wenn er es ersoff.

Auf der Treppe hörte er Schritte. Nackte Füße auf dem Stein. Sabine.

»Dieter?«, flüsterte sie.

»Ja.«

Sie setzte sich wortlos zu ihm. Beschwerte sich nicht, dass er die Beine auf dem Tisch hatte. Er reichte ihr die Flasche, sie schüttelte den Kopf.

»Du musst doch schlafen«, sagte sie.

Er trank. Er hielt das Bier im Mund und spülte es in die Backen, bevor er es herunterschluckte. »Als ich sechzehn war, hat mich mein Vater zum letzten Mal verprügelt. Ich hatte ein Portemonnaie gefunden, hundert Mark drin. Ein großer blauer Schein. Ich habe das Geld rausgenommen und das Portemonnaie in den Briefkasten der Besitzerin gesteckt. Mein Vater hat das Geld in meinem Zimmer gesehen, er wollte wissen, wo ich es herhabe. Ich konnte ihn nie anlügen. Ich kann überhaupt schlecht lügen. Also habe ich ihm die Wahrheit gesagt. Da hat er mich geschlagen. Zwei Mal. Einmal ins Gesicht und einmal auf den Hintern. Klatsch klatsch. Weißt du, was er gesagt hat? So was tut man nicht. Nicht: Mach das nie wieder oder so was. Sondern: So was tut man nicht.«

Sie hatte ihre Beine angezogen und die Arme darum geschlungen. Seine Füße lagen immer noch auf dem Tisch.

»Ich habe mich entschieden und höre auf mit dieser Sache. Ich baue keine verdammten Zentrifugenteile mehr. Es ist nicht richtig. So was tut man nicht.«

»Dieter ...«

Er trank Bier. Sein Kopf war leer. Das Denken hatte endlich aufgehört.

»Ich hätte die hunderttausend Euro gern verdient. Für uns. Damit wir mal groß wegfahren können. So ein richtiger Traumurlaub. Oder wenn wir ein Kind kriegen. Das ist Sicherheit.«

Sie schüttelte den Kopf.

»Nun werde ich wohl arbeitslos. Neitzel schmeißt mich raus, das ist klar. Ich glaube, dass ich einen neuen Job finde. Aber ich weiß nicht wann. Ich muss zum Arbeitsamt und so.«

Sie streckte eine Fingerspitze nach ihm aus und berührte ihn, ganz vorsichtig. Er trank. Das Denken hatte wirklich aufgehört. Auf einmal fühlte er sich leicht. Jetzt konnte er ihr sagen, was ihm auf der Seele lag.

»Ich weiß nicht, ob du … Ich meine, so ein arbeitsloser Mann. Verstehst du?«

Sie legte ihren Kopf auf die Schulter. »Ich glaube schon, dass ich verstehe. Aber du hast nicht recht.«

»Was meinst du?«

»Was ich meine? Zufällig liebe ich dich, Dieter Jastram. Nicht deinen Bruder und auch sonst niemanden auf der Welt. Sondern dich. Du bist mein Mann, und so möchte ich es. Mir ist es egal, ob du hunderttausend Euro hast oder nicht.«

Die Scheiß-Kopfhaut. Am liebsten hätte er sich Bier drübergegossen. »Ehrlich?«

»Ganz ehrlich. Weißt du, was ich mir wünsche? Dass es dir gut geht. Und uns gut geht und wir zusammen sind. Dass du wieder schlafen kannst und nicht jeden Abend bis spät auf Arbeit bist. Das ist mir viel wichtiger als hunderttausend Euro.«

Sie nahm ihm sein Bier aus der Hand und trank. Sie stellte die Flasche auf den Tisch, neben seine Beine, und rutschte nahe an ihn heran, und er spürte ihren Körper an seinem.

»Ich habe eine Idee. Wir packen jeder eine kleine Tasche, fahren zum Flughafen und kaufen uns eine Last-Minute-Reise. Ans Meer, ja? Nach Spanien oder Griechenland oder so. Und in zwei Wochen, wenn wir zurückkommen, fangen wir neu an.«

»Dann sind wir pleite. Arbeitslos und pleite.«

Sie gab ihm einen Kuss. »Die beste Voraussetzung für einen Neuanfang.«

Bevor sie die Tür abschlossen, setzte sich Dieter an den Computer und schrieb seinem Chef eine Mail.

25

Neitzel trommelte mit den Fingernägeln auf sein Lenkrad. Die Straßenlaternen brannten. Der feuchtwarme Nebel ließ das Licht milchig aussehen. Es waren kaum Autos unterwegs, und er fuhr schnell. Dann musste er vor einer roten Ampel halten, die ihn daran hinderte, auf die Elbchaussee einzubiegen. Sie wurde und wurde nicht grün. Er rollte ein Stück vor, noch ein Stück, bis er fast unter der Ampel stand. Das Signal blieb rot. Neitzel schlug mit der Faust auf das Lederlenkrad, gab Gas und bog auf die leere Elbchaussee ein.

Er hatte keinen Blick für das Panorama, für den Fluss, für das weite Dock und die endlosen Hafenanlagen. Wenn er aus dieser Sache heil herauskam, dann hatte er den Glücksvorrat für den Rest seines Lebens aufgebraucht. Jetzt auch noch eine Kindesentführung. Apeldorn, dieser Vollidiot. Hätte er den Mann doch nie getroffen.

Aber er hatte auch einen bösen Fehler gemacht. Niemals hätte er Apeldorn die Sache mit der Journalistin stecken dürfen. Er wusste doch, wie rabiat der Holländer auf Störungen reagierte, das hatte er gerade erst bei diesem Zeichner bewiesen. Vom Balkon geschmissen. Mord war das, nichts anderes.

Nun stand alles auf der Kippe – seine Freiheit, die Firma, auch seine Ehe. Seine Frau hatte nach dem Auftritt von diesem Wagner gestern Abend keine Ruhe gegeben. Er hatte natürlich alles geleugnet, Irrtum, Missverständnis, keine Ahnung, wie der Mann darauf kommt. Er kenne den kaum.

»Du hältst mich für doof«, hatte sie gesagt.

»Ich halte dich selbstverständlich nicht für doof.«

»Gerd, dieser Mann kommt zielstrebig auf dich zu. Von allen Menschen im Restaurant genau auf dich. Du redest ihn mit seinem Namen an. Wagner, oder wie hieß der? Er beschuldigt dich. Gießt dir Wein auf den Teller. Und jetzt willst du mir erzählen, du hättest keine Ahnung?«

Er drehte ihr den Rücken zu. Vor dem weiten Wohnzimmerfenster lag der Garten. In der Ecke war der Geräteschuppen. Der dreimal verfluchte Geräteschuppen. Sie durfte all das nicht wissen und nicht merken. Er musste bei seiner Version bleiben.

Sie setzte sich und seufzte. »Gerd, wir haben selbst ein Kind. Ich weiß nicht, was ich machen würde, wenn jemand Felix entführen würde. Ich ...«

»Du sagst ganz richtig: Wir haben ein Kind. Ich bin Vater. Ich habe drei Kinder. Glaubst du, ich lasse ein Kind entführen?« Er wandte sich ihr wieder zu. »Wenn du das denkst, ... dann ... dann ...« Er verzichtete darauf, den Satz zu Ende zu bringen. Seine Wirkung stellte sich auch so ein. Sie senkte den Blick, und ihre Stimme wurde milder.

»Ich denke nichts, ich habe dich etwas gefragt. Ich habe heute Abend eine Situation erlebt wie noch nie in meinem Leben. Eine Situation, die mir Angst gemacht hat, das kannst du mir glauben. Wie dieser Mann dir gedroht hat. Und den Kindern! Wie er gesagt hat: Ich meine das alles verdammt ernst. Da hätte ich heulen können. Für all das bitte ich dich um eine Erklärung.«

In seinem Rotweinkopf hatte sich Neitzel eine dürftige Geschichte zusammengestrickt. Dass er von nichts wisse, nur vermute, dass jemand dahinterstecke, den er flüchtig kenne, ein Holländer, der Mann, den er vom Restaurant aus angerufen habe. Er werde ihn erneut zur Rede stellen, gleich morgen.

Ihre Zweifel hatte er damit nicht ausgeräumt, natürlich nicht. Es gab keine Umarmung und keine Versöhnung, nicht einmal einen Gutenachtkuss.

Dies war nun der Tag, an dem er Ordnung schaffen musste. Er hatte das Gefühl, an diesem Morgen als einziger Mensch unterwegs zu sein. Ein paar Taxis brachten die Nachtschwärmer nach Hause, er überholte auch einen frühen Bus, aber die zählten nicht. Nur er zählte.

Als Erstes würde er mit Apeldorn reden. Das Kind musste zurück zu seiner Mutter. Das war ein Kapitalverbrechen, in das der verfluchte Holländer ihn reingezogen hatte. Anders als bei dem toten Zeichner hatte Apeldorn diesmal eine Schlinge um Neitzel gelegt. Aber jetzt war er zu weit gegangen. Neitzel würde sich retten, das war ihm ganz klar. Seine Freiheit war ihm das Wichtigste. Felix sollte nicht als ein Kind aufwachsen, dessen Vater im Gefängnis saß. Wenn Apeldorn den Jungen nicht zurückbrachte, würde Neitzel die Arbeit einstellen. Scheiß auf den MOIS und auf alle anderen Drohungen. Scheiß auch auf das Geld. Die Reihenfolge seiner Prioritäten stand fest. Und das war ein gutes Gefühl.

In Harburg kamen ihm zwei Wachleute entgegen. Er grüßte. Die beiden glotzten ihn an. Warum kannten die ihn nicht? Egal, er blieb nicht stehen. Er klapperte mit seinem Schlüssel und öffnete das Gitter und das Sicherheitsschloss.

Der Computer blinkte, weil es neue Mails gab, wahrscheinlich Werbung von irgendwelchen Bürodiscountern oder Lockangebote von unausgelasteten Spediteuren. Nicht nötig, sich das anzusehen.

Er tat es doch. »Chef, es tut mir leid, aber ich kann das nicht mehr machen. Hochachtungsvoll, Dieter Jastram, Metallbaumeister.«

Er las die Mail ein zweites Mal.

Es wurde noch enger. Er löschte die Mail und wählte Jastrams Privatnummer. Es war noch nicht mal halb sechs. Egal. Ein paar Tage noch, wollte er sagen, und den Bonus erhöhen. Niemand hob ab. Und Jastrams Handy war ausgeschaltet.

Scheiße.

Die Lage war zu ernst, um die Nerven zu verlieren. Seine Schritte hallten durch das menschenleere Gebäude. Wie auch immer sie es angestellt hatten, Wagner und seine Leute kamen näher. Zeit, den Schleudersitz zu bedienen.

Martha parkte ihren 190er an der Halle auf der Peute, auffällig zwar, dafür aber fluchtbereit. Sie hatte Turnschuhe an. Bei der geringsten Gefahr würde sie abhauen.

Sie hielt Wagners Stift in der Linken. Obwohl sie nur eine Bluse trug, schwitzte sie, ihre Hand war nass, der Edding darin ebenfalls. Das Gebäude lag vor ihr, ein flacher Bau mit rostiger Tür und kleinen, vergitterten Fenstern.

Sie kannte dieses Gebäude.

Warum hatte sie das nicht schon beim ersten Mal bemerkt? Weil sie sich vor lauter Eile und schlechtem Gewissen und aus Sorge vor Braun nicht darauf hatte einlassen können. Aber dies war die Halle, die Said in seinem Heft gezeichnet hatte, eindeutig. Er musste hier gewesen sein.

Kein Mensch war zu sehen. Es war ziemlich dunkel. Der halbe Mond war dabei, sich zu verabschieden. Eine Taschenlampe wäre hilfreich gewesen, aber sie hatte keine. Wo sie hinmusste, war es noch dunkler. Sie atmete bis in den Bauch hinein. Nur Mut, Mädchen. Sie schluckte.

Das Zauntor ließ sich mühelos öffnen. Es quietschte. Noch war Zeit umzudrehen. Wozu sich in Gefahr bringen? Was hatte sie mit diesen Containern zu schaffen? Sie wusste doch längst, dass Said ermordet worden war. Sie würde David sagen, dass sein Vater ihn nicht im Stich gelassen hatte, und mehr brauchte es nicht.

Vorsichtig setzte sie einen Schritt nach dem anderen. Und wenn sie es nur für Bernd tat – sie würde diese Container jetzt markieren. Ein paar Kreuze. So, dass man die Dinger wiedererkannte. Und dann nichts wie weg.

Das Zauntor hatte sie offen stehen lassen. Ihr Fluchtweg, den sie sich, rückwärts gehend, noch einmal ansah. Sie hörte Vögel, und es kam ihr vor, als führten die am frühen Morgen schon eine aufgeregte Debatte. Sie nahm den Weg links um die Halle. Lief über einen trockenen, staubigen Platz.

Sie sah noch einmal zur Straße, wo ihr Auto stand. Nur ihr Auto, ganz allein, sonst nichts und niemand. Sie nahm ihren Mut zusammen.

Wagner schlich um Neitzels Grundstück herum. Ein grüner Maschendrahtzaun begrenzte es zum Nachbarn. Zur Straße hin waren Buchenhecken gepflanzt, ordentlich geschnitten, zu hoch, um drübersehen zu können. Er musste die Äste auseinanderdrücken. Die Hecke war ziemlich tief. Das Haus lag hinter ihr im Dunkeln, weißer Putz, zwei Stockwerke, große Fenster. Eine Alarmanlage mit einer eiförmigen roten Lampe über der Tür.

Er hatte keine Angst. Es war ausgeschlossen, dass ihm Gewalt widerfahren würde. Er war ein Bundesbeamter, das schützte, und er fühlte sich kräftig, das half auch. Wenn diese Sache nicht gut ging – wenn er auf einem fremden Grundstück erwischt wurde –, hatte er Erklärungsnot und noch mehr. Neitzel würde ihn, erst recht nach der Begegnung gestern Abend, anzeigen. Hausfriedensbruch. Kein schlimmes Vergehen. Seine Laufbahn war dann endgültig zu Ende. Er schiss drauf.

Es ging ihm nicht mehr um die Zentrifugen und um Neitzel, nicht in erster Linie, es ging um Marthas Kind, um David. Er dachte an sie. Auch Eva fiel ihm ein. Unmöglich, ihr zu sagen, dass er neben einer fremden Frau geschlafen hatte. Er drückte die Buchenzweige auseinander, aber es gelang ihm nicht, den Garten zu übersehen. Niemals würde Eva glauben, dass nichts vorgefallen war. Aber lag die Sache nicht noch tiefer? Und verlangte von ihm, sich zu entscheiden?

Als er sich am Zaun weiter vortastete, suchte er gründlicher. Er wollte in den Garten hinein und dazu den Maschendraht möglichst fern vom Haus überwinden. Die Buchenhecke stand überall dicht. Es war egal, wo er es versuchte. Er fasste nach der Pfefferspraydose in seiner Tasche. Die saß sicher. Er kletterte über den Zaun, der wackelte und nachgab. Mit einer Hand hielt er sich an einem Pfosten fest. Die starren Buchenzweige wollten ihn abhalten. Er schützte sein Gesicht.

Um durch die Hecke hindurchzukommen, musste er auf die Knie gehen und auf allen vieren vorwärtsrobben. Die Erde war so trocken, dass sie unter seinen Händen zerbröckelte. Wagner hielt den Kopf gesenkt und kniff die Augen zusammen. Ein Zweig erwischte ihn an der Wange.

Bevor er sich auf der anderen Seite der Hecke wieder hinstellte, beobachtete er Haus und Garten. Alles ruhig. Er kam auf die Füße. In dem Moment ging im Haus, direkt am großen Fenster, Licht an. Wagner sackte wieder auf die Knie. Im Haus war niemand zu erkennen. Möglich, dass eine Zeitschaltuhr eine Lampe eingeschaltet hatte. Im Schutz der Hecke bewegte er sich tiefer in den Garten hinein.

In einer Grundstücksecke fand er, was er suchte, ein Gerätehaus, einen Holzschuppen mit spitzem Dach und rotem Türgriff. Er atmete durch.

Im Haus erlosch das Licht. Im nächsten Moment hörte er eine Tür schlagen. Die Haustür. Die Garage wurde geöffnet. Wagner hielt sich dicht an der Hecke, während er näherkam und spähte.

Die Garage lag auf der anderen Seite des Hauses. Er ging in die Hocke, blieb weiter im Schutz der Buchen und beeilte sich vorwärtszukommen. Als er ein Auto – einen dunklen Audi – sah, das aus der Garage fuhr, wusste er, wem es gehörte. Neitzel. Er war sich sicher, dass Neitzel es auch steuerte.

Er verließ seine Deckung nicht, als er sich auf den Holzschuppen zubewegte. Vermied hektische Bewegungen und machte kaum Geräusche. Die Straßenlaternen warfen etwas Licht in den Garten, aber der Schuppen blieb im Dunkeln. Wagner musste nahe herankommen, um festzustellen, dass die Fenster verhängt waren. Er sah sich nach allen Seiten um. Als er niemanden entdeckte, schlich er auf den Schuppen zu. Er erreichte den roten Türgriff und drückte ihn vorsichtig nach unten. Nichts bewegte sich. Er versuchte es noch einmal. Nichts. Die Tür war abgeschlossen.

Martha konnte nicht hineinsehen. Die kleinen Fenster der Halle waren blind vor Dreck. Drinnen war es stockfinster, da gab es nichts zu erkennen. Sie hielt sich eng an der Mauer und tastete sich bis zur nächsten Ecke vor. Vor ihr standen die Container, zwei Reihen übereinander, jeweils fünf Stück unten und fünf oben. Bevor sie ihre Deckung aufgab, verharrte sie und beobachtete den kleinen Platz hinter der Halle. Nichts zu sehen. Nichts.

Sie zog die Kappe vom Edding. Die untere Containerreihe zu markieren, war leicht. In jede Ecke machte sie ein schwarzes Kreuz, auf beiden kurzen Seiten, insgesamt acht Kreuze pro Container. Die Dinger waren viel größer, als sie sie sich vorgestellt hatte. Sie hatten unterschiedliche Farben, manche waren gelb, andere grün, wieder andere braun. Die schwarzen Kreuze sah man auf allen. Bloß an die Ecken in der oberen Reihe kam sie nicht.

Sie schob die Kappe auf den Stift und steckte ihn in die hintere Tasche ihrer Jeans. Im Schatten der Container lauschte sie und blickte sich wieder um. Als sie nichts hörte, zog sie sich am Verschluss des ersten Containers in die Höhe. Sie trat auf einen Riegel und griff nach einer rostigen Stange. Mit einer Hand hielt sie sich fest und zog mit der anderen den Edding hervor. Sie löste die Kappe mit dem Mund. Die beiden Kreuze am unteren Rand des Containers konnte sie leicht setzen. Sie reckte sich. Ganz bis oben kam sie nicht. Sie machte trotzdem noch mal zwei Kreuze, nicht am Rand, aber in der oberen Hälfte.

Aus der Hocke sprang sie vom Containerverschluss. Unten angekommen, steckte sie die Kappe in ihre Tasche und nahm den Stift in den Mund. Er schmeckte nach Blech. Sie biss auf ihn und zog sich am zweiten Container in die Höhe. Wieder zwei Kreuze unten, wieder zwei in der oberen Hälfte, wieder ein Sprung auf den trockenen Lehm.

Sie arbeitete gründlich. Jeden Container markierte sie vorn und hinten, immer vier Kreuze pro Seite. Ihre Bluse war verschwitzt und dreckig, und der Mund war trocken, als sie endlich fertig war.

Zurück zum Auto nahm sie den anderen Weg um die Halle herum, versuchte auch hier wieder, durch die Fenster zu sehen. Wieder nichts zu erkennen. Es musste die richtige Halle sein. Aber hatte sie auch die richtigen Container erwischt?

Und wo mochte David jetzt sein?

Sie setzte sich in ihren Mercedes und fuhr aus dem alten Hafen hinaus. Es war kurz vor sechs. Der Morgen zögerte noch. Sie nahm ihr Handy und hoffte, dass Wagner wirklich auf Vibrationsalarm gestellt hatte.

Er hockte hinter einem Obstbaum in der Nähe des Holzschuppens und wusste nicht weiter. Die Schuppentür war abgeschlossen. Er hatte sich an das Haus herangeschlichen und die Kellerfenster in Augenschein genommen, ein zerbrochenes hatte er nicht gesehen, auch keine Scherben. Wenn er recht hatte mit seiner Vermutung, dann war der Junge in diesem Schuppen. Wahrscheinlich mit jemandem, der ihn bewachte. Jemand, der abgeschlossen hatte.

Aber wie, verdammt noch mal, sollte er hineinkommen?

Er verwarf den Gedanken zu klopfen. Er musste die Überraschung ausnutzen, darin lag sein Vorteil. Aber dazu musste die Tür offen sein. Also warten.

Er spürte die Vibration seines Telefons. Er zog es heraus, drückte die grüne Taste und flüsterte: »Ja?«

»Ich bin's«, hörte er. »Auftrag ist erledigt. Wo ist David?«

»Moment, bleib dran.« Er entfernte sich von seinem Obstbaum, wollte weiter in die Ecke des Gartens. Dabei trat er auf einen Ast, der laut knackte. Er ging sofort in die Hocke.

Der Garten blieb ruhig.

»Bist du noch da?«

»Ja«, sagte sie. »Hast du David gesehen?«

»Der Schuppen ist abgeschlossen. Ich bin sicher, dass er da drin ist.«

»Ich komme hin.«

»Nein«, sagte er, »das bringt nichts, im Gegenteil, zu zweit fallen wir leichter auf. Es wird bald hell.«

»Ich kann doch jetzt nicht nach Hause fahren.«

Ihm war klar, was noch getan werden musste, sollten die Zeichen auf den Containern überhaupt Sinn haben. Aber es kam nicht über seine Zunge. Neitzel war gezwungen, schnell zu reagieren. Aus keinem anderen Grund war er so früh weggefahren. Und er, Wagner, konnte hier nicht weg. Der Junge war das Wichtigste. Um die Zollkripo zu alarmieren, fehlten die Beweise oder stichhaltige Indizien. Die Zeit war Neitzels Vorteil, und wenn er halbwegs bei Verstand war, würde er sie nutzen.

»Ich brauche deine Hilfe«, flüsterte er. »Du musst die Schiffsabfahrten zusammenstellen. Richtung Arabischer Golf, heute, morgen, vielleicht die nächsten Tage.«

»Bernd«, antwortete sie, und es klang wie ein Flehen.

»Ich weiß. Aber du kannst hier nichts ausrichten.«

Neitzel war bei Verstand. Sein Gehirn arbeitete auf Hochtouren und hatte einen einfachen und klaren Plan ausgearbeitet. Morgens um sechs rief er einen Schiffsmakler an, den er kannte. Der Mann sprach trotz seiner verschlafenen Stimme ein Hamburger Platt wie ein Fischmarktverkäufer. Neitzel war klar, dass der andere die Eile roch. Und natürlich glaubte er ihm nicht, als er behauptete, der Kunde sei in Not und brauche die Lieferung schneller. Er würde einen Expresszuschlag zu zahlen haben.

»Tschah, dann wolln we mol kiecken, wat we da tun können«, sagte der Makler. »Ich melde mich.«

Als Nächstes brauchte er eine Spedition. Fünf der zehn Container auf der Peute waren beladen, und die mussten weg, so schnell wie möglich. Er rief drei Spediteure an. Der erste ging nicht ans Telefon, der zweite sagte: »Völlig ausgeschlossen«, der dritte konnte helfen. Er wollte einen Fahrer, der am Morgen zurückerwartet wurde, gleich weiterschicken. »Der ist dann zwar schon ein paar Stunden gefahren, aber eine kleine Tour in den Hafen, das wird ja wohl noch gehen.«

Der Nächste, den Neitzel anrief, war Apeldorn. Der Holländer hatte sein Handy abgeschaltet, aber Neitzel wusste, in welchem Hotel er wohnte, einem der besten der Stadt, mit Blick auf die Alster. Die Zentrale wollte ihn nicht durchstellen. Neitzel insistierte. Dieser Anruf sei verabredet, sagte er. Da war es zwanzig nach sechs.

Er hörte den Schlaf in Apeldorns Stimme: »Hallo?«

»Es gibt eine Änderung im Programm«, sagte Neitzel, ohne seinen Namen zu nennen. »Eine Teillieferung, heute oder morgen. Und dann ist erst mal Pause. Du kannst den Herrschaften sagen, die Dinge in Deutschland haben sich verändert.«

»Moment mal, nicht so schnell. Ich habe dir doch gestern gerade gesagt ...«

Neitzel ließ sich nicht unterbrechen. »Dieser Junge ...«

»Wir sprechen hier am Telefon.«

»Ich weiß. Ich sag ja auch nichts. Nur: Bieg das wieder gerade. Und zwar schnell.«

»Wo bist du?«, fragte der Holländer.

»In Harburg«, sagte Neitzel. »Aber ich muss jetzt weg.«

»Du fährst in den Hafen? Ich komme da hin.«

26

Es war schon hell und wurde wieder warm, als Wagner im Haus erneut Bewegung wahrnahm. Von seinem Versteck aus erkannte er durch das große Fenster Neitzels Frau, die mit ihm im Restaurant gewesen war, und ein Kind, den Sohn. Sie verließen das Haus. Das Garagentor wurde geöffnet, sie fuhren davon. Wagner blieb hinter seinem Baum. Er wusste, sein Risiko hatte sich erhöht, seit der Tag angebrochen war.

Mit Warten allein würde er nicht zum Ziel kommen. Er musste etwas unternehmen. Es galt, Entscheidungen zu treffen und eine Zeit festzulegen, zu der er seine Position aufgab, sollte sich bis dahin nichts gerührt haben. Wenn David in der Hütte war, konnten die Entführer ihn nicht ewig da drin lassen, er würde Hunger kriegen und am Ende der Nacht seine Blase entleeren müssen. Das ging nicht im Schuppen. Wenn der Junge wirklich da drin war, würden seine Bewacher dafür sorgen müssen, dass er herauskam, wenigstens für einen kurzen Moment. Das sollte seine Chance werden.

Er begriff diese Stille nicht. Nur ein paar Vögel und ferne Autogeräusche, mehr war nicht zu hören. Saß der Junge wirklich in diesem Schuppen und protestierte nicht, schrie seinen Bewacher nicht an, trat nicht mit den Füßen gegen die Wand?

Hatte er sich doch geirrt? Was hatte er wirklich gehört? »Er ist bei ihr« – »er ist bei dir«? Verdammt noch mal, er war sich nicht sicher. Es war ziemlich wenig, um darauf eine Strategie aufzubauen.

Trotzdem konnte er sich nicht dazu durchringen, einen Zeitpunkt für seinen Aufbruch festzulegen. Im Schatten einer Eiche sitzend, hielt er den Schuppen im Auge. Seine Knochen taten ihm weh. Er war nicht müde, aber erschöpft.

Er musste diesen Jungen befreien und ihn lebend – und unversehrt – zurückbringen. Das war seine Verantwortung. Er spielte mit dem Gedanken, den Schuppen auszuräuchern. Ein Feuer zu legen, Rauch hineinzuleiten, damit der Wächter floh. Er verwarf ihn. Zu gefährlich.

Sein Telefon vibrierte wieder. Ohne auf das Display zu sehen, wusste er, wer dran war. Er hatte kein eigenes Kind, aber er konnte ihre Sorge nachempfinden.

»Ja?«, flüsterte er.

»Hast du ihn gesehen?«

»Noch nicht. Im Schuppen rührt sich nichts. Aber irgendwann muss sich etwas tun.«

Ihre Stimme klang leblos. Hoffnungslos. »Es gibt Schiffe in Richtung Golf. Eins schon heute, die Golf von Aden, die fährt nach Katar.«

Katar. Eine Supermöglichkeit für Schmuggel in den Iran. Und er saß hier und konnte nicht weg.

Da sah er Bewegung im Garten. Erst nur ein paar Äste, die sich bogen. Dann ein Mann, der sich im Schutz der Buchenhecke näherte.

»Hier kommt jemand«, flüsterte Wagner. »Ich ruf dich wieder an.«

Er legte sich im Schutz der Eiche flach auf den Boden.

Ein Mann in Schwarz schlich sich heran, schwarzes Hemd, schwarze Hose. Ein kräftiger Kerl. Er kam näher. In der Hand hatte er eine hellblaue Plastikbox, wahrscheinlich das Frühstück für den Jungen und seine Bewacher. Wagner tastete nach der Pfefferspraydose in seiner Tasche.

Der Mann klopfte an die Schuppentür. Klock – klock, klock – klock. Lang, kurz, kurz, lang. Die Tür wurde geöffnet. Wagner konnte nicht sehen, von wem. Der Mann in Schwarz verschwand im Schuppen.

Wagner wartete darauf, dass sich der zweite Bewacher verzog. Es dauerte nicht allzu lange. Die Tür ging auf, ein Mann huschte hinaus und suchte sofort den Schutz der Buchenhecke. Wagner konnte sein Gesicht nicht erkennen, er sah nur eine Jeansjacke, breite Schultern und einen Bürstenschnitt. Die Wachen hatten also gewechselt.

Die Jeansjacke verschwand in der Hecke. Wagner wartete weiter, aber jetzt aufgeregt. Er kam auf die Füße und tastete erneut nach der Spraydose. Da war seine Chance.

Er lief nicht quer über den Rasen, sondern außen herum, an der Hecke entlang. Die Schuppenfenster waren immer noch verhängt, und er wunderte sich erneut, dass er David nicht hörte. Er trat neben die Tür. Klock – klock, klock – klock. Er nahm das Pfefferspray in seine schweißnasse Hand. Die Tür wurde aufgeschlossen.

»Was vergessen?«, hörte er und sah sofort darauf in ein breites, ungeformtes Gesicht. In aufgerissene Augen.

Er schoss eine volle Ladung Pfefferspray ab.

Der andere riss die Hände hoch und drehte sich weg. Wagner machte seinen Arm lang und drückte erneut auf den Knopf. Das Spray strömte heraus. Der andere hielt seine Finger vor Augen und Nase.

David war an den Beinen gefesselt. Der Junge starrte ihn an. Erschrocken. Wagner sah einen Knebel. Darum also hatte er von dem Jungen nichts gehört.

Der Wächter richtete sich auf. Seine Augen waren geschlossen. Er stand Wagner gegenüber, gleich groß, aber wesentlich breiter. Wagner ließ die Spraydose fallen. Er umfasste seine rechte Faust mit der linken Hand und zog beide mit Schwung nach oben. Er erwischte den Mann in Schwarz direkt am Kinn. Knochen knackten. Der andere ging in die Knie.

»David«, rief Wagner und hob die Spraydose auf.

Eine ängstliche Stimme antwortete: »Wer sind Sie?«

»Deine Mutter schickt mich.«

Wie ein Kätzchen drückte sich der Junge in Richtung Wand. »Wo ist sie?«

Wagner machte zwei Schritte auf ihn zu. Der Junge reagierte mit noch mehr Schrecken. »Sie ist bei euch zu Hause.« Er brauchte ein Werkzeug, um ihm die Fußfessel durchzuschneiden. David hatte sich inzwischen in die äußerste Ecke des Schuppens verzogen.

»Ich kenne Sie nicht«, sagte er. »Ich habe Angst.«

»Ich weiß. Deine Mutter heißt Martha. Ihr wohnt in der Odenwaldstraße. Zusammen mit deiner Tante.« Er zog sein Handy aus der Tasche. »Hier ist mein Telefon. Du kannst sie anrufen, sobald wir hier weg sind.«

Der Wächter bewegte sich. Sein Gesicht war blutig. Er zog seine Beine an. Seine Hände tasteten über den Boden. Wagner fand kein Messer, nur eine Säge, mit der er versuchte, das Seil an Davids Füssen durchzutrennen.

Der Wächter stöhnte, als seine Hand über das gebrochene Kinn strich. Er konnte seine Augen nicht öffnen. Trotzdem kam er auf die Knie. Wagner hätte zutreten können, ins Gesicht oder zwischen die Beine.

Er brachte es nicht fertig.

Zitternd stellte sich der Wächter auf die Füße. Er wankte, wollte aber angreifen.

Wagner hatte die Fessel durchtrennt. Er sprang hoch, hob die Spraydose auf und schoss dem Wächter die nächste Ladung ins Gesicht. Der Mann drehte sich weg. Er ächzte, ging aber nicht wieder zu Boden.

Wagner griff Davids Hand. Der Junge war schwerfällig. Vielleicht war er einfach misstrauisch.

»Komm«, rief Wagner, »wir müssen verschwinden.«

David schien sich einen Ruck zu geben. Er hielt Abstand zu dem Wächter und drückte sich zwischen Wagner und der Holzwand aus dem Schuppen. Wagner zog den Schlüssel ab. Er knallte die Tür von außen zu. Die Spraydose fiel ihm aus der Hand. Es gelang ihm, den Schlüssel ins Schloss zu stecken und abzuschließen. Er hörte noch, wie sich der Wächter von innen gegen die Tür warf.

Er zog David zur Buchenhecke.

»Meine Beine tun weh«, sagte der Junge. Kein Wunder, er hatte nur gelegen oder gesessen. Er ließ sich von Wagner fast schleifen.

Wagner drückte die widerspenstigen Zweige auseinander und schob David hindurch. Er hob ihn über den Maschendraht und kletterte hinterher. David stand auf der anderen Seite des Zauns, hielt das Telefon in der Hand, das Wagner ihm gegeben hatte, und schien nicht zu wissen, was er tun und was er glauben sollte. Wagner wurde klar, dass er ziemlich verwegen aussehen musste, unrasiert, übernächtigt und dreckig nach den Stunden hinter der Eiche.

Er bemühte sich um einen warmen Tonfall. »Mein Auto steht nicht weit weg. Wenn wir da sind, rufst du deine Mutter an.«

Wagner nahm den Jungen an die Hand. Er wechselte zwischen Lauf und schnellem Gehen. David hielt mit. Aber ins Auto wollte er nicht einsteigen.

Wagner sah sich um. »Okay. Ruf sie an. Aber dann müssen wir weg. Ich wähle für dich.«

»Mama?«, hörte er David sagen.

Dem Jungen stiegen Tränen in die Augen. Wagner öffnete die Beifahrertür und schob ihn hinein, was David jetzt mit sich geschehen ließ.

»Ein Mann«, sagte David ins Telefon. Er fragte Wagner: »Wie heißen Sie?«

»Bernd. Bernd Wagner.«

David wiederholte den Namen ins Telefon. Er drehte sich zu Wagner. »Meine Mama sagt, ich bin in Sicherheit. Sie will Sie sprechen.« David reichte ihm das Handy.

»Martha?«

»Danke, Bernd. Geht's ihm gut?«

»Ich glaube, gerade gemütlich hatte er es letzte Nacht nicht. Aber sonst? Ja. Doch, es scheint ihm gut zu gehen.«

»Die Golf von Aden läuft heute Vormittag aus.«

»Wann?«

»In einer Stunde.«

Martha hüpfte durch die Wohnung. Sie fiel ihrer Schwester um den Hals, summte einen Takt und machte ein paar Tanzschritte mit ihr. Hanna stieg sofort ein, beugte ihren Körper zur Seite, kam wieder hoch und wurde groß. Aus Marthas Augen wollten ein paar Tränen steigen, die sie schnell wegwischte. Sie löste sich von Hanna und ließ den Kopf in den Nacken fallen. Stumm schickte sie ein paar Dankesworte Richtung Zimmerdecke. Hanna hatte den Takt übernommen und drehte sich, auf den Zehenspitzen, um die eigene Achse.

Martha dachte daran, ein feierliches Frühstück aufzutischen, verwarf den Plan aber. Vielleicht war es nicht richtig, die Rettung ihres Kindes zu feiern. Sie wollte sich leiser freuen und David in den Arm nehmen. Ihn einfach nur im Arm halten.

Sie wartete auf dem Balkon und blinzelte in die Sonne. Die schwüle Wärme wirkte, als hoffe sie auf ein Gewitter. Auf Erlösung. Das Wetter drückte. Aber sie war in Hochstimmung, auch wenn sie von ihrem Balkon aus weder David noch Bernd sah.

Ihr Misstrauen gegen Bernd war nicht berechtigt gewesen, er hatte sich um ihren Sohn gesorgt, nicht um die Container. Sicherheit hatte sie noch nicht, diese Leute konnten auf einen neuen Schlag sinnen. Aber sie mochte daran nicht denken. Sie spähte hinunter.

David war noch nicht in Sicht. Die schmale Straße lag menschenleer unter ihr, als hätte alle Welt die Hitze und die Feuchtigkeit geflohen. Martha dachte an Bernds Kombinationsfähigkeit – dazu war sie in der Nacht nicht in der Lage gewesen. Er ist bei ihr, er ist bei dir. Sie konnte nicht anders als die Sicherheit zu bewundern, mit der er diesem Gedanken nachgegangen war.

Sie mochte nicht oben auf dem Balkon stehen, wenn sein Auto angefahren käme. Mit einem Grinsen um den Mund lief sie hinunter, nahm, wie David es manchmal tat, zwei Stufen auf einmal und machte am Ende einen weiten Satz, mit dem sie im Erdgeschossflur landete. Draußen war noch niemand zu sehen. Martha ging nach rechts, ein paar Schritte nur, machte kehrt, lief zurück. Sie fühlte sich leicht. Ihr Verstand malte sich aus, wie sie ihren Jungen im Arm hielt. Ihn – und vielleicht sogar Bernd.

Und da kamen sie. Da kam sein silbernes Auto. Er hatte sie gesehen und grüßte mit der Lichthupe. Sie stellte sich mitten auf die Straße, breitete die Arme aus und winkte, und er hielt direkt vor ihr.

Noch bevor David seine Tür geöffnet hatte, riss sie sie auf. Sie fiel dem sitzenden Jungen um den Hals. Hockte sich dabei mit einem Knie auf die Autotürschwelle. Sie küsste David wahllos ins Gesicht, traf Wangen, Augen und Mund. Sie wusste, dass er solchen Überschwang nicht leiden konnte, doch so schnell ließ sie sich nun nicht bremsen.

»Ich komme gleich nach«, hörte sie Bernd, »falls ich hier irgendwo einen Parkplatz finde.«

Zusammen mit David blieb sie auf der Straße stehen. Sie hielt ihre Arme um ihn und drückte ihn an sich, bis er stöhnte. Auch fing sie wieder an, sein Gesicht zu küssen. Wie schön es war. Wie schön alles war.

Schließlich befreite er sich, brachte seine Hände und Arme zwischen sich und sie und verschaffte sich ein wenig Luft.

»Mama, ich glaube, das waren die Männer, die Papa getötet haben.«

»Das glaube ich auch. Jetzt müssen wir dafür sorgen, dass die Polizei es erfährt.«

Hand in Hand warteten sie vor ihrer Tür, im Schatten der Hauswand. Als Bernd kam, konnte sie nicht anders, sie fiel auch ihm um den Hals.

»Danke«, flüsterte sie ihm ins Ohr, und die Tränen stiegen ihr wieder hoch. »Magst du mit hochkommen? Eine Dusche? Vielleicht einen Kaffee?«

Er hatte winzige Augen, Schatten darum und Bartstoppeln im Gesicht. Wo ihm der Schweiß getrocknet war, gab es Salzränder.

»Wie viele Container standen bei der MBN?«, fragte er.

»Zehn Stück. Genau zehn, alle markiert. Aber …«

»Was aber?«

»Ob das wirklich die MBN war, das weiß ich nicht.«

»So oder so, ich muss da hin. Ich will sehen, ob da immer noch zehn Container stehen.«

Sie legte ihm drei Finger an den Oberarm und wusste nicht, was sie sagen sollte. Er sah wie ein Kämpfer nach der Schlacht aus. Seine Augen waren gerötet.

»Sei vorsichtig«, sagte sie leise. Mehr brachte sie nicht heraus.

Nichts wäre ihm lieber gewesen als eine Dusche und ein Kaffee, und wenn die zehn Container nach wie vor auf diesem Grundstück im Hafen standen, würde er sofort zu ihr zurückkehren. Den Schweiß abwaschen, neu nachdenken. Vielleicht sogar ein Stündchen schlafen.

Er ließ sich vom Navi führen. Der Verkehr war dicht, all die Leute, die zur Arbeit mussten. Wagner stand vor Ampeln und an Engpässen. Vor allem in den Beinen spürte er seine Müdigkeit.

Als er endlich auf der Peute war, parkte er vor der flachen Halle mit den vergitterten Fenstern. Da war die Tür, die jemand zugeschlagen hatte, als Martha hier gewesen war. Neitzel? Er stieg aus und schlenderte über die Straße. Das Zauntor vor ihm stand offen. Er stoppte, schaute nach vorn, nach links und nach rechts. Dann fing er an zu rennen.

Er spurtete an der Halle vorbei, erreichte den Hof, überblickte die Container. Fünf Stück. Er brauchte einen zweiten Blick. Es blieben fünf. Obwohl ihm das Gelände menschenleer zu sein schien, rannte er zurück. Stieg ins Auto, ließ den Motor an und gab Gas. Fast gleichzeitig wählte er Marthas Nummer.

»Bist du sicher, dass es zehn Container waren?«

»Ganz sicher. Zwei Reihen, fünf oben, fünf unten. Ich habe alle markiert.«

»Da stehen nur fünf.«

Sie antwortete nicht gleich. »Und jetzt?«, fragte sie schließlich.

»Jetzt kann nur noch die Zollkripo helfen.«

Er programmierte das Navi neu. Er wusste genau, wo er hinwollte. Obwohl er vor sechs Jahren zum letzten Mal dort gewesen war, sah er das Gebäude vor sich, ein funktionaler, gesichtsloser Backsteinbau im Containerhafen, direkt am Fuß der Köhlbrandbrücke.

»Ich bin Thomas.«

Hoffentlich war Thomas inzwischen nicht versetzt worden, nicht krank, nicht im Urlaub.

Ein rundlicher Zollbeamter mit einem vollen rotblonden Bart sah Wagner an, als er hereinkam.

»Ich möchte zu Herrn Petersen. Ist der da?«

Anstelle einer Antwort rief der Beamte in den Raum hinter sich: »Thomas!«

Die blonden Haare waren grauer geworden, aber die Schultern hatten nichts von ihrer Breite eingebüßt. Er stellte sich vor Wagner, spreizte die kräftigen Finger auf der Tischplatte und grinste. »Bundesamt für Wirtschaft, Frankfurt-Eschborn«, sagte er in breitem Norddeutsch. »Den Namen weiß ich nicht mehr. Wir werden darauf trainiert, uns Gesichter zu merken. Namen kann man nachschlagen. Das war der Prozess gegen …«

»… die Metallbau Nord. Mein Name ist Wagner, Bernd Wagner.«

»Richtig. Wir waren per Du.« Er streckte ihm die Hand hin, die Wagner einschlug. »Was gibt es?«

Direkt am Eingang, vor dem Tisch des dicken Zollbeamten, der ebenfalls zuhörte, begann Wagner zu erzählen. Sein Gehirn arbeitete trotz Erschöpfung auf Hochtouren. Er sparte manches aus – vor allem Davids Entführung –, anderes, wie die Zusammenarbeit mit der Journalistin Martha Bankar, erwähnte er nur am Rande.

Trotzdem wollte er eine runde, in sich sinnvolle Geschichte abliefern.

Während er redete, schüttelte Thomas mehrfach den Kopf.

Wagner nahm die Missbilligung wahr, ließ sich aber nicht beirren. Er berichtete von den fehlenden Containern und von der Golf von Aden. Ohne ein Wort zu sagen, ging Thomas an einen Computer und tippte einige Befehle ein.

»Die läuft aus. In einer Stunde. Zu spät für uns.«

»Warum?«

»Warum? Du kannst nicht einfach so auf ein Schiff. Da brauchst du eine richterliche Anordnung. Wir leben schließlich in einem Rechtsstaat.« Er baute sich vor Wagner auf und verschränkte die Arme vor der Brust. »Und das hast du alles im Alleingang gemacht?«

Wagner nickte.

»Wenn Amateure ermitteln … Dir ist klar, dass du dich in Gefahr gebracht hast.«

»Ist doch gut gegangen.«

Thomas ließ einen kurzen Lacher vernehmen, der in Wagners Ohren höhnisch klang. Seinem Kollegen am Eingang rief er zu: »Bring unserem Freund aus Frankfurt-Eschborn mal einen Kaffee. Einen starken. Ich glaube, der hat's nötig.«

»Ist es wirklich zu spät, obwohl das Schiff noch nicht ausgelaufen ist?«, fragte Wagner.

»Nö, ist nie zu spät, solange sich ein Schiff noch in unseren Hoheitsgewässern befindet. Und selbst danach: Den Amis ist das im Zweifelsfall scheißegal. Die stoppen jeden, überall, Hauptsache, ihre Feinde kriegen kein Material. Die kapern auch Schiffe wie früher die Piraten. Aber wir können so nicht vorgehen. Wir müssen uns an unsere Vorschriften halten. Sonst gibt's Ärger.«

Wagner bekam den Kaffee, ein weißer Becher mit schwarzem Aufdruck »Zoll«. Thomas führte ihn in ein ordentliches Büro und klappte ihm einen weißen Plastikstuhl auf.

»Wir brauchen die richterliche Anordnung«, sagte er. »Damit können wir aufs Schiff, egal, ob es schon ausgelaufen ist oder nicht. Bei Glücksstadt oder spätestens an der Elbmündung holen wir es ein.«

Wagner nickte. Der Kaffee war heiß, und er begann zu schwitzen. Es war ihm egal.

Thomas blickte ihm in die Augen und rührte sich nicht.

»Ich beantrage die Durchsuchung«, sagte er, »aber nur, wenn du dir sicher bist. Ich blamier mich nicht gern. Also: Bist du dir sicher?«

Wagner pustete in den Becher und schlürfte heißen Kaffee. Wie sollte er sich sicher sein? Er wusste nicht, ob die Halle auf der Peute Neitzel gehörte, das war nur eine bessere Vermutung, bei der Thomas lieber nicht nachfragte, wie sie zustande gekommen war. Durch einen Comic. Aber selbst wenn es stimmte: Er hatte keine Ahnung, was Neitzel mit den Containern gemacht hatte. Hatte er sie auf dieses Schiff gebracht? Oder irgendwo an Land versteckt?

»Ja«, sagte er, »ich bin mir sicher.«

Sie waren fast in Brunsbüttel, als sie das Fax aus dem Büro des Richters erreichte. Acht Mann, alle in Zivil, alle sommerlich gekleidet, saßen in einem bequemen und gekühlten VW-Bus, den Thomas Petersen fuhr. Es gab Getränke an Bord, Mineralwasser und Cola, ein Laptop, einen Drucker. Als das Faxgerät sich in Bewegung setzte, stieg die Stimmung unter den Zollbeamten.

Thomas Petersen forderte vom Auto aus telefonisch Unterstützung der Wasserschutzpolizei Brunsbüttel an. Er hielt den Bus direkt an der Elbe an, an einem kleinen Pier, an dem ein paar Boote und eine Fähre dümpelten. Eine blaue Barkasse der Polizei hatte den Motor schon laufen. Thomas tippte sich zum Gruß an die Stirn, seine Kollegen sagten »Moin« und Wagner »Guten Tag«. Sie gingen an Bord und fuhren elbaufwärts, der Golf von Aden entgegen.

Die Golf von Aden war ein mittelgroßes Containerschiff. Vor ihm schipperte ein Lotse. Die Zollkripo meldete sich über Funk an. Wagner stand daneben, als sie nicht mehr den Funker, sondern den Kapitän der Golf von Aden hörten. Er fluchte auf Englisch.

Die gesamte Ladung sei ordnungsgemäß verzollt, es gäbe nichts an Bord, wovon die deutschen Behörden nicht wüssten, aber ihnen liefe die Zeit davon, sie müssten mit dieser Flut aus der Elbe hinaus.

Thomas Petersen ließ sich auf keine Diskussion ein. Auch im Englischen behielt er seine Hamburger Sprachfarbe bei. Er bestand darauf, an Bord zu kommen. Sie hätten Grund zu der Annahme, sagte er und schaute Wagner an, dass sich auf der Golf von Aden Güter befänden, die nicht ausgeführt werden dürften.

Sie hatten Wagner mit einem Zollkripoausweis versorgt. Er kletterte als Letzter an Bord und zeigte die Plastikkarte vor, aber der Kapitän, der die ersten beiden Ausweise noch gründlich in Augenschein genommen hatte, winkte ab. Die Inspektoren der Zollkripo kannten ihre Aufgaben. Sie ließen sich von den Schiffsoffizieren Frachtpapiere zeigen, hörten zu, lasen, verteilten sich auf dem Schiff, kontrollierten. Wagner machte sich selbstständig.

Das gesamte Vordeck war mit Containern zugestellt. Zwischen den Reihen konnte man hindurchgehen, aber viel Platz gab es nicht. Um die oberen Container kontrollieren zu können, musste er den Hals recken und in die Sonne blinzeln. Hoffentlich hatte Martha ihre Kreuze nicht zu vorsichtig gemacht.

Er begann an der Brücke. Weil er vermeiden wollte, etwas zu übersehen, kam er nur langsam voran. Es waren fünf Container, um die es ging, und es reichte, einen davon zu finden. Schwarze Kreuze. Die Container waren in vielen Farben gestrichen, rot und grün, grau und blau, braun und gelb.

Keine Kreuze.

Er nahm sich die zweite Reihe vor. Der Gang war so eng, dass er die Arme nicht ausstrecken konnte. Er legte den Kopf in den Nacken. Die Sonne schien direkt über dem Schiff zu stehen. Wagner kniff die Augen zusammen. Sein Hals tat weh, ihm wurde schwindelig.

Die dritte Reihe war etwas breiter. Eine Erholung. Was wurde in all diesen riesigen Stahlkisten transportiert? Das, wofür sie in Eschborn die Ausfuhrgenehmigungen erteilten, Nähmaschinen, Traktoren, Klimaanlagen, Kühlschränke, Autoelektrik, Heizungsbrenner. Wo waren die verfluchten Zentrifugenteile?

Als er am Ende der Reihe angekommen war, warf er einen Blick auf das Schiffsdeck und auf die Männer von der Zollkripo. Thomas Petersen wurde vom Kapitän belagert, der seine Hände geballt hatte und auf den Inspektor einredete, als wollte er ihm eine Versicherung verkaufen. Thomas tat so, als würde er ihn nicht hören. Die anderen waren über Listen und Papiere gebeugt. Sie schienen Nummern abzugleichen. Aber was, wollte er ihnen zurufen, wenn die Ladung nicht mit dem übereinstimmte, was angegeben war? Wenn geschmuggelt wurde?

Er atmete durch. Die Zollbeamten kannten ihren Job, sagte er sich, die brauchten seine Belehrung nicht. Er setzte seine Suche in der nächsten Reihe fort. Die Markierungen. Wenn er die hatte, war alles andere egal.

Das Schiff dümpelte auf der Elbe, man hörte den Motor arbeiten, aber es ging nicht vorwärts. Der Lotse war an seiner Seite geblieben. Hinter der Golf von Aden gab es bereits eine Art Stau. Offensichtlich war die Fahrrinne nicht breit genug, damit andere Schiffe überholen konnten. Die Inspektoren ließen sich nicht aus der Ruhe bringen. Wie die Müllabfuhr zu Hause in Frankfurt, die scherten sich auch nicht darum, wie viele Autos hinter ihnen warteten. Er nahm sich die fünfte Reihe vor. Zwei blieben noch.

Nach welchem Ordnungsprinzip mochte die Golf von Aden beladen worden sein? Von der Mitte nach vorn, das gebot dic Statik. Neitzels Container waren sicher als letzte geliefert worden. Also standen sie ganz vorn. Wagner ging etwas schneller. Er würde finden, was er suchte.

Er war versucht, die vorletzte Reihe zu überspringen, widerstand aber. Hals und Rücken wurden ihm steif. Er hatte vor sich Türme aus Stahl und hinter sich Türme aus Stahl. Suchte ein paar kleine Markierungen.

Und fand nichts.

Als er alle Container, auch die am Bug, abgeschritten hatte, glaubte er es nicht. Er musste die Reihen noch einmal durchgehen, gründlicher diesmal. Er hatte etwas übersehen. Eine andere Erklärung gab es nicht.

Die Inspektoren der Zollkripo sammelten sich in der Nähe der Brücke. Wagner war nicht bereit, von Bord zu gehen. Er war kurz vor dem Ziel.

»Wagner!«, hörte er. Eine scharfe Stimme. Petersen. »Abmarsch.«

Er brauchte nicht nach einem Ergebnis zu fragen. Der Kapitän hatte ein höhnisches Grinsen aufgesetzt, die Männer vom Zoll ließen die Köpfe hängen oder starrten hinaus auf die Elbe. Keiner sprach.

Die ganze Rückfahrt fiel kaum ein Wort. Wagner saß hinten im Bus, auf einem einzelnen Platz und mit Abstand zum nächsten Mann. Es gab nichts zu trinken, das Faxgerät sprang nicht an, der Laptop wurde nicht benutzt. Wagner wollte etwas sagen – eine Erklärung, ein paar Worte, die das Schweigen durchbrachen.

Aber er konnte selbst nicht glauben, was passiert war.

Hinter Glückstadt schrieb er Martha eine SMS.

27

David genoss den freien Vormittag und sein Zimmer. Wenn er in ihrer Nähe war, berührte Martha ihn wie zufällig oder strich ihm übers Haar. Den Balkon mied sie, aber von Zeit zu Zeit spähte sie aus dem Fenster. Kein schwarzer BMW.

Er wollte keine Pfannkuchen, sondern Milchreis. Als sie am Herd stand, kam Wagners SMS: »Erfolglose Durchsuchung der Golf von Aden – sind auf dem Rückweg nach Waltershof.« Sie drückte die Nachricht weg, als wollte sie sie nicht wahrhaben. Das Blut stieg ihr zu Kopf und ein grenzenloser Ärger. Am offenen Fenster las sie die Nachricht ein zweites Mal. Es konnte nicht wahr sein.

Erneut suchte sie nach der Liste auslaufender Schiffe. Sie blieb im Netz hängen, holte sich auch ihren Atlas dazu, bis ein Geruch von Feuer und Verbranntem zu ihr hereinzog. Sie rannte in die Küche. Scheiße, der Milchreis.

Sie rührte. Die untere Schicht war schwarz. Sie füllte den Reis, der nicht angebrannt war, in einen anderen Topf und kochte ihn weiter, jetzt ohne sich vom Herd zu entfernen.

Zu dritt versammelten sie sich am Tisch. Hanna mit Feiertagsgesicht. Martha ertappte sich dabei, mit den Gedanken anderswo zu sein. Sie hoffte darauf, dass David von seiner Nacht im Holzschuppen erzählte, sie stellte auch vorsichtig Fragen, aber er antwortete nur knapp. Ein schlimmes Trauma konnte sie an ihm nicht feststellen. Er hatte Appetit, aß zwei Teller voll, lobte auch den Milchreis, der trotz ihres Rettungsversuches leicht verbrannt schmeckte. David übertünchte den Geschmack mit Zucker und Zimt und Mengen von Apfelkompott. Als er aufgegessen hatte, gähnte er und wollte Mittagsschlaf halten.

Sie drückte seine Hand. »Vor zwei Jahren hättest du dich noch dagegen gewehrt, mittags ins Bett zu gehen. Kinder werden groß.«

Hanna half beim Abdecken und nahm sich den Topf mit dem verbrannten Reis vor.

»Ich muss noch mal weg«, sagte Martha.

Ohne aufzusehen, kratzte Hanna mit Stahlwolle in dem Topf.

»Bist du heute Nachmittag hier?«, fragte Martha.

Hanna ließ heißes Wasser in den Topf und gab Spülmittel dazu.

»Hanna, bist du da, wenn David aufwacht?«

»Ja. Aber du bist seine Mutter.«

»Was soll das denn heißen?«

Hanna kippte das Wasser ins Spülbecken und ließ neues in den Topf laufen. »Du gehst doch nicht in die Redaktion. Es geht wieder um diese Sache, und ich finde das einfach scheiße. Was muss denn noch alles passieren?«

»Hanna, es geht nicht anders. Die geben doch keine Ruhe.«

Ihre Schwester kratzte in dem Topf herum, als gebe es nichts Bedeutenderes auf der Welt. Martha malte sich aus, wie er hinterher aussehen würde, gezeichnet, voller Kratzspuren. »Das Problem«, sagte sie, »ist doch, dass diese Leute noch frei sind.«

Hanna sah nicht auf. »Mag sein. Aber vielleicht ist das Problem auch, dass du dich gnadenlos überschätzt. Eine Eigenschaft, die bei uns ja zum Familienerbe gehört.«

Martha hatte es eilig, Wagner würde bald ankommen. Hanna kippte erneut braunes Wasser ins Becken – mit so viel Schwung, dass es überschwappte. »Ich kann das jetzt nicht mit dir diskutieren«, sagte Martha, »ich kann dir nur sagen, dass die Polizei nichts unternimmt und dass ich vorsichtig sein werde. Bitte bleib heute Nachmittag bei David.«

Auf Hannas Antwort wartete sie nicht mehr.

Sie war vor Wagner am Zollgebäude in Waltershof, parkte neben seinem Auto und blieb sitzen. Durch das offene Fenster beobachtete sie den steten Strom der Lastwagen. Die Fahrer mussten Papiere vorzeigen und wurden durchgewunken, einige gingen in das Zollhaus hinein. Jeder schien zu wissen, was er zu tun hatte. Motoren und Bremsen waren laut, und wenn sie abgestellt wurden, verabschiedeten sich die Maschinen mit einem Seufzen. Die Fahrer, nur Männer, trugen kurze Hosen und bunte T-Shirts.

Der dunkle Zollbus kam mit hoher Geschwindigkeit. Er hielt auf einem abgegrenzten Parkplatz. Die Männer stiegen einer nach dem anderen aus, Bernd als letzter. Ohne jeden Gruß gingen sie auseinander, die Inspektoren ins Haus, Wagner allein in die andere Richtung.

Als er sie entdeckte, reagierte er kaum. Etwas ging von ihm aus, das Nähe nicht gestattete. Ihr Winken starb, sie stieg gemächlich aus und lief nicht auf ihn zu. Er ließ die Zentralverriegelung aufspringen. Bevor er einstieg, sagte er: »Wir haben den Jungen wieder, das ist das Wichtigste. Ich fahre zurück. Meine Aufgabe ist beendet.«

»Es war das falsche Schiff«, sagte sie.

Er reagierte nicht, sondern sprach zu sich selbst. »Ich habe mich eben verschätzt. Hab so getan, als wüsste ich Bescheid.« Er verzog den Mund. Vielleicht wollte er grinsen, aber er schnitt eine Grimasse. »Kommt vor. Ich brauche ein wenig Abstand.«

»Es war das falsche Schiff.«

Er nickte. »Alle haben mir gesagt, lass es sein. Die Kollegen, mein Vorgesetzter, alle. Das habe ich davon, dass ich schlauer sein wollte als der Rest der Welt. Eine Bauchlandung. Die zweite, genau genommen. Ich glaube, ich brauche Urlaub. Einen langen Urlaub und weit weg.«

»Es war das falsche Schiff«, sagte sie zum dritten Mal, aber erst jetzt schien er sie zu verstehen.

»Mag schon sein. Nützt aber nichts mehr.«

Sie machte einen Schritt auf ihn zu. Nur die offene Autotür war noch zwischen ihnen wie eine Barriere.

»Warum nützt das nichts mehr?«, fragte sie. »Ich habe den Fehler gemacht, nicht du. Wenn man's genaunimmt, habe ich zwei Fehler gemacht. Die Golf von Aden hatte den Ladevorgang heute Morgen schon abgeschlossen. Das habe ich überlesen. Und der zweite Fehler war, dass ich nicht genau wusste, wo Karatschi liegt.«

»Karatschi? In Pakistan.«

»Ja, in Pakistan. Ein Seehafen. Nicht weit von der iranischen Grenze. Vielleicht vierhundert Kilometer, nicht mehr.«

»Ich fürchte«, sagte er, »ich verstehe nicht.«

Sie legte die Hand auf die Tür und hätte fast nach seiner gegriffen. Aber er war weit weg.

»Ich habe im Internet zwei Schiffe gefunden, die in allernächster Zeit in die Golfregion auslaufen. Die Golf von Aden war das eine.

Das andere war die Sea Star, die nach Karatschi fährt. Ich habe nicht groß überlegt, sondern einfach gedacht, Pakistan, das ist zu weit, das kommt nicht in Frage. Erst vorhin, nach deiner SMS, habe ich im Atlas nachgesehen. Dabei ist mir leider der Milchreis angebrannt.«

Diesmal schaffte er ein Lächeln und sah ihr in die Augen. »Und du glaubst ...«

»Du musst deine Freunde vom Zoll noch mal aktivieren. Sie haben das falsche Schiff durchsucht. Ihr müsst auf die Sea Star.«

Er schüttelte den Kopf. »Die lassen sich von mir zu nichts mehr bewegen. Das ist klar. Die sind sauer.«

Er dachte nach. Sie wartete.

»Gibt es noch andere Schiffe Richtung Golf in den nächsten zwei, drei Tagen?«

Sie schüttelte den Kopf.

»Bist du sicher?«

»Bernd, bitte. Ich habe einen Fehler gemacht, ja. Ich bin nun mal keine Expertin für Schiffsrouten. Aber deshalb bin ich noch nicht blöd.«

»Weißt du, wo die Sea Star ausläuft?«

»Am O'swaldkai.«

»Wo ist das?«, fragte er.

»Grasbrook. Im Containerhafen.«

Ihm entfuhr ein Seufzen. »Also gut. Welches Auto nehmen wir?«

»Ich fahre dich.«

Als er sich auf den Beifahrersitz fallen ließ, füllte seine Erschöpfung den ganzen Wagen aus. Er streckte die Beine von sich und starrte ins Leere, unfähig, etwas zu sagen. Sein Schweißgeruch war stark. Die Bartstoppeln füllten Wangen, Kinn und Hals.

Er riss sich zusammen. Wandte sich ihr zu und lächelte. Mitgefühl und Freundschaft überkamen sie, Vertrautheit und Dankbarkeit und vielleicht sogar Liebe, alles gleichzeitig und so stark, dass sie gar nicht erst den Versuch unternahm, sich zu wehren. Als sie ihm die Hand in den Nacken legte, war sie noch zögerlich, doch dann flog sie ihm entgegen, fiel ihm um den Hals und küsste ihn. Seine Schrecksekunde dauerte lange, und inzwischen drang sein Geruch in ihre Nase. Sie fand ihn scharf und männlich. Dann, endlich, öffnete er seinen Mund, erwiderte ihren Kuss, und seine Hand tastete nach ihrer Brust.

Sie versank. Alle Gedanken an die Sinnlosigkeit ihres Unternehmens, an die Schwierigkeiten, die ihnen bevorstanden – vergessen. Sie fühlte die Haut seiner Lippen, die trocken war und rissig. Spürte seine Finger, die sie erregten. Und hatte ihre eigene Hand tief in seinem Hemd.

Sie ließen ab, sahen sich an, holten Atem. Fingen wieder an, immer weiter, nicht aufwachen. Er war vorsichtig, war rücksichtsvoll, ein Herr, wie sie fand. Aber einer, dem die Leidenschaft nicht fehlte. Er hatte die Augen geschlossen, sie hörte seinen Atem, tief und schnell zugleich. Mit ihm zusammen ließ sie sich weiter fallen.

Dann wurden sie unsanft geweckt. Ein Schlag aufs Autodach, der drinnen wie ein Knall klang. Sie fuhr zusammen.

»Habt ihr kein Zuhause?«, rief jemand von draußen, und als sie hinausblickte, winkte ein lachender Lkw-Fahrer.

Unterwegs wollte er wissen, wie es David ging. Seine Hand lag vorn auf ihrem Sitz, und sie glaubte, ein Flattern in seiner Stimme gehört zu haben. Sie war drauf und dran hinzuschmeißen. Ihm einen Spaziergang vorzuschlagen. Besser noch eine gemeinsame Dusche in seinem Hotel. Stattdessen versuchte sie sich vorzustellen, wie sie vorgehen konnten. Es schien ihr unmöglich, zu zweit die Sea Star zu durchsuchen, nachdem auf der Golf von Aden eine ganze Busladung Zollbeamter gewesen war. Sie bezweifelte, dass sie überhaupt auf das Schiff gelassen würden. Und es gab immer noch die Möglichkeit eines neuerlichen Irrtums, und Neitzels Container standen irgendwo an Land.

Sie behielt ihre Fragen für sich, doch am O'swaldkai wurde ihr klar, dass die Probleme bedeutend größer waren als in ihrer Vorstellung. Eine Schranke war heruntergelassen. Daneben stand ein Häuschen, ein Betonfertigbau, ganz offenbar für die Wachmannschaft. Man kam nicht an das Schiff heran und noch nicht einmal auf den Kai.

»Ich gehe da rein«, sagte Wagner und zeigte auf das Häuschen.

Sie hatte die Befürchtung, dass an dieser Schranke alles scheitern würde. Obwohl sie das nicht schlimm finden konnte, sah sie sich Gas geben und das Holz unter dem Aufprall ihres Autos bersten.

Sie wollte Bernd nicht schon wieder allein lassen. »Ich komme mit.«

»Dann musst du dich unsichtbar machen.«

»Und du?«

Er kramte einen Plastikausweis aus der Tasche. »Ich habe hier etwas, das mir alle Türen öffnet. Einen Zollausweis. Die netten Kollegen haben nicht mehr mit mir geredet und vergessen, ihn zurückzufordern. Damit gehe ich jetzt hier rein – und frage von mir aus, ob ich dich auf meinen Ausweis mit hineinnehmen darf.«

»Ich komme mit.«

Ein Tresen teilte den Raum. Im hinteren Bereich standen Schreibtische mit Computern, an denen drei Beamte in Uniform saßen. Sie hatten eine Kaffeemaschine in Betrieb und als Schmuck eine Zimmerpalme, deren Blätter eher braun als grün waren. Zwischen ihnen drehte sich ein Ventilator. Auf ihren Uniformen stand »Port Security«.

»Bitte sehr?«, fragte einer der Männer. Er war in mittleren Jahren und weitgehend kahl.

Wagner erklärte den Fall.

Sechs Augen glotzten ihn an, und Martha wusste lange vor ihrer Antwort, dass diese Männer sie nicht auf diesen Kai lassen würden. Der kahle Sicherheitsmann bot an, mit dem Zoll zu telefonieren und suchte in einer Liste nach einer Nummer. Wagner stellte seinen Fuß auf einen Besucherstuhl, zog den Schnürsenkel auf und band ihn neu. Als er fertig war, sagte er: »Ist nicht nötig, dass Sie anrufen.«

Draußen sagte er zu Martha, es nütze ihnen nichts, wenn aus ihrem Vorhaben ein Verwaltungsakt würde. Man könne sowieso nicht ohne richterlichen Beschluss auf ein Schiff. Er gehe jetzt allein zum Kai und sehe sich an Land ein wenig um. Mehr könnten sie nicht tun.

Er zog ein Fernglas aus seiner Hosentasche und drückte es Martha in die Hand.

»Wo hast du das denn her?«

»Von der Port Security geliehen. Stand da auf dem Tisch.«

»Vor dem du deinen Schnürsenkel gebunden hast. Hast du einen Hang zur Kleinkriminalität?«

Er schüttelte den Kopf. »Ist doch nur geliehen. Für dich.«

Diesmal war er es, der ihr einen Kuss gab.

»Sei vorsichtig, Bernd.«

Das Fernglas in der Hand, zog sie davon. Von der Schranke aus hatte sie zwar einen freien Blick auf den Kai, musste aber auch dumme Fragen wegen ihres Fernglases fürchten. Ein paar Meter weiter säumten hohe Containertürme den Weg, der Blick war versperrt. So entfernte sie sich vom Kai und von der Sea Star. Sie war schon an der Straße. Wie ferngesteuert zogen endlose Lkw-Reihen an ihr vorbei, ohne Anfang, ohne Ende. Die Straße war schmal. Sie ließ keinen Platz für eine einsame Beobachterin.

Martha setzte trotzdem das Glas an. Sie konnte nur Ausschnitte der breiten Betonbrücke sehen, die zum Schiff und einer Reihe gemauerter Schuppen führte. Bernd musste irgendwo anders sein, vielleicht hinter Containern oder schon bei einem der Schuppen.

Sie stapfte zurück Richtung Schranke. Vielleicht gab es irgendwo zwischen den Containertürmen ein Plätzchen, in das sie sich drücken konnte. Sie fand keins. Überall nur Stahl. Dicht an dicht an dicht waren die Container gestapelt, nur wenige Zentimeter Luft dazwischen, zu wenig, um sich dort zu verbergen. Sie wurde unruhig. Als sie an der Schranke war, wagte sie nicht, das Glas vorzunehmen, der Glatzkopf von der Sicherheit stand dort und prüfte die Papiere eines Autos.

Also wieder zurück. Sie hatte es eilig. Bis zum nächsten Kai waren es sicher zwei Kilometer. Dort würde sie genauso wenig an der Schranke vorbeikommen wie hier. Sie ging mit langen Schritten die Straße entlang. Der Lärm der Lastwagen riss nicht ab, und kleine Fahrtwind-Böen erfassten sie, wenn einer von ihnen an ihr vorbeifuhr.

Zur Elbe hin gab es ein kleines Stück Wiese, das in der prallen Sonne lag. Dort stand ein Mann, einen Hund an der Leine. Der Hund hockte auf den Hinterpfoten und schiss. Die Wiese ging in eine Böschung über, die dort zum Wasser hin abfiel.

Das war ihr Platz.

Sie war nicht die Einzige hier. Ein Fotograf, der Ausrüstung nach zu urteilen ein Profi, stand dort. Er war bärtig, trug Kappe und eine beigefarbene Weste und nickte ihr kurz zu. Martha bezog neben ihm Posten und setzte ihr Fernglas an.

Sie fand Bernd nicht. Teile des Kais konnte sie nicht einsehen. An den Containern musste er längst vorbei sein. Die Schuppen bildeten einen runden Platz, eingerichtet wahrscheinlich, damit die Lastwagen dort wenden konnten. Kein Bernd.

Sie setzte das Fernglas ab. Der Kai war zu weit entfernt, als dass sie ohne Glas Einzelheiten erkennen konnte. Nirgendwo ein einzelner Mann zu Fuß. Sie nahm das Fernglas wieder auf und ging systematischer vor, suchte Meter für Meter ab. Kein Bernd. Sie folgte, soweit sie sie einblicken konnte, der Schuppenfront. Und da war er endlich. Sein verschwitztes Hemd, die helle Hose. Sie war erleichtert, ihn zu sehen.

Im nächsten Moment brach er zusammen.

Ein Mann stand bei ihm, ganz in Schwarz, eine Pistole in der Hand. Bernd war eingeknickt und auf die Knie gefallen. Bevor er ganz hinschlug, fing der andere ihn auf. In der Hand hatte er immer noch die Waffe. Er zog Bernd weg. Martha konnte beide nicht mehr sehen.

Sie ließ das Fernglas los, das ihr gegen den Brustkorb schlug. »Da, da … haben Sie das gesehen?«

Der Fotograf interessierte sich für ein anderes Motiv, er folgte mit seinem Teleobjektiv einem Schiff, das zwischen den Kais manövrierte. Er nahm nicht wahr, dass Martha ihn ansprach.

Sie rannte zur Straße zurück und dann weiter zum O'swaldkai, die Lastwagen neben sich.

»Es ist etwas passiert«, rief sie, sobald sie in dem Häuschen an der Schranke war. »Jemand ist erschossen worden. Da, auf dem Kai.«

Die Wachleute glotzten sie an.

»Kommen Sie«, rief Martha.

»Was soll passiert sein?«, fragte der mit dem kahlen Kopf.

»Da ist geschossen worden. Auf dem Kai. Und der Mann, der eben hier war …«

»Der Zollinspektor.«

»Genau.«

»Woher wissen Sie das?«

Sie hielt das Fernglas hoch. »Ich hab's gesehen. Kommen Sie schon.«

»Woher haben Sie das Glas?«, fragte der Kahle. »Das gehört uns.«

Sie stellte das Glas auf den Tresen. »Mensch, das spielt doch jetzt keine Rolle.«

»Es wurde geschossen?«, fragte einer der anderen beiden, die weiter hinten im Raum an ihren Schreibtischen saßen. Martha hörte den Zweifel in seiner Stimme. Sie wollte zu ihm laufen und ihn schütteln, aber sie beherrschte sich.

»Das sage ich doch die ganze Zeit.«

»Ich hab nichts gehört«, erwiderte der Sicherheitsmann. Und zu seinem Kollegen: »Du?«

Der Dritte verzog sein Gesicht.

Martha wendete sich ab. »Ich geh da jetzt hin. Entweder Sie kommen mit oder Sie lassen es bleiben.«

»Halt«, hörte sie noch, aber da war sie schon zur Tür hinaus. Sie duckte sich unter der Schranke hindurch und fing an zu laufen. Rannte über den weiten Betonplatz. Am Ende sah sie die Schuppen auftauchen.

»Bleiben Sie stehen«, keuchte jemand hinter ihr. Im Laufen blickte sie über die Schulter. Der kahle Sicherheitsmann ruderte mit den Armen, während er ihr folgte. Dann würde sie wenigstens nicht allein sein an den Schuppen.

Sie spurtete. Der Schweiß brach ihr aus. Sie näherte sich den Schuppen, konnte aber Bernd nirgendwo entdecken. Auch den anderen Mann, den mit der Pistole, nicht. Es kam ihr kurz in den Sinn, auf den Sicherheitsmann hinter ihr zu warten – vielleicht war sie gerade dabei, in eine Kugel hineinzulaufen. Doch sie blieb bei ihrem Tempo.

Erst als sie die Schuppen erreicht hatte, bremste sie ab. Sie fand sich vor einer Reihe niedriger Backsteinhäuschen wieder, alle mit zweiflügligen dunkelbraunen Holztüren, die meisten davon geschlossen. Die Sea Star erhob sich hinter den Schuppen. Aus der Nähe hatte das Schiff eine ungeheure Größe. Wie ein Hochhaus.

Um sich zu orientieren, suchte sie die Böschung mit dem Fotografen. Der Sicherheitsmann kam neben ihr zum Stehen. Er keuchte.

»Hören Sie, was Sie hier tun, ist streng verboten. Kommen Sie mit zurück.« Er schnappte nach Luft.

»Hier irgendwo muss es gewesen sein. Wir müssen die Schuppen absuchen.« Martha war sich inzwischen sicher, wo Bernd gestanden hatte. Auf dem Asphalt war ein Fleck. Sie ging in die Hocke.

Der Sicherheitsmann stand unmittelbar vor ihr. Er wollte sie packen und wieder in die Höhe ziehen, hatte aber offenbar Scheu, sie anzufassen. Martha sah ihm von unten ins Gesicht.

»Begreifen Sie eigentlich, was ich sage? Hier ist gerade jemand erschossen worden. Verstehen Sie das oder soll ich's buchstabieren? Erschossen. Und hier – das könnte ein Blutfleck sein.«

Vorsichtig berührte sie den Fleck mit der Fingerkuppe. Der Sicherheitsmann kam neben ihr in die Hocke. »Das kann irgendwas sein. Farbe wahrscheinlich. Da ist der nächste Fleck und da wieder einer. Frisches Blut ist das sicher nicht.«

Er hatte recht. Der Fleck war zwar rot, aber getrocknet. Sie wusste nicht, ob Blut bei der Hitze so schnell trocknete. »Können wir die Schuppen absuchen?«

»Wir können das tun. Aber nicht Sie. Ich muss Sie dringend bitten, den Kai zu verlassen. Und zwar auf der Stelle. Anderenfalls bin ich gezwungen ...«

»Nur diesen einen Schuppen. Ich habe gesehen, wie er da hineingezogen wurde.«

Der Sicherheitsmann antwortete nicht.

»Bitte«, sagte sie.

Er nickte vorsichtig. Die Flügeltüren waren nicht ganz geschlossen. Der Sicherheitsmann hielt Martha zurück. Er wollte als Erster hineingehen. Der Schuppen bekam nur durch den Türspalt Licht. Innen war eine schmale Fläche beleuchtet, der Rest war dunkel. Marthas Begleiter stieß die Flügeltüren weiter auf. Der Schuppen war nicht tief. An der gegenüberliegenden Wand lagen Plastikbottiche und Schwimmringe und zusammengerollte Taue. Sie sah Fender verschiedener Größe, eine Strickleiter und Fähnchen, die an einer Leine aufgeknüpft waren. Und eine Tür auf der anderen Seite, die Richtung Wasser führte.

Dass Bernd nicht hier war, war offensichtlich.

»Kommen Sie«, sagte der Wachmann.

Er fasste Martha unter und zog sie davon. Draußen ließ er sie los, und sie trottete neben ihm her. Es war sinnlos, mit diesem Kerl oder mit seinen Kollegen eine Debatte anzufangen. Die würden nichts unternehmen, die hielten sie für eine Spinnerin.

Ihr schossen Tränen hoch. Sie kniff die Augen zusammen und blinzelte in die Sonne.

Sie hatte keine Ahnung, ob er nur angeschossen oder tot war. Er war zusammengesackt, das hatte sie gesehen. Der andere, der schwarz trug, hatte ihn aufgefangen. Mehr wusste sie nicht. Wusste sie das wirklich? Es war alles so schnell gegangen. Hatte sie wirklich gesehen, dass auf Bernd geschossen worden war? Sie verscheuchte den Zweifel – natürlich hatte sie es gesehen, dabei blieb es, auch wenn es keine Spuren gab.

Sie ging ihre Möglichkeiten durch, während sie gleichzeitig bezweifelte, dass ihr Kopf auch nur halbwegs klar war. Nicht die Kommissarin. Warum sollte die sich bei ihrem Schokoriegel stören lassen und ein Spurensicherungskommando schicken? Es gab keine Leiche, und niemand außer Martha hatte etwas gesehen.

Sie schüttelte den Kopf, während sie Muskeln an Beinen und Armen anspannte. Neitzel, dachte sie. Jetzt wollen wir mal sehen.

An der Schranke nickte sie dem kahlen Wachmann zu, der den Mund öffnete, aber keinen Ton herausbrachte. Sie ließ ihn stehen.

So schnell ihr 190er es zuließ, fuhr sie nach Harburg.

28

»Du hast die Nerven verloren, Gerd Neitzel. Das ist die ganze langweilige Wahrheit. Ich hatte dich für stärker gehalten.«

Wie gut Apeldorn plötzlich die deutschen Formulierungen beherrschte. Er war verärgert, aber Neitzel interessierte das einen Scheißdreck. Er wollte von dem Holländer nur eins – Kohle. In seinem Büro in Harburg war es stickig. Zwei Fenster standen offen, doch von draußen drang nur diese feuchte, drückende Luft herein. Heute ließ die Hitze auch Apeldorn nicht außen vor, unter seinen Achseln hatten sich zwei dunkle Flecken ausgebreitet. Der smarte Holländer war auch nur ein Mensch.

»Mein Meister hat mich im Stich gelassen. Ich musste reagieren.«

»Ich rede mit ihm. Gib mir seine Nummer. Besser noch seine Adresse.«

Damit er dann Jastrams Frau auch noch entführte oder aus dem Fenster schmiss. Warum begriff der Idiot nicht, dass er nicht immer weiter Gewalt anwenden konnte?

»Hör zu, Apeldorn. Wir unterbrechen. Wir machen eine Pause, bis …«

»Ich kann mich daran erinnern, dass wir dieses Gespräch schon einmal geführt haben. Auf dem Hamburger Flughafen, in einem Raum mit Klimaanlage.«

Arschloch. Neitzel behielt seinen Kommentar für sich. »Ich weiß nicht, was in den Jastram gefahren ist. Scheint Skrupel bekommen zu haben, der Idiot. Aber vielleicht kam das für uns zur richtigen Zeit.«

Apeldorn schüttelte den Kopf.

»Eine Kindsentführung …«

»… von der niemand weiß«, sagte Apeldorn.

Vor Neitzels Augen platschte der Rotwein wieder auf seinen Teller. Er schüttelte den Kopf. Niemand? Apeldorn lag so offensichtlich falsch, dass es nicht der Mühe wert war zu widersprechen.

»Es gab einen Toten.«

»Ein Unfall, soweit ich gehört habe.«

»Wie auch immer du das gemacht hast.«

»Lieber Gerd Neitzel, vielleicht begreifst du Folgendes.« Apeldorn zog mit seinem verschwitzten Zeigefinger einen langen Strich auf den Tisch. Die Feuchtigkeit blieb auf dem Furnier stehen, die Linie sichtbar. Auf der einen Seite markierte Apeldorn zwei Schweißpunkte. »Wir beide stehen auf ein und derselben Seite. Du hast gesagt, da gibt es einen iranischen Sanitäter, der dir nachspioniert. Also habe ich dir geholfen. Du hast gesagt, dich stört eine Journalistin. Und wer ist wieder da und hilft? Dein Freund Jan Apeldorn.«

Neitzel legte seine Handfläche auf den Tisch, auf die andere Seite der Linie. Als er sie wieder hochhob, hatte sie einen feuchten Fleck hinterlassen.

»Und jetzt sage ich meinem Freund Jan Apeldorn, es wird zu heiß hier. Sie rücken uns näher, von allen Seiten. Wir warten darauf, dass sich die Hitze verzieht, bevor wir weitermachen.«

Apeldorn verzog den Mund.

Neitzel breitete die Arme vor sich aus, die Handflächen nach oben. »Wenn wir beide ins Gefängnis wandern, hat niemand in Teheran etwas davon. Dann gibt es überhaupt keine Lieferung.«

Der Holländer stand auf und wanderte in Richtung Fenster, drehte um, kam zurück. »Keine Ware, kein Geld.«

»Nee, Apeldorn, nicht so.«

»Ein normales geschäftliches – wie sagt ihr? Behavior.«

Neitzel wollte es nicht, trotzdem half er dem Holländer mit dem Wort. »Gebaren.«

»Gebaren. Ein schweres Wort. Also gut. Normales geschäftliches Gebaren: keine Ware, kein Geld.«

Es waren mindestens anderthalb Millionen, die Apeldorn ihm schuldete, je nachdem wie man die Teillieferung berechnete. Neitzel hatte mit dem Geld kalkuliert, er brauchte es für Schwarzzahlungen an die Arbeiter auf der Peute, aber vor allem als Rücklage für sein Alter. Unvorstellbar, darauf zu verzichten.

»Es gab Ware«, sagte er. »Es gab eine vollständige erste Lieferung und jetzt einen Teil, der heute ablegt.«

»Ja, nach Karatschi.« Neitzel hörte den Hohn in der Stimme des

Holländers. »Weißt du, was das bedeutet? Dass ich da runterfahren muss. Bring mal fünf Container aus Pakistan in den Iran.« Er hob seine Hand und streckte den Ringfinger mit dem Onyx in die Höhe. »Du musst den Zoll bestechen. Nicht einen kleinen Arsch von Beamten, sondern die ganze Mannschaft einschließlich der Vorgesetzten. Das ist heute selbst in Pakistan keine Kleinigkeit mehr. Dann brauchst du Fahrzeuge und eine bewaffnete Eskorte, sonst wirst du überfallen, und die ganze Lieferung verschwindet irgendwo im Wüstensand. Und all das nur, weil du die Nerven verloren hast.«

Diesmal nicht. Neitzel spannte seine Muskeln an. Diesmal würde er sich nicht unterkriegen lassen. »Ich habe nicht die Nerven verloren, sondern gehandelt, als gehandelt werden musste. Es ging nicht anders. Und jetzt möchte ich mein Geld … Bitte.«

Warum bitte? Warum machte er sich klein? Er hatte gearbeitet, er wollte bezahlt werden. Aber sein »Bitte« ließ sich nicht wieder zurückholen.

»Es gibt keine Teillieferungen. Wenn jemand ein Auto bestellt und bekommt nur vier Reifen und einen Motor, dafür bezahlt er auch nicht.«

Neitzel hatte eine Flasche Wasser auf seinem Schreibtisch stehen und ein Glas. Er drehte den Verschluss auf, schenkte ein, trank. Warmes Wasser. Er sah Apeldorn in die Augen.

»Ich habe meinen Arsch gerettet, das ist richtig. Aber deinen auch. Lass das Kind frei und tauch unter. Das ist mein Rat. Drei Monate, vielleicht sechs. Dann fangen wir wieder an.«

Apeldorn lachte. »Vergiss es. Teheran wartet nicht. Sie wollen – und zwar noch bevor sie von den Amis oder von Israel angegriffen werden – der Welt zeigen, dass sie den gesamten Herstellungsprozess beherrschen. Bis hin zur fertigen Bombe. Das ist für sie die beste Lebensversicherung.« Er schlug einen anderen Ton an. »Wie hast du eigentlich die fünf Container so schnell verschiffen können?«

»Ein Schiffsmakler, den ich kenne. Er schuldete mir einen Gefallen. Jetzt schulde ich ihm einen.«

Apeldorn lachte wieder. »Das geht in Hamburg auch nicht anders als in Neapel. Oder in Karatschi. Und der Zoll?«

»Ach, weißt du … Hauptsache, die Papiere sehen gut aus.« Neitzel spürte, wie Apeldorn zugänglicher wurde. Er erkannte seinen Weg – weiter mit dem Holländer reden, ihn einlullen, und dann würden sie als Freunde auseinandergehen. Und selbst wenn er nicht anderthalb Millionen bekam – ein Teil des Geldes war drin, hoffentlich ein großer Teil. Eine Million musste es schon sein.

»Möchtest du auch Wasser? Soll ich ein Glas bringen lassen?«

»Ich trinke aus deinem mit. Wir sind Freunde«, antwortete Apeldorn, und Neitzel schenkte es voll und reichte es ihm.

»Du hast recht«, sagte Neitzel, »hier im Hafen geht viel, wenn man jemanden kennt. Es gibt zwei Generationen. Die Jungen, die arbeiten für die großen Firmen, die haben nur Zahlen und Frachtpapiere und Rendite im Kopf. Aber wir Älteren – das ist was anderes. Weißt du, wenn man mit jemandem seit dreißig Jahren per Du ist, auf den kann man sich verlassen.«

»Es ist unsere Geschichte, die du da erzählst«, sagte Apeldorn, das Glas in der Hand. Er hatte eine milde Stimme bekommen, die Neitzel weiter hoffen ließ. »Wir haben ein Leben lang zusammengearbeitet.«

Neitzel nickte. Sollte er jetzt zustoßen, oder war es noch zu früh? »Deshalb musst du mir vertrauen. Ich will niemanden bescheißen. In ein paar Monaten, wenn hier Ruhe eingekehrt ist, fangen wir wieder an.« Er log, er wusste es. Nie wieder würde er anfangen. Er hatte die Schnauze voll. Bis zum Anschlag.

»Ich kenne dich und weiß, dass du schnell die Nerven verlierst«, sagte Apeldorn. »Das war als Student schon so, als du damals die Pläne kopiert hast. Sobald jemand kam, hast du hektisch alles zusammengepackt. Dabei hat sich kein Bibliothekar dafür interessiert, was der junge Deutsche da macht. Fleißig wie seine Väter bei der Judenvernichtung, haben sie gedacht, mehr nicht. Aber du? Sobald in der Küche gekocht wird, wird's dir zu heiß und du rufst: Macht den Herd aus, hier brennt's.«

»Ich war schon im Gefängnis.«

»Wie furchtbar. In Untersuchungshaft. Es ehrt einen Mann, im Knast gewesen zu sein. Und dir haben sie dafür noch Entschädigung bezahlt. Nachdem du freigesprochen wurdest.« Apeldorn lachte.

Neitzels Hoffnung schwand. Er kalkulierte im Geiste, wie weit er ohne die anderthalb Millionen kam. Die Leute, die auf der Peute gearbeitet hatten, mussten bezahlt werden, daran führte kein Weg vorbei. Das war Schweigegeld. Er brauchte keinen weiteren Zeugen gegen sich, überhaupt keine Feinde. Seine Arbeiter waren auf seiner Seite, solange die Bezahlung stimmte. Jastram würde sein Geld natürlich nicht bekommen, der Feigling. Aber er traute dem Meister auch nicht zu, dass er ihn anzeigte. Wo es fehlte, dass war an seinem eigenen Vermögen. Ohne das Geld aus Teheran konnte er sich nicht zur Ruhe setzen. Dann ging es weiter in der Tretmühle, Aufträge, wo kaum etwas hängen blieb, jeden Tag der Kampf, bis er vollständig am Ende seiner Kräfte war. Aber dieser Holländer da vor ihm, dieser lange, grinsende Kerl mit seinem braungebrannten Gesicht, den brachte man nicht zu etwas, was der nicht wollte.

»Wo kann dein Meister sein?«, fragte Apeldorn. »Wir überzeugen ihn, und morgen früh geht's weiter.«

Neitzel schnaubte. Es war ein verfluchter Fehler gewesen, sich mit Apeldorn einzulassen. Von Anfang an ein Fehler. Nun kam die Zeit der Abrechnung, und er konnte nur noch entscheiden, in welcher Währung er bezahlen wollte. Auf der einen Seite stand eine Fortsetzung des Risikos, auf der anderen sein Geld. Die Entscheidung war bereits gefallen, und er nahm innerlich Abschied von seinem Polster für den Ruhestand.

»Ich suche den Meister«, sagte er, »und ich rede mit ihm. Kommt er so zurück, ist es gut. Wenn nicht, rufe ich dich an.«

Apeldorn grinste und zeigte seine weißen Zähne. »Das ist ein Vorschlag. Und ich kümmere mich um Karatschi. Unter Freunden.«

»Und lass den Jungen frei.«

Anstelle einer Antwort hielt der Holländer Neitzel die Hand hin. Sie war feucht. Neitzel verzog keine Miene. Er würde Jastram weder suchen noch finden, und die illegale Arbeit ging auch nicht wieder los.

Als Apeldorn gegangen war, begann Neitzel einen Kassensturz. Er nahm sich ein paar Zettel und schrieb aus dem Kopf auf, was er besaß, was er anderen schuldete und wie viel davon er unbedingt zurückzahlen musste. Er spielte mit dem Gedanken, sein Haus zu verkaufen. Zu dritt konnten sie bequem in einer Wohnung leben. Allerdings würde auch die Geld kosten. Seiner Frau glaubte er zurzeit so ziemlich alles erklären zu können – Hauptsache, das entführte Kind machte keine Schlagzeilen. Er würde ihr mit großer Geste mitteilen, er habe dafür gesorgt, dass der Junge freigelassen wurde. Dabei hätte er sich den Holländer zum Feind gemacht, der ihm viel Geld schulde und jetzt nicht zahle. Gar nicht so weit von der Wahrheit entfernt.

Es klopfte, und ehe er etwas gesagt hatte, kam seine Sekretärin herein. Auch sie hatte Schweißflecken auf dem T-Shirt. Sie klang atemlos, offenbar war sie die Treppe hinaufgerannt. »Da draußen sitzt eine Journalistin. Die sagt, sie wartet genau zwei Minuten. Wenn sie dann nicht mit Ihnen sprechen kann, schreibt sie alles auf.«

»Was heißt: Sie schreibt alles auf?«

»Das hat sie nicht gesagt.«

Neitzel schüttelte den Kopf. Aber er sagte: »Schicken Sie sie hoch.«

Die Frau, die kurz danach in sein Zimmer kam, sah aus wie von der Müllhalde. Die Bluse dreckig, auf der Hose Flecken in Höhe der Knie, als wäre sie irgendwo herumgerutscht, und das Gesicht war verheult und die Haare wirr. Hoffentlich setzte sie sich nicht. Er zog sich tiefer in seinen Schreibtischstuhl zurück.

»Was wollen Sie?«

»Ich habe Ihnen gegenüber die Fairness, die Sie bei mir nicht hatten.«

Er verstand kein Wort.

»Vielen Dank«, sagte er und hoffte, dass sie seine Ironie hörte.

»Ich schreibe über Sie, Herr Neitzel. Über die MBN und über den Zentrifugenschmuggel. Über den Mord an Said Bankar. Über die Entführung meines Sohnes.«

Er taxierte sie. Schmutzig und ausgelaugt stand sie vor ihm und wollte ihm drohen. Zum Totlachen. Sie schickte ihre letzten Bataillone in die Schlacht, die Alten, die Lahmen und die Verwundeten.

»Viel Spaß dabei. Sollten mein Name oder der meiner Firma fallen, hetze ich Ihnen meinen Anwalt auf den Hals.«

Neitzel hätte gern gewusst, ob sie ihren Sohn wiederhatte. Nur konnte er sich nicht dazu durchringen, sie zu fragen.

Sie stand weiter vor ihm. »Sicher versuchen Sie das. Das ist mir klar. Aber das Blatt hat sich gewendet.«

»Oh«, sagte er. So wie sie aussah, nicht zu ihren Gunsten. Er überlegte, ob er sie vor die Tür setzen sollte. Aber was war mit ihrem Kind?

»Es gibt einen weiteren Toten. Sie kennen ihn. Bernd Wagner.«

Ein Bluff. Natürlich ein Bluff. Apeldorn hatte kein Wort darüber verloren. Der verfluchte Holländer hatte keinen Bundesbeamten töten lassen. So bescheuert war selbst der nicht.

»Und wie ist das passiert, wenn ich fragen darf?«

»Mord. Er ist erschossen worden.«

»Und Sie, die große Journalistin, kennen bereits den Täter und haben Beweise, während die Polizei noch Frühstückspause macht, richtig?«

»Wissen Sie«, hörte er und staunte nicht schlecht über die Ruhe in ihrer Stimme, »es gibt viele Möglichkeiten, sich zu verteidigen. Ich habe im Laufe der Zeit einige davon kennengelernt. Die, die Sie gerade anschlagen, ist eine gängige Methode. Wie wollen wir sie nennen? Überheblichkeit und schale Witze? In Ihrem Fall trägt sie nicht weit. Sie haben mir gedroht.«

Die richtige Zeit, einen Lacher zu platzieren.

»Sie waren an der Entführung meines Sohnes zumindest beteiligt, und sobald das publiziert ist, müssen sich die Staatsanwaltschaft und die Polizei kümmern. Von Amts wegen. Verstehen Sie? So sind die Gesetze. Ich weiß, wo Sie Gaszentrifugenteile herstellen. Ich habe Ihre Halle auf der Peute gesehen. Auch die wird untersucht werden.«

Scheiße. Er biss sich auf die Lippe. Was jetzt? Sich nur nichts anmerken lassen. Auf jeden Fall nicht Apeldorn informieren. Nicht noch ein Toter.

Seine Stimme war leiser. »Was wollen Sie?«

»Nichts. Ich warne Sie, weil ich fair bin. Sie haben Zeit, sich vorzubereiten. Morgen ist es so weit.«

Schön, dann würden sie abhauen, heute noch und alle drei. Konnte er seiner Frau eine überstürzte Flucht erklären? Er wusste es nicht. Vielleicht würde sie bocken und nicht mitkommen, nach dem, was gestern Abend passiert war. Würde ihn erst recht der Kindesentführung beschuldigen. Dann musste er allein fliehen. Ohne Felix.

»Können wir uns irgendwie einigen?«, fragte er. »Wo ist denn Ihr Sohn?«

»Mein Sohn ist in Sicherheit. Aber nicht, weil Sie ihn freigelassen haben.«

»Hören Sie, ich habe mit der Entführung nichts zu tun. Ich bin selbst Vater. Ich würde nie ...«

Sie setzte sich, unaufgefordert und ihm gegenüber. Mit ihren dreckigen Klamotten auf seinen Stuhl. Er schluckte, nahm es aber als Zeichen, dass sie mit ihm verhandeln wollte. Ein kleines Entgegenkommen, ein Punkt für ihn. Ein winziges Pünktchen.

»Ich will die Wahrheit«, sagte sie, immer noch mit dieser Ruhe in der Stimme. »Wer hat Said Bankar von seinem Balkon geworfen?«

Mensch, Apeldorn, du Idiot. Neitzels Geld war weg, unwiderruflich. Mit dem Holländer konnte er nicht mehr verhandeln. Er wischte sich den Schweiß aus dem Gesicht. Aus dieser Situation würde er nicht wieder rauskommen, jedenfalls nicht mit heiler Haut, nicht einmal, wenn er Apeldorn hineinstieß. Er sah sich aufspringen und der Frau an die Gurgel gehen. Bis jetzt hatte er noch nie jemanden getötet, nicht mal ein Tier, außer Insekten. Aber so sehr hatte ihn auch noch niemand in die Enge gedrängt.

»Apeldorn«, begann er zögerlich, »beschäftigt zwei Männer, seine Leibwächter. Das sind brutale Kerle.«

»Und die haben Said Bankar getötet?«

»Nein, das war Apeldorn selbst. Aber die haben geholfen.«

»Woher wissen Sie das?«

»Weil er's mir gesagt hat. Gebrüstet hat er sich damit.« Neitzel sah das Grinsen im Gesicht des Holländers wieder, er erinnerte sich an die weißen Zähne, als Apeldorn erzählte, wie er den Sanitäter auf den Balkon gelockt hatte, weil er ihm dort angeblich etwas zeigen wollte und wie er ihn dann blitzschnell an den Beinen gepackt und über die Brüstung geworfen hatte.

»Und wieso gibt es keine Spuren und keine Zeugen?«

»Spuren deshalb nicht, weil diese Leute Profis sind. Und mit den Zeugen – da hat er einfach Glück gehabt. Es war an einem Arbeitstag, morgens, ich glaube, ein Montag. Sie haben Ihren Mann abgepasst, als er vom Bäcker kam. Es gibt wenig Leute, die montags morgens aus dem Fenster glotzen oder auf dem Balkon sitzen. Selbst bei dieser Scheiß-Hitze. An diesem Tag jedenfalls niemand. Zumindest hat sich keiner gemeldet.«

Glaubte sie ihm? Fast war es ihm egal. Er hatte mit diesem Mord nichts zu tun. Natürlich, er hatte Apeldorn gewarnt, dass so ein Spinner auf der Peute rumschnüffelte und die Leute anquatschte und Fotos machte. Ein Perser – ein Sanitäter, der dort ein paar Tage vorher einen Arbeiter verarztet hatte. Aber er hatte den Holländer doch nicht darum gebeten, den Kerl aus dem vierten Stock auf die Straße zu schmeißen.

»Was ist dieser Apeldorn eigentlich für einer? Womit verdient der sein Geld?«

»Er ist Makler«, sagte Neitzel. »Er hat Kontakte in die ganze Welt.«

»Ein Makler für geschmuggeltes Material zum Atombombenbau?«

Er nickte.

»Wie heißt der mit Vornamen?«

»Jan«, sagte Neitzel.

»Jan Apeldorn«, wiederholte sie. »Ein Holländer.«

Er nickte wieder.

»Und natürlich war es Apeldorn, nicht Sie, der meinen Sohn entführt hat.«

»Das müssen Sie mir glauben! Das war auch nicht Apeldorn direkt, sondern seine ... Leibwächter. Ich beschäftige solche Leute gar nicht.«

Sie kniff sich in den Finger, bis er weiß wurde. Er sah ihr ins Gesicht. Sie hasste ihn, davon war er überzeugt. Niemals würde sie ihn schonen. Es sei denn, er konnte einen richtig guten Deal mit ihr vereinbaren.

»Aber Sie haben mir gedroht«, sagte sie. Ihre Augen waren klein und entschlossen.

»Ja, und das tut mir leid. Ich würde es gern ungeschehen machen. Bitte verzeihen Sie mir das.«

Er wartete auf eine Antwort, aber sie gab ihm keine. Sie ließ ihren Finger los, um sich gleich darauf in einen anderen zu kneifen.

»Sie wussten«, sagte sie, »was Apeldorn getan hat. Ich meine, die Entführung meines Sohnes. Sie haben noch aus dem Restaurant Apeldorn angerufen. Ich war auf dem Parkplatz. Mit Wagner.«

Das wurde ja immer schlimmer. Er zögerte. Jetzt durfte er nichts Falsches sagen. Es kam auf seinen Tonfall an. Er brauchte Entrüstung in der Stimme. Und Mitgefühl. Und Leid.

»Ich wollte, dass er das Kind freilässt. Um Ihretwillen und um Ihres Jungen willen.«

»Wissen Sie, wo mein Sohn versteckt wurde?«

Er versuchte, harmlos zu wirken. »Keine Ahnung.«

»Sie lügen. Apeldorn hat es Ihnen gesagt. Mein Sohn war auf Ihrem Grundstück, Herr Neitzel. Im Geräteschuppen.«

Er hätte aufschreien können. Verdammte Scheiße. Das reichte, damit er mitschuldig wurde. Apeldorns Falle hatte zugeschnappt. Er würde für eine ganze Reihe von Jahren eingebuchtet werden. Beihilfe zur Kindesentführung. Armer Felix. Der Junge musste, wenn das Gespräch darauf kam, seinen Kumpels sagen, dass sein Vater im Gefängnis war.

Es klang mechanisch, als er weitersprach. »Verstehen Sie denn nicht? Apeldorn wollte mich da mit reinziehen. Deshalb hat er das gemacht. Er hat mich doch von Anfang an erpresst.«

»Ach, er hat Sie erpresst, damit Sie ihm diese Scheiß-Teile bauen? Das haben Sie nicht gemacht, weil man da traumhafte Gewinne erzielt. Sondern weil er Sie erpresst hat?«

Diese blöde Journalistengans, die bekam jeden Monat ihr Gehalt überwiesen, die hatte keine Ahnung, wie es im Leben zuging. Er musste ihr das freche Maul stopfen.

Er atmete durch. »Es gibt den Gegensatz nicht, den Sie aufbauen. Er hat mir gedroht. Mich erpresst. Und auf der anderen Seite hat er mir Geld geboten. Beides ist wahr. Aber wahr ist vor allem, dass ich diese Teile nicht aus Geldgier hergestellt habe.«

»Haben Sie sich eigentlich mal überlegt, was es bedeutet, an der Atomrüstung eines Landes mitzuarbeiten?«

Jetzt auch noch die Moral. Er verzichtete auf eine Antwort.

»Was ist mit Wagner?«, fragte sie.

Er schüttelte den Kopf. »Ich habe keine Ahnung. Wirklich keine Ahnung. Ich schwöre es. Ich wusste nicht, dass ... ich meine, dass er tot ist, bevor Sie es mir gesagt haben. Ist er denn wirklich erschossen worden?«

»Ich habe es gesehen. Ob er tot ist, kann ich nicht mit Gewissheit sagen. Es gibt keine Leiche. Wagner ist verschwunden. Weggebracht worden.«

»Ich weiß über all das nichts. Aber hören Sie, ich bin bereit ...« Mit Absicht brachte er seinen Satz nicht zu Ende.

»Was?«

»Ich helfe Ihnen. Wir suchen Wagner gemeinsam. Ich rufe auch Apeldorn an und spiele ihm was vor. Im Gegenzug möchte ich aus der Sache herausgehalten werden.« Er schloss die Augen und legte die Hände ineinander. Noch einmal den richtigen Tonfall treffen. Einen verzweifelten. »Bitte. Ich habe Familie.«

Er hörte sie lachen und hätte ihr am liebsten irgendwas ins Gesicht geschmissen. Die Glasschale, in der seine Stifte lagen, damit es ordentlich weh tat. Er musste sich zurückhalten.

»Haben Sie irgendwas bei sich? Ein Aufnahmegerät? Haben Sie unser Gespräch aufgezeichnet?«

»Nein.« Sie tippte sich an die Stirn. »Das kann ich mir merken.«

Er stand auf und faltete die Hände wie ein Pfarrer. »Frau Bankar, ich bitte Sie. Ich weiß, dass ich Fehler gemacht habe. Weil ich in Not war und unter Druck gesetzt wurde. Aber ich habe niemanden getötet und ich habe Ihren Sohn nicht entführt oder entführen lassen. Bitte erwähnen Sie meinen Namen nicht.«

»Guter Mann, Sie wissen noch immer nicht, wie es steht. Es wird einen Prozess geben, wegen Mordes, möglicherweise wegen zweier Morde. Da wird vor Gericht der gesamte Zusammenhang ausgebreitet. Rufen Sie Ihren Anwalt an, besprechen Sie sich mit dem. Vielleicht können Sie Kronzeuge werden und irgendetwas aushandeln. Aber ich kann Ihnen nicht helfen. Und ich will es auch nicht.«

Er stützte sich auf seine Schreibtischplatte. Seine Knie wollten nachgeben. Er kam sich schwer vor wie nie. Und dann noch diese Scheiß-Hitze. Verdammt noch mal, bald kam der Herbst. Warum wurde es nicht endlich mal kühler?

In ihrem 190er ließ sie die Scheibe herunter. Sie hatte kein Gefühl für ihren Körper, ihr Verstand war in einem unwirklichen Zustand, und aus der Ferne hörte sie ein schwaches Dröhnen, das sich nicht abstellen ließ, wie ein ferner Kopfschmerz. Sie hatte bei Neitzel hoch gepokert, viel höher, als ihr Blatt zugelassen hatte. Denn es war längst nicht entschieden, ob ihr Artikel wirklich erscheinen würde.

Die Uhr am Armaturenbrett zeigte auf fünf, und sie musste überlegen, ob es fünf Uhr morgens oder nachmittags war. Der Verkehr war dicht. Im Schneckentempo ging es über die Elbbrücke. Sie versuchte, sich das Gespräch mit Braun vorzustellen. Sachlich wollte sie bleiben, ihn mit Argumenten überzeugen. Die Spot würde mit ihrer Reportage in allen Nachrichten und Zeitungen erwähnt werden. Eine bessere Werbung konnte es doch nicht geben.

»Nein«, sagte Braun. »Kommt nicht in Frage.«

»Heribert ...«

»Dein Glück ist, dass ich Stress habe. Vielleicht erinnerst du dich an die Zeit, als du noch regelmäßig hier gearbeitet hast. Es ist Donnerstagnachmittag, wir haben Redaktionsschluss. Ich habe alle Hände voll zu tun. Zumal ich eine Redakteurin ersetzen muss, die seit Wochen ihrer eigenen Wege geht.«

Er ließ sie stehen.

Ihr Vorsatz, die Sachlichkeit, hielt keine drei Minuten. Ihr kamen die Tränen, mitten im Großraumbüro. Sie fuhr sich mit dem Arm übers Gesicht. Wer guten Willens war, konnte glauben, sie wische sich den Schweiß ab. Am Fenster, wo sie sich spiegelte, schien ihr ein Bild entgegen, das sie kaum erkannte, eine Mischung aus Bauarbeiterin und Furie. Das sollte sie sein? Diese verdreckten Klamotten, diese Haare? Und die eingefallenen Wangen?

Eine Frau, die dabei war, alles zu verlieren.

Mit hängenden Schultern und gesenktem Blick stand sie da. Starrte auf die Straße. Hatte vergessen, was sie wollte und dachte. Bewegte nur den Kopf manchmal auf der Schulter. Und kam dabei wieder zu Sinnen. Sie blinzelte und streckte sich. In der Küche nahm sie sich einen Kaffee und ließ kaltes Wasser dazu laufen. Jetzt nur nichts Heißes.

Braun war im Gespräch mit der Layouterin. Beide beugten sich über einen großen Labortisch, auf dem verschiedene Entwurfsseiten der nächsten Ausgabe ausgebreitet waren. Martha baute sich davor auf. »Heribert.«

Sie hörte Festigkeit in ihrer Stimme. Die Layouterin immerhin unterbrach ihre Arbeit.

»Ich will, dass dieser Artikel erscheint. Am liebsten in der gedruckten Ausgabe, aber wenn's nicht anders geht, auch nur online. Wenn du dich weigerst, dann gehe ich zur Morgenpost oder zum Abendblatt. Von mir aus sogar zur Bildzeitung. Das ist mir scheißegal.«

Er nickte und wandte sich wieder den Seiten vor ihm zu.

Sie wartete. »Was heißt das Nicken?«, fragte sie schließlich.

»Dass du dir deine Papiere holen kannst. Du bist entlassen. Kündigungsgrund: Nötigung eines Vorgesetzten. Vor Zeugen.« Braun zeigte auf die Layouterin. »Eine Abmahnung reicht da nicht mehr.«

»Arschloch«, zischte sie, laut genug, dass er es hören konnte.

Auf ihrem Schreibtisch kramte sie ein paar Sachen zusammen, ein Foto von David, Stifte, ein paar Unterlagen. Im Posteingangskorb lag ein großer Umschlag, handgeschriebene Adresse, Konrads Absender. Saids Fotos. Durch den Umschlag war eine CD zu fühlen. Sie packte alles ein. Von hier aus würde sie keine Redaktionen der Tageszeitungen anrufen, das wollte sie vom Auto aus tun.

Es kam nicht in Frage aufzugeben. Jetzt nicht mehr. Sie würde alles versuchen, bis zum Letzten. Ob ihr Weg richtig war, das zu entscheiden war sie nicht mehr in der Lage. Ihr Hirn war in einem jenseitigen Zustand, es klirrte und hallte und schmerzte. Ein Zeitungsartikel? War es nicht besser, zur Polizei zu gehen? Vielleicht lebte Bernd noch und brauchte medizinische Hilfe, und die Stunden verstrichen sinnlos, weil sie falsch reagierte.

Sie bekam keine Klarheit hinein.

Erst als sie sich vorstellte, mit der Kommissarin auf dem Kai zu stehen – falls sie die Bronkhorst überhaupt so weit bekam –, wusste sie, dass ihr erster Gedanke der richtige war. Und es gab die Möglichkeit, Polizei und Staatsanwaltschaft noch schneller aufzuscheuchen. Sie musste nur eine Kurzfassung ihres Artikels an die Nachrichtenagenturen geben. Das wirkte Wunder.

»Tut mir leid«, hörte sie hinter sich. Eine grantige Stimme. »Zeig her deine Geschichte.«

Heribert. Schon wieder schossen ihr die Tränen hoch, und sie verkniff sie sich erneut und presste die Lippen zusammen. Am liebsten wäre sie ihrem zotteligen Chefredakteur um den Hals gefallen. Auch das ließ sie sein.

»Was heißt: Zeig her? Ich hab noch nichts geschrieben.«

Er sah auf die Uhr, demonstrativ, wie sie fand. »Mädchen, wir haben Redaktionsschluss.«

»Dann bringen wir's nur online.«

»Nein. Wenn, dann will ich den Artikel im Blatt. Als Aufmacher.«

»Okay, hilf mir. Bitte. Es lohnt sich.«

Er glotzte sie an. »Wie lange brauchst du?

»Drei Stunden.«

»Ich geb dir zwei. Ab jetzt, und dafür wird mich der Drucker schon lynchen. Wie soll deine Geschichte bebildert werden?«

Sie riss Konrads Umschlag auf und reichte ihm die CD. »Es gibt Fotos von Said. Ich glaube, da ist eine abgefuckte Halle auf der Peute drauf – da haben sie die Zentrifugenteile hergestellt. Ich habe auch ein paar Fotos gemacht, vom Hauptsitz der MBN, die sind auf meiner Speicherkarte. Und sonst? Containerschiffe. Gaszentrifugen. Was immer wir in der Richtung haben.«

»Ich kümmere mich«, sagte er. »Und jetzt möchte ich dich arbeiten sehen. Die Zeit läuft, Baby.«

Sie fuhr ihren Computer hoch. Er hatte sich schon entfernt, da sagte sie: »Heribert? Danke. Das vergess ich dir so schnell nicht.«

Ob er es gehört hatte, wusste sie nicht. Ihre Augen flogen über Saids unfertigen Artikel. Ein paar Gedanken daraus würde sie nehmen, aber als Basis taugte er nicht. Sie würde ihn neu schreiben müssen.

Mit geschlossenen Augen sammelte sie sich. All das Klirren und Dröhnen in ihrem Kopf musste verschwinden. Als sie die Finger auf die Tasten legte, begannen die, sich zu bewegen. Und dann schrieb sie wie noch nie. Sie dachte nicht nach und gliederte nicht, sondern ließ es einfach laufen. Bilder bauten sich vor ihrem Auge auf, die sie nur in Worte zu fassen brauchte. Sie rang nicht um ihre Formulierungen, musste keine Begriffe suchen, brauchte kaum anzuhalten. Es schrieb aus ihr.

David und Bernd waren um sie. Sie wusste nicht, ob sie den einen von ihnen wiedersehen würde. Im Auto hatte sie ihn geküsst. Aber jetzt war keine Zeit, dem nachzuhängen.

Auch Said war ihr nahe, durch den alles ins Rollen gekommen war und dessen unfertiges Manuskript vor ihr lag. Said, der versucht hatte, ein anderer Mensch zu werden, und der dafür hatte sterben müssen. Keiner der Täter sollte davonkommen, Apeldorn nicht, nicht seine widerlichen Schläger und Neitzel auch nicht.

Sie schrieb zwei Stunden lang ohne abzusetzen. Am Ende war sie kaum in der Lage, ihre Geschichte noch einmal durchzusehen. Ihr Verstand ließ sich nicht mehr binden, ihre Augen rannten über die Zeilen, aber sie nahm nicht auf, was sie las. Sie druckte den Text aus und brachte ihn Braun. Wortlos reichte sie ihm die Zettel und blieb vor ihm stehen, die Hände hinterm Rücken ineinandergelegt. Ihre Knie zitterten. Sie hätte sich auf den Fußboden legen können.

Braun setzte sich an einen Schreibtisch und las und biss dabei auf seinem Bleistift herum. Sie achtete auf sein Gesicht, auf jede Regung, auf seinen Atem, wartete einfach und ließ die Knie zittern. Die Situation schien ihr unwirklich, sie hatte das Gefühl zu träumen. Sie dachte an Bernd und betete, dass er lebte und versorgt war.

Braun strich hier und da etwas an. Am Ende nickte er. Sagte kein Wort, nickte nur. Aber sah ihr dabei immerhin in die Augen.

Als die Zeitschrift im Druck und die Hektik schlagartig aus der Redaktion verschwunden war, rief er sie in sein Zimmer. Ein Befehl, keine Bitte. Sie musste nach Hause, David wartete. Vielleicht würde Braun es kurz machen. Diesmal konnte sie seine Aufforderung nicht ausschlagen.

Er hatte eine gut halb volle, beschlagene Flasche Aquavit und zwei kleine Gläser auf dem Schreibtisch stehen. Er fragte sie nicht – er sagte überhaupt nichts –, sondern schenkte einfach ein. Sie stieß mit ihm an, und beide kippten den eiskalten Schnaps hinunter. Der Alkohol schlug in ihrem nüchternen Magen sofort an. Er schenkte nach. Sie sprachen immer noch nicht, sie tranken nur, jeder auf seinem Platz sitzend und seinen Gedanken nachhängend.

Erst nach dem vierten Aquavit sagte Braun: »Ich will dich nicht verlieren.«

Sie nickte. »Ich dich auch nicht.«

Nach dem Schnaps war sie nicht mehr in der Lage, selbst zu fahren. Als sie im Taxi saß, grummelte der Himmel. Wie ein tiefes Räuspern aus der Kehle eines Riesen hörte sich das an. Als wollte der zu einer Rede ansetzen. Das Grummeln wiederholte sich. Sie sah einen Blitz am Himmel, so hell, dass er ihr in den Augen wehtat, und glaubte, der Alkohol spiele ihr einen Streich. Dann folgte ein Donner, laut und drohend, und sie begriff auf einmal, warum die Menschen in alten Zeiten diese Phänomene Göttern zugeordnet hatten. Sie kamen aus der Höhe und machten Angst.

»Da kommt es«, sagte der Taxifahrer. Und mit einem Ausatmer: »Endlich.«

Der Regen brach los, als das Auto hielt. Auf dem kurzen Weg zur Haustür wurde ihre Bluse so nass, dass sie ihr an der Haut klebte. Sie steckte den Schlüssel ins Schloss, kehrte aber um und breitete auf dem Bürgersteig die Arme aus. Es war dunkel, niemand außer ihr war unterwegs. Der Regen, hoffte sie, würde ihr den Aquavit und manche andere Last aus dem Körper waschen.

David schlief. Sie gab ihm einen Kuss. Ihm entfuhr ein Stöhnen, und er drehte sich weg. Sie selbst fand nicht in die Ruhe. Die Traumbilder waren klar und deutlich wie nie, und der Aquavit beschäftigte ihren Körper. Als sie aufwachte, dachte sie, sie sei viel zu früh dran und versank ein weiteres Mal in ihre wirren Bilder.

Vor fünf stand sie auf. Noch bevor sie auf die Toilette ging oder Kaffee kochte, stellte sie das Radio an. Sie hörte eine Frauenstimme, die Nachtschicht in der Nachrichtenredaktion:

»Der Zoll hat in der Nacht in deutschen Hoheitsgewässern das Containerschiff Sea Star gestoppt und durchsucht. Dabei wurden mehrere Container beschlagnahmt, in denen offenbar illegal Kriegsgerät ausgeführt werden sollte. An Bord war, wie der Zoll mitteilte, auch ein schwer verletzter Bundesbeamter, der per Hubschrauber in ein Krankenhaus nach Cuxhaven gebracht wurde. Nach Auskunft des behandelnden Arztes schwebt der Mann nicht in Lebensgefahr.«

Sie sackte auf einen der Stühle am Küchentisch. Ihr Hals gab nach, der Kopf war schwer, sie ließ ihn auf die Tischplatte sinken, wo sie ihm mit den Händen eine Auflage bot. Um sie war Leere. Ihr Bauch rumorte, er hatte mit dem Schnaps zu kämpfen, doch das war so fern wie die Radiomusik, die Schwung und einen neuen Morgen vermitteln sollte. Sie drang nicht an ihr Ohr. Martha war erschöpft. Sie schloss die Augen und rührte sich nicht. Erst als Nacken und Hals zu schmerzen begannen, stellte sie sich unter die Dusche.

David strahlte und Hanna lächelte, als sie die Neuigkeiten erfuhren. Martha rief Kommissarin Bronkhorst an, aber die war schon informiert und hielt das Gespräch kurz.

Nur nach Cuxhaven zu fahren, schaffte sie nicht.

Sie wartete zwei Tage, bis zum Sonntag, und dann nahm sie David mit. Obwohl sie sich eine Wegbeschreibung ausgedruckt hatte, bog sie zweimal falsch ab. David redete während der Fahrt kaum, er hatte seinen Rucksack mit Comicheften vollgepackt und las eins nach dem anderen. Aber auch ihr stand der Sinn nicht nach Unterhaltung.

Mit einem kleinen Blumenstrauß in der einen und ihrem Sohn an der anderen Hand fuhr sie aufwärts. Der Fahrstuhl hielt in jeder Etage, Besucher stiegen aus und grüßten, Patienten trugen ausgewaschene Bademäntel und hatten Zigarettenpäckchen in der Hand. Marthas Hände waren feucht. Sie ließ David los. Es hatte inzwischen mehrere Gewitter gegeben, die Luft war abgekühlt. Dass ihr warm wurde, konnte sie kaum aufs Wetter schieben.

Vor Wagners – Bernds – Tür zögerte sie und holte Luft. Sie klopfte, und als sie von drinnen ein »Herein« hörte, drückte sie die Tür auf. Er lag allein im Zimmer. Keine Blumen, kein Obst auf dem Nachttisch, nur eine Flasche Mineralwasser. Er hatte ein grünes Krankenhausnachthemd an und kam ihr schmal vor. Bartstoppeln standen ihm im Gesicht. Die Haare waren ungekämmt.

Sie hatte sich nicht angekündigt. Mit einem Grinsen setzte sie sich über ihre Verlegenheit hinweg und trat ans Fußende seines Bettes. Wie von Ferne klang seine Stimme, sie war schwach und belegt und sagte irgendetwas von einer netten Überraschung.

Martha stellte die Blumen in eine Vase.

Bernd sprach mit David. Dann erzählte er ihr, dass man ihm die Kugel herausgeschnitten habe, sie hatte im Fleisch, nicht im Knochen gesteckt.

David hockte sich auf einen Besuchersessel und schlug seinen Comic auf.

Neitzel, sagte sie, sei verhaftet und sein Betrieb durchsucht worden. Apeldorn sei flüchtig und werde von Interpol gesucht.

»Dem traue ich zu«, sagte er, »auf so einen Fall vorbereitet zu sein. Der hat Bankkonten in allen möglichen Ländern. Nur mit seiner Körpergröße wird er überall auffallen.«

»Wie lange musst du hierbleiben?«

»Ein paar Tage, wenn die Wunde weiter gut heilt. Ich habe mir übrigens die Spot kaufen lassen. Du hast Furore gemacht.«

»Ich hätte dich als Co-Autor nennen sollen. Dich und Said.«

Als er nickte, sah er ihr zum ersten Mal in die Augen. Sie saß auf einem Stuhl, nicht mehr als einen Meter von ihm entfernt, aber der Abstand schien ihr viel größer zu sein. Nur weil David im Zimmer war? Oder weil sie ihm in einer aufgewühlten Situation nähergekommen war und das jetzt, wo die Normalität zurückgekehrt war, nicht hielt?

Er hatte ein freundliches Gesicht. Sie mochte seine Stimme, ihr wurde klar, wie sehr sie sie in ihrer Angst um ihren Jungen beruhigt hatte. Ihr Blick fiel auf seine Schulter, an der sie Trost gesucht hatte.

Aber sie hatten Mühe, ein Gespräch in Gang zu halten. Die wirklichen Fragen blieben unbeantwortet. Sie wurden nicht einmal gestellt. Er wusste das auch. Als Martha aufstand und sich verabschiedete, sagte er, er habe seine Sachen noch im Hotel in Hamburg und müsse die abholen. Ob er sie bei dieser Gelegenheit anrufen könne.

Es dauerte eine halbe Woche, bis er sich meldete, und dann schlug er eine Hafenrundfahrt vor. Als David davon hörte, war er nicht davon abzubringen mitzukommen. Hanna grinste, und Martha verkniff sich, nach dem Grund zu fragen.

Bernd war rasiert und gekämmt, als er sie abholte, aber immer noch schmal. Martha hatte in den Tagen zuvor versucht, ein wenig Klarheit zu gewinnen. Besonders erfolgreich war sie nicht gewesen.

Die Barkasse fuhr von den Landungsbrücken ab, wo sie sich zum ersten Mal getroffen hatten. Sie fanden einen Platz im Freien, auf einer Holzbank. Es roch nach Diesel, und das Deck vibrierte unter dem Stampfen des Motors. David war nicht zu halten. Er stand an der Reling. Drehte sich um. Auf ihrer anderen, der Backbordseite, passierten sie ein Containerschiff.

»Da«, schrie er gegen den Wind und rannte hinüber.

Bernd erzählte, sein Behördenpräsident habe schwere Geschütze gegen ihn in Stellung gebracht. »Während ich im Krankenhaus lag, war er in Berlin und hat mit dem Staatssekretär gesprochen. Ich sollte einen Vermerk in meine Personalakte bekommen. Eine gelbe Karte gewissermaßen, sodass er mich in der Hand hätte und mir immer drohen könnte.«

»Das hat das Ministerium doch nicht mitgemacht?«

»Die waren kurz davor. Die Führung einer Behörde unterliegt nun mal ihrem Präsidenten. Aber dann habe ich Hilfe bekommen. Und zwar von den Amis.«

»Nach wie vor die eigentlichen Herren im Lande«, sagte sie.

»Die waren voll des Lobes. Danach hat mich der Wirtschaftsminister im Krankenhaus angerufen und sich bedankt – im Namen der Regierung.«

»Meinen Glückwunsch. Dann kann es ja nur noch aufwärts gehen.«

Er seufzte und nahm ihre Hand. »Man hat da drinnen viel Zeit zum Nachdenken. Ich müsste nur einen kleinen Schritt gehen – einen sehr kleinen –, dann hätte ich mein Herz verloren.« Er sah an ihr vorbei auf den Fluss. »Hier in Hamburg. An der Elbe. Aber das ist nicht möglich.« Er schüttelte den Kopf. »Es wäre Verrat. Ich habe eine kranke Frau zu Hause.«

Sie nickte, und das Wort »tapfer« kam ihr in den Sinn. Zumindest kannte sie nun die Antwort, nach der sie gesucht hatte – wie es um ihr Gefühl stand.

Da war Schmerz.

Sie machte ihre Hand frei. David rannte quer über das Schiffsdeck, so schnell, dass Martha Angst hatte, er könne nicht mehr rechtzeitig bremsen. Er hatte den Zeigefinger ausgestreckt.

»Da«, rief er, »da kommt noch eins. Ein ganz dickes.«

»Ja«, sagte sie leise, »das ist wirklich ein dickes.«